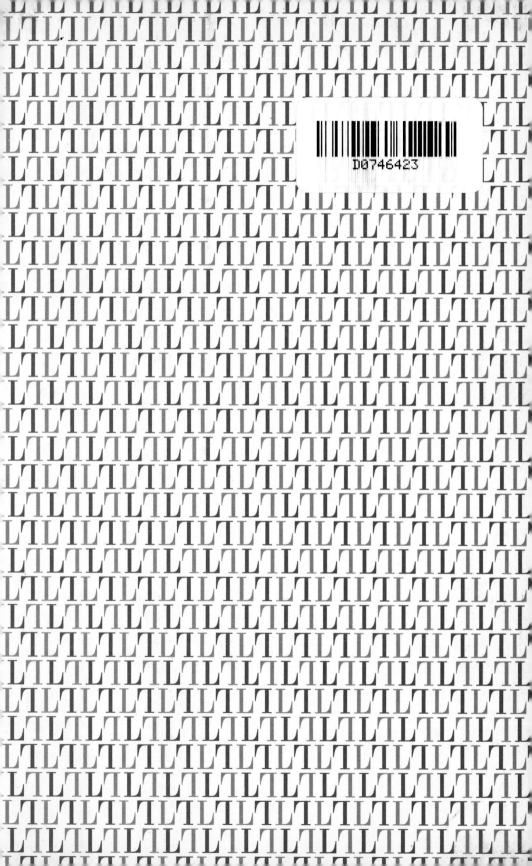

La luz de la noche

La luz de la noche

Graham Moore

Traducción de
Antonio Lozano

Lumen

narrativa

La luz de la noche es una obra de ficción. Aparte de las personas, hechos y localizaciones reales, de todos conocidos, que aparecen en la narración, los nombres, personajes, lugares e incidentes que se narran son producto de la imaginación del autor o están empleados de modo ficticio.

Título original: *The Last Days of Night*

Primera edición: mayo de 2017

© 2016, Graham Moore
© 2017, Penguin Random House Grupo Editorial, S. A. U.
Travessera de Gràcia, 47-49. 08021 Barcelona
© 2017, Antonio Lozano, por la traducción

Printed in Spain — Impreso en España

ISBN: 978-84-264-0436-7
Depósito legal: B-401-2017

Compuesto en M. I. Maquetación, S. L.
Impreso en Rodesa
Villatuerta (Navarra)

H 4 0 4 3 6 7

Penguin
Random House
Grupo Editorial

A mi abuelo, el doctor Charlie Steiner, que fue el primero en enseñarme a reverenciar la ciencia durante un viaje a los laboratorios Bell, cuando yo tenía nueve años. Fue un modelo de inteligencia, amabilidad y honestidad al que aspiro llegar a diario.

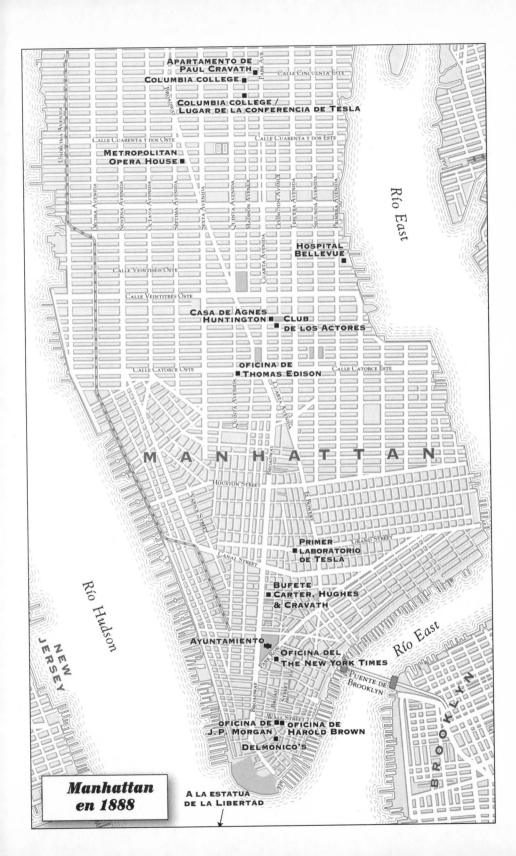

APARTAMENTO DE
PAUL CRAVATH ■
COLUMBIA COLLEGE ■

Calle Cincuenta Este

Park Ave.

COLUMBIA COLLEGE /
LUGAR DE LA CONFERENCIA DE TESLA ■

Broadway

Calle Cuarenta y dos Oeste

Calle Cuarenta y dos Este

METROPOLITAN
OPERA HOUSE ■

Undécima Avenida
Décima Avenida
Novena Avenida
Octava Avenida
Séptima Avenida
Sexta Avenida
Quinta Avenida
Madison Avenida
Cuarta Avenida
Lexington Avenue
Tercera Avenida
Segunda Avenida
Primera Avenida

Río East

HOSPITAL
BELLEVUE ■

Calle Veintiséis Oeste

Calle Veintitrés Oeste

Cuarta Avenida

CASA DE AGNES
HUNTINGTON ■ ■ CLUB
DE LOS ACTORES

OFICINA DE
■ THOMAS EDISON

Calle Catorce Oeste

Calle Catorce Este

Quinta Avenida
Cuarta Avenida

M A N H A T T A N

Broadway

Varick Street

Houston Street

El Bowery

PRIMER
■ LABORATORIO
DE TESLA

Grand Street

Canal Street

BUFETE
■ CARTER, HUGHES
& CRAVATH

Río Hudson

NEW
JERSEY

AYUNTAMIENTO ■

Park Row

OFICINA DEL
■ THE NEW YORK TIMES

Río East

Broadway
Nassau Street

Puente de
Brooklyn

PUENTE DE
BROOKLYN

Wall Street

OFICINA DE ■ ■ OFICINA DE
J.P. MORGAN ■ HAROLD BROWN

DELMONICO'S ■

B R O O K L Y N

*Manhattan
en 1888*

A LA ESTATUA
DE LA LIBERTAD
↓

PRIMERA PARTE

Salientes

¿Acaso no entiendes que Steve no sabe nada de tecnología? Solo es un supervendedor [...] No sabe nada de ingeniería y se equivoca en el noventa y nueve por ciento de lo que dice y piensa.

BILL GATES

1

La gente no sabe qué quiere hasta que se lo
enseñas.

STEVE JOBS

11 de mayo de 1888

El día en que conocería a Thomas Edison, Paul vio a un hombre
arder en el cielo de Broadway.

La inmolación ocurrió a última hora de la mañana de un viernes. El bullicio de la pausa del almuerzo empezaba a aumentar
cuando Paul abandonó el edificio de oficinas y salió a la calle atestada de gente. Su figura imponente destacaba en medio del flujo
de transeúntes: metro noventa y tres de altura, ancho de hombros,
afeitado apurado. Llevaba un abrigo negro, con el chaleco y la corbata larga a juego. El atuendo de rigor de los jóvenes profesionales
de Nueva York. El cabello, peinado hacia el lado izquierdo con la
raya perfecta, comenzaba a retirarse hasta formar un discreto pico
de viuda. Aparentaba más edad que los veintiséis años que tenía.

Al incorporarse a la multitud que avanzaba por Broadway, reparó en un joven vestido con uniforme de la Western Union que

estaba subido a una escalera. El operario manipulaba unos cables eléctricos, aquellos cables gruesos y negros que habían empezado a cubrir los cielos de la ciudad. Se habían enredado con los del telégrafo, más delgados y viejos, y el viento primaveral había formado una maraña. El hombre de la Western Union intentaba separar los dos juegos de cables. Parecía un niño desconcertado ante unos gigantescos cordones de zapatos.

Paul solo pensaba en un café. Era un recién llegado al distrito financiero y a las oficinas de su bufete de abogados en la tercera planta del número 346 de Broadway Street. Aún no tenía claro qué cafetería del barrio prefería. Había una en dirección norte, en la Walker Street, y otra en la Baxter Street, de servicio más lento pero más moderna, que tenía la imagen de un gallo en la puerta. Paul estaba cansado. El viento en las mejillas resultaba agradable. No había pisado la calle en todo el día. Aquella noche había dormido en la oficina.

Al ver la primera chispa, no supo de inmediato qué pasaba. El operario agarró un cable y tiró de él. Paul oyó un paf —un paf rápido y extraño— y el hombre se echó a temblar. Paul recordaría luego haber visto un fogonazo, aunque en aquel momento no estuvo seguro de qué era. El operario alargó un brazo en busca de un punto de apoyo y se agarró a otro cable con la mano libre. Había sido un error, se diría Paul más adelante, ya que generó una conexión y se transformó en un conductor de corriente humano.

Acto seguido los brazos del operario empezaron a soltar chispas naranjas entre convulsiones.

Las cabezas de las doscientas personas que circulaban por la calle aquella mañana se volvieron al mismo tiempo. Hombres del mundo de las finanzas con sombrero de copa de ala ancha, ayudantes de agentes de bolsa que empuñaban mensajes secretos y se apresuraban hacia Wall Street, secretarias con falda verde azulada y chaqueta ajustada a juego, contables a la caza de un sándwich, damas embutidas en vestidos de Jacques Doucet procedentes de Washington Square, políticos locales ansiosos por almorzar pato, una ristra de caballos que arrastraban carruajes de ruedas anchas por el irregular pavimento adoquinado. Broadway era la arteria que alimentaba el Lower Manhattan. Una riqueza desconocida hasta entonces sobre la faz de la tierra borboteaba debajo de esas calles. Paul había leído en el periódico de la mañana que John Jacob Astor era ya oficialmente más rico que la reina de Inglaterra.

Todos los ojos se posaron en el hombre que temblaba en el aire. Una llamarada azul salió propulsada de su boca. Prendió en el cabello. Sus ropas se quemaron al instante. Cayó hacia delante con los brazos todavía enlazados a los cables. Los pies se quedaron colgando de la escalera. El cuerpo adoptó la postura de Jesús en la cruz. La llama azul que salió de su boca le derritió la piel.

Nadie había gritado aún. Paul seguía sin tener claro qué estaba observando. En otras ocasiones ya había sido testigo de episodios violentos. Creció en una granja de Tennessee. La muerte y los muertos eran visiones carentes de espectacularidad a lo largo del río Cumberland. Pero jamás había presenciado nada igual.

Tras unos segundos eternos, cuando la sangre del hombre comenzó a gotear sobre los adolescentes que vendían periódicos en la acera, se oyeron los gritos. Cuerpos en estampida abandonaron el lugar a toda prisa. Hombres mayores chocaban contra mujeres. Los vendedores de periódicos corrían entre el gentío en todas direcciones, intentando arrancarse la carne chamuscada del pelo.

Los caballos se encabritaron, lanzando patadas al aire. Sus cascos se elevaban frente a los aterrorizados rostros de sus dueños. Paul se quedó inmóvil en su sitio hasta que vio a un vendedor de periódicos caer delante de un carruaje de dos caballos. Los garañones se agitaron con el tirón de las riendas y se lanzaron hacia delante, dirigiendo las ruedas hacia el pecho del muchacho. Paul no tomó conscientemente la decisión de abalanzarse; simplemente lo hizo: agarró al chico por los hombros y lo apartó de la carretera.

Utilizó la manga de su abrigo para limpiarle la sangre y la suciedad de la cara. Antes de que Paul pudiera comprobar si estaba herido, el chico se escabulló de nuevo entre la multitud.

Paul se sentó y se apoyó contra un poste de telégrafo. Tenía el estómago revuelto. Al darse cuenta de que jadeaba, intentó respirar con regularidad mientras descansaba sentado en el suelo.

Transcurrieron diez minutos antes de que el ulular de las sirenas anunciara la llegada de los bomberos. Un camión cisterna arrastrado por tres caballos se detuvo junto al lúgubre escenario. Media docena de bomberos en uniformes negros y abotonados alzaron sus perplejos ojos al cielo. Uno de ellos tiró de forma instintiva de la manguera propulsada a vapor, pero los otros se limitaron a mirar horrorizados. Jamás habían sido testigos de un fuego semejante. Aquello era resultado de la electricidad. La oscura maravilla del alumbrado creado por el hombre era tan incomprensible y misteriosa como una plaga del Antiguo Testamento.

Paul permaneció inmóvil en el suelo durante los cuarenta y cinco minutos que necesitaron los temerosos bomberos para liberar el cuerpo carbonizado. Asimiló hasta el último detalle de lo que veía, no para acordarse luego, sino para olvidar.

Paul era abogado. Y esto era lo que su todavía corta carrera en el mundo del derecho le había hecho a su cerebro. Encontraba consuelo en los pormenores. Sus temores mortales solo se aplacaban con el dominio de los detalles.

Era un creador profesional de narraciones. Un contador de historias concisas. Su trabajo consistía en tomar una serie de hechos aislados y, a base de esquilar la materia sobrante, elaborar una secuencia. Las imágenes aisladas de aquella mañana —una tarea rutinaria, un error fruto de la torpeza, un brazo que agarraba, una calle atestada de gente, una chispa de fuego, un chico con manchas de sangre, un cadáver que goteaba— podían unirse hasta formar una historia. Habría un inicio, un nudo y un desenlace. Las historias acababan finalizando y luego desaparecían. Ahí radicaba la magia que hacía que las necesitáramos desesperadamente. Una vez se hubiera desarrollado en su cabeza, la historia de aquel día podía ser empaquetada y arrinconada, y recordada solo en caso necesario. Ensamblada de manera adecuada, la narración protegería a su mente del terror del recuerdo en bruto.

Paul sabía que incluso una historia verdadera era una ficción. Un instrumento de consuelo que utilizamos para que el mundo caótico que nos rodea sea comprensible. Un ingenio que separa el grano de la emoción de la paja de la sensación. El mundo real está repleto de incidentes, rebosa percances. En nuestras historias pasamos por alto la mayoría de estos hasta que surgen las razones y los motivos claros. Cada historia es una invención, un artefacto no muy diferente del que esa mañana había abrasado la piel de aquel hombre. Una buena historia podía servir a un propósito no menos peligroso.

Como abogado, las historias que contaba Paul eran morales. En sus relatos solo existían los perjudicados y los que abusaban de estos. Los calumniados y los mentirosos. Los estafados y los ladrones. Paul construía estos personajes a conciencia hasta que la rectitud moral de su demandante —o de su acusado— resultaba abrumadora. La labor del fiscal no consistía en establecer los hechos, sino en elaborar una historia a partir de tales hechos, de la que inexorablemente se desprendería una conclusión moral clara. Esa era la razón de ser de cada una de las historias de Paul: ofrecer una visión del mundo incuestionable. Y una vez el mundo hubiera recuperado el orden y se hubiesen obtenido unos beneficios de forma justa, desvanecerse. Un inicio atrevido, un nudo electrizante y un desenlace satisfactorio, quizá un último giro y luego… esfumarse. Catalogada y metida en una caja, almacenada a buen recaudo.

Cuanto debía hacer Paul era contarse a sí mismo la historia de aquel día y esta acabaría desapareciendo. Repasar las imágenes mentalmente una y otra vez. La salvación por la repetición.

Sin embargo, resultó que un cuerpo en llamas sobre el cielo de Broadway fue la segunda cosa más terrorífica que la jornada le tenía reservada. Cuando la tarde estaba ya más avanzada, después de que su secretaria se hubiera retirado a su domicilio de Yorkville; de que sus socios más veteranos hubiesen hecho lo propio a sus tríplex en la zona alta de la Quinta Avenida; mucho después de que Paul no se hubiera retirado a su piso de soltero en la calle Cincuenta, y por el contrario se hubiese quedado a tomar tantas notas con su estilográfica Waterman que acabó con una ampolla en el dedo corazón de la mano derecha, un chico se presentó en la puerta de su despacho. Con un telegrama.

SE REQUIERE DE SU PRESENCIA INMEDIATA STOP HAY MU-
CHO QUE DISCUTIR EN LA MÁS ESTRICTA CONFIDENCIA-
LIDAD.

T. EDISON

2

Demonios, aquí no hay reglas que valgan: estamos intentando conseguir algo.

Thomas Edison,
Harper's Magazine, septiembre de 1932

Paul agarró la chaqueta y se rehízo el nudo de la corbata antes de encaminarse a la puerta. Llevaba casi seis meses litigando contra Thomas Edison, pero todavía no conocía en persona al inventor más famoso del mundo.

Edison debía estar ya al corriente del accidente, de la muerte en público de un hombre en plena calle por culpa de la electricidad. No cabía duda de que estaría meditando qué iba a hacer. Pero ¿qué querría de Paul?

Antes de marcharse, sacó un expediente de un cajón y se metió una serie de documentos en el bolsillo interior del abrigo de lana. No importaba lo que Edison planeara; Paul también le tendría reservada una sorpresa.

Broadway estaba sombría a una hora tan avanzada. Las escasas farolas de gas que iluminaban la calle bañaban los adoquines de un resplandor tenue y amarillento. Solo un puntito resplandecía en la lejanía. Wall Street, al sur, era una ciudadela de brillante luz eléctrica entre la bruma de humo y gas de Manhattan.

Paul se dirigió hacia el norte, sumido en la oscuridad, y enseguida paró un carruaje de cuatro ruedas.

—Al número sesenta y cinco de la Quinta Avenida —indicó al cochero.

Si bien la Edison General Electric Company tenía su célebre laboratorio en New Jersey, sus oficinas principales se hallaban en unas señas mucho más distinguidas.

El cochero se volvió y miró a Paul.

—¿Va a ver al Mago?

—No me imagino a su madre llamándole así.

—Su madre murió hace mucho —respondió el hombre—. ¿No lo sabía?

La mitología que rodeaba a Edison nunca dejaba de sorprenderlo. Apenas hacía una década que formaba parte de la esfera pública y ya se había convertido en un moderno Johnny Appleseed, el pionero estadounidense. Resultaba irritante, pero había que reconocerle el mérito.

—No es más que un hombre —dijo Paul—. Da igual lo que *The Sun* cuente de él.

—Obra milagros. Rayos en una botella de cristal. Voces en un cable de cobre. ¿Qué clase de hombre consigue cosas así?

—Uno rico.

Con el trotar de los caballos avanzaron Broadway arriba, cruzaron la silenciosa Houston Street y las casas pareadas de la calle Catorce que estaban tan de moda. La isla se mantuvo a oscuras hasta que giraron por la Quinta Avenida, donde de repente se hicieron visibles las lámparas eléctricas que la iluminaban. La gran mayoría de las calles de Nueva York se alumbraba de noche con las de gas, cuya luz parpadeante llevaba un siglo iluminando la ciudad. Sin embargo, unos cuantos empresarios ricos habían provisto sus edificios de aquellas novedosas bombillas eléctricas. Un reducido número de calles concentraba en torno al noventa y nueve por ciento de la electricidad de Estados Unidos, cuyos nombres eran conocidos por todos: Wall Street, Madison Avenue, la calle Treinta y cuatro. Todos los días estas manzanas se volvían más brillantes a medida que los nuevos edificios se electrificaban. Los cables tendidos formaban como fortalezas en torno a ellas. Paul levantó la vista a su paso por la Quinta Avenida y vio progreso.

De todas formas, si lograba llevar a cabo sus planes con éxito lo que acabaría viendo sería el derrumbamiento del imperio luminoso de Edison.

Eran las once de la noche cuando Paul entró en el número 65 de la Quinta Avenida. Detrás de las ventanas, los corpulentos hombres armados no empuñaban sus armas. No hacía falta adoptar una pose beligerante. Solo a alguien muy estúpido se le ocurriría traspasar el umbral de aquel edificio sin sentir temor.

Un hombre con barba y de mediana edad recibió a Paul en la escalinata central. Le extendió la mano sin sonreír.

—Charles Batchelor.

—Sé quién es —dijo Paul.

Batchelor era el colaborador más estrecho de Edison; el director de su laboratorio y también su gorila. Si Edison necesitaba encontrar trapos sucios de alguien, Batchelor era quien se manchaba las manos. Los periódicos aseguraban que eran inseparables. Pero, al contrario que su empleador, Batchelor no concedía entrevistas. Su rostro jamás aparecía en las portadas junto al de Edison.

—Está esperándole —se limitó a decir.

Batchelor lo condujo por la escalera. El despacho privado de Edison se hallaba en la cuarta planta. Tras abrir las puertas dobles de roble, hizo pasar a Paul y se quedó en silencio en el recibidor. A la espera de nuevas instrucciones, Batchelor parecía volverse invisible.

El despacho estaba profusamente decorado. Sillas tapizadas con cuero español. Una mesa de caoba satinada repleta de artilugios eléctricos. En un rincón había un catre. Se decía que Edison apenas dormía tres horas por noche. Como ocurría con la mayoría de los rumores que circulaban sobre él, Paul no sabía si creérselo.

A lo largo de paredes estampadas colgaban bombillas eléctricas de gran belleza. Habían sido colocadas cada pocos pasos formando una rosa. ¡Dios mío, qué brillo despedían!

Paul se miró las manos. Reparó en que nunca antes se las había visto con la luz eléctrica. Podía distinguir las venas azuladas bajo la piel. Pecas, marcas de viruela, cicatrices, suciedad, los feos pliegues que acumula un hombre al llegar a los veintiséis años. Aquel dedo corazón suyo delator, que siempre palpitaba cuando se ponía nervioso. No solo sintió que las luces eran nuevas, sino que él mismo era nuevo. Había bastado una chispa del filamento para revelarle que podía esconder algo nunca concebido.

Sentado tras su escritorio de caoba, Thomas Edison fumaba un puro.

Era más guapo de lo que Paul se esperaba, más delgado de lo que aparentaba en las fotos, y tenía una mandíbula prominente, típica del Medio Oeste. Aunque ya estaba en la cuarentena, su cabello despeinado era propio de un colegial. A un hombre de menor categoría lo habría envejecido. En el caso de Edison, parecía que tuviera asuntos más importantes que atender. Bajo una luz tan cruda, Paul podía distinguir el gris de sus ojos.

—Buenas tardes.

—¿Por qué estoy aquí, señor Edison?

—Directo al grano. Una cualidad que admiro en un abogado.

—No soy su abogado.

Edison alzó las cejas con curiosidad y luego deslizó una hoja de papel sobre la mesa. Paul vaciló antes de acercarse. No quería ceder terreno, pero a la vez deseaba ver qué le mostraba.

Era una maqueta de la portada del *New York Times*. HALLA LA MUERTE ENTRE LOS CABLES, rezaba el efectista titular. HORRIPILANTE ESPECTÁCULO: UN OPERARIO SE ABRASA ENTRE UN AMASIJO DE CABLES. Un artículo airado denunciaba los peligros de la energía eléctrica. Los redactores cuestionaban la seguridad del tendido de cables que atravesaba la ciudad, portador de una fuerte energía que no llegaban a entender.

—Es el periódico de mañana —dijo Paul—. ¿Cómo lo ha conseguido?

Edison pasó por alto la pregunta.

—¿Cómo se llama su pequeño bufete de abogados? Sus oficinas están situadas justo al lado del lugar del accidente, ¿verdad?

—Vi cómo ocurría.

—¿Lo vio?

—Vi al hombre encenderse y cómo los bomberos liberaban su cuerpo de los cables. Pero los cables en el Lower Broadway no le pertenecen ni a usted ni a mi cliente. Son de la Illuminating Company de Estados Unidos. Y dado que no soy el abogado del señor Lynch, gracias a Dios, esto nada tiene que ver conmigo. Tampoco el litigio que lo enfrenta a usted con George Westinghouse.

—¿De verdad se cree lo que dice?

—¿Por qué estoy aquí?

Edison guardó silencio.

—Señor Cravath —dijo luego—, por si no se ha dado cuenta, estamos en guerra. En los próximos años alguien producirá un sistema eléctrico que iluminará toda esta nación. Puede que sea yo. Puede que sea el señor Westinghouse. Pero después de lo de hoy, no será el señor Lynch. Mañana por la mañana la prensa lo habrá hecho trizas.

—Eso parece bueno para nuestros intereses.

Edison echó la ceniza en un cenicero dorado.

—En el último año —continuó— he tenido muchos rivales a quienes prestar atención. A partir de hoy solo me quedará uno. Su cliente. O gano yo, o gana el señor Westinghouse. Así de simple. Mi empresa es diez veces más grande que la suya. Llevo siete años de adelanto en la fabricación de esta tecnología. El propio J. P. Morgan me ha prometido fondos ilimitados para nuestra expansión. Y en cuanto a mí… Bueno. Creo que ya sabe quién soy. —Edison aspiró con fuerza el puro y después expulsó el humo al aire—. Le he hecho venir para formularle la siguiente pregunta: ¿de verdad cree que tienen alguna oportunidad? —Miró a Paul igual que un lacero a un perro vagabundo que estuviera a punto de ser sacrificado—. Señor Cravath, yo inventé la bombilla eléctrica. George Westinghouse no. De modo que lo demando para sacarle cuanto tiene. Es un hombre rico y usted le hará despilfarrar su fortuna intentando vencerme en una partida que ya tengo ganada. Cuando todo esto acabe, seré el dueño de la empresa de Westinghouse. Seré el dueño de su bufete de abogados. Así que, deténgase. La línea está trazada. Cualquiera que se interponga en mi camino acabará mal. Le pido por su bien que usted no lo haga.

Unas arrugas extrañas se marcaban en las comisuras de los ojos grisáceos de Edison. Paul necesitó un rato para descifrarlas. Thomas Edison lo miraba con… preocupación.

Eso despertó su ira.

—Me alegro de que me haya convocado aquí esta noche —dijo Paul—. Me ha ahorrado la molestia de solicitar una cita.

—¿Eh? ¿Y sobre qué deseaba hablarme?

—Malas noticias. Van a demandarle.

—¿A mí? —preguntó Edison mientras la más débil de las sonrisas afloraba a sus labios—. ¿Y quién?

—George Westinghouse.

—Querido amigo, creo que lo ha entendido todo mal.

—Vamos a contrademandarlo.

Edison se echó a reír.

—¿Con qué base?

—Por violar nuestra patente de la bombilla.

—Yo inventé la bombilla.

—Eso asegura la oficina de patentes. Ahora bien…, ¿acaso no existían otras patentes antes de la suya? ¿Nadie más ha presentado reclamaciones por diseños similares?

Edison captó enseguida a qué se refería el abogado.

—¿Sawyer y Man? Pero si eso es una broma. Sus diseños no podían estar más lejos de los míos. Si quieren demandarme, adelante.

—Me temo que no pueden. Ya no son propietarios de sus patentes. —Paul extrajo los documentos que se había metido en el bolsillo antes de salir de su oficina y los deslizó sobre el escritorio de caoba—. Lo somos nosotros.

Edison examinó los papeles. Sus dedos tamborileaban sobre el macizo escritorio, al modo de una orquesta silenciosa, mientras leía que la Westinghouse Electric Company había llegado a un acuerdo de concesión con William Sawyer y Albon Man. Westinghouse poseía los derechos en exclusiva para fabricar, vender y distribuir bombillas eléctricas con el diseño patentado por los dos hombres.

—Esto es de una astucia excepcional, señor Cravath —dijo finalmente Edison—. En serio. Ahora entiendo por qué le gusta tanto a George.

El uso del nombre de pila de Westinghouse había sido una jugada calculada. Edison deslizó en sentido contrario los papeles sobre del escritorio. Se recostó en el mullido asiento antes de retomar la palabra.

—He investigado un poco sobre usted. Espero que no le moleste.

—No creo que haya encontrado mucho.

—Hace dos años se graduó como el primero de su promoción en la Facultad de Derecho de Columbia. A continuación Walter Carter en persona fue su tutor. Muy impresionante. Un año y medio después Carter se marchó y usted lo acompañó a su nuevo bufete. Lo hicieron socio de inmediato. Con veintiséis años.

—Soy precoz.

—Es ambicioso. Seis años atrás era el socio menor en un bufete nuevo. Jamás había llevado un caso. Y luego, de algún modo, se ganó a su primer cliente: el señor George Westinghouse, el hombre al que acabo de demandar por más dinero del que usted, sus hijos y sus nietos verán nunca en sus prosaicas vidas.

—El señor Westinghouse tiene ojo para el talento.

—Usted es un crío escogido para encabezar la mayor demanda sobre patentes de la historia de esta nación.

—Soy muy bueno en lo mío.

La risa de Edison retumbó estentóreamente.

—Vamos, venga, señor Cravath. Nadie es tan bueno. ¿Cómo consiguió que George lo contratara?

—Señor Edison, ¿por qué finge que le he impresionado?

—¿Qué le hace pensar que mi admiración no es auténtica?

—Pues el hecho de que me encuentro en la cuarta planta de las oficinas en la Quinta Avenida del inventor más exitoso de la historia de Dios o de la humanidad; delante de alguien que registró su primera patente a los veintiún años y ganó su primer millón a los treinta; cuyas declaraciones aparecen a cuerpo treinta y ocho en la portada del *New York Times* como si fuera el oráculo de Delfos; a quien el presidente de Estados Unidos (y la mayoría de los ciudadanos) considera literalmente un mago; la invocación de cuyo nombre despierta reverencia en el corazón de cualquier niño que tenga una llave inglesa y un sueño, y miedo en el corazón de cualquier banquero de Wall Street. Y ese hombre piensa que yo soy el ambicioso.

Edison asintió con calma. Luego se volvió y se dirigió por primera vez a su socio, que aguardaba junto a la puerta:

—Señor Batchelor, ¿sería tan amable de traerme los expedientes que hay sobre la mesa de Maryanne?

Batchelor regresó con una pila de documentos de casi tres pies de altura.

—Déjelos aquí mismo, sobre la mesa está bien, gracias —dijo Edison—. Bueno, señor Cravath, no hace falta que le diga que esto de aquí son demandas.

—Y no pocas, por lo que parece —dijo Paul lanzando una ojeada a los papeles.

—Trescientas diez —puntualizó Edison—. Creo que en esta pila se cuentan trescientas diez demandas. Todas ellas contra sucursales de Westinghouse.

—Trescientas doce —lo corrigió Batchelor—. Las de Rhode Island y Maine han sido cursadas esta tarde.

—Eso es. Trescientas doce. Verá, no solo los demando a ustedes, sino también a todos aquellos con quienes ustedes hacen negocios. Estoy demandando a todos aquellos con quienes han hecho negocios en alguna ocasión. Cada sucursal de Westinghouse, cada fabricante local y estatal, cada fábrica, cada oficina comercial. La cuestión es que no he de ganar todas estas demandas, ni siquiera la mayoría. Me basta con ganar una. ¿Que van a contrademandarme? Les deseo mucha suerte. Porque no será suficiente con ganarme una vez. Necesitarán hacerlo trescientas diez, perdón, trescientas doce. Consecutivamente.

Edison deslizó los dedos por el escritorio de caoba, que pasaron entre unas cajas misteriosas, unos tubos de cristal sellados y unas tiras delgadas de cobre, hasta llegar a un botón negro en uno de sus extremos.

—¿Le gustan las vistas? —dijo volviéndose hacia los ventanales. Más allá de estos, el Lower Manhattan se alzaba desde el océano. La ciudad resplandecía en una mezcla de aceite quemado y gas, puntuado por el ocasional parpadeo de una bombilla eléctrica—. Desde aquí puede apreciarse la estatua.

Allí estaba: la Dama Libertad, visible en la lejana Bedloe's Island. Paul recordó las primeras veces que había visitado Nueva York, cuando el brazo seguía exhibiéndose en el Madison Square Park, antes de que la ciudadanía hubiera recaudado los fondos necesarios para construir el resto. Paul y sus amigos hacían picnic a la sombra del codo.

Desde semejante distancia su luz era tenue. Su fuente, sin embargo, resultaba incontestable: la electricidad. La antorcha de la estatua se alimentaba con un generador eléctrico situado en Pearl Street, en el extremo sur de la isla. El generador pertenecía a Edison. Aquella era la luz de Edison.

—Últimamente hemos tenido problemas con la central de Pearl Street —comentó Edison—. Algunas inestabilidades. —Apretó el botón negro.

De repente, la luz se apagó. Un golpecito del dedo de Edison y la antorcha de la estatua de la Libertad, a cinco millas de allí, quedó a oscuras.

—La energía puede ser algo tan inestable… El gas resultaba de lo más predecible. Coges un montoncito de carbón. Lo calientas, lo filtras, lo presurizas, enciendes una cerilla y, *voilà*, tienes una llama que alumbrará una habitación. La electricidad es mucho más complicada. Existe una gran variedad de bombillas; diferentes filamentos, revestimientos, generadores, vacíos. Un fallo y nos vemos de nuevo en las tinieblas. Pese a todo, el antiguo sistema de energía está quedándose obsoleto. Uno nuevo se dispone a ocupar su lugar. Una vez se consiga estabilizarlo (cuando se perfeccione y sea omnipresente) no habrá vuelta atrás. ¿Sabía que la policía me ha contado que los más horrendos casos de violencia disminuyen en los lugares públicos en cuanto se encienden mis luces? Gracias a la bendición de mi claridad, las jornadas laborales del hombre ya no dependen de la puesta de sol. Las fábricas duplican su producción. No hay diferencia entre el mediodía y la medianoche. La noche de nuestros antepasados toca a su fin. La luz eléctrica es nuestro futuro. El individuo que la controle no solo amasará una fortuna inconcebible. No solo establecerá la agenda política. No solo controlará Wall Street, o Washington, o la prensa, o las empresas de telégrafo, o los millones de aparatos domésticos eléctricos con los que hoy no podemos ni soñar. No, no, no. El individuo que controle la electricidad controlará el mismísimo sol en lo alto del cielo. —Dicho esto, Thomas Edison pulsó de nuevo el botón negro y la antorcha de la estatua regresó a la vida—. La cuestión que debería preocuparle —prosiguió Edison reclinando su asiento— no es hasta dónde estoy dispuesto a llegar con tal de ganar. La cuestión es cuán lejos piensan llegar ustedes antes de perder.

Un buen abogado no se asustaba fácilmente. Un gran abogado jamás se asustaba en realidad. Sin embargo, mientras contemplaba brillar la estatua de la Libertad a lo lejos, los misteriosos artilugios que había en la mesa de Edison, las trescientas doce demandas que debía ganar, el rostro pálido de un hombre capaz de conseguir con un solo dedo lo que generaciones de Newtons, Hookes y Franklins ni siquiera habían podido concebir, Paul sintió miedo. Porque en aquel momento cobró conciencia de lo que significaba el verdadero poder.

Necesidad. El poder era necesitar algo con tal fuerza que absolutamente nada podía interponerse en tu camino. Con tamaña necesidad, la victoria no era cuestión de voluntad, sino de tiempo. Y Thomas Edison necesitaba vencer más que cualquier otro hombre que hubiera conocido.

Todas las historias son historias de amor, recordó Paul; alguien célebre lo había dicho. El caso de Thomas Edison no era una excepción. Todos los hombres alcanzan lo que aman. La tragedia de algunos no es que se les niegue, sino que desearían haber amado otra cosa.

—Si cree que puede detenerme —dijo Edison en tono suave—, adelante, inténtelo. Pero deberá hacerlo a oscuras.

3

Es necesario estar un poco infrautilizado si deseas hacer algo importante.

JAMES WATSON,
codescubridor del ADN

Un año antes Paul se había convertido en una joven promesa llena de entusiasmo al frente de uno de los puestos más codiciados del mundillo legal de Nueva York y sin un solo cliente a su cargo.

En la primavera de 1886, pocas semanas antes de graduarse en la Facultad de Derecho de Columbia, Paul había sido fichado por el venerable Walter Carter en persona. Aceptó una pasantía en Carter, Hornblower & Byrne como aprendiz del propio señor Carter. Paul no conocía a ningún estudiante de derecho en la ciudad que no aspirara a semejante puesto.

Por ello le pareció que el mundo se derrumbaba cuando, apenas unos meses más tarde, el bufete comenzó a disolverse. De repente, Carter y Byrne dejaron de dirigirse la palabra. Paul nunca supo la naturaleza de su desacuerdo. Sin embargo, a esas alturas no importaba. Los dos se separaron para formar despachos independientes y Paul tuvo que tomar partido.

Byrne se decantó por Hornblower, igual que la mayoría de los clientes y casi todo lo que tenía cierto relumbre. Si Paul se iba con Byrne sería pasante en el que podía considerarse el mejor bufete de la ciudad

Por el contrario, el nuevo bufete de Carter sería un negocio a dos. A tres si Paul se sumaba. Carter se había asociado con un abogado novato llamado Charles Hughes, más joven incluso que Paul, si bien comprometido en matrimonio con su hija. La empresa familiar no tendría pasantes. Carecería de clientes importantes. Solo se sostendría sobre la reputación de Carter, recientemente deteriorada a raíz de la ruptura con Byrne.

Pese a todo, las dimensiones del bufete eran tan modestas que Carter estaba en situación de ofrecer a Paul algo que Byrne no podía: que fuera su socio. No cabía duda de que el reparto que proponía Carter distaba de ser generoso: un 60-24-16, que dejaba a Paul con el porcentaje más bajo. Y, sin embargo…, ningún otro bufete en el mundo permitiría que el nombre de Paul apareciera en la puerta.

¿Deseaba ser el pasante de Byrne? ¿O el socio de Carter?

El bufete Carter, Hughes & Cravath abrió sus puertas el 1 de enero de 1888.

Al principio, atraer clientes fue una cuestión de suma relevancia. Carter recurrió a los contactos profesionales atesorados durante décadas. Hughes había contribuido aportando las empresas ferroviarias de Rome, Watertown y Ogdensburg, de las que había sido representante legal en cuestiones menores, aunque era una relación de tiempo atrás. Por el contrario, Paul no podía recurrir más que a un grupito de amigotes de la universidad y a un argumento de venta aceptable. Transcurridas seis semanas, tras las cuales no fue capaz de llevar un solo dólar al despacho, su confianza inicial dio paso a la decepción. Cada hora que pasaba a solas frente a su mesa de trabajo, en un silencio que probaba su inutilidad, demostraba que Paul era un fraude.

Sus antiguos compañeros de clase no solo no fueron de ayuda, sino que su solidaridad brilló por su ausencia. «Ay, es tan propio de Paul —le decían cuando quedaban para tomarse un whisky—. Debe ser terriblemente duro conseguir todo lo que quieres.»

De hecho, lo era. Pero ¿cómo les transmitiría las presiones e incertidumbres aparejadas a un cargo por el que todos se apuñalarían con gusto por la espalda? Deseaban lo que él poseía. Contarle a alguien celoso de tu éxito que tal éxito no era lo que se esperaba, y que en realidad se trataba de un cúmulo de presiones y preocupaciones cada vez más angustiosas, supondría aguarle sus sueños, desdeñar sus ambiciones, algo que se malinterpretaría como falsa modestia.

Paul siempre había querido ser una joven promesa. Lo que nadie le había explicado es que las jóvenes promesas no se sienten tales. Se sienten viejos. Se sienten acabados en el preciso instante en que se les dice que están floreciendo. Cuando se alabe su precocidad o su joven ingenio, lo negarán porque en su fuero interno sabrán que son viejos y decadentes. Solo después, cuando hayan conseguido desembarazarse de la inseguridad tras años de grandes éxitos, se les informará de que ya no son jóvenes promesas sino simples casos de éxito rutilante. Y sentirán una punzada. Porque solo entonces, en el momento en que su condición de prodigio decline, sabrán que son auténticos prodigios.

En ocasiones Paul deseaba secretamente volver a ser un pasante.

Y entonces, como caída del cielo, le llegó una invitación para cenar en la hacienda de George Westinghouse.

Luego averiguaría que, años atrás, un tío lejano suyo, Caleb, había trabajado en una sucursal de Westinghouse en Ohio. Tras oír por azar a un empleado veterano de la empresa lamentarse de la falta de creatividad de sus abogados, Caleb había hecho una sugerencia. Les comentó que tenía un sobrino en Nueva York. Era un joven brillante, un *wunderkind*, un auténtico lumbrera que acababa de asociarse con el prestigioso Walter Carter a la impresionante edad de veintiséis años. El señor Westinghouse debería almorzar con él. Quizá el muchacho tuviera alguna idea.

Cuando, a través del padre de Paul, se supo que Caleb había recomendado a su sobrino a la Westinghouse Electric Company, Paul se sintió un tanto avergonzado. Su falta de cualificación para el trabajo lo mortificaba. Ya se imaginaba la negativa cortés de Westinghouse al oír mencionar su nombre.

Paul incluso le escribió a su padre y le dijo que, si bien no cabía duda de las buenas intenciones del apoyo familiar, pecaba de cierta ingenuidad. Se trataba de Nueva York, no de Tennessee. Erastus Cravath respondió con un escueto mensaje que contenía dos citas de los Proverbios y un recordatorio del cálido abrazo que brindaba Jesús. No era el primer intercambio epistolar que hacía que Paul sintiera que su padre no acababa de hacerse una idea de la profundidad de las aguas en que ahora navegaba.

Para su sorpresa, dos semanas después le llegó una carta.

El señor George Westinghouse de Pittsburgh, Pensilvania, solicita el placer de su compañía durante una cena que tendrá lugar
mañana por la noche.

En el trayecto a Pittsburgh, Paul viajó por primera vez en un
vagón de primera clase. A lo largo del viaje, que duraba un día
entero, mantuvo su único esmoquin decente extendido con cuidado sobre las rodillas. Su mayor temor era que, aunque planchado la noche anterior, acabara arrugado. No tenía otro de recam-
bio. En la Facultad de Derecho había aprendido que, si eras capaz
de mantener un esmoquin negro lo bastante liso, podías lucirlo en
todas las cenas formales sin que nadie advirtiera que era el único
que tenías.

Al llegar a la estación de Pittsburgh Union, condujeron a Paul
al *Glen Eyre*, el tren privado de Westinghouse. Era el único pasaje-
ro a bordo. Subido a él cubrió las seis millas hasta la estación de
Homewood, una zona residencial arbolada donde la familia Westinghouse poseía una casa de campo de ladrillo blanco. «Al hombre que diseña suficientes trenes —pensó Paul— acaban dándole
su propia locomotora.» Westinghouse había conseguido tener su
propia línea férrea.

La cena era a las seis. Había unos cuantos ingenieros del laboratorio de Westinghouse, un profesor invitado de Yale, algunos
peces gordos de la industria del ferrocarril, un financiero alemán
cuyo nombre se le escapó a Paul. Marguerite Westinghouse los
sentó a una mesa con vajilla de porcelana de Sèvres y cubertería
de oro macizo, mientras su marido se afanaba con el aliño de la
ensalada. Marguerite les comentó que así era George: ni un ejército de chefs podía disuadirlo de encargarse él mismo del aliño,

que hacía según una receta de su madre. En veinte años de casados no había dejado que ella le preparara una sola ensalada. Por la sonrisa de Marguerite supieron que se hallaban ante una rutina que se había repetido en múltiples ocasiones y de la que aún disfrutaban.

George Westinghouse saludó a Paul con un firme apretón de manos y lo miró a los ojos un buen rato. Luego lo ignoró por completo. Westinghouse tenía una imponente presencia. Con la complexión de un oso, llevaba patillas muy anchas y un bigote canoso tan largo que le cubría por completo el labio superior y casi todo el inferior. Pese a que era unas pulgadas más bajo que Paul, el joven abogado se sentía diminuto a su lado.

Durante la cena la conversación versó sobre aspectos técnicos. Paul no tardó en desistir de seguirla. Los hombres de la industria del ferrocarril eran viejos amigos de Westinghouse. Todos se habían hecho millonarios en la década de 1870. Debatieron de forma incansable sobre frenos neumáticos. Uno de ellos intentó involucrar a Paul en la conversación.

—¿Está de acuerdo con la conjetura del señor Jenson, señor Cravath?

—Estoy seguro de que sí, siempre y cuando tuviera la menor idea de lo que significa —contestó Paul confiando en sonar ingeniosamente despreocupado—. Me temo que me perdí las clases de ciencias naturales en el colegio. Y para colmo también las de matemáticas.

Desde el otro extremo de la mesa, la mirada de Westinghouse le dejó claro que su broma no había sido una buena idea.

—La muerte en la formación en matemáticas sería la muerte de este país —proclamó el inventor—. Una generación de jóvenes que jamás hubiera oído hablar del cálculo, por no decir que no poseyera la habilidad de establecer tipos de cambio de forma instantánea... ¿qué serían capaces de inventar tipos así?

—Bueno, nada —contestó Paul—. Si ustedes se encargan de inventar, los tipos como yo nos encargaremos de defender sus derechos frente a un tribunal.

Westinghouse se encogió de hombros y se centró en la *crème fraîche* que adornaba su crema de calabaza al horno.

Esa fue toda la contribución de Paul a la charla. Había desperdiciado su única oportunidad de impresionar a Westinghouse. Ahogó sus penas en el vino de Burdeos. Quizá nunca se le volviera a presentar la ocasión de beber un vino tan caro.

El abatimiento que lo había llevado a centrarse completamente en su copa solo se vio menguado por un comentario del profesor que captó al vuelo. Apenas unas pocas palabras medio oídas en la larga mesa. Algo relacionado con el Departamento de Física de Yale. Una queja acerca de un doctorando. El típico chismorreo gruñón del mundo académico, solo que esta vez le llamó la atención por un término.

—Un negro en el Departamento de Física —dijo el profesor negando con la cabeza en un gesto de cansancio—. Una cosa es tener a unos cuantos estudiando en la universidad. Pero ¿dando clases? ¿Y de una ciencia así?

—¿Preferiría que ejerciera de profesor en otro sitio?

Paul advirtió demasiado tarde que había alzado mucho la voz.

—¿Disculpe? —repuso el profesor, claramente sorprendido.

—Yo..., bueno... —balbuceó Paul. Proseguir sería una locura, por no hablar de una falta de educación. Sin embargo, el vino tomó la palabra—: Me imagino que preferiría que ese hombre enseñara física en otra parte. Que desmoralizara a esos papanatas inútiles del MIT.

—Yo he conocido a unos cuantos de esos papanatas inútiles del MIT —terció enseguida Westinghouse, tratando de calmar los ánimos.

—Podría dar clase en una de sus dichosas universidades —sugirió el profesor.

—Por desgracia, no existe la titulación de física en ninguna de las universidades para negros. Aunque me han comentado que no tardará en incorporarse en la Fisk. Una generación que podría haberse perdido trabajando en el campo acabará aprendiendo más sobre sus frenos neumáticos y cableados eléctricos de lo que yo jamás sería capaz.

—¿Y usted cómo lo sabe? —preguntó el profesor.

—Porque mi padre fundó la Fisk.

En la mesa se hizo un silencio. Paul había cogido una situación delicada y la había magnificado con la potencia de una de las locomotoras del señor Westinghouse.

—¿Su padre fundó una universidad para negros? —oyó que preguntaba su anfitrión en tono intrigado.

—Es una tradición familiar, señor Westinghouse.

Por lo general Paul no se sentía especialmente orgulloso cuando lo contaba. Compartía las inclinaciones políticas de sus padres, pero no las proclamaba a los cuatro vientos. Quizá fuera el vino. O tal vez la vergüenza por sentirse tan desplazado en una cena tan elegante como aquella. O quizá el cariño que le inspiraba su familia, que lo acogería de nuevo encantada en su granja de Tennessee si fracasaba en Nueva York.

—Mi abuelo fue una de las primeras personas que apoyó un

pequeño college de Ohio llamado Oberlin. Era un defensor del derecho a la educación de las mujeres y en aquel centro llevó a cabo un gran experimento. Hombres y mujeres compartían las aulas. Yo mismo estudié allí. Mis padres se conocieron en un seminario de Oberlin, se casaron y mi padre se hizo diácono. Había ejercido de capellán durante la guerra, lo que lo llevó a abrazar una causa que para él tenía la misma importancia que la educación de las mujeres para mi abuelo: las dificultades que encontraban los negros del Sur para estudiar. Es un hombre muy devoto y creía, de hecho aún lo cree, que Dios lo había puesto sobre la tierra por un motivo. Y lo encontró: un college que haría por los negros del Sur lo que Yale había hecho por los neoyorquinos ricos.

El final del discurso de Paul no se acompañó de un aplauso. Solo por el incómodo tintineo de las cucharas de la sopa contra la porcelana de Sèvres. No había brindado un argumento intelectual muy brillante. Simplemente había quedado como un estúpido.

La cena continuó. La vergüenza tiñó de rubor el rostro de Paul hasta que se sirvieron los quesos, momento en que el señor Westinghouse dijo algo que no solo sorprendió a Paul, sino a todos los comensales:

—¿Haría el favor de acompañarme a mi despacho, señor Cravath?

Pensando si Westinghouse no se habría equivocado, Paul siguió al inventor hasta su despacho. La mesa de trabajo se le antojó más grande que su propio piso de Manhattan. Alfombras persas acolchaban el suelo y una librería llena de revistas de ingeniería se alzaba hasta el techo. Westinghouse cerró la puerta a sus espaldas.

—¿Un puro? —le ofreció.

—No, gracias —dijo Paul—. Lo siento, pero no fumo.

—Yo tampoco. No soporto el olor, pero Marguerite asegura que no disponer de puros para los invitados sería descortés. —Sirvió dos vasos de whisky añejo—. Muchacho, tengo la impresión de que podría ser un hombre honesto.

—Me halaga, señor. Aunque no estoy seguro de que sea una cualidad deseable entre los de mi profesión.

—Hace poco me he visto en la necesidad de recurrir a un hombre de principios. —A continuación hizo una pausa, como si estuviera valorando de qué modo abordar el asunto—. Van a demandarme.

Paul estaba muy al corriente. Desde que le llegara la invitación a cenar, había devorado todas las noticias de los periódicos que trataban de los problemas de Westinghouse con la justicia. El enfrentamiento era del dominio público.

—Thomas Edison lo ha demandado por vulnerar su patente de la bombilla eléctrica incandescente.

—Las bombillas de Edison son terribles. Diseños de baja calidad, dos generaciones por detrás de los míos. Una docena de empresas a lo largo y ancho del país están fabricando bombillas de diseño más avanzado que las de él. Las mías son las mejores con diferencia.

—Las suyas son mejores, pero Edison llegó primero. Es la segunda cuestión la que acarrea un conflicto legal. Sus dificultades provienen de que él sea el dueño de la patente.

—Yo no copié los diseños de Edison para la bombilla eléctrica. Los mejoré. Muchísimo. Mi bombilla es a la suya lo que un automóvil a un carruaje tirado por caballos. ¿Sería justo prohibir al señor Benz que vendiera los primeros solo por la existencia de los segundos? Claro que no. No es a mí a quien demanda Edison, sino al progreso mismo, porque él carece de la habilidad para inventarlo.

—Parece necesitar usted un asesoramiento legal de primera —sugirió Paul.

—Necesito un muy buen abogado que no le tenga miedo a Thomas Edison. —Westinghouse acomodó su corpachón en un sillón de cuero. Tomó un trago de whisky—. Si usted está comprometido con la causa de la justicia, le prometo que no encontrará causa más justa que defendernos ante Edison. Su bufete es pequeño, lo que nos parece bien, pues cuando contrato a alguien, espero que me dedique toda su atención. Yo también he hecho mis averiguaciones. No hace falta que se haga el sorprendido. Cualquiera puede contratar a un abogado, señor Cravath. Lo que yo necesito es un socio. Un hombre de honor que no tema decirme las verdades dolorosas. Soy el inventor técnicamente más preparado de esta era. Eso intimida a algunas personas. ¿A usted también?

—Usted me impresiona. Pero ni me intimida ni me intimidará. Y, ya que estamos, tampoco Thomas Edison.

Westinghouse soltó una risita.

—Todo el mundo piensa así al principio. Solo más tarde se dan cuenta de dónde se han metido.

—¿Y dónde estaría metiéndome?

—Me refiero a este litigio… Es algo gordo.

—Por supuesto.

—Mis contables aún están haciendo números, intentan formarse una idea del alcance aproximado del asunto. Resulta bastante imposible estimar el valor exacto de la luz eléctrica en los espacios cerrados. ¿Me entiende?

—En mi anterior bufete, junto al señor Carter, trabajé en uno de los litigios del banco de inversiones Kuhn and Loeb. —Paul había exagerado, pues apenas había participado en el caso, pero no había forma de que Westinghouse lo supiera—. Se solicitaban doscientos setenta y cinco mil dólares por daños y perjuicios. Algo sin precedentes. Y ganamos.

Westinghouse alzó una ceja.

—Eso es mucho dinero.

—Sí.

—Thomas Edison me demanda por valor de mil millones de dólares. —Westinghouse escrutó la expresión Paul. A continuación, por primera vez en aquella noche, esbozó una amplia sonrisa—. Y bien, ¿todavía le interesa el trabajo?

4

No podrías convertirte en un científico de éxito sin ser consciente de que, al contrario de la creencia popular que defienden los periódicos y las madres de los científicos, un gran número de científicos no solo son estrechos de miras y aburridos, sino directamente estúpidos.

JAMES WATSON,
codescubridor del ADN

Los documentos pertinentes fueron enviados a Nueva York y los contratos, intercambiados y firmados. Cofres llenos de dinero. No es que Westinghouse pagara a tiempo, es que pagaba por adelantado. Carter, el socio veterano, no cabía en sí de alegría, mientras que Hughes, el más joven, no podía disimular sus celos. El socio menor acababa de conseguir uno de los clientes más codiciados del país. Los términos de su asociación eran cristalinos: puesto que Paul había conseguido al cliente, el caso quedaba en sus manos. Los socios más veteranos podían beneficiarse del ochenta y cuatro por ciento de los honorarios, pero no llevarse el mérito.

Durante los tres meses siguientes, Paul apenas tuvo noticias de su único cliente. No recibió indicación alguna. Westinghouse parecía indiferente a los pormenores legales. Cuando Paul solicitó que le enviaran las especificaciones técnicas de las máquinas objeto de litigio, le llegaron de inmediato y sin comentarios. Tras enviar copias de los informes que había elaborado, Paul no obtuvo respuesta. Westinghouse permanecía en silencio en las escasas reuniones que tenían en Pittsburgh. Daba la impresión de estar esperando algo de Paul, a que dijera algo que no decía. Ante el silencio de su cliente, Paul dejaba de parlotear. La verbosidad era su mayor muestra de amabilidad.

Solo si surgía alguna cuestión científica, Westinghouse se animaba y se ponía a hablar un buen rato en tono estentóreo. Por lo visto, sus formas de interacción se limitaban a dos: el mutismo y los sermones. Con frecuencia, Paul notaba que aquel hombre no escuchaba una sola palabra de lo que él le decía. Si le formulaba una pregunta, Westinghouse se ponía a ojear en silencio algún papel que tenía sobre la mesa y luego respondía a otra cuestión completamente distinta.

A veces Paul tenía la impresión de que lo mismo daría ponerse a bruñir la plata de su cliente en lugar de salvar la empresa de este.

El único tema no científico que sacaba a Westinghouse de su letargo era Edison. El viejo esbozaba una mueca cada vez que oía su nombre. Frente a la reiterada insinuación de los abogados de Edison de que este había inventado la bombilla eléctrica y que Westinghouse se había subido ilegalmente al carro, Westinghouse balbuceaba indignado.

¿Quién tenía razón? Paul no era ni científico ni ingeniero. No tenía la menor idea. Su cometido era defender celosamente a su cliente, y en eso se volcaría. Su propio futuro dependía de salir airoso de la situación. Lo único que deseaba era que Westinghouse se prestara mínimamente a ayudarlo.

Al día siguiente de haber visto a aquel hombre arder en Broadway y de la reunión con Edison a medianoche, Paul salió de inmediato para Pittsburgh. No tuvo la cortesía de solicitar audiencia a su cliente; se limitó a telegrafiar anunciando que llegaba esa misma tarde.

Se encontró a Westinghouse en el laboratorio. Sin abrigo y arremangado. Con la vista fija en un disco de acero que tenía sobre la mesa de trabajo delante de él.

Mientras Paul le explicaba lo ocurrido en el despacho de Edison, Westinghouse se puso a acariciar el mecanismo, repasando con los dedos sus contornos rugosos. Era como si su tacto bastara para insuflar vida al mecanismo inacabado.

—Edison intentaba atemorizarme —le comentó Paul—. Lo que en sí mismo puede no ser malo. Significa que él teme algo.

Westinghouse agitó una mano en el aire.

—¿Ha dicho que tenía un interruptor en su mesa con el que activaba la antorcha de la estatua? Eso es imposible.

Paul no sabía qué responder.

—¿Qué distancia hay entre la Quinta Avenida y la estatua de la Libertad? —se preguntó Westinghouse en voz alta—. Al menos cuatro millas. ¿Cinco? No hay manera de que la electricidad de Edison pueda cubrir semejante terreno. Su corriente solo es capaz de extenderse unos pocos pies desde el generador. ¿Qué aspecto tenía?

—El de una estatua gigante de una dama que sostiene una antorcha…

—No, no, el interruptor. ¿Cómo era el interruptor?

Paul miró su cliente. Se ajustó el nudo Windsor de la pajarita y trató de serenarse.

—Me temo que no lo recuerdo, señor.

—Es el problema de la distancia —lo aleccionó Westinghouse—. Solucionarlo está causando muchos desvelos a mis hombres. La corriente eléctrica del voltaje necesario para encender una bombilla no logra viajar más allá de unos centenares de pies antes de consumirse. Seguramente Edison envió una señal eléctrica. Sí, eso es. Un mensaje en morse a un individuo que estaba en la central de Pearl Street, el cual se encargó de encender y apagar la antorcha por él. Es la única explicación. Es imposible que Edison y su equipo hayan resuelto el problema de la distancia. Me niego a creerlo.

Paul se cuidó de exteriorizar su reacción. Westinghouse, un ingeniero de raza, tendía a centrarse de un modo obsesivo en un detalle técnico minúsculo y a pasar por alto las cuestiones más relevantes y urgentes. Había mil millones de dólares en juego, pero a él solo le preocupaban los interruptores de Edison. Paul necesitaba que su cliente entendiera que no importaba quién había fabricado los interruptores más estilizados. Si Edison ganaba la demanda y lo relegaba al olvido, Westinghouse acabaría sus días diseñando dinamos en un corral de Bowery Street.

—A menos —prosiguió Westinghouse— que se tratara de una demostración hecha para mis ojos, no los de usted. Él sabía que acudiría a contármelo y quería que yo pensara que había resuelto el problema de la distancia. Deseaba asustarme. Bien. No ha funcionado, ¿verdad?

—No le gustan mucho los abogados, ¿me equivoco, señor? —dijo Paul.

Una expresión de interés afloró en el rostro de Westinghouse. Paul había conseguido atraer su atención.

—No le culpo, pero en estos momentos necesita imperiosamente a uno. Y yo necesito que usted me ayude a hacer mi trabajo.

—Muy bien.

—Entre mis cometidos está detectar cualquier procedimiento susceptible de servir a sus intereses. Sobre todo si se le ha pasado por alto.

Westinghouse se reclinó en la silla. Paul no sabía si su discurso había impresionado a su cliente o sencillamente su descaro.

—Me gustaría que empezáramos a pensar en un acuerdo —sugirió Paul.

—¿Un acuerdo?

—Que le sirva a usted y que sirva de la mejor manera posible a sus productos. Justo o no, así es el mundo en que vivimos.

—¿A qué se refiere exactamente con lo de un acuerdo?

—Yo no soy quién para decidirlo —repuso Paul con diplomacia—. Existen diversas maneras por las que se podría llegar a algún tipo de acuerdo. Podemos pensarlo con calma y decidir cuál le resultaría más beneficiosa.

—¿Como por ejemplo?

—Una fusión, pongamos por caso. La Westinghouse and Edison Electrical Company. O quizá podría llamarse la American Electrical Company. Eliminar los nombres de ambos tal vez simplifique las cosas. Se me ocurre una alternativa: un acuerdo de licencias como al que hemos llegado con Sawyer y Man. Usted vende los generadores de Edison y le paga unas regalías, mientras que él vende sus bombillas de mucha mayor calidad y le paga a usted otras. O bien cada uno comercializa las bombillas y generadores de ambas partes, bajo un sistema de regalías similar, y es el cliente el que decide qué productos prefiere.

—Lo mío es mejor.

La afirmación de Westinghouse, tan directa como seria, abrió una brecha en la conversación.

—Sí. —¿Qué otra cosa podía decir Paul?

—Las bombillas de Edison se rompen sin parar. Sus generadores necesitan repararse con mayor frecuencia que sus telégrafos de pacotilla. ¿Sabía que las bombillas que comercializa duran la mitad de tiempo que las mías? ¿Y que producen tres cuartos de su energía? Un producto inferior se mire por donde se mire. Pero eso no es obstáculo para que la gente las compre a paletadas. Vende cuatro veces más que yo, pese a lo mísero de sus creaciones. Nadie sabe el motivo. ¿Acaso la gente ignora que Edison carece de la paciencia, por no hablar de la habilidad y el oficio, para fabricar productos de calidad? La Edison General Electric hace un montón de cosas de una envergadura sin precedentes, pero todas y cada una son una mierda, perdone la expresión. Una mierda. Edison fabrica mierda y vende tanta que nadie advierte que todo es mierda. La mierda, eso es lo que ha inventado Thomas Edison. Yo he inventado la bombilla eléctrica. La he perfeccionado, la he creado. Es la mejor del mundo y no deja de mejorar.

Nadie le recordaba más a su cliente que Edison. Los dos eran tercamente similares. Cada uno de ellos estaba tan convencido de su propio genio, que se dedicaba a descalificar el ajeno.

El ego de Westinghouse no era menor que el de su enemigo.

Paul se dio cuenta de que su tarea más urgente no sería negociar con Edison, sino con su cliente.

—Me consta, señor —dijo Paul—. Pero ¿de qué le sirve ser el mejor si va a conducirlo a la quiebra? Está al frente de un negocio. Uno de los mayores de este país. Y ese negocio se halla en estos momentos frente a todo un abanico de futuros posibles. Dispone de opciones. Mi deber profesional es hacerle consciente de ellas.

El abrigo gris marengo de Westinghouse colgaba junto a la puerta. Sin mirar a Paul, fue hasta él y del bolsillo interior extrajo un papel doblado. Con cautela, como si se tratara de un objeto mucho más delicado que uno de sus inventos, deshizo el camino y se lo tendió a Paul.

—Hace seis meses le escribí a Edison —dijo Westinghouse—. Ocurrió antes de que usted se embarcara en esto. Le sugerí un «acuerdo» de este tipo. No albergo el sueño romántico de interpretar el papel de David contra Goliat. Soy consciente de las dificultades a las que nos enfrentamos. Todo el mundo adora a los perdedores, pero eso no significa que estos sean una inversión inteligente. De manera que le escribí en busca de conciliación. Esta fue su respuesta.

Paul miró la carta. Era del puño y letra de Thomas Edison. Consistía en una única palabra: «Jamás».

—Así que, muchacho —prosiguió Westinghouse tras unos instantes que Paul necesitó para procesarlo todo—, se supone que es usted especie de virtuoso del derecho. Demuéstrelo.

5

No he fracasado. Simplemente he dado con diez mil métodos que no funcionan.

THOMAS EDISON

¿Quién inventó la bombilla?

Aquí radicaba la cuestión. Técnicamente el litigio era entre la Edison Electric Light Company y la Mount Morris Electric Light Company, pero cualquiera sabía que detrás de los formalismos subsidiarios y legales estaban los fundadores de las respectivas empresas. Incluso los letrados enfrentados por una demanda de mil millones de dólares se referían al caso como «Edison contra Westinghouse». El asunto que se llevaban entre manos era la patente n.º 223.898, concedida a Thomas Edison el 27 de enero de 1880, que recogía la invención de una «bombilla eléctrica incandescente». Enseguida bautizada por la prensa como la patente de la bombilla eléctrica, no cabía duda de que se trataba de la más valiosa jamás concedida en la historia de Estados Unidos. Y George Westinghouse había sido acusado de transgredirla.

Sin embargo, como Paul señaló a su cliente, incluso un caso en apariencia tan sencillo podía interpretarse de distintas maneras. De hecho, la cuestión radicaba en la definición exacta de los términos en juego: «quién», «inventó» «la» y, el más importante de todos, «bombilla eléctrica».

En realidad las primeras bombillas eléctricas se habían inventado casi un siglo atrás. Paul lo había descubierto al empezar a prepararse para el caso. Sir Humphry Davy había presentado en sociedad las primeras «luces en arco» en 1809. Adhiriendo una batería a dos bastoncillos de carbón había conseguido que un hilo eléctrico en forma de U trazara un arco que uniera el espacio restante entre ambos. La explosión de luz era de un brillo cegador. Perfecto para iluminar la oscuridad exterior, siempre que pudiera ajustarse a fin de garantizar su seguridad y fiabilidad.

En las décadas siguientes se produjeron dichos ajustes. Michael Faraday inventó los primeros generadores eléctricos con manivela en la década de 1830; a base de desplazar imanes por campos de alambre enrollado. Un inventor belga de nombre tan sorprendente como Zénobe-Théophile Gramme mejoró los generadores de Faraday y en la década de 1870, construyó el primer motor eléctrico a partir de algo tan sencillo como fabricar los generadores a la inversa. En 1878 la empresa American Charles Brush ya comercializaba al por mayor sistemas de alumbrado en arco para exteriores en ciudades y pueblos de todo el país. En el otro extremo del planeta, un ruso llamado Pável Yáblochkov vendía lo que había bautizado como «velas» eléctricas: de un tamaño muy inferior a las luces en arco de Davy, si bien creadas bajo el mismo principio, estas «velas» casi podían utilizarse en interiores…

... Casi. Ninguna de dichas versiones tempranas eran aptas para el uso doméstico. Ni una sola ama de casa aprobaría la instalación de una bombilla que resultaba complicada de manipular, cara de reparar y que tenía muchas posibilidades de acabar incendiando las cortinas. Por no hablar de la calidad de la luz. Era espantosa. Fea. Desagradable para el ojo humano a cortas distancias. La electricidad que dibujaba un arco entre dos palitos no dejaba de ser sumamente rudimentaria. Se recalentaba de manera terrible. Las lámparas de gas continuaron siendo mucho más seguras y bonitas.

Fue entonces cuando apareció Thomas Edison, considerado ya el inventor más célebre a raíz de sus trabajos con el telégrafo y el teléfono. El 16 de septiembre de 1878 Edison anunció en las páginas del *New York Sun* que había resuelto el problema de generar una iluminación interior fiable, segura y, por encima de todo, agradable. Había inventado «una bombilla eléctrica incandescente». A la entregada prensa le explicó que, en cuestión de semanas, habría acabado el cableado del Lower Manhattan para que disfrutara de luz eléctrica interior.

El día que se publicaron las declaraciones de Edison, las acciones de las principales compañías de gas de Estados Unidos y Gran Bretaña cayeron más del veinte por ciento. La comunidad científica no se mostró tan impresionada. Desde sus cátedras universitarias los académicos reaccionaron con escepticismo y luego con burlas descarnadas. Aseguraban que aquello era imposible. No había manera de estabilizar una corriente uniforme a través de un filamento para crear un brillo suave y constante. La electricidad era díscola. No era como el queroseno o el esquisto bituminoso, elementos naturales creados por Dios y que el hombre había moldeado para adaptarlos a sus intereses. La electricidad era una fuerza. Domar la corriente eléctrica sería como dirigir la gravedad para que cumpliera nuestra voluntad. Como viajar en el tiempo. Existían cosas en este mundo a las que ni siquiera la ciencia podía meter mano. El «brillo suave» de Edison violaba todas las leyes de la física.

Leyendo detenidamente viejos periódicos en su despacho, Paul averiguó que Edison había respondido con una serie de demostraciones privadas a las que solo fueron invitados un reducido número de periodistas e inversores potenciales. A los hombres destinados a financiar el proyecto —que acabaría llamándose Edison General Electric Company— se les permitió entrar a ver las bombillas encendidas, de uno en uno y durante pocos minutos. No se les mostraron los diseños. De todas formas, quedaron asombrados con lo que vieron en un cuarto a salvo de miradas indiscretas. Por primera vez en sus vidas contemplaron un nuevo tipo de luz, que describieron de forma incesante en sus periódicos, sus revistas, sus boletines académicos, sus informes para los accionistas. Paul los leyó todos aquella primavera, una década después. Parecían haber descubierto un nuevo color. Y lo bautizaron Edison.

El 4 de noviembre de 1879, más de un año después desde el anuncio a la prensa de su dispositivo, Thomas Edison registró al fin su patente de la bombilla eléctrica incandescente. Paul guardaba una copia de esa solicitud de patente en su escritorio y la miraba a diario; sobre ella recaía el destino de su caso. Si la patente no se cuestionaba, nadie excepto Edison podría fabricar y vender bombillas incandescentes en Estados Unidos. Si Paul no era capaz de tumbar la reclamación de patente, Thomas Edison poseería el monopolio de la luz en sí misma.

La historia del invento de Edison había sido expuesta con sencillez y la patente se había concedido sin problemas. Sin embargo, en la profesión de Paul nada resultaba tan evidente. Bastaría el menor cambio de perspectiva, el más sutil de los reencuadres, para que la historia de Edison diera un giro radical.

¿Quién inventó, pues, la bombilla eléctrica?

Primero: el «quién». Edison distaba mucho de ser un lobo solitario encerrado en su laboratorio. ¿Cuántos le habían ayudado? Si el esfuerzo de otros había servido para crear esa bombilla, ¿el trabajo ajeno le pertenecía? ¿O alguna otra persona podía reclamar su parte en el supuesto logro de Edison? Asimismo, a lo largo y ancho de Estados Unidos y Europa un millar de laboratorios habían trabajado en el mismo problema. ¿Acaso Edison no habría utilizado ideas desarrolladas en otro lugar, ideas que hubieran aparecido en alguna de las muchas y muy difundidas publicaciones especializadas en ingeniería? Un robo era un robo, con independencia de que fuera o no intencionado.

Segundo: «inventó». ¿La bombilla incandescente de Edison era un invento esencialmente nuevo, o solo una versión mejorada de un dispositivo anterior? Según la ley, para que una patente fuera válida el invento en cuestión debía constituir un descubrimiento muy importante. No podías limitarte a modificar un dispositivo ajeno y reclamar como propia la máquina resultante. La novedad debía ser evidente. ¿Acaso Joseph Swan no había patentado ya algunas bombillas incandescentes? ¿Y Sawyer y Man? ¿Qué diferenciaba a la bombilla incandescente de Edison del resto? ¿Qué la convertía en un invento?

Tercero: «la». Quizá esta fuera la palabra más escurridiza. Aunque Edison hubiera sido el responsable del invento, incluso si de verdad era tal cosa, ¿se podía decir que inventó «la» bombilla eléctrica o solo «una» bombilla eléctrica? ¿A qué venía el artículo definido? La variedad de bombillas eléctricas era tan amplia como la de rosas que brotaban en los jardines de Central Park. ¿Qué otorgaba a la de Edison semejante prerrogativa? Los abogados de la Edison General Electric Company no sostenían que este poseyera la patente de un diseño específico de una bombilla eléctrica concreta, sino que su patente abarcaba todos los diseños de todas las bombillas eléctricas. Argumentaban que a ninguna otra empresa la amparaba el derecho legal de fabricar bombillas incandescentes porque la propia luz incandescente recaía en la patente de Edison.

Aquí residía el meollo del asunto. George Westinghouse, Eugene Lynch, Elihu Thomson y docenas de otros competidores vendían diferentes bombillas. Las de Westinghouse eran más cortas y con filamentos rectos que no se enrollaban. Las de Eugene Lynch tenían una base más ancha hasta que el desafortunado incidente del operario en llamas llevó a su empresa a la ruina. ¿Acaso no pertenecían todos estos ejemplos a la variedad infinita de objetos que podían considerarse «bombillas eléctricas»? Paul podía sugerir, con delicadeza y lógica aplastante, que quizá Thomas Edison hubiera patentado una bombilla eléctrica específica, pero no podía patentar la «idea» misma de una bombilla eléctrica. Cabía la posibilidad de que lograra evitar que Westinghouse comercializara un diseño concreto de bombilla, pero no estaba en su mano prohibir que la competencia fabricara cualquier tipo de bombilla.

Y, por último, la nueva expresión mágica en sí: «bombilla eléctrica». Nadie sabía siquiera de dónde había salido ni quién la había acuñado. La «luz» solo llevaba unos pocos años saliendo de las «bombillas», desde…, bueno, desde Thomas Edison. Era un término que había gustado y calado entre la gente. Sin embargo, un abogado en la situación de Paul estaba obligado a formularse preguntas. ¿A qué se referían exactamente esas palabras? ¿Qué convertía a algo en una bombilla eléctrica? Según la ley, para que un mecanismo pudiera patentarse debía ser «no obvio». No se podía reclamar una patente de algo que ya existía, de un bocadillo de pavo, por ejemplo. Los estadounidenses hambrientos llevaban generaciones almorzando ese bocadillo. Y lo que era aún más importante: tampoco se podía patentar un bocadillo de pavo con chucrut, por mucho que uno fuera la primera persona en Estados Unidos en dar con una combinación tan asquerosa. Cualquier chef borracho podría tener la misma ocurrencia por puro azar.

De manera que había una serie de cuestiones que debatir. Si Thomas Edison y su ejército de abogados sostenían que su patente abarcaba la idea de la bombilla eléctrica en su conjunto, ¿acaso no era cierto que dicha idea estaba ya en el aire? ¿No era verdad que los hombres llevaban décadas trabajando de forma frenética tratando de crear algo así? El concepto de una bombilla eléctrica de este tipo, ¿no la debatían ingenieros y científicos desde 1809? La idea de una bombilla eléctrica difícilmente sería «no obvia». Solo lo era un diagrama específico de Edison, al que debía reconocérsele cierto ingenio, eso sí. Paul no iría más allá de reconocer que la bombilla eléctrica de Edison era el árbol de hoja perenne más alto de los Apalaches. Un ejemplar magnífico y destacado, digno de admiración incluso, aunque a la vez un solitario brote en medio de un conjunto vegetal mucho mayor.

¿Quién inventó, pues, la bombilla eléctrica? Atendiendo al razonamiento de Paul, la respuesta era que dependía de cómo se viera. También que la tarea del gobierno federal no consistía en sofocar la innovación cuando empezaba a surgir, es decir, mientras el terreno estuviera tan inexplorado. Afirmar que Thomas Edison había inventado la bombilla eléctrica era perjudicial para la libre empresa…, para el progreso científico. Para los negocios. Para los consumidores. Y para los Estados Unidos de América.

—¿Sabe? —dijo Westinghouse después de que Paul hubiera dedicado varias horas a explicarle su estrategia en lo que básicamente había sido un monólogo—. Tenía usted razón. No me gustan los abogados. —Westinghouse observó la puesta de sol tras las ventanas bajas de su laboratorio—. Pero conociendo a los abogados, puede que usted sea medio decente.

6

Siempre puedo contratar a matemáticos, pero ellos no pueden contratarme a mí.

THOMAS EDISON

Aquella primavera las demandas arreciaron como plagas de langostas sobre las cosechas. Los formularios de solicitudes infestaron la costa —Nueva York, Washington y Filadelfia—, antes de tomar rumbo al Oeste y barrer las llanuras. El asalto fue de dimensiones bíblicas y el ánimo entre los abogados adquirió tintes apocalípticos.

Paul jamás había visto nada igual porque nadie lo había hecho. Estaba al tanto de disputas del pasado por las patentes. Refriegas en torno a diversos aspectos relacionados con el telégrafo habían aflorado aquí y allá durante décadas. La máquina de coser —a aquellas alturas, un aparato de lo más común en cualquier hogar decente— había generado una lluvia torrencial de demandas y contrademandas. Pero era una minucia comparado con esto. En aquellos momentos, no solo había trescientas doce demandas diferentes en curso entre Thomas Edison y George Westinghouse, sino que docenas de pequeñas compañías eléctricas se interponían pleitos las unas a las otras con idéntico afán.

De vez en cuando Carter se acercaba desde su despacho, contiguo al de Paul, fingiendo buena disposición y preguntándole si necesitaba consejo. A Paul no le costaba declinar las ofertas de su antiguo mentor. Sin embargo, Hughes se mostraba más ladino, y se presentaba con aire servil en busca de consejo. Paul le reconocía la persistencia y la flagrante falsedad, lo que casi hacía que no fuera ni un subterfugio.

—Estoy convencido que mis clientes de National Steel se entusiasmarían si supieran que sus contratos los supervisa el genio que representa a George Westinghouse.

Paul no podía negarse, pero era lo suficientemente consciente de la ambición competitiva de Hughes para mantener los expedientes lo más lejos posible de su vista.

—Oye, Cravath —le dijo una tarde de primavera mientras entraba al despacho de Paul. Su rostro cuadrado y la calvicie prematura le conferían una expresión pensativa—. Hace tiempo que le doy vueltas a una cosa. Creo que si Edison trama algo contra nosotros, quizá nos interese saber un poco qué nos tiene reservado.

Paul advirtió la escasa sutileza que había en usar el «nosotros», pero no dijo nada.

Hughes cerró la puerta a sus espaldas con aire conspirativo.

—¿Has pensando en la posibilidad de recurrir a un espía?

Paul depositó su Waterman de capuchón cónico en la mesa. A esas alturas la estilográfica ya le había dejado una cicatriz permanente en un dedo. La menor pausa era bienvenida.

—¿Un espía?

—En el taller de Edison. Alguien que nos filtre sus planes. Su estrategia.

—Un espía suena melodramático.

—Puedo ayudar a conseguirlo.

Hughes golpeó la superficie de la mesa con un periódico. Al bajar la vista Paul reparó en que se trataba de la edición matinal del *New York Times*, no el adulador más clamoroso con que Edison contaba en la ciudad, pero que estaba bien lejos de ser el menor de ellos. La noticia hacia la que Hughes intentaba dirigir su atención se hallaba medio oculta entre una docena de columnas de noticias financieras y cartas de los lectores. El titular rezaba: EDISON DESPIDE A SUS EMPLEADOS MÁS ANTIGUOS. El artículo daba cuenta de una sangría de despidos durante la primavera, una docena de ingenieros de los que el laboratorio de Edison se había librado.

—Basta que Thomas Edison estornude para que sea noticia —comentó Hughes—. Los periódicos lo tienen más controlado de lo que jamás podríamos tenerlo nosotros.

—¿Por qué ha despedido a sus empleados más cualificados?

—Porque necesita chivos expiatorios. ¿Y si resulta que en su laboratorio algo no funciona como quisiera, de modo que hace desfilar a un ingeniero tras otro hasta que uno de ellos encuentre el modo de que funcione ese lo que sea?

Era una posibilidad interesante. Paul no había enfocado el asunto desde la perspectiva de Edison. ¿Qué provoca el insomnio del gran hombre en su torre de oro de la Quinta Avenida? ¿A qué problema no había encontrado solución el hombre capaz de iluminar la estatua de la Libertad con solo apretar un botón?

—Es la distancia —reparó Paul—. No ha conseguido superar lo de la distancia. Como con la estatua.

—¿Qué estatua?

—La de la Libertad. Westinghouse me lo explicó una vez. Bueno, lo intentó. El tipo de corriente eléctrica que están fabricando Edison y Westinghouse no puede recorrer más que unos pocos centenares de pies. No puede ir desde el despacho de Edison en la Quinta Avenida hasta… donde sea. Westinghouse fue claro al respecto: no importa el tamaño del generador que fabriques, pues la corriente eléctrica no avanza más de una manzana de la ciudad.

—¿Por qué?

—No tengo la menor idea, pero me sugirió que era un problema enorme. Sus propios empleados están rompiéndose la cabeza intentando solucionarlo. Instalar un generador cada pocas manzanas, que es a lo que ambas compañías se verían forzadas, resulta sumamente costoso, por no decir ineficaz.

Hughes señaló el listado con los nombres de los antiguos empleados de Edison.

—Este hombre al que menciona el artículo, Reginald Fessenden.

—Uno de los mejores ingenieros de Edison, solo un escalafón por debajo de Charles Batchelor.

—Lo que significa que seguro que ha estado metido en el problema de la distancia. Y aún mejor, el *Times* dice que trabajó cuatro años para la compañía.

—¿Y qué?

—Que si yo hubiera trabajado para un hombre cuatro años, dándole día a día lo mejor de mí, para luego ver cómo una mañana me despachaba a las bravas por haber fracasado (al igual que todo mi equipo) a la hora de resolver un problema para el que nadie ha encontrado solución, tendría ganas de venganza.

[En cualquier] máquina, el fallo de una parte a la hora de cooperar de forma adecuada con otra desestabiliza el conjunto y lo deja inoperativo para el propósito buscado.

THOMAS EDISON

Reginald Fessenden era incluso más joven que Paul. Ni su barba poblada ni el largo bigote de puntas hacia abajo que se unía a ella hacían que pareciera mayor. Sin embargo, cuando abría la boca adoptaba un aire profesional. Alzando la barbilla y escrutando por debajo de sus lentes bifocales redondas, hablaba con parsimonia. Pontificaba como un viejo.

Paul concluyó que Fessenden tenía todo el derecho a comportarse como un profesor dado que acababa de encontrar un empleo como tal. Tras su brusca marcha de la empresa de Edison había recibido una oferta para dar clases de ingeniería eléctrica en la Universidad Purdue de Indiana. Casi sin darse cuenta, había pasado de diseñar tubos de ensayo al vacío en la Quinta Avenida a enseñar entre los campos de maíz de Indiana cómo funcionaban los motores simples. Cuando dos semanas después de la conversación con Hughes Paul lo visitó en su desangelado despacho en el campus de Purdue, Fessenden no parecía contento con el cambio repentino que se había operado en su carrera profesional.

—Por mí Thomas Edison puede pudrirse en el infierno.

La reluciente mañana del Medio Oeste entraba por las ventanas de guillotina. El aire parecía limpio, pero Paul no se sentía así. Apenas había podido dormir en el tren nocturno que lo había llevado hasta allí. No le había dado tiempo a cambiarse de ropa. Ocultó las arrugas de su camisa blanca bajo el abrigo oscuro.

—¿De modo que no dejó de trabajar con Edison por voluntad propia? —preguntó Paul haciéndose el tonto.

—Está claro que debería haberlo hecho. Es un iluso si cree que podrá apañarse sin mí. Sin todos nosotros. Menuda escabechina. Adujo no sé qué sobre el precio de las acciones. La guerra que mantiene con su cliente, señor Cravath, está costándole un buen pellizco. No formaba parte de mi dichoso trabajo preocuparme por sus acciones, eso pienso. Mi trabajo consistía en diseñar sus máquinas, cosa que hacía excepcionalmente bien.

—¿Qué me dice del problema de la distancia?

Fessenden entornó los ojos.

—¿Por qué lo pregunta?

Paul le explicó que necesitaba ayuda. Para que Westinghouse ganara la demanda que había interpuesto contra el hombre que los había perjudicado a ambos —que había torpedeado la carrera de Fessenden y emponzoñado la de Westinghouse con cargos difamatorios de robo intelectual— debía saber lo máximo posible acerca del funcionamiento interno del laboratorio de Edison.

Quería saber cómo operaba en la actualidad, pero también años atrás, cuando patentó la bombilla eléctrica. Fessenden poseía información que resultaría mucho más valiosa en manos de Paul que en las suyas.

Fessenden escuchó en silencio. Su rostro era inescrutable. Solo cuando Paul terminó, alzó una ceja y formuló una pregunta de lo más reveladora:

—¿Y qué me está ofreciendo exactamente, señor Cravath?

Paul tuvo ganas de sonreír. En aquellos científicos siempre se ocultaba un hombre de negocios.

—Tengo la impresión —dijo Paul— de que tal vez necesite un nuevo empleo. —Con un gesto señaló los espacios abiertos que, al otro lado de la ventana, conformaban los campos de Indiana. En la lejanía se veía un par de bestias de carga que trajinaban cubos de agua por las tierras áridas.

Días atrás había preparado los detalles de la oferta. Pittsburgh. El laboratorio de Westinghouse. Director del departamento de ingeniería. Al describirle el puesto, los labios de Fessenden temblaron. Preguntó si George Westinghouse estaba de verdad dispuesto a ofrecer un cargo de semejante responsabilidad a alguien tan joven.

—Bueno —repuso Paul—. Creo que en el organigrama de Westinghouse también le ofrecieron otro puesto de gran responsabilidad a alguien mucho más joven de lo esperado.

Cuando Fessenden se reclinó, las ruedecillas oxidadas de su silla chirriaron.

—¿Está contento allí?

Paul se encogió de hombros.

—Si logra encontrar un trabajo mejor en otro sitio, hágamelo saber.

Fessenden sonrió.

—De acuerdo. Cuente conmigo.

Firmaron de inmediato. Las condiciones eran lo bastante generosas para que Fessenden no se preocupara de consultar con sus abogados. Se le recompensaría con creces.

—¿Qué desea saber? —preguntó el científico mientras Paul se guardaba de nuevo la estilográfica en el bolsillo.

Su respuesta fue: «Mucho». ¿Cómo funcionaba el laboratorio de Edison? ¿Cuál era su estructura organizativa? Aunque Fessenden no trabajaba allí cuando Edison patentó la bombilla eléctrica, ¿qué comentaban sus empleados de entonces?

—Edison enumeraba los problemas —respondió Fessenden—. Nosotros los resolvíamos. Experimentando, así lo hacíamos. Experimentando de forma interminable y tediosa. La invención no es como la pintan los periódicos, ¿sabe? No consiste en tener a Edison delante de una caja llena de cables en un cuarto oscuro. Es un sistema. Una industria. Es tener un hombre al frente, Thomas, que nos dice: «Vamos a crear una bombilla eléctrica. Aquí están todos los métodos seguidos en el pasado. No funcionan. Ahora se trata de que ustedes descubran el que sí lo haga». A continuación pone a cincuenta de nosotros a la labor, durante un año. Y con el transcurso del tiempo…, la bombilla eléctrica.

—Por tanto —dijo Paul, emocionado—, Edison echó mano de tecnología ya existente para diseñar su bombilla eléctrica.

—Bueno, eso por descontado.

—¿Recurrió a alguna de las patentes que ya había? ¿A la de Sawyer y Man? ¿A la de Houston?

—Yo no estaba allí, claro, pero por lo que sé, debió hacerlo.

A Paul se le aceleró el corazón. Era cuanto anhelaba oír.

—¿A cuáles?

—Estoy seguro de que miró todas las patentes anteriores, señor Cravath. Pero no de la manera en que usted piensa. Thomas no las usaba para ver cómo debía resolver un problema. Las usaba para saber lo que no debía hacer.

A medida que Fessenden proseguía, a Paul se le encogía el corazón.

—Así trabaja Thomas. No en plan «¿Cuál es la respuesta correcta?», sino «Probemos con cada respuesta hasta que hallemos una que no esté equivocada». Y sobre la propiedad intelectual en posesión de su cliente, Thomas estaba muy complacido ante lo equivocadas que estaban dichas respuestas.

Paul se sintió abatido. Continuó presionando a Fessenden varias horas más, pero no obtuvo nada que le sirviera. Hasta donde Fessenden sabía, Edison era quien de verdad había desarrollado en su laboratorio el diseño de la bombilla eléctrica.

Paul jamás había visto nada parecido a la fábrica rebosante de genios de Edison. Westinghouse había llevado a cabo gestas excepcionales en términos productivos: dispositivos de factura impecable construidos en una fábrica que empleaba a centenares de trabajadores, donde cada uno se ocupaba de una parte; la producción en cadena. Por el contrario, Edison había erigido una fábrica que no creaba máquinas, sino ideas. Un proceso industrial de invención. Centenares de ingenieros volcados en resolver un problema de arriba abajo, donde cada individuo era responsable de su pequeña área. De este modo podían enfrentarse a problemas más complejos que el resto.

Era ingenioso. Fastidiosa, frustrante y fatalmente ingenioso.

El sol empezaba a ponerse sobre los campos de maíz cuando

Paul terminó. La entrevista había sido larga e infructuosa. A la semana siguiente Fessenden viajaría a Pittsburgh para empezar a trabajar en el laboratorio de Westinghouse. Los ingenieros lo someterían a una nueva ronda de preguntas, pero Paul no confiaba mucho en el resultado. Quizá surgiera un detalle técnico aislado, útil para el laboratorio. Sin embargo, él había sido incapaz de dar con algo que pudiera ayudar en un pleito de cuyo desenlace dependía su supervivencia.

—Lo lamento —dijo Fessenden cuando Paul se puso de pie—. Me temo que no le he sido tan provechoso como esperaba.

—Sin duda el señor Westinghouse querrá formularle algunas preguntas, pero yo estoy bastante satisfecho. —No había motivo alguno para desalentar a Fessenden. Westinghouse lo necesitaría muy animado cuando se incorporara.

—¿Sabe qué? —dijo el científico de repente, mientras Paul se desentumecía las piernas—. Si está interesado en encontrar a otro ex ingeniero de Edison que quizá sea capaz de echar más porquería sobre él que yo, conozco a un individuo que podría interesarle.

—Se lo agradecería. ¿De quién se trata?

—De un capullo integral, aunque eso tal vez les resulte provechoso dada la tesitura en que se encuentran. Es un ingeniero de ingenieros, no sé si sabe a qué me refiero. La conversación no es su punto fuerte. Su acento resulta impenetrable. Es de Serbia, creo. Recién desembarcado en los muelles de South Street, con el olor de la sal todavía en el cuerpo, consiguió un trabajo con Edison años atrás. Probablemente su única hazaña en el tiempo que duró en el cargo fue conseguir que todo el mundo lo odiara sin excepción desde el primer minuto. No podía negársele que fuera inteligente, pero no le resultó de mucha utilidad. Era incapaz de trabajar con nadie y siempre se hallaba inmerso en sus propios proyectos. Al final acabó discutiendo brutalmente con Edison. Aunque nunca supimos los motivos, los gritos sí que los oímos, sí. Charles Batchelor tuvo que escoltar al pobre diablo fuera del edificio. No volvimos a verle el pelo. Quizá pasara hace tres años. Si busca a alguien deseoso de echar pestes de Edison, ese puede ser su hombre. —Fassenden miró al techo murmurando: «Si es capaz de entender una palabra de lo que sale por su boca».

—¿Cómo se llama? —preguntó Paul sacando de nuevo la estilográfica.

8

No me importa que públicamente se refieran a mí como el inventor de internet. Lo que quiero es separar esa imagen de mi vida privada, ya que la fama daña la vida privada.

TIM BERNERS-LEE

Nikola Tesla estaba muerto. Y aunque no fuera así, a efectos prácticos para Paul era como si lo estuviera.

Nadie sabía de él desde que se había marchado de forma brusca y enfurecida del laboratorio de Edison hacía tres años.

Paul se dio cuenta de que la comunidad de ingenieros eléctricos era una piña. Hablaban, cotilleaban. Los cambios de empresa, del tipo que Fessenden acababa de protagonizar al entrar a trabajar para Westinghouse, no eran infrecuentes. Lo que hacía más llamativo que Tesla no hubiera dado señales de vida.

Nadie había hablado con él, ni lo había visto. Nadie había recibido una carta suya, ni un telegrama. Paul pensó que quizá hubiera regresado a Europa. Tal vez trabajara en algo completamente distinto. O quizá había sido víctima de la tuberculosis. Daba la impresión de que, tras despedirse de las bobinas del laboratorio de Edison, hubiera hecho lo mismo con las de la vida.

Era un fantasma. Entre los ingenieros circulaba una anécdota divertida. «¿Os acordáis de aquel tipo alto? ¿El del acento raro? ¡Menudo chiflado! ¿Qué habrá sido de él?»

Aparentemente, nada.

En su siguiente visita a la hacienda de Westinghouse, Paul tenía intención de hablar con él del ingeniero desaparecido y de ponerlo al corriente de sus recientes visitas a los tribunales. Hasta el momento su estrategia no había consistido en mucho más que ganar tiempo. Pero de conseguirlo, el tiempo se revelaría muy valioso. La patente de Edison expiraba dentro de seis años. Si Paul lograba demorar cualquier sentencia definitiva contra ellos en ese plazo, estarían salvados. Perder muy lentamente era casi tan bueno como ganar.

A su llegada, el mayordomo informó a Paul de que estaban repintando el porche principal. ¿Tendría inconveniente el señor Cravath en acceder por la parte de atrás? Paul intentó no pensar en si aquello significaba algo. Tomó asiento en una sillita que habían colocado en un pasillo trasero. Los minutos pasaron.

Esperó más de una hora en aquel pasillo silencioso. En el maletín llevaba documentos que leer, pero no los sacó. Si Westinghouse se proponía demostrar algo, él no sería menos. No daría muestras de aburrimiento ni de distracción cuando apareciera.

Cuando al final oyó su nombre y se volvió, Marguerite Westinghouse lo miraba con expresión preocupada. Tenía los brazos cruzados. La señora de la casa llevaba el pelo cano peinado con estilo. Si Marguerite había incurrido en una sola prueba de inelegancia en su vida, Paul no se había enterado.

—Paul —dijo en tono familiar—, no me diga que mi marido lo ha hecho esperar.

—No pasa nada, señora.

Marguerite sonrió. Por descontado que pasaba.

—Es usted un joven excesivamente educado. Acompáñeme.

Paul la siguió por la casa hasta la cocina grande y blanca. De pie en el umbral, Marguerite se detuvo.

—George disfruta haciendo lo mismo a todos los jóvenes —le dijo volviéndose.

—Ah. —Las palabras «todos los jóvenes» resonaron en la mente de Paul. No era más que el último de una serie de *protégés* del gran George Westinghouse. El gesto de amabilidad de Marguerite surtió el efecto indeseado de hacer que se sintiera todavía más inseguro respecto a su situación.

—Está haciéndolo bien —le dijo, como si le leyera el pensamiento—. Pero ¿quiere un consejo? George se pasa la mayor parte del día en la fábrica. No en el laboratorio. Le encanta observar cómo se construyen sus cosas.

Paul no tenía claro adónde quería llegar.

—La fábrica es bastante ruidosa, ¿sabe? —prosiguió. Paul no lograba seguirla—. Suba el tono de voz cuando hable con él. A veces parece un poco hosco, cuando lo cierto es que le cuesta oír.

Paul sonrió. Se acordó de las numerosas ocasiones en que Westinghouse había dado un giro brusco y desconcertante a la conversación. Aquello explicaba muchas cosas.

Marguerite había vuelto a impresionarlo. Si le hacía esa confidencia no era para traicionar la confianza de su marido, sino porque sabía que este necesitaba a Paul.

Tras invitarlo a entrar la cocina encontraron a George Westinghouse sentado en un taburete. Estaba inclinado sobre lo que Paul supo enseguida que se trataba de una vinagreta.

—Me he encontrado a tu abogado en el recibidor —dijo Marguerite—. Si lo dejas ahí demasiado rato tendremos que invitarlo a cenar.

Westinghouse levantó la vista y tomó nota de la dulce reprimenda de su esposa.

—Entre, entre —se limitó a decir.

Marguerite pareció entenderlo como una señal para que los dejara solos.

En un tono alto, Paul puso al día a Westinghouse sobre las trescientas doce demandas a las que se enfrentaban. Prolongar, aplazar, posponer; esas eran las mejores herramientas de Paul. Su argumento de que la bombilla eléctrica de Westinghouse no violaba la patente de Edison sería el siguiente movimiento, pero lo ejecutaría lo más lentamente posible. Westinghouse soltó algunos gruñidos de conformidad. Solo cuando Paul abordó el asunto menor del antiguo empleado de Edison dio muestras de despabilarse.

—¿Tesla?

—Sí, señor. Se lo ha tragado la tierra.

—¿Nikola Tesla?

—Sí, señor —dijo Paul alzando aún más la voz. El consejo de Marguerite no resultaba de tanta ayuda como había imaginado.

—¿De qué me suena ese nombre?

—Me temo que no lo sé.

—Es un nombre extraño. —Pareció como si Westinghouse le diera vueltas alrededor de la lengua, como si repetírselo le ayudara a localizar su origen.

De repente se incorporó y condujo a Paul hacia el estudio repleto de libros. Paul reparó en que no había vuelto a pisar aquella habitación desde su primera visita a la hacienda, hacía varios meses.

—Tesla... Tesla... —dijo Westinghouse mientras repasaba una pila de cartas que había sobre su escritorio, que parecía su correspondencia atrasada. Paul dudaba mucho de que Westinghouse se hallara al día con la labor—. ¡Aquí está! —exclamó con satisfacción—. Una carta de Thomas Martin. Es un científico que, de vez en cuando, ejerce de periodista. Edita una publicación técnica llamada *Mundo Eléctrico*.

—No puedo decir que yo sea suscriptor.

—Una pena.

Westinghouse le tendió la carta. Bajo una nota asomó otra hoja con un diagrama técnico dibujado con detalle. Aunque Paul no tenía la menor idea de qué representaba, sí podía dar fe de su complejidad.

Miró de nuevo la carta.

—¿Su amigo el señor Martin asegura que recibió este diagrama de un desconocido llamado Nikola Tesla, que solicitó su publicación?

—Y Martin, intrigado por la naturaleza tan audaz de los diseños, me pidió si sería tan amable de echarle un vistazo, a fin de determinar si existía algún modo de fabricarse.

—¿A fabricarse?

—Una cosa es diseñar algo, muchacho. Incluso Thomas Edison diseña mucha bazofia. Y otra muy diferente es diseñar algo que pueda construirse en la práctica. Algo que funcione. Eso distingue al verdadero inventor. Diseñar mecanismos susceptibles de fabricarse.

—¿El diseño de Tesla puede fabricarse?

Antes de responder, Westinghouse se apoderó de nuevo de la carta.

—He pedido a algunos de los chicos que le echaran un vistazo. Es interesante, eso debo reconocérselo a su fantasma. Sin embargo, no cabe duda de que está a medias. Habría que perfeccionarlo durante meses hasta obtener algo que pudiera fabricarse.

—¿La carta lleva la dirección de Tesla? ¿Algo que me sirva para encontrarlo?

—No —respondió Westinghouse—. Pero sí una cosa que hará que yo le sea de ayuda. —Con un gesto indicó el diagrama—. El señor Martin ha aceptado publicar los diagramas. También ha solicitado a Tesla que pruebe la eficacia de su diseño en una demostración pública. Martin ha conseguido que Tesla acepte a presentar su trabajo en el Instituto Americano de Ingenieros Eléctricos, organización de la que soy miembro, como quizá ya haya deducido.

La demostración se realizaría en Nueva York al cabo de pocas semanas. Si Paul deseaba interrogar a Tesla acerca de su trabajo con Edison, Westinghouse lo invitaba a ello.

De regreso al laboratorio para discutir otros asuntos, Paul se sintió animado. No tenía la menor idea de lo que le depararía el misterioso señor Tesla, pero un enemigo de Edison estaba llamado a ser un amigo de Westinghouse.

9

La ciencia puede describirse como el arte de la simplificación sistemática. El arte de discernir por adelantado lo que podemos omitir.

KARL POPPER

Tres semanas después, Paul guiaba a George Westinghouse entre la multitud vespertina que atestaba la calle Cuarenta y siete. Evidentemente, Nueva York no era del agrado de Westinghouse. El tumulto, el ajetreo y quizá incluso el ruido lo abrumaban. Orgulloso, le dijo a Paul que hacía más de dos años que no visitaba Manhattan. Más valdría que aquel Tesla les tuviera reservado un buen espectáculo que justificara romper una racha tan satisfactoria.

Los dos hombres llegaron a la esquina con Madison Avenue. Frente a ellos se erigía el campus del Columbia College, que ocupaba varias manzanas. Cruzaron los parterres de césped al ritmo de las campanadas de Saint Thomas Church. Hacía mucho tiempo que Paul no se acercaba a su alma máter. Pisar el enlosado gris que delimitaba aquellos edificios neoclásicos fue como viajar en el tiempo. Pasaron por delante del antiguo Instituto de Ciegos y Mudos. Hacía años que la propiedad había sido adquirida por los perspicaces administradores de Columbia. A medida que la universidad se expandía, iban añadiéndose nuevas alas a casi todos los edificios. La Facultad de Derecho quedaba cerca de la calle Cuarenta y nueve, en el extremo norte del campus. Paul se sintió insólitamente viejo al echar un vistazo a los desaliñados estudiantes sentados en el césped. ¿De verdad habían pasado solo unos pocos años desde que él era así de joven?

Sentirse un extraño en el lugar que te vio hacerte adulto, ser un viejo entre tus iguales, pero un jovencito entre tus socios: aquellas eran las endémicas señales de desplazamiento generacional que aguardaban a los jóvenes y exitosos. A Paul lo embargó un deseo instintivo de encontrarse de nuevo allí, de ser un estudiante con mucho que demostrar. Sin embargo, recordaba lo tensos e infelices que habían sido aquellos años. Él, un pobretón de Tennessee entre la aristocracia neoyorquina. Creía que en Oberlin había conocido a gente acomodada —hijos de comerciantes y de trabajadores del ferrocarril—, pero solo porque jamás se había cruzado con los verdaderamente acaudalados. Antes de ingresar en Columbia nunca había tenido la sensación de ser pobre.

Mientras llevaba a Westinghouse bajo la nueva arcada de piedra hacia la Facultad de Ingeniería, Paul se fijó en que no era ni mucho menos el único posgraduado allí. Resultaba evidente que con la publicación de los diseños de Tesla se había corrido la voz de que la charla de esa noche se saldría de lo ordinario. Significara lo que significase el término «ordinario» para una organización tan reciente como el Instituto Americano de Ingenieros Eléctricos y un ámbito tan virgen.

Mientras se acomodaban en dos asientos libres al final del gran auditorio, Paul vio un rostro familiar varias filas más adelante, cerca del podio. Charles Batchelor le guiñó un ojo cuando sus miradas se cruzaron. Acto seguido Batchelor se volvió, perdiéndose entre un mar de ingenieros.

Lo que probaba que Thomas Edison también andaba detrás de Tesla. Cómo no.

Los diagramas que Tesla había publicado en *Mundo Eléctrico* la semana anterior estaban incompletos. Sugerían un nuevo dispositivo, pero no daban detalles de su función. Sin embargo, no cabía duda de que lo que había esbozado Tesla era potencialmente muy revolucionario.

Nadie sabía qué se disponía a desvelar con exactitud. Westinghouse le había dicho que, a tenor de los diagramas, podría tratarse de cien dispositivos eléctricos diferentes. El misterio no hacía más que aumentar su potencial.

Esperaron media hora. La expectación aumentaba a medida que el retraso se prolongaba. Cada minuto que Tesla demoraba su aparición, aumentaba el volumen y la intensidad del parloteo de la multitud que abarrotaba la sala. Los asientos crujían aplastados por los chismorreos.

Por fin se abrieron las puertas principales y apareció Thomas Martin —Westinghouse le indicó a Paul quién era—, seguido de un hombre que no podía ser más que Nikola Tesla. Era delgadísimo y medía seis pies y medio. Su bigote trazaba una delicada curva y llevaba el engominado cabello oscuro peinado con raya en medio. La primera impresión de Paul fue que parecía salido del circo de P. T. Barnum. Su traje muy bien planchado y su pelo profusamente aceitoso le conferían un aspecto impecable. Pese a ello, daba muestras notorias de incomodidad mientras su anfitrión lo arrastraba literalmente hasta el escenario. Martin colocó con torpeza a Tesla en un asiento reservado de la primera fila y subió de inmediato al escenario.

Todo el mundo se acomodó a la espera de que comenzara la demostración de la noche.

—Voy a empezar declarando lo obvio —dijo Martin con voz firme—. Nuestro invitado de honor preferiría no estar aquí.

El auditorio recibió la broma con una risita cálida. Dentro del círculo de ingenieros de Nueva York, Martin era lo más parecido a una *éminence grise*. Si la composición del público presente servía de alguna indicación, la ciencia se estaba convirtiendo en cosa de jóvenes, y la barba canosa de Martin dejaba claro que él ya no se contaba entre ellos.

—Nikola Tesla es un genio —prosiguió—. Y como tantos genios, un hombre muy reservado. De todas maneras, se ha dejado convencer para compartir con nosotros su peculiar genio esta noche. Estoy seguro de que enseguida advertirán que descubrimientos como el suyo no han nacido para permanecer en la sombra.

Paul percibió la satisfacción de Martin en su media sonrisa. Sentido de la propiedad: eso era lo que Martin estaba diseminando entre la multitud. Tesla era su descubrimiento. Por extensión, también reclamaba como propio lo que Tesla tuviera que aportar al mundo.

—Caballeros —continuó Martin—, si me permiten otra muestra de heterodoxia, no los aburriré con más detalles acerca de su invitado de honor. Ha solicitado que los aspectos de su vida previos a este momento no sean referidos, ya que no guardan apenas relación con el acto de esta noche. Así que voy a respetar sus deseos y, sin más dilación, les presento a mi amigo y colega, Nikola Tesla. Tiene algo que… no desearía mostrarles.

El aplauso no se sincronizó con el final del discurso, pues Martin ya había abandonado el escenario de un brinco. Tesla se dirigió hasta una gran pizarra colocada en la parte delantera de la sala y se volvió para encarar al auditorio. Con las manos en los bolsillos, fijó la vista en algún punto del horizonte. El aplauso se fue apagando, pero Tesla no pareció percatarse. No colocó apuntes en el atril que tenía enfrente. No cogió la tiza ni hizo gesto alguno que indicara que se disponía a dar una conferencia.

Mantuvo los ojos fijos en un punto vago e impreciso de la lejanía. Cualquiera que fuera el planeta donde estuviera, él era su único habitante. Daba la impresión de ser completamente ajeno a la presencia de los centenares de personas allí congregadas, dispuestas a prestar atención a la menor de sus palabras, si es que tenía la amabilidad de pronunciar alguna.

—Ruego disculpen mi cara —les llegó la voz aguda y de marcado acento de Tesla—. Mi palidez es blanca como pálida. Mi salud está en un estado a medias.

Entre lo confuso que resultaba su acento serbio y su extraña sintaxis, Paul necesitó un instante para comprender que Tesla en realidad estaba hablando en inglés. Enseguida quedó claro que su dominio de los rudimentos del lenguaje —las palabras, las frases cortas— era profundo, mientras que el de sus aspectos más complejos —la gramática, la construcción de las frases—, caótico. Como si lanzara al aire todos los términos que conocía de una materia determinada para luego alejarse sin esperar a ver dónde aterrizaban.

—Los laboratorios son lugares más adecuados para máquinas que para personajes —continuó Tesla—. Pero soy divagado. La nota que he recibido para la conferencia de hoy era bastante pequeña y no he sido capaz de abordar el tema tan extensivamente como deseado. Mi salud, he dicho. Les pido su amable indulgencia y mi gratificación deberá ser de sus aprobaciones menores. —Y acto seguido, abandonó la sala.

10

Recuerda que es imposible hablar de manera que no se te malinterprete. Siempre habrá alguien que lo haga.

KARL POPPER

Thomas Martin intentó por todos los medios apaciguar a la multitud. Por su expresión de pesar, Paul dedujo que aquel numerito sería solo el último de una larga lista de amotinamientos por parte de Tesla.

Si la intención de Martin había sido arrogarse a Tesla como suyo, el desastre reinante servía para brindar justo la impresión contraria. Tesla no pertenecía a nadie.

Y entonces, de repente, Tesla entró en tromba por las amplias puertas dobles. Se personó con la misma rapidez con que había salido. Esta vez arrastraba tras él una carretilla de cuatro ruedas tapada con una lona grande y negra. A tenor de las irregulares protuberancias que se repartían por la superficie de la lona, quedaba claro que ocultaba algo muy raro. Algo que Tesla planeaba desvelar cuando llegara el momento. Paul no pudo evitar pensar en un mago que se disponía a hacer un truco.

—El asunto sobre el que tengo el placer de cargar hasta su atención es un sistema innovador de distribución eléctrica y transmisión de energía.

Las palabras de Tesla salieron de su boca en un volumen más adecuado para un almuerzo con un viejo amigo que para una conferencia ante centenares de personas. Los presentes cuchicheaban entre sí en un esfuerzo por entender lo que decía. Paul miró a Westinghouse. ¿Podía el anciano oír una sola palabra?

—Las corrientes alternas son la base del uso de mi sistema al permitir ventajas particulares sobre las corrientes directas comunes en el terreno del hoy de día. Confío que enseguida demostraré la adaptabilidad superior de estas corrientes a tanto la transmisión de energía y los modos de los motores.

El silencio en que acababa de sumirse el auditorio se rompió al instante. Gritos de perplejidad llegaron desde todos los rincones de la sala de conferencias. «¿Corriente alterna?», fue la primera de las muchas cosas que se gritaron. Lo que acababa de decir Tesla, fuera lo que fuese, parecía sumamente controvertido.

Cuando Tesla retiró la lona negra, aparecieron tres artefactos metálicos. A ojos de Paul, dichos artefactos, cada uno el doble de grande que una máquina de escribir, no eran más que amasijos de alambre enrollado, tubos huecos y ruedas extrañas.

—Perdón para mí —dijo el inventor. Al no elevar el tono de voz, su insistencia cortés pasó inadvertida para la mayoría del auditorio—. Se diría que explicaciones se piden.

Se acercó a la pizarra y empezó a escribir ecuaciones. A Paul se le antojaban garabatos pero, al margen de lo que fuesen, surtían un efecto hipnótico sobre los ingenieros. Cuando Tesla llegaba al final de una línea y desandaba tres metros para empezar una nueva, se oían gritos sofocados. Paul enseguida dejó de prestar atención a Tesla y se concentró en los rostros del público. Vio sus ceños fruncidos por el esfuerzo de entender lo que el científico estaba mostrándoles. Unos cuantos sacaron blocs de notas y lápices; los resultados de sus propios garabatos solo parecían confundirlos más. Dirigían la vista de nuevo hacia la pizarra y entornaban los ojos, como para asegurarse de que no sufrían alucinaciones.

—¿Sabe usted de qué va todo esto? —le preguntó Paul a Westinghouse. Al volverse su cliente, Paul vio que estaba literalmente con la boca abierta—. ¿Señor?

—No estoy seguro de que alguien lo sepa —contestó Westinghouse, en trance frente a aquel despliegue de habilidades matemáticas que se producía al fondo de la sala—. ¿Está multiplicando «K» por el coseno de…? ¿Qué es eso? ¿Una «U»?

—Me temo que está preguntándoselo al único hombre del público que no sabe qué es un coseno.

En la otra punta de la sala Tesla continuaba escribiendo y dando, frente a la pizarra, lo que por lo visto era una conferencia de lo más animada.

—Oiga —dijo Paul—, ¿puede situarme un poco? ¿Qué son esas máquinas? A grandes rasgos.

—Por el amor de Dios, eso es un generador; lo de allá, un motor; y lo del medio, un transformador reductor, o al menos lo parece.

—Entonces ¿a qué viene tanto alboroto? —Paul tenía medianamente claro que ya había oído hablar de todos esos aparatos.

—Se trata de la corriente —explicó Westinghouse—. Ha creado, o afirma haberlo hecho, aún no estoy seguro, un sistema cerrado de corriente alterna.

Westinghouse tomaba notas con fruición en su cuaderno. Docenas de otros ingenieros estaban enfrascados en conversaciones similares en la sala de conferencias, intentando atar cabos.

—¿Qué es la corriente alterna? —inquirió Paul.

—Una parte de mí casi siente cierto grado de satisfacción al constatar que por fin me solicita un poco de iluminación científica. Pero la mayor parte de mí solo desea que se calle. —Westinghouse arrancó la primera hoja de su cuaderno y empezó a trazar un diagrama muy simple—. Básicamente existen dos tipos de corriente eléctrica. La continua, algunas veces llamada directa, que ha sido la de uso tradicional desde Faraday. Y la alterna, que de hecho es igual de antigua, si bien no se halla fuera de un laboratorio. Porque es inservible.

—¿Inservible?

—¿Sabe cómo se genera la electricidad?

—¡Sí! —exclamó Paul con entusiasmo—. Con un generador.

—Madre de Dios… Quiero decir si sabe cómo funciona un generador. ¿Cómo genera corriente?

—Ah…, no.

Westinghouse se centró en el diagrama para explicarle los componentes que había esbozado.

—En pocas palabras, y entiéndase que omito numerosos detalles relevantes en aras de la brevedad: tenemos un imán y una bobina de alambre conductor que gira alrededor de él. Lo más común es que muevas la bobina con una manivela o, en sistemas de mayor tamaño, con un motor a vapor. A medida que la bobina se desplaza por el campo magnético, se genera la corriente. ¿Lo capta?

—Me imagino que sí. ¿Cómo una bobina de alambre conductor que da vueltas a través de un campo magnético puede crear corriente eléctrica?

—Nadie lo sabe.

—¿Qué significa que «nadie lo sabe»?

—Significa que nadie lo sabe. La energía eléctrica es una fuerza. Simplemente ocurre. Solo Dios conoce su procedencia. Los meros mortales como nosotros, y los mortales en particular brillantes que nos llamamos científicos, solo sabemos cómo generarla. ¿Desea que continúe?

—Muchísimo.

Aun cuando Paul confiaba en que Westinghouse no entrara en tecnicismos impenetrables, cualquiera de sus explicaciones sería más comprensible que el galimatías que Tesla seguía desplegando con tiza blanca en la pizarra.

—Cada vez que la bobina pasa alrededor del imán, crea una ráfaga de electricidad. ¡Zap! ¡Zap! Como si con cada vuelta se produjera una detonación de fusil. Aunque, por favor, tenga en cuenta que no se parece en nada a una detonación de fusil. He recurrido a una metáfora para que me entienda. Bien, a fin de conseguir que a un mecanismo le llegue energía de forma apropiada, estas ráfagas son filtradas a través de lo que se llama un conmutador. Este suaviza las ráfagas de energía para que adquieran un fluido uniforme. Como la presa de un río.

—Tiene sentido.

—Me encanta que me lo diga porque ahora la cosa se complica. Todos los sistemas eléctricos deben ser circuitos cerrados, ¿verdad? Son elementos inseparables. La electricidad únicamente fluirá en circuitos completos; los parciales no le sirven. De modo que un generador, como estaba explicándole, concentra energía de

Dios sabe dónde y la envía a un conmutador para atemperarla. Piense en gotas de agua individuales convirtiéndose en un flujo moderado. Luego el conmutador envía este flujo al aparato al que está suministrando energía, pongamos un motor o una lámpara. A continuación, para completar el circuito, la lámpara se conecta de vuelta al conmutador y seguidamente al generador.

Westinghouse le mostró a Paul el diagrama que había esbozado a toda prisa. Se veía un círculo con una caja llamada «generador» a un lado, una caja llamada «conmutador» haciendo de enlace en el medio y otra más llamada «motor» en un extremo. Westinghouse desplazó un dedo alrededor del círculo en el sentido de las agujas del reloj para indicar la ruta seguida por la electricidad.

—La corriente fluye de forma continua, constante y directa alrededor de este circuito. Al modo de un río circular. ¿Ha quedado claro? Lo llamamos corriente continua, o C/C para abreviar.

—Le sigo —dijo Paul sin mucho convencimiento.

Westinghouse soltó un «ajá» que dejó traslucir sus dudas.

—Existe otra manera de construir ese circuito. Se trata del mismo circuito, solo que con un tipo de generador distinto. Eliminemos el conmutador. Ahora, en vez de enviar la corriente de forma constante como antes, lo hace a ráfagas. ¿De acuerdo? ¡Bap! ¡Bap! ¡Bap! Y debido a una particularidad en el diseño del generador, demasiado sutil para que usted lo comprenda, en lugar de enviar la corriente alrededor del círculo únicamente en el sentido de las agujas del reloj —Westinghouse recorrió con los dedos el círculo a modo ilustrativo—, estas ráfagas de corriente cambian de dirección. Una ráfaga va en la dirección de las agujas del reloj, luego se detiene, después da media vuelta y vueltas en el sentido opuesto a las agujas del reloj. Luego se detiene, se da la vuelta, etcétera. Efectúa estos cambios de sentido centenares de veces por segundo. La corriente «alterna» o C/A. ¿Sí? Y espero que entienda que, cuando digo en el sentido de las agujas del reloj y en el sentido contrario de estas, de nuevo uso metáforas, pues la electricidad, en sentido estricto, no es direccional. ¿Le agrada el recurso a las metáforas?

—Pero ¿qué más da? Continua, alterna, C/C, C/A, ¿qué importa?

—No importa. A menos, claro, que desee que su hogar funcione con electricidad. En tal caso sería relevante en grado sumo. La corriente alterna funciona con un voltaje considerablemente superior al de la directa porque carece de un conmutador que la atempere, que comprima su energía, por así decirlo. Es más eficaz.

—Entonces ¿por qué no la usamos?

—Porque no funciona. Piense en una de mis bombillas eléctricas. Se alimenta de corriente directa, continua, que es lo que provoca una luz tan suave, tan uniforme. Ahora imagine que le suministráramos corriente alterna. La luz parpadearía un centenar de veces por segundo: encendida/apagada, encendida/apagada… Sería espantoso. Es más, imagine intentar lo mismo con un motor: se enciende, se apaga, se enciende, se apaga. Un horror, ¿verdad?

—Verdad.

—Pero una corriente alterna resultaría más potente. De manera que si se pudiera conseguir que funcionara…, bueno, las luces durarían más. Los motores girarían más rápido. Y, ah, por cierto, la distancia a la que podría enviarse electricidad sería mucho mayor.

Paul alzó la vista del diagrama.

—¿El problema de la distancia? La corriente alterna es la solución.

—La corriente alterna podría serlo. Se me hace difícil asegurarlo ahora mismo, ya que estoy enseñándole las nociones básicas de física en vez de prestar atención a Tesla.

Un ingeniero sentado en la fila de delante les hizo callar. En lugar de sentirse ofendido por su rudeza, Westinghouse parecía demasiado absorto en las explicaciones de Tesla para responder. Paul se volvió en silencio para concentrarse de nuevo en el escenario. Tesla acabó sus ecuaciones y por fin puso en marcha las máquinas. Giró la rueda de uno de los aparatos, con un zumbido mecánico que se extendió por la sala. Luego hizo lo propio con una maquina adyacente, que emitió un zumbido más bajo. A Paul le recordaron al gemido de dos bestias en la lejanía.

Las máquinas zumbaban de manera incesante. Sus suaves gemidos resultaban casi placenteros al oído. Las ruedas del motor giraban sin pausa.

—Tesla ha descubierto cómo conseguir que funcione esa corriente alterna, ¿me equivoco?

Westinghouse no respondió. No era necesario.

Paul se levantó. La guerra entre Thomas Edison y George Westinghouse estaba a punto de dar un vuelco crucial. Una nueva arma acababa de aparecer en el campo de batalla. Y Paul supo que Westinghouse lo necesitaba a su lado.

11

No me preocupa tanto amasar una gran fortuna como adelantarme a mis colegas.

THOMAS EDISON

Antes de que a Westinghouse le diera tiempo a preguntarle qué hacía, Paul ya se había abierto camino entre la fila de asientos. Los ingenieros refunfuñaron cuando su abrigo golpeó contra los lápices con los que tomaban notas. Tras llegar al pasillo, subió los peldaños que conducían a la parte de atrás. De sus años de estudiante sabía que allí había una puerta de servicio, que lo depositó en una escalera trasera cuyos escalones bajó de tres en tres.

En cuestión de minutos, Tesla se convertiría en el inventor más solicitado del país. No cabía duda de que Charles Batchelor intentaría volver a contratarlo de inmediato. Paul no tenía ni idea de si las máquinas del inventor ayudarían a Westinghouse. Lo que sí sabía es que no podía permitir que Edison se las agenciara. Y también que no disponía de mucho tiempo.

Salió de estampida del edificio a la noche refrescante. Sintió la brisa en el rostro mientras corría hacia el extremo opuesto de la

Facultad de Ingeniería. Se detuvo frente a los enormes escalones de piedra. Y aguardó.

Si había entendido bien, Tesla no era de los que disfrutaba delante de los focos. Martin lo protegería de la horda de ingenieros ansiosos y lo escoltaría fuera de la facultad por la puerta donde él estaba esperando. ¿Qué podía decir en apenas unos segundos para atraer a Tesla a su causa? Jamás se había encontrado en la tesitura de elaborar un discurso tan conciso.

Medio minuto después, Tesla y Martin salían por la puerta.

—¡Señor Tesla! —gritó Paul.

Al ver a Paul, Martin agarró a al inventor serbio de la manga del abrigo y tiró de él.

—Señor Tesla —continuó Paul, aproximándose a los dos hombres. De cerca, Tesla lo sobrepasaba en algunas pulgadas, desventaja a la que no estaba acostumbrado.

—Perdón…, disculpas … —murmuró Tesla. Martin seguía empeñado en que avanzaran.

—Señor Tesla —repitió Paul—. Trabajo para George Westinghouse. Y nos gustaría hacerle una propuesta de colaboración muy especial. —Al oír el nombre de Westinghouse, Tesla y Martin se volvieron.

Paul tenía a su objetivo cara a cara.

—He sabido que en el pasado tuvo usted algunas experiencias desagradables con Thomas Edison —prosiguió Paul—. ¿Qué le parecería contar con la oportunidad de vengarse?

Al ver que los labios de Tesla se curvaban en una sonrisa rebosante de curiosidad, Paul supo que lo había conseguido.

12

Ningún argumento racional surtirá un efecto racional en un hombre que no desee adoptar una actitud racional.

KARL POPPER

Una serie de cuchillos de plata relucían sobre la mesa. Las lámparas de gas proyectaban sombras contra el mantel blanco. De las paredes colgaban óleos; paisajes plácidos, evocadoras escenas rurales. Cada hombre presente en aquel salón humeante que estaba debajo de William Street se encontraba allí para participar en algún tipo de batalla, tomando posiciones detrás de la cubertería afilada con la que libraría su particular justa. Paul Cravath, rígido en su esmoquin, bajó la vista al segundo crustáceo de la noche; la langosta más tierna y embadurnada de mantequilla con la que jamás se había cruzado.

La langosta del plato de Paul la habían pescado en la costa de Maine —posiblemente esa misma mañana— y luego enviado en un abarrotado barco pesquero a los mercados de pescado de Fulton Street. Adquirida por el chef en persona, Charles

Ranhofer, la metieron viva en una olla de agua caliente y la hirvieron veinticinco minutos. Tras romper las pinzas y abrir la cola de un tajo, extrajeron toda la carne húmeda del caparazón y la frieron en una sartén de hierro fundido con mantequilla clarificada. Sobre la carne dorada vertieron crema fresca. Cuando el líquido quedó reducido a la mitad, añadieron una taza de vino de Madeira. Después se reavivó la llama bajo la sartén para hervir el líquido por segunda vez hasta evaporar el vino generoso. A la mezcla se añadió una cucharada de coñac y cuatro yemas de huevo grandes. El chef Ranhofer espolvoreó mínimamente la superficie con pimentón picante antes de que un séquito de camareros sirviera la carne tierna en el plato que Paul tenía delante. Langosta *à la Newburg*, la *spécialité de la maison*.

Aquel era el tercer plato de la cena y apenas iban por la langosta. No tenía la menor idea de cómo haría hueco a tanta comida en un estómago ya hinchado. Los botones de sus pantalones, recién adquiridos en R. H. Macy, parecían a punto de estallar. La camisa blanca que había estrenando comenzaba a empaparse de sudor. La pajarita le apretaba el cuello de punta de ala de la camisa igual que si fuera a arrancarle la cabeza de cuajo, como a una gamba hervida. Aquel tipo de cenas de negocios eran un deporte de riesgo; ¿qué cantidad de carne y vino podía meterse un hombre entre pecho y espalda sin dejar de comportarse con un mínimo de profesionalidad?

En Delmonico's, el restaurante más elegante y de moda entre la clase dirigente de Nueva York, la exquisitez culinaria no se medía por la complejidad, sino por la cantidad. ¿Demasiado? Nada era demasiado. Codornices, pasteles, cardamomo y monedas.

Nunca había suficientes. Si Paul tenía alguna culpa en todo aquello, era la de ser un hombre de su tiempo. Con una punzada de deseo latiéndole en la lengua húmeda tuvo que admitir, aunque para sus adentros, que el sabor de la *sauce béarnaise* lo volvía genuinamente loco.

Tomó un sorbo de oporto e hizo un gesto en dirección al plato gemelo de langosta *à la Newburg* que estaba frente a su compañero de mesa.

—¿Ha probado antes esta langosta, señor Tesla? —preguntó Paul—. Es la mejor de Nueva York.

No era una mentira en sí misma. Aunque Paul nunca la hubiera comido, era muy probable que se tratase de la mejor de la ciudad. Carter y Hughes llevaban con frecuencia a clientes a ese restaurante, pero a Paul no lo habían invitado hasta entonces.

Paul se propuso causar buena impresión. La noche anterior, cuando Tesla había aceptado enseguida la invitación a cenar, Paul se reunió con Westinghouse en su hotel y trazó un plan. Westinghouse y su equipo estudiarían las nuevas patentes de corriente alterna registradas por Tesla. Si eran capaces de modificar las bombillas que fabricaban para que funcionaran con corriente alterna, obtendrían una indudable ventaja tecnológica sobre Edison. Sus luces no solo recibirían energía de un modo más eficaz, sino desde distancias mucho mayores. Al mismo tiempo, Paul haría saber a Tesla a quién le convenía arrimarse.

—No he probado este crustáceo —contestó Tesla—. El pescado no es bien recibido por mi paladar. —Mientras trazaba con el dedo un círculo alrededor del plato, formuló una pregunta bien extraña—: ¿Cuántos centímetros cree? ¿Treinta?

—¿Disculpe?

—El plato. ¿Treinta y cinco centímetros? Sí, creo que treinta y cinco. Y cuatro de profundidad.

—Supongo que sí…

—No está mal, ¿verdad? Ciento cuarenta centímetros cúbicos de este caldo de aroma dulzón, menos el caldo dispuesto en la cola de la langosta. Con lo que solo… —Tesla hizo una pausa y se puso a medir la carne de la langosta con un dedo, contando con los nudillos—. Sí, ciento cinco centímetros cúbicos.

—Se le dan bien los números —dijo Paul. Aunque no sabía de qué hablaban exactamente, aquel comentario le pareció tan válido como cualquier otro para no salirse del tema—. Me imagino que es una cualidad apreciable en su ámbito profesional.

—Es por la irregularidad de la forma, eso es lo que hace dificultad en el cálculo. De lo contrario podría ser mejor en precisión. —Se quedó mirando con fijeza el plato.

—¿Quizá le apetecería comérselo? —preguntó Paul.

—No puedo.

—¿Porque no le gustan los crustáceos?

—Porque no son ciento cinco centímetros cúbicos, señor Paul Cravath. Creo que ambos lo sabemos. Y las aproximaciones solo son útiles hasta el grado de su precisión. Lo que quiere decir nada en absoluto.

—¿Solo puede comerse la langosta una vez haya medido con exactitud sus dimensiones cúbicas?

—Pues claro que no. Le ruego que no me tome mal por un loco. Solo puedo ingerir una cena cuyo volumen cúbico sume un número divisible por tres.

Y pensar que Westinghouse le había parecido un interlocutor difícil…

Cuatro camareros trabajaban en parejas para servir el *ris de veau* cuando Paul puso la directa:

—Lo que mi cliente le ofrece es un laboratorio y personal para que se dedique a sus dispositivos. Usted ha construido algunos inventos maravillosos, pero todavía no ha sido capaz de convertirlos en productos comercializables. ¿Me equivoco? Westinghouse posee los recursos justo para hacer eso. Se me antoja un matrimonio de lo más armonioso. Y, en mi calidad de humilde clérigo, propongo que el enlace se celebre en primavera.

Tesla no daba señales de que las palabras de Paul le afectaran o no. Parecía hallarse en algún lugar completamente distinto.

—¿Productos? —dijo Tesla como si la mera pronunciación de la palabra fuera un error.

—Sí. Sus diseños. Las maravillas sobre las que ha teorizado. George Westinghouse tiene la posibilidad de construirlas. De hacerlas realidad. De insuflarles vida.

—No importa en absoluto si estas cosas se construyen —repuso Tesla frunciendo el ceño—. Las he visto en mi mente. Y sé que funcionan. Si son productos en sus mercados, ¿por qué iba a importarme?

Paul no sabía qué responder. ¿Qué inventor no consagraba su vida a ver sus creaciones hechas realidad?

Debía cambiar de táctica. Fuera cual fuese el impulso que animara a Tesla, lo que moviera su espíritu, se trataba de una fuerza desconocida. No importaba lo desconectado que estuviera del mundo. Paul confiaba en que, al menos, poseyera alguno de los instintos básicos comunes a todos los hombres.

—¿Y Thomas Edison? —preguntó Paul—. ¿Le gustaría que él viera que sus productos adquieren vida?

—El señor Thomas Edison sería incapaz de entender los diseños que he hecho aunque se construyeran frente a sus globos oculares. No está inventando. No es ciencia. Es una cara para las fotografías. Un actor en los anuncios.

—¿Qué ocurrió? Me refiero entre ustedes dos.

Tesla puso una expresión como si hubiera probado un vaso de leche agria. En el caso de que bebiera leche.

—Aventuré Europa de joven, tras abandonar Serbia. En 1882 había viajado a París, Francia, donde hice la reunión del señor Charles Batchelor. Había sido entregado para supervisar las fábricas de Edison en París, Francia. El caballero me dio una contratación allí. Se quedó unos pocos de meses y al mirar por encima de mis aún humildes tanteos me dijo de verlo por ahí si alguna vez iba a la ciudad de Nueva York, Estados Unidos.

—Y eso hizo.

—Lo hice. Me trasladé a la ciudad de Nueva York, Estados Unidos, con una moneda de cinco centavos en mi bolsillo. Marché directo a las oficinas de Edison. Mi primera reunión con el gran señor Edison. Fue... ¿ha conocido usted al señor Edison?

—Sí. No es una experiencia que recomendaría a los timoratos.

—Se rió en mi cara. «¿Quién es este vagabundo parisino y qué me está diciendo?» Eso es lo que dijo el señor Thomas Edison. Mi acento es desviado. Quizá usted lo ha notado. El señor Charles Batchelor le dijo que yo era de los listos, pero no creyó. De modo que le hice una demostración. Tenían un barco en el puerto de la ciudad de Nueva York, Estados Unidos. Un fallo de sus motores. Había sido supuesto que llevaría materiales a Londres, Inglaterra, pero no podía dejar el puerto. La persona de arreglos estaba en Boston, Estados Unidos, pero no iría abajo para reparar en dos días. Así que les dije me lo encargaría. —Tesla echó un vistazo a su redondo de ternera. Con su cuchillo plateado cortó el *ris* en mitades. Luego en cuartos. Finalmente, con precisión milimétrica, en octavos—. Los motores no son cosas complicadas, señor Paul Cravath. La gente parece tan miedosa de ellos. Un miedo de cavar su mano dentro. «¡Demasiadas partes móviles!» Soy bastante brillante, usted sabe, y aunque me agradaría que este relato ilustrara mi brillantez, no lo hace. Porque cualquiera de las personas puede arreglar un motor. Todo lo que haces, usted sabe, es coger la primera parte. Estudias. ¿Qué hace esta pieza? ¿A qué está conectada? Y luego sigues. ¿Cuál es la siguiente pieza? ¿A qué se conecta esta? Un motor es una cadena y todas las cadenas están hechas de enlaces. El señor Charles Batchelor podía haberlo hecho por su cuenta si hubiese poseído la paciencia.

—Pero no lo hizo —dijo Paul—. Y usted sí.

—Edison estaba… impresionado, quizá. Entré a trabajar para él al día siguiente, en su laboratorio de New Jersey, Estados Unidos. Estaba sucio.

—¿Sucio?

—No solo hacía limpiar el laboratorio con infrecuencia sino que tenía a sus hombres trabajando como cerdos en una piscina de inmundicia. Conmutadores aquí, engranajes allá, todos los tornillos en una gran pila en el centro de la mesa con que encontrar dos que jugaran, Dios nos perdone, sería como si encontrar dos agujas simultáneamente en el mismo pajar. Edison es un cerdo. Es un elefante en una tienda. ¿Qué ocurre?

—Cacharrería.

—¿Perdón?

—Se dice «en una cacharrería» —aclaró Paul—. El elefante. Más complicado de explicar de lo que merece su valioso tiempo.

—Aprecio su honestidad. Ese laboratorio es un sitio donde no volveré. ¿Me entiende? No solo es la suciedad…, digamos, de acuerdo, digamos que quiere fabricar una mesa. Así que dispondría la parte superior y entonces Edison diría: «Intentemos fabricarla de dos patas». Y un hombre razonable respondería: «Pero una mesa claramente debería tener en ella cuatro patas. Fabriquemos eso». Y Edison diría: «Pero es que debemos experimentar». Esa es la palabra que adoraba, «experimentar». Experimentando estaba siempre. Cada posibilidad, cada variación, cada modificación inútil, sin sentido, pérdida de tiempo que se le ocurría. De manera que la mesa de dos patas no funcionaba. Y yo decía: «¿Podríamos ahora fabricar nuestra mesa de cuatro patas?» Y Edison decía: «No, ¡probemos una de tres!». Y la fabricaba. Y luego, a largo plazo, seis meses después, al final don sir Thomas Edison te concedía permiso para fabricar una mesa de cuatro patas. Habías perdido medio año en una tarea que debería un día costarte. El laboratorio de la Edison General Electric no está diseñado para fomentar la invención, sino el tedio.

—De modo que se marchó —dijo Paul mientras un camarero le rellenaba su copa de montrachet.

—Al final de ese año, un millar ocho cientos y ochenta y cuatro, solicité de él un aumento. Otros siete dólares a la semana. Habría elevado mi salario a la excepcional suma de veinticinco dólares a la semana.

—¿Y Edison le negó una petición tan razonable? —lo tranquilizó Paul. No cabía duda de que veinticinco dólares a la semana era un salario muy decente, aunque nada en comparación con lo que Edison había ganado con las patentes salidas de su laboratorio.

—Se rió de mí. De nuevo. Nunca olvidaré su risa. «Los bosques están llenos de hombres como usted, Tesla.» Esto me dijo. Esas fueron sus mismas palabras. «Los bosques están llenos de hombres como usted, Tesla. Y puedo conseguir a cualquiera de ellos por dieciocho dólares a la semana.» Salí de la puerta a su despacho ese día y no he vuelto a verlo.

—Me parece que ha llegado la hora de ajustar cuentas.

—Así es lo que ha sugerido, señor Cravath. Pero ¿cómo se convierte en el caso?

—¿Por qué no deja que se lo muestre? —repuso Paul llevándose la mano a la billetera en un gesto no desprovisto de ostentación. Extrajo un cheque del banco de Westinghouse.

Por descontado, aquel dinero deslizado sobre la mesa no le pertenecía. Sin embargo, Paul se estremeció al darse cuenta de que era capaz de manejar semejante fortuna con la yema de los dedos.

—Esto son cincuenta mil dólares. —Su compañero de mesa miró el cheque—. ¿Sabe cuál es la mejor venganza, señor Tesla? —Paul pidió al camarero que trajera dos copas de champán y se acomodó de nuevo en la silla—. El éxito.

13

A Bill le gusta definirse como un hombre entregado al producto, pero en realidad no es así.
Es un hombre de negocios... Ha acabado
siendo el tipo más rico y, si ese fue su objetivo,
lo ha conseguido. Pero nunca fue el mío.

STEVE JOBS

Tesla se había olvidado de coger el dinero.

Eso es lo que más preocupaba a Paul mientras daba vueltas en
la cama de su apartamento de dos habitaciones en la calle Cincuenta Este. Tesla había olvidado el dinero sobre la mesa. El servicio le había llevado su abrigo y Tesla ya estaba casi en la calle
cuando Paul reparó en el pagaré, que yacía bajo un cuchillo con
una mancha diminuta de vino en la parte superior.

Paul tuvo que correr para entregárselo. Tesla se lo agradeció
sin mucho entusiasmo.

Aquel ingeniero serbio había llegado a Nueva York con cinco centavos en el bolsillo y ahora, cuatro años después, por des-

piste se había dejado cincuenta mil dólares en la mesa de un restaurante.

Paul había llegado a Nueva York con algo más de cinco centavos, pero no mucho. Conocía hasta el último penique que atesoraba en su cuenta del banco First National. Se había ganado a pulso todos y cada uno de esos peniques, y se enorgullecía de ellos. Por descontado que la gente nunca hablaba del tema. A veces a él le costaba refrenarse delante de sus amigos. Se ganaba bien la vida y, en ocasiones, le entraban ganas de gritarles a los de su círculo íntimo: «¡Mirad lo que he conseguido!». Sin embargo, la misma palabra «dólar» parecía de mala educación.

No entendía a las personas a quienes no les gustaba el dinero. ¿Qué animaba sus sueños? ¿Cuáles eran sus deseos? ¿La felicidad podía «comprarse», como se decía? Bueno, claro que no. Pero tampoco es que saliera gratis.

Le daba la impresión de que quienes aseguraban que el dinero no les preocupaba se dividían en dos categorías. A la primera pertenecían los alegremente pudientes. Nacidos en el seno de familias privilegiadas, eran ricos desde hacía tanto tiempo que, con honestidad, la cuestión del dinero nunca se les había pasado por la mente. Quizá fueran conscientes de su buena suerte, pero el concepto no pasaba de la pura teoría. Desde un punto de vista abstracto sabían que poseían cosas que otros no, pero —o puede que justo por ello— parecían pasarse el día verbalizando deseos puramente hipotéticos que les quedaban por satisfacer. Y lo hacían también en un plano abstracto. Imaginaban que había otros mucho más ricos que ellos y dedicaban grandes esfuerzos a detallar lo que los diferenciaba de esos niveles genuinos de exceso. «Si se pudiera hacer ese viaje a Europa todos los años», puede que dijeran, «como Fulano y Mengano…». Cosas por el estilo. Luego se lamentaban de sus tediosos dramas familiares, con sus trágicas intrigas en torno a hermanos holgazanes y hermanas por casar. Los desaires y las indignidades que componían a diario el melodrama familiar les daban la libertad de creerse sometidos a cargas. Gente como aquella podía permitirse los motivos por los que sentirse miserable.

De manera irónica, la segunda categoría la formaban quienes no eran conscientes de su pobreza. No tenían un centavo, nunca lo habían tenido y no era probable que llegaran a tenerlo, y aunque en principio la noción de los centavos les gustaba, no tenían la menor idea de la cantidad de placer que podía comprarse con uno. No es que fueran felices en su pobreza; eso habría sido una caricatura condescendiente. La pobreza no proporcionaba la felicidad a nadie. Simplemente había quienes que eran capaces de ser ambas cosas.

El padre de Paul se acercaba más a esta segunda tipología. No iba detrás del dinero, ni de una posición, ni de un nombramiento, ni de una carrera importante. Perseguía la justicia, y eso te lo dejaba tan claro como el agua. Quería construir un mundo más justo porque el Dios al que veneraba le había enseñado a amar el hecho de preparar su llegada. En ocasiones, Paul envidiaba la simplicidad de los pensamientos paternos. Buscar solo la luz de la gracia divina era mucho más sencillo que sus aspiraciones, o al menos eso creía. Paul desearía haber compartido las creencias de su progenitor. Sin embargo, por mucho que lo intentara, el Dios de Erastus Cravath no podía entrar a la fuerza en su corazón con solo desearlo su mente.

La relación de Tesla con el dinero era más extraña. No es que no le interesara, pues había aceptado su oferta. De todas formas, había quedado claro que no era lo que ambicionaba. Esto introducía la pregunta que no había dejado pegar ojo a Paul en toda la noche, hasta que el aire primaveral se recalentó e hizo apartar las sábanas de un manotazo.

¿Qué quería Tesla?

14

Muéstrenme a un hombre profundamente satisfecho y yo les mostraré a un fracasado.

THOMAS EDISON

Lemuel Serrell, el abogado de Tesla, dejó bien claro que no compartía la ambivalencia de su cliente respecto al dinero. Reclamaba otros cuarenta mil dólares para cerrar el trato. Solo para empezar.

El despacho de Serrell parecía estar en aquel sitio desde hacía un siglo, lo que era bastante más de los quince años que en realidad llevaba. Serrell era una leyenda, si es que existía algo semejante, en el ámbito relativamente nuevo de los abogados especializados en patentes. Su padre había sido seguramente el primer abogado de patentes de Estados Unidos y abierto su propio bufete justo después de la aprobación de la Ley de Patentes de 1836. A consecuencia de dicha ley, por primera vez en la historia de la humanidad un gobierno había creado una «oficina de patentes». A partir de entonces no se concederían patentes por sistema, evaluando los méritos solo en caso de producirse un litigio a posteriori. La oficina contaba con científicos expertos que debían valorar cada solicitud. El padre de Serrell había tenido la suficiente perspicacia para ver que, si el gobierno disponía de expertos que se encargaban del ámbito medio legal y medio científico de las patentes, a la fuerza tendría que existir también un mercado para expertos privados. Los científicos no solían tener conocimientos legales. Por la misma regla de tres, los abogados tampoco destacaban porque estuvieran familiarizados con las ciencias. El viejo Serrell, y más tarde su hijo, habían acumulado una experiencia de lo más valiosa en ambos ámbitos.

Serrell hijo le había hincado el diente a las primeras patentes de Edison. Alardeando de tener mucho ojo para el talento, lo había fichado como cliente cuando el inventor solo tenía veintitrés años. Así, había redactado todas las patentes relacionadas con las primeras versiones del telégrafo y el teléfono a cargo de la joven promesa. Poco tiempo después, Edison se marchó a un bufete más prestigioso, el de Grosvenor Lowrey.

El sol estival calentaba la madera de arce lacada en negro del escritorio de Serrell. Serrell y Paul se sentaron el uno frente al otro en sillas de cuero de altos respaldos. Serrell se quitó la chaqueta en señal de confianza. Pese al calor, Paul se la dejó puesta.

—Pasé dos años trabajando con Nikola en las patentes de corriente alterna —dijo Serrell en tono afable—. Primero las devolvieron con la exigencia de que fueran más específicas, ¿puede creérselo? Por descontado, el bueno de Nikola no iba a rendirse, de manera que pulimos tanto los dispositivos como los pormenores de la solicitud. Ya verá que las patentes son muy específicas.

—De ahí que mi cliente desee adquirirlas.

—Sí, sí —dijo Serrell—. Adquirir…

Serrell giró la silla y echó un vistazo por la ventana. No era la primera negociación en la que Paul participaba y conocía el percal. Tras recibir la nota de Serrell se imaginó que, al tratarse del abogado con más experiencia, jugaría la carta del abusón, incurriendo en toda suerte de fanfarronadas y obstáculos. Un estratega de la escuela de Edison. Sin embargo, Serrell adoptó un papel amable y moderado. Una especie de intermediario que solo quería que Tesla y Westinghouse alcanzaran un acuerdo justo. La tarde prometía mucho más de lo esperado, razonó Paul, aunque sin duda agradecería que Serrell fuera al grano.

—Así que usted es el joven prodigio de Westinghouse —dijo Serrell en el momento en que la luz que penetraba por el ventanal enmarcaba su rostro barbudo—. Cuánta responsabilidad sobre unos hombros tan jóvenes. Ya debe saber que me tanteó con su puesto antes de ofrecérselo a usted.

Paul no podía permitirse mostrar sorpresa. Reconocer que Serrell sabía más que él sobre su propio cliente sería desastroso.

—Claro, por supuesto —mintió con sangre fría—. Di por descontado que había hablado del asunto con diversos candidatos de la ciudad. Ya conoce a George. No le gusta tomar una decisión sin estudiar antes todas las opciones.

—¿Alguna vez le ha preguntado al respecto?

—¿Al respecto de qué?

—De los motivos de su elección.

Paul lo miró fijamente. La cortesía no le sería de ninguna utilidad.

—Señor —contestó Paul—, no quiero pecar de falta de tacto pero últimamente han tratado de intimidarme mucho. Y de formas mucho más agresivas. Si pretende asustarme, adelante. Si no, quizá quiera decirme el dinero que desea que mi cliente abone al suyo a cambio de sus patentes, de modo que ambos podamos encontrar formas más provechosas de pasar lo que nos queda de tarde.

Lemuel Serrell sonrió.

—Por Dios santo, señor Cravath. Sin duda no lleva mucho tiempo en la profesión, ¿me equivoco? Entre los abogados existe un código de conducta. Bueno, digamos que preferimos no expresar nuestras amenazas en voz alta, siempre que podamos evitarlo. Ya me entiende. Pincharnos bajo una fachada de afabilidad, algo así.

—Le ruego que me disculpe.

—Usted es mejor elección para Westinghouse que yo. —Serrell cogió un papel y anotó una fórmula matemática relativamente sencilla—. El señor Tesla no le venderá sus patentes. Cálmese, cálmese, no me mire así. No se las venderá, pero sí les concederá la licencia. Una combinación de dinero en efectivo, acciones y un porcentaje por unidad. Estudie estas cifras, consúltelas con su cliente y volvamos a hablar. Le diría que necesito una respuesta en las próximas veinticuatro horas, o recurriría a otra de esas tácticas apremiantes, pero sospecho que con usted no funcionarían.

Paul bajó la vista al papel que Serrell le tendía. Las cifras eran sumamente generosas para Tesla, pero sin duda estaban abiertas a la negociación.

—Ha sido un placer conocerle —dijo Paul metiéndose la nota en el bolsillo de la chaqueta e incorporándose.

—Transmítale mis mejores deseos al señor Carter y al señor Hughes —dijo Serrell—. Ah, y... espero que no le parezca inapropiado pero, si alguna vez piensa en dejar el bufete, tenemos diversos clientes a quienes les encantaría saber que sus asuntos están en las mismas manos que se ocupan de los negocios de George Westinghouse.

—Estoy contento con mi puesto. Y mi cliente está satisfecho con nuestro bufete.

Paul se detuvo en el umbral de la puerta. No podía quitarse una idea de la cabeza.

—Por mera curiosidad —dijo Paul—, ¿por qué lo rechazó?

—¿Eh...?

—Me refiero al trabajo que le ofreció el señor Westinghouse.

—Ah. —Serrell bajó la vista y chasqueó los dedos como si ese ritmo pudiera dictarle la mejor manera de formular su respuesta—. A abogados con más experiencia, como yo, no nos conviene aceptar casos condenados al fracaso. Mientras que a alguien como usted..., un joven que está empezando. Su carrera aún podrá beneficiarse de ver su nombre en los periódicos. Y estoy convencido que nadie le culpará personalmente por perder un caso que es imposible ganar.

15

No seremos los primeros en llegar, pero sí los mejores.

STEVE JOBS

El acuerdo se cerró en julio. Tesla obtendría por adelantado un total de setenta mil dólares, dos tercios en acciones de Westinghouse y un tercio en metálico, a los que se sumarían 2,50 dólares por cada caballo de potencia en las máquinas que emplearan su tecnología de corriente alterna. No obstante, a cambio debería trabajar. Se incorporaría a la Westinghouse Electric Company en calidad de asesor y trasladaría su laboratorio a Pittsburgh. Westinghouse tenía sus reservas acerca de la capacidad del ingeniero serbio a la hora de trabajar dentro del rígido marco de su empresa. Así se lo comunicó a Paul mientras entraban en su despacho una sofocante mañana de principios de julio.

—En la entrada sigue leyéndose «Westinghouse» —lo tranquilizó Paul—. Usted está al frente. Si el señor Tesla quiere trabajar, deberá hacerlo para usted. A menos que sea tan diestro con el cincel como lo es con un rotor, no tiene de qué preocuparse.

Paul ni siquiera sabía si Westinghouse lo había escuchado. Alzando la voz, optó por abordar una cuestión más delicada.

—¿Por qué me contrató?

A Westinghouse le sorprendió tanto la pregunta como a Paul haber tenido agallas para formularla. Ambos desviaron la vista.

—Serrell me contó que le ofreció el trabajo primero. Antes que a mí.

—Es cierto —respondió al cabo Westinghouse.

—Entonces ¿por qué yo?

—¿Desea que averigüe si alguno de ellos está disponible para ocupar su lugar?

—No. Deseo que me diga por qué me escogió.

Westinghouse miró a Paul a los ojos. Estaba dándole vueltas a algo.

—Acierta si cree que no lo contraté por su experiencia. De hecho, lo hice por su carencia de la misma. Entre la empresa de Edison y la docena de financieros de Wall Street a quienes interesa su éxito, no hay un solo bufete de abogados de Nueva York que no se halle atrapado en la red de Edison. Lo he comprobado, créame. Todos y cada uno de ellos mantenían acuerdos financieros con Edison o con alguno de sus adeptos. J. P. Morgan posee, en persona, el sesenta por ciento de la Edison General Electric. ¿Se hace a la idea de la dificultad (de la imposibilidad) de dar con un bufete que no esté en tratos con Morgan?

—Mientras que yo no tenía ningún cliente.

—Ningún cliente. Ningún conflicto. Ninguna lealtad ambigua.

La lógica de Westinghouse era sólida. Resultaba divertido pensar que, durante todo ese tiempo, había imaginado que se le valoraba por sus logros cuando en realidad su valor radicaba en la falta de estos.

—No ponga esa cara tan agria —sugirió Westinghouse—. Con un poco de suerte aún conseguiremos hacer algo de usted.

Paul supo que aquello era lo más parecido a una palmadita paternal en la espalda por parte de su cliente. Sin duda, era más de lo que había obtenido de su verdadero padre.

—Su amigo Tesla —prosiguió Westinghouse— puede haber sido el artífice de tal logro. Mis hombres aún tienen mucho que perfeccionar, pero estamos cambiando casi todos los elementos de nuestro sistema eléctrico: los generadores, las dinamos, incluso la anchura de los cables. Cuando acabemos, nuestro sistema de corriente alterna no solo será el mejor método del mundo para producir y distribuir luz eléctrica, sino tan diferente al sistema de corriente continua de Edison que la práctica totalidad de sus trescientas doce demandas serán irrelevantes.

Westinghouse tenía razón en su análisis legal. Sin embargo, había omitido un detalle crucial.

—¿Lo está cambiando todo?

Westinghouse sabía a qué se refería Paul.

—He dicho casi.

—La bombilla eléctrica

—La maldita bombilla eléctrica.

—La demanda de mayor peso. Puede cambiar cada uno de los elementos de su sistema eléctrico pero, si la bombilla eléctrica que alimenta de energía a dicho sistema continúa pareciéndose a la de Edison, no habrá servido de nada.

—Para eso me será de utilidad el señor Tesla. Si fue capaz de teorizar sobre un nuevo sistema eléctrico, quizá pueda hacer lo mismo con un nuevo tipo de bombilla eléctrica. Una mejor, una que aproveche al máximo el rendimiento de la corriente alterna.

—No tiene que ser mejor. Solo diferente. Desde un punto de vista legal, si usted y Tesla son capaces de crear juntos un diseño esencialmente nuevo de la bombilla eléctrica, entonces, señor... bueno, Edison no será un motivo de preocupación en los tribunales.

—Muchacho..., sus tribunales, sus demandas... Si al menos usted lo entendiera. La promesa que subyace a la corriente alterna es mucho mayor que eso.

Jamás había visto a Westinghouse tan entusiasmado. Se le ocurrió que aquella podía ser la cara del inventor a la que únicamente tenían acceso los empleados de su laboratorio. La reacción infantil de un hombre que había escogido ganarse la vida inventando cosas por puro placer.

—Fessenden y yo hemos repasado los conceptos de la corriente alterna. Resolver el problema de la distancia nos confiere aún más ventaja.

Westinghouse fue hasta su escritorio. Se sacó una llave del bolsillo con la que abrió el cajón inferior y extrajo unos papeles de gran tamaño. Paul imaginó que se trataba de diagramas de ingeniería. Sin embargo, al acercarse vio que eran mapas. Mapas de Estados Unidos.

—La corriente continua de Edison solo puede recorrer unos centenares de pies cada vez, lo que lo obliga a vender sus generadores uno por uno. Ha hecho un magnífico trabajo al convencer a personas acaudaladas a lo largo y ancho del país para que instalen esta corriente en sus hogares. No obstante, se ve forzado a venderles un generador por cabeza. Al emplear la corriente alterna nos quitaremos de encima ese estorbo. —Westinghouse le hizo señas para que se acercase. Paul leyó las referencias en los extremos de los mapas. «Grand Rapids, Michigan.» «Jefferson, Iowa.»— La corriente alterna nos permitirá construir un generador fantástico en el centro de cada comunidad. A partir de ahí, conectaremos tantos hogares como queramos a ese único generador. Una vez construido, no es mucho trabajo conectar un nuevo hogar al sistema. Podemos instalar nuestro generador, conseguir que unos cuantos hogares se unan a nuestra corriente..., entonces sus vecinos se darán cuenta de lo brillante que es nuestra luz..., y pronto el pueblo entero estará iluminado con las bombillas de Westinghouse.

Allí, entre fragmentos de maquinaria retorcidos y manchados, estaba el armazón de la futura electrificación de Estados Unidos.

—Podrá vendérsela a barrios enteros de una tacada —dijo Paul—. Ciudades completas pasarán a ser ciudades de Westinghouse.

—Exactamente. La corriente alterna no solo implica una tecnología mejor, sino un negocio también mejor.

Paul hojeó los mapas. Unos circulitos rojos descartaban aquellos territorios ya caídos claramente del lado de Edison: Nueva York, Boston, Filadelfia, Chicago, Washington. Entre las grandes ciudades, solo Pittsburgh se había librado de la mancha carmesí.

Westinghouse también había señalado por todo el país los municipios receptivos con circulitos azules: Lincoln, Nebraska; Oshkosh, Wisconsin; Duluth, Minnesota.

La revolución eléctrica de Westinghouse no partiría de las torres de acero de las metrópolis más ricas de Estados Unidos, sino que su insurgencia llegaría de la mano de un millar de tranquilas poblaciones. Al unirse, esas aldeas conformarían una red de energía que se extendería desde Ithaca, Nueva York, a Portland, Oregón.

Edison se había apoderado de Broadway. Westinghouse se apoderaría de Broad Street, Ohio.

Las líneas estaban trazadas. Todo el mundo tendría que escoger un bando. Todos se unirían a una red. Redes de personas. Redes de energía. Redes de dinero.

—Podemos ponernos a vender de inmediato —dijo Westinghouse—. Y deberíamos ser capaces de instalar el primer sistema en otoño. —Percibió el asombro de Paul—. Y si usted consigue quitarnos de encima a los tribunales, Nikola Tesla y yo le pararemos los pies a Thomas Edison.

16

Lo que haga debe estar en función de lo que puedo hacer, no de lo que la gente me pide que haga.

TIM BERNERS-LEE

La noche en que Tesla se instaló en su nuevo laboratorio en la hacienda de Westinghouse se celebró una cena de bienvenida —a sugerencia de Paul— en su honor. Una comida cordial en el edificio principal a la que asistirían Tesla, Westinghouse, los más parlanchines entre los miembros más veteranos de la empresa, Fessenden y sus lugartenientes. ¿Se comportaría Tesla de algún modo extraño? Probablemente. Pero Marguerite estaría allí para suavizar las cosas y los ingenieros para escuchar uno de los monólogos impenetrables de Tesla en el caso de que se lanzara a hacerlo. Las bases de la conversación estaban controladas.

Mientras el personal de servicio ayudaba al inventor serbio a instalarse en su apartamento recién amueblado, Marguerite supervisaba la preparación del pollo asado con romero. George Westinghouse preparaba su tradicional vinagreta. Los caballeros se ajustaban las pajaritas blancas y la única americana de la que disponía Paul recibía el enésimo planchado.

Todo el mundo se había reunido junto a la puerta cuando el servicio invitó a Tesla a entrar en la mansión por primera vez. Los caballeros, dispuestos en fila, le hicieron una reverencia de derecha a izquierda. Tesla se acercó a Marguerite, se inclinó para cogerle la mano y emitió un chillido agudo.

Paul, al igual que el resto, enmudeció de asombro. El inventor se retiró de nuevo hacia la puerta con lentitud. Marguerite pareció forzar hasta el último músculo del rostro para que no se le descompusiera la sonrisa. Al final fue el mayordomo quien preguntó a Tesla si se encontraba bien.

—Se trata del pelo —respondió muy serio. Miró con espanto hacia una de sus mangas. Paul se fijó en ella. No cabía duda: allí, sobre la manga de la camisa, yacía un pelo, largo y blanco. Solo podía ser de Marguerite—. No puedo soportar su tacto —añadió el inventor—. Mis disculpas, señora Marguerite Westinghouse.

Y salió por la puerta. Por fortuna, la cena a la mesa de Westinghouse que siguió fue breve.

Al final resultó que Tesla jamás volvería a poner un pie en el edificio principal. Apenas un corto paseo por un camino de tierra separaba este del espacio acondicionado para acoger su laboratorio, pero los ingenieros encargados de asistirle informaban de que casi nunca lo abandonaba.

Sus comidas consistían en agua y galletitas saladas, que le llevaban al apartamento que tenía encima del laboratorio a horas intempestivas de la noche cuando sonaba con apremio una campanilla. Cualquier tentativa de que su estómago aceptara un poco de carne se saldaba con resultados nefastos. La medida cúbica de la espaldita de cerdo guisada, que se le presentaba servida en una bandeja de plata bruñida, estaba llamada a ser un múltiplo de siete y, por tanto, a ser tóxica para su riego sanguíneo.

Fijaron reuniones semanales a fin de informar a Westinghouse de los avances del inventor en el diseño de una bombilla eléctrica que eludiera los tentáculos de las patentes de Edison. A Tesla no se le vio el pelo. Para ser justos, no había progreso alguno del que informar, por lo que, en parte, su decisión de no presentarse a las citas era de todo punto lógica.

Westinghouse tenía escasa paciencia para esas excentricidades. Aquel era un lugar donde se hacían negocios, donde los hombres se conducían en consonancia con la seriedad de la tarea que llevaban a cabo. Westinghouse parecía tenerse por el padre de un extenso clan de niños afanosos. Era proverbial su decisión de hacerles regalos por vacaciones y, de hecho, había sido el primer empresario de Estados Unidos en reducir la semana laboral de sus empleados a seis días. Cada alma de su empresa, desde el máximo responsable del departamento de contabilidad al menos cualificado de los trabajadores de la fábrica, disfrutaba, al menos, de un día de descanso por semana. Westinghouse consideraba tales atenciones muestras de respeto. Todo el personal de la Westinghouse Electric estaba junto en aquel lío. Tenían un enemigo claro no muy lejos, en Nueva York, un ejército rival que empequeñecía al suyo en cuanto a hombres, recursos y poder.

Westinghouse se sentía impotente frente a las obstinadas muestras de insubordinación de Tesla por la simple razón de que lo necesitaba, mientras que para el inventor el empresario solo le era vagamente útil. Westinghouse no podía reducirle el salario ya que Serrell se había asegurado de blindarlo. No podía negarle el acceso a ningún instrumento de su laboratorio porque necesitaba que sacara el máximo partido a sus recursos. Tampoco tenía el menor sentido presionarlo socialmente: el aislamiento no representaba un castigo para un hombre que, sobre todo, deseaba que lo dejaran tranquilo.

17

Los grandes logros siempre se producen cuando se esperan grandes cosas.

CHARLES F. KETTERING,
inventor del motor de arranque eléctrico

Una húmeda mañana de agosto, a Paul lo sobresaltaron unos golpes en la puerta de su despacho. Al alzar la vista de su correspondencia se topó con la expresión asombrada de la secretaria del bufete, Martha.

—Tiene una visita —dijo—. Bueno, en realidad... dos.

La tarjeta que le entregó llevaba el nombre de un rostro que solía aparecer en las páginas de sociedad.

—¿Agnes Huntington está en la sala de espera?

—Sí.

—¿La auténtica Agnes Huntington?

—Si una chica tan adorable como esa no es la auténtica Agnes Huntington, no puedo imaginarme cuán deslumbrante será la original.

¿Por qué lo visitaba una de las cantantes jóvenes más famosas del mundo del espectáculo neoyorquino?

Por descontado, lo sabía todo acerca de ella. Paul leía los periódicos. Aunque nacida en Estados Unidos, había alcanzado la fama en Londres, donde se agotaron las entradas para verla en la representación de *Paul Jones* en el teatro Prince of Wales. Por una genial decisión en cuanto al reparto interpretó al personaje masculino. Las crónicas entusiastas recibidas ante una proeza cómica tan audaz cruzaron el Atlántico. Ella no tardó en cruzarlo también, y durante una larga temporada cantó con la compañía Boston Ideals y luego fue de gira por la Costa Este. Al final la Metropolitan Opera consiguió invitarla a cambio de un gran desembolso económico, o eso insinuó la prensa. En la temporada estival, la noticia de que volvería a actuar en el papel que le había dado la fama fue la comidilla de todos. Paul no la había visto en esa interpretación, claro. Un asiento en un palco de la Met podía costarle fácilmente un mes de salario. Y eso si se podía conseguir una entrada. Los abogados eran los jornaleros de los ricos de verdad. Que desempeñaran su trabajo empuñando estilográficas en vez de palas no dignificaba su labor a ojos de los Rockefeller, los Morgan y los Roosevelt. En todo caso volvía pintorescos sus intentos por formar parte de la vida mundana.

Pese a todo, Agnes Huntington, la estrella más cegadora de cuantas habían emitido luz en los escenarios de Broadway, aguardaba pacientemente en la sala de espera de Paul.

—¿Ha dicho que eran dos las visitas? —preguntó Paul—. ¿Quién es la otra?

—Ah, la madre de la cantante —contestó Martha.

La palabra «luminosa» era una de las escogidas por la prensa londinense para describir a la estrella de veinticuatro años. Paul habría
ido más allá en la selección de adjetivos. Llevaba el cabello, rizado
y de un rubio ceniza, peinado de forma primorosa, que envolvía su
rostro en un halo perfecto. Su piel era de la misma tonalidad pálida que sus dientes. Sus ojos, de un gris invernal, se resistían a cualquier lectura. De la parte inferior de su vestido verde colgaba un
encaje azul, que seguramente costaba más que el traje de Paul.
Ahora bien, pese a su aspecto inmaculado, sus maneras no eran
delicadas. No era una muñeca de porcelana, sino un glaciar distante. Lejana y silenciosa, sin embargo bajo aquella superficie se desplegaba una actividad constante y misteriosa.

La combinación resultaba inquietante. Por fortuna, la madre,
Fannie, hablaba por los tres.

Sí, agradecerían tomar un té. No, nada de azúcar. El motivo
de su visita era abordar un asunto delicado. Contaban con la discreción de Paul al respecto. Necesitaban un abogado capaz de evitar que la situación que iban a plantear acabara en la sección de
sociedad de *The Sun*. Si Fannie Huntington había entendido
bien, Paul era el representante legal de George Westinghouse contra Thomas Edison. Cabía pues la posibilidad de que tuviera alguna experiencia con los indefensos. No temía librar una batalla
desigual.

La mención a Thomas Edison recordó a Paul sus aptitudes
profesionales.

—Puedo garantizarles que resulta imposible que quien esté
causando problemas constituya un rival tan poderoso como Thomas Edison.

Justo lo que Fannie Huntington deseaba oír. A Paul le pareció que no era una mujer acostumbrada a que la decepcionaran. Era unas de las personas más bajitas que él había visto, pero había metido una personalidad enorme en un casquillo de bala diminuto. Era un cartucho. Duro y frío, compacto y cargado, siempre listo para explotar. Cómo una madre así había podido dar a luz a aquella hija era una cuestión digna del señor Darwin.

El problema, explicó Fannie, había empezado en Boston, cuando la señorita Agnes cantaba con los Ideals. ¿Estaba Paul familiarizado con el grupo y con el lugar que ocupaba su hija en el mismo?

—El señor Cravath sabe de sobra quién soy, madre —dijo Agnes con más aspereza de la que Paul se había imaginado. Su voz tenía un matiz duro. No dejaba traslucir las maravillas que la habían hecho famosa—. Sabe que canté con los Ideals. Y que ahora lo hago en la Met. Seguro que habrá asistido a alguna función matinal.

—Me temo que no he sido tan afortunado. —Paul supuso que, con dicha confesión, la estima que merecería a ojos de la cantante bajaría algunos puntos.

—Bueno, en ese caso tenemos que invitarlo a una representación —sugirió Agnes con gentileza, sin rastro de suficiencia.

Paul solo había conocido dos tipos de famosos. Unos se esforzaban por parecer que no eran conscientes de su celebridad. Fingían sorprenderse con humildad al oír que alguien los conocía. «¡Caramba!» Los otros acumulaban tanta experiencia en ese ámbito que ya no daban importancia a la fama. Agnes, que llevaba a la espalda unos cuantos años como famosa pese a su corta edad, pertenecía a este último tipo.

Que ella no sintiera la necesidad de demostrarle nada, mientras que Paul deseara demostrarle mucho, solo abría aún más la brecha social que los separaba.

—¿Qué le sucedió en Boston? —preguntó Paul con tono formal.

—Ay, empezó en Boston —respondió Fannie—, pero lo peor ocurrió en Peoria.

Los Ideals, prosiguió, habían emprendido su primera gira por el Medio Oeste: Indiana, Ohio, Illinois, Missouri. Por supuesto, Agnes jamás había cantado antes en esos lugares, se apresuró a aclarar Fannie. Sin embargo, los intereses crematísticos habían impulsado a W. H. Foster, el empresario de los Ideals, a llegar a sitios nunca expuestos a formas artísticas elevadas. Se ofrecieron descuentos entre granjeros y gente por el estilo. En términos de clientela, lo que los Ideals perdían en calidad lo compensaban en cantidad.

La gira constaba de una sola representación por noche en cada lugar. Por ejemplo, actuaron una noche en Gary, Indiana, delante de dos mil personas que, en palabras de Fannie, eran un «público sin experiencia alguna en espectáculos de categoría». Al día siguiente fueron a Dayton para una nueva representación. Su hija acabó sintiéndose como si se hubiera unido al circo de P. T. Barnum.

En Peoria, Illinois, se desencadenó el conflicto. El señor Foster le dijo a Agnes que, a fin de ahorrar un poco, tendría que viajar con el coro. Evidentemente, eso era inaceptable. Agnes mostró su disconformidad con educación. Pero el señor Foster no aceptó sus argumentos con sensatez, y más bien optó por la vía del castigo inmerecido.

Empezó prohibiendo a Fannie que viajara con su hija. Después comenzó a esquilmar el sueldo de Agnes. Según los términos del contrato que habían firmado, ella tenía que recibir doscientos dólares a la semana durante la gira. Cuando desparecieron diez dólares de su cheque semanal, el señor Foster adujo que se trataba de un error de su contable y que lo solucionaría. No lo hizo. Al cabo de unas semanas, el déficit ascendió a cincuenta. Luego, a cien. Enseguida, Agnes acabó cobrando menos de la mitad del salario acordado.

Por ello, siguiendo el consejo de su angustiada madre, Agnes abandonó los Ideals. Hizo las maletas, se subió a un tren en Chicago y, un par de días después, estaba de regreso en Boston. Meses más tarde, la Met instalaba felizmente a Agnes y a su madre en Nueva York. La carrera de la artista avanzaba a toda velocidad.

No obstante, su deseo de dejar atrás el calvario sufrido no se había cumplido. El señor Foster amenazó con demandar a Agnes por su repentina desaparición. Ella le dijo que podía quedarse con todo el dinero que le había robado, pero al empresario no le bastó. Exigió el regreso de la artista a Boston para que cantara con los Ideals.

—¿Y si la señorita Huntington no accedía? —preguntó Paul.

—El señor Foster dice tener numerosos amigos entre la comunidad de periodistas de Chicago. Asegura que le bastaría con enviar una carta para provocar un buen revuelo. Podría contar a la prensa mentiras horribles acerca de las razones que llevaron a Agnes a abandonar el Medio Oeste. Incluso llegar a sugerir…, ni siquiera puedo decirlo.

Paul movió la mano en el aire para indicar que no era necesario que continuara.

—Un escándalo. Algo de esa naturaleza.

Paul miró a Agnes para calibrar su reacción ante tan desagradable relato. No vio nada. Su expresión era absolutamente imperturbable. En sus ojos brillaba el gris propio del cielo en febrero. Sus labios no componían ni un rictus ni una sonrisa.

—Necesitamos que esto acabe —dijo Fannie—. Y con discreción. ¿Podrá ayudarnos?

Lo que Paul se vio forzado a decir a continuación resultaba difícil. Pero también inevitable.

—Será un placer presentarles a mis socios. Unos abogados excelentes. Se pondrán en las mejores manos, señoras.

Las mujeres guardaron silencio un momento. Ninguna parecía acostumbrada a una negativa. Daban la impresión de no saber muy bien cómo reaccionar ante tal situación.

—Me temo que es solo una cuestión de tiempo —prosiguió Paul—. No dispongo ni de un minuto. La defensa de George Westinghouse requiere de toda mi atención.

—Extraño abogado —comentó Fannie— aquel que no está interesado en un nuevo cliente.

—En estos momentos tengo un único cliente. Y un único caso. Debo ganarlo.

La seriedad de Paul parecía divertir vagamente a Agnes. Si se sentía ofendida, no dio muestras de ello. Más bien se diría que ya se había olvidado de la existencia del abogado y que se disponía a reincorporarse al ancho mundo, aquel compuesto de conciertos y fiestas que había abandonado un instante para estar allí. La mente de Paul afrontó la triste perspectiva de la precipitada marcha de la joven. ¿Cuándo había hablado por última vez con una chica de su edad? Pero sabía qué debía hacer.

—Vamos, cariño —dijo Fannie—. En esta misma manzana hay cientos de abogados dispuestos a aceptar tu caso de inmediato.

Las nuevas disculpas de Paul fueron acogidas con desdén. Ambas mujeres se marcharon tan rápido como habían llegado. Agnes dejó tras de sí un rastro etéreo de algún perfume exótico que Paul jamás volvería a oler.

Echó un vistazo a las descomunales pilas de papeles que atestaban su escritorio. «Esto se requiere de los vencedores», se recordó. Aquella noche se quedó en el despacho hasta muy tarde, hasta que la mano con que escribía no dio más de sí. Durmió mal.

18

Por regla general, un hombre debe muy poco
a aquello con lo que ha nacido. Un hombre es
lo que consigue hacer de sí mismo.

ALEXANDER GRAHAM BELL

Erastus Cravath no estaba impresionado. Se lo dejó bien claro a
su hijo durante la visita que le hizo a Nueva York a finales de
agosto.

A Erastus no le impresionaba el cliente de Paul. Las lámparas
de carbono eran más que suficiente para su hogar en Nashville.

No le sorprendió en absoluto el piso de Paul en la calle Cincuenta. Para empezar, a Erastus no le gustaba mucho Nueva York.
No comprendía por qué su hijo quería vivir allí. El verano de
Manhattan le pareció sofocante. La ciudad se le antojó ruidosa,
sucia y desagradable. En su opinión las condiciones de vida de los
judíos, confinados en los bloques de pisos del Lower East Side,
eran espantosas. El trato que se daba a los negros en Tenderloin
aún le pareció peor. ¿Acaso no les preocupaba la fiebre tifoidea?

Ignoraba por qué el piso de su hijo seguía sin decorar dos años después de que se hubiera instalado. No quería preguntarle el nombre de la iglesia a la que acudía los domingos porque ya conocía la respuesta.

En su opinión, Central Park estaba tan excesivamente cuidado como los recargados jardines de un viejo lord inglés. La langosta no era plato de su gusto pero, si Paul quería gastarse el dinero atiborrándose de crustáceos, él no era quién para decirle a una persona de veintisiete años cómo alimentarse.

Su padre le había comunicado por carta su intención de visitar la ciudad. Sería su primer viaje a Nueva York desde que Paul vivía allí. Tenía negocios que atender. Una reunión con algunos de los mecenas del Fisk College, un reducido grupo de neoyorquinos con fuertes convicciones morales y abultadas cuentas bancarias para respaldarlas. El viejo ni siquiera había expresado el deseo de ver a su hijo.

Paul respondió que, si bien sería un placer ser su anfitrión, el caso que llevaba entre manos lo tenía sumamente ocupado. No dispondría de mucho tiempo de asueto. Erastus contestó que, aunque no tenía claro qué podía ofrecer Nueva York en términos de asueto, sospechaba que tampoco sería nada que le complaciera mucho.

Cuando llegó, Erastus arrastró su equipaje por los cuatro tramos de escalera hasta el piso de Paul, resoplando y negándose a recibir ayuda. Era casi tan alto como su hijo, pero con una cintura mucho más voluminosa. Paul advirtió que llevaba la blanca barba tan larga que los despuntados extremos le llegaban al tercer botón de la camisa.

Paul se había tomado la tarde libre, pero Erastus dijo que el viaje había sido agotador y que agradecería descansar unas horas en el sofá cama. Paul le comentó que no disponía de un sofá cama, pero que estaba más que invitado a usar su cama, tanto esa tarde como todo el tiempo que durara su estancia. Así que Erastus se acostó a las dos y Paul deambuló por su apartamento sin saber qué hacer. Echaba de menos su despacho.

Cuando su padre se despertó, Paul le propuso que fueran a cenar bien, pero Erastus dijo que eso sería tirar el dinero. Nada le complacería más que preparar un estofado. ¿Dónde estaba el carnicero del barrio para comprar un buen corte de res?

Paul cometió la estupidez de contestar que no lo sabía, lo que le puso en bandeja a Erastus la ocasión de comentar que si Paul tuviera esposa podría ayudarlo a la hora de hacer la compra. El tema de la soltería perenne de Paul ya estaba servido.

Paul aseguró a su padre que deseaba casarse, que no tardaría mucho en hacerlo, pero que por el momento el trabajo lo tenía absorbido. ¿Acaso no era mejor labrarse una reputación antes de contraer matrimonio?

—Pero no puedes aspirar al amor de una mujer que te quiera por tu reputación —replicó su padre mientras hervía cebollas en la cocina—. Te conviene una que te ame por el hombre que hay detrás.

Paul quería terminar la conversación lo antes posible. Recibir consejos sentimentales de su padre era como recibir consejos financieros de un joven Rockefeller: si jamás has sufrido por carecer de algo, no tienes la menor idea de los sacrificios que se requieren para alcanzarlo.

Sus padres eran felices en su matrimonio. A Paul no le cabía duda al respecto, aunque lo desconcertara. Se habían conocido de jóvenes y casado de inmediato. Su padre podía resultar irascible y su madre tendía a juzgar a las personas incluso más que su marido. Sin embargo, juntos estaban muy bien. Y se condonaban mutuamente las faltas. Su rígido moralismo se quedaba en el umbral de su casa de dos plantas de Tennessee. Se concedían una gentil forma de perdonarse el uno al otro que apenas hacían extensible a los demás. Solo al ir creciendo, al ser testigo de las uniones insoportables y desoladoras en que habían caído sus amigos, se había dado cuenta que sus padres gozaban de un raro privilegio. Un privilegio que a él seguía negándosele.

En veintisiete años Paul había besado a cuatro mujeres. Nunca lo comentaba, por supuesto. Esto no era óbice para que, de vez en cuando, pensara en ello y que los recuerdos le resultaran placenteros. Desde su fugaz encuentro con Agnes Huntington hacía dos semanas, se había dado cuenta de que dichos recuerdos eran más persistentes y remotos.

La primera chica a la que besó fue Evelyn Atkinson en Nashville. Su padre dirigía una empresa de comercio marítimo en los muelles. Paul recibía educación en casa, pero todas las tardes corría a reunirse con los adolescentes de su edad a orillas del río. Había besado a Evelyn una noche, ya tarde, mientras la tenue luz de la luna tapada por las nubes de Tennessee iluminaba los hoyuelos en sus mejillas sonrientes. Lo que más recordaba de ella era que siempre sonreía. Incluso al besarse tenía las comisuras de la boca alzadas.

El día que besó a Gloria Robinson en la feria del tabaco de otoño, se dio cuenta de lo mucho que le gustaba besar. No se lo confesó a nadie. Algunos chicos celosos se metían con él, pero solo por lo que imaginaban que hacía. Por lo que imaginaban que las chicas se habían dejado hacer.

A la hermana pequeña de Gloria, Emily, la había besado tres veces. Se sintió mal por ello. Sin embargo, al estar seguro de que Gloria no se lo había contado a Emily, ni Emily a Gloria, y él tampoco se lo había contado a nadie, no había daños que lamentar. De todas formas, probablemente su comportamiento era censurable.

Conoció a Molly Thompson en Oberlin. Era callada, pelirroja y tendía a los ataques de cosquillas sobre el césped de Ohio. Se habían besado con regularidad. Sus compañeros de clase estaban seguros de que habían ido más allá de los besos —los rumores circulaban enseguida en un colegio tan pequeño—, pero ellos sabían la verdad. Habían paseado por Plum Creek, bailado al son de los violinistas en el Allencroft Hall e intercambiado en murmullos la historia completa de sus breves vidas, detrás de las casas de arenisca que se desplegaban a lo largo de Lorain Street. Molly le pidió que regresara con ella y se instalara con su familia en Cincinnati tras graduarse. Paul le hizo saber que se marcharía a Nueva York. Y ahí acabó todo.

Paul recibió una carta de Molly cuando estudiaba en la Facultad de Derecho. Su hijo tenía seis años y su marido trabajaba como jefe administrativo en el Departamento de Cuentas del ayuntamiento. A veces se preguntaba cómo le iría a Paul. Él respondió con un recorte del periódico de temas jurídicos de la Universidad de Columbia. Su artículo había ganado la tercera edición del premio anual. Le contó que pronto se licenciaría el primero de su promoción.

Ella no volvió a escribirle.

Y hasta ahí llegaba su carrera en el tema del besuqueo. Los estudios universitarios dejaban poco tiempo para conocer a mujeres y su vida profesional todavía menos. Llevaba varios años sin tener una relación sentimental.

Era consciente de que a los veintisiete años ya era mayor para continuar soltero. No fatídicamente mayor, pero sí que su edad superaba la deseable por la mayoría de las mujeres que querían casarse. Era un abogado joven, pero un soltero viejo. En su vida había tomado decisiones acertadas que estaban dando sus frutos. Que solo a veces pensara cómo le habría ido en caso de haberse tomado otras, no significaba que jamás soñara con haberlo hecho.

A su padre no podía decirle nada de esto. El talento de Paul con el lenguaje no se hacía extensivo a la comunicación profunda con el hombre que le enseñó a leer. ¿Qué ganaría con fanfarronear contándole que, a juicio de muchos, era el abogado de mayor éxito de su generación, el letrado principal en la demanda sobre patentes más relevante en la historia de Estados Unidos? No importaba los dragones que matara, jamás serían los que conseguirían impresionarlo.

Erastus no cambiaría. No mostraría un interés repentino por la forma en que su hijo veía el mundo, ni empezaría a valorar sus ambiciones y logros. No obtendría nada con abrirle su corazón. Se conformaba con mantener una relación cordial con el viejo. Tratar de alcanzar algo más desestabilizaría el frágil equilibrio logrado.

Para Erastus no había más camino hacia la rectitud que la fe. Rezaba a nuestro Señor y Salvador, en cuya existencia Paul ni siquiera creía. Sin embargo, era impensable confesárselo a su padre. Entre los secretos que se imaginaba admitiendo no se contaba el de su ateísmo forjado en la universidad.

De modo que la conversación entre ambos consistió en esquivar obstáculos con tacto. Paul preguntó por su hermana. Estaba bien. Preguntó por su madre. También estaba bien. Con la llegada del invierno había sufrido una tos espantosa que, gracias a Dios, la primavera parecía haberse llevado. Erastus opinó sobre las elecciones. Tras ser testigo de primera mano de los estragos económicos causados en Cleveland, estaba muy implicado en la campaña a favor de Harrison. Paul se preguntó en voz alta si este sería capaz de convencer a los indecisos de que regresaran a las filas republicanas en otoño. A las once Erastus ya estaba listo para acostarse de nuevo. Paul se tumbó en el suelo de la sala de estar, cubriéndose a medias con una sábana azul de algodón. El piso se recalentaba en verano. Paul permaneció despierto un buen rato, incapaz de conciliar el sueño. Solo después de dar muchas vueltas cayó en una serie de sueños. En uno de ellos apareció, de forma indecorosa, una mujer con el rostro de Agnes Huntington.

Paul se despertó sobresaltado a las cinco y media de la mañana. Su padre, que ya estaba hirviendo café en la cocina, lo miró por encima de los periódicos matutinos. Soltó un gruñido mientras su hijo se levantaba y se dirigía al baño para afeitarse.

En cuanto Paul tomó asiento, Erastus le deslizó una hoja de la edición del *Evening Post* de la noche anterior.

—Aquí hay algo que puede interesarte —dijo—. El editorial. Está relacionado con tu trabajo, ¿verdad?

Tras leer la primera frase, Paul se disculpó con su padre. Requerían de su presencia inmediata en Pittsburgh. Debía dirigirse a toda prisa a la estación Grand Central y subirse al primer tren que saliera.

Erastus dijo que lo entendía. Podía cuidar de sí mismo perfectamente durante los siguientes días. Le dejaría la llave en la cafetería de la calle Cincuenta y cuatro. Debía reunirse con algunos mecenas. Había que garantizar el futuro de la universidad. Nunca había visto los chapiteles de Trinity Church, así que agradecía la oportunidad de dar un paseo.

Paul ya estaba en el rellano de la escalera, con una maleta en la mano preparada para pasar una noche, cuando reparó en que no le había dado a su padre un abrazo de despedida. Llamó a la puerta cerrada de su propio piso. Las llaves estaban dentro, a buen recaudo en manos de Erastus.

Sin embargo, su padre no le abrió. Quizá había vuelto a acostarse o no había oído los golpes debido al ruido de los platos que estaba recogiendo de la cena de la noche anterior. Paul se dio la vuelta, bajó los cuatro pisos y se dirigió a Pittsburgh.

19

Estados Unidos es un país de inventores, y los
mayores inventores de todos son los periodistas.

ALEXANDER GRAHAM BELL

Instalado en un vagón de primera clase de la Pennsylvania Railroad, Paul releyó el editorial del *New-York Evening Post*.

MUERTE EN LOS CABLES, clamaba el titular. LOS PELIGROS
DE LA CORRIENTE ALTERNA. El artículo lo firmaba un tal «Harold P. Brown, ingeniero eléctrico». Lo primero que se preguntó
Paul fue quién demonios era ese Harold P. Brown. Lo segundo,
los motivos de que le hubieran concedido un espacio tan privile-
giado en el que verter sus absurdas opiniones.

A diario nos asaltan las noticias de nuevas vidas segadas tem-
pranamente por la amenaza del cableado eléctrico que ahora pen-
de sobre nuestra ciudad. Jamás en la historia de esta nación se ha
introducido de forma tan forzosa y caprichosa, en los hogares de
nuestras familias y los lugares de recreo de nuestros hijos, una

tecnología tan peligrosa, y desconocida, con la negligencia que supone además no haberla probado antes ni tener en cuenta su peligrosidad.

El editorial se hacía eco de la tragedia que Paul había presenciado en Broadway, así como de otras muertes también causadas por defectos en el cableado eléctrico. Y proseguía:

> Diversas empresas más preocupadas por el vil metal que por la seguridad ciudadana han llegado al extremo de adoptar la nueva «corriente alterna» para proporcionar luz incandescente. Si la corriente en arco es potencialmente peligrosa, la alterna no puede describirse más que recurriendo a un adjetivo tan contundente como «censurable». El hecho de que los ciudadanos deban estar expuestos al riesgo constante de ser víctimas de una muerte súbita con el fin de que una compañía obtenga unos dividendos un poco superiores es simplemente malévolo.

Sin abandonar su tono vehemente, el artículo continuaba sugiriendo que la corriente alterna podía calcinar los huesos de cualquier niño en un radio de cien pies. Harold P. Brown sostenía que al duplicar el voltaje de la corriente continua, la alterna era el doble de letal. Además, ningún argumento científico justificaba dar prioridad a la corriente alterna sobre la continua: solo el mercado había provocado que esas taimadas máquinas de matar adoptaran una tecnología criminal. Y, por último, se señalaba al mayor impulsor de aquel sistema mortal: George Westinghouse. «Un villano que parece dispuesto a caer aún más bajo con el objetivo de arrancar un dólar extra de las manos de los ingenuos y crédulos.»

El editorial de Harold Brown concluía así: «A fin de prevenir la pérdida masiva de vidas humanas, toda esa corriente alterna, como la que ofrece George Westinghouse, debe ser prohibida de inmediato por las leyes de este estado».

Aquella tarde Paul observó a George Westinghouse yendo de un lado a otro de su laboratorio. De las paredes colgaban lámparas de gas que bañaban con luz anaranjada y pálida el cavernoso espacio. Los ingenieros de Westinghouse temían que las luces eléctricas pudieran interferir con las pruebas que realizaban sobre los diseños de las nuevas bombillas eléctricas. Los colores recién lanzados al mercado —los amarillos suaves, los blancos etéreos, los ligerísimos destellos solares— se creaban allí. Los colores del futuro debían probarse bajo la tenue luz del pasado.

Se habían publicado editoriales calcados al de Brown en otros cuatro periódicos de la Costa Este. El primer sistema de corriente alterna de Westinghouse para uso comercial, basado en las ideas de Tesla, se instalaría en Buffalo pocas semanas después. El centro comercial Adam, Meldrum y Anderson ya había publicado anuncios sobre las bombillas de corriente alterna de 498 vatios que en breve resplandecerían desde sus techos de estilo italiano. A menos, claro está, que prosperara la intención Harold Brown de que se prohibiera aquel sistema.

—No es cierto —dijo Westinghouse—. La corriente alterna no es más peligrosa que la corriente continua. Justo lo contrario. ¿Qué habrá llevado al *Evening Post* a publicar tan descarada falsedad?

—¿Sabe quién es el dueño del *Evening Post*? —le preguntó Paul.

—No.

—Henry Villard.

—Que es….

—Un magnate de la prensa poco importante. Pero que no hace mucho consiguió dos mil acciones de la Edison General Electric.

Westinghouse se detuvo.

—¿Edison le dio acciones a cambio de acusarme en la primera plana de su periódico?

—Nunca podremos demostrarlo —señaló Paul.

—¿Puede salirse con la suya? ¿De verdad es capaz de conseguir que la Cámara legislativa prohíba mi corriente?

—Eso depende.

—Malditos abogados —refunfuñó Westinghouse—. Limítese a darme una respuesta clara. ¿Puede hacerlo o no?

—He consultado con Albany desde la estación. Por lo visto, Edison ya ha contactado con un senador del estado de Nueva York, del que es amigo, para que presente una propuesta de ley.

—¿Puedo suponer que Edison también ha encontrado la manera de compensar a dicho senador?

—Al no obtener un producto mejor que el suyo, ahora se propone recurrir a la ley para que el de usted sea considerado ilegal. Ya he enviado un mensaje a mi legislador estatal. Yo mismo defenderé su posición ante la Cámara legislativa. No puede sobornarlos a todos.

Westinghouse miró al suelo.

—La corriente alterna es mejor —dijo en tono bajo—. Mi trabajo es mejor que el suyo. —Hablara con quien hablase, no era con Paul.

—¿Podría ayudarme a entenderlo? Soy un hombre de la calle. Hábleme como a tal. El voltaje de su corriente alterna duplica el de la corriente continua. Usted mismo me lo explicó. Bien, para un hombre de la calle, a doble corriente, doble peligro. Parece de sentido común.

—Pero eso es justo lo que caracteriza a la electricidad —dijo Westinghouse, bajando aún más el tono—. Nada de lo que hace responde al sentido común.

Westinghouse mandó llamar a Reginald Fessenden para que lo ayudara con una demostración. Tras apenas unas semanas trabajando allí, Fessenden parecía haber envejecido unos cuantos años. Mostraba síntomas de agotamiento. Lo que llevaba a cabo y la presión que sentía sobre los hombros estaban encaneciendo sus sienes a marchas forzadas.

Conectaron un pequeño generador a algo que Westinghouse llamó «un condensador». El aparato medía unas seis pulgadas, tenía forma de cilindro y estaba revestido de un material —¿goma?— suave y de color negro impoluto. A Paul le recordó un postre francés.

Cuando Westinghouse se lo indicó, Fessenden dio unas cuantas vueltas a una manivela situada en uno de sus laterales, que empezó a girar con un murmullo suave.

—Y ahora —dijo Westinghouse volviéndose hacia Paul—, querría que colocara las manos sobre estas dos correas. Sí. Sobre esas.

Paul miró las «correas» —dos tiras de cable sin cierres— con resquemor. Recordó al hombre en llamas de Broadway.

—Señor..., ¿no me electrocutaré?

—Sí. Al colocar las manos sobre esas correas, su cuerpo recibirá una descarga de ciento diez voltios.

Paul abrió mucho los ojos. Aquello sonaba a muerte segura. Westinghouse se percató de su miedo.

—¿No se fía de mí?

—No es eso, pero… —Paul miró las máquinas. Aquellas cosas letales y futuristas. Respiró hondo y agarró las correas tan fuerte como pudo.

Se oyó un paf.

Y un grito agudo salió de las profundidades de su garganta.

La demostración había durado menos de un segundo.

Paul agitó las manos al aire, moviendo los dedos para librarse del escozor. El dolor era como cuando cogías una pelota de béisbol sin guante.

Ningún destello de luz. Ninguna chispa. Ningún rayo que hubiera descargado sobre su piel.

—Ay —dijo al final Paul, recobrando el habla.

—Y bien, ¿qué hemos aprendido? —inquirió Westinghouse con paciencia.

Paul se volvió hacia Fessenden en busca de una respuesta.

—Voltaje —lo satisfizo este con diligencia— no es lo mismo que energía. La corriente alterna funciona a un voltaje superior que la corriente continua, pero a una amplitud variable. Si siente curiosidad puedo mostrarle un cuaderno lleno de ecuaciones que lo explican.

—¡Ajá! —exclamó Westinghouse—. Por fin estamos enseñándole algo de ciencia a Paul. Veamos. ¿Qué hay en la naturaleza misma de la corriente alterna que la hace menos peligrosa?

Paul se volvió de nuevo hacia Fessenden.

—Bien —dijo este—. Como recordará, se la llama corriente «alterna» porque literalmente alterna su dirección centenares de veces por segundo. Con la corriente eléctrica continua, los músculos del cuerpo humano se contraen. Igual que han hecho los suyos. De ahí que la gente se electrocute hasta la muerte. Se agarran a la corriente y no pueden soltarla porque esta les contrae los mismos músculos que los mantienen sujetos a ella.

—El cerebro desea liberarse —dijo Westinghouse—, pero los músculos no obedecen. Hace un momento, en cuanto ha notado la descarga, ¿qué ha hecho?

—Soltarme.

—Ha podido porque, dado que la corriente alterna cambia de dirección esas centenares de veces por segundo, de hecho se produce una pausa infinitesimal en la corriente. Imagínela como en un carruaje. Traza círculos en el sentido de las agujas del reloj tan rápido como puede. Ahora bien, para dar la vuelta necesita frenar y luego detenerse, a fin de volver a coger velocidad en la dirección opuesta. Así funciona la corriente eléctrica.

—Excepto por la parte en la que desacelera —lo corrigió Fessenden.

Westinghouse asintió.

—La electricidad no es muy sensible a las metáforas. La gravedad o el movimiento centrípeto son fenómenos mucho más sencillos de explicar recurriendo a una analogía literaria. Mientras que Newton trabajaba con poesía, nosotros debemos esforzarnos con la prosa. Sobre esta cuestión he reflexionado en algunas ocasiones.

Paul procesó cuanto le habían explicado. ¿Cómo se lo harían entender a los clientes potenciales sin pedirles a todos y cada uno de ellos que metieran las manos en un generador de corriente alterna para que lo comprobaran por sí mismos?

Contar con un sistema mejor que el de Edison no les serviría de nada si no eran capaces de explicarle la razón a la opinión pública. La realidad no tenía la menor importancia. Los negocios dependían por entero de la percepción. Edison se había dado cuenta antes que ellos. Mientras que Westinghouse usaba los descubrimientos de Tesla para desarrollar un producto superior, Edison había ido directamente a desarrollar una historia mejor.

Y se suponía que las historias eran la especialidad de Paul.

Como si le hubiera leído el pensamiento, Westinghouse tomó de nuevo la palabra. El tono académico lo había abandonado.

—Paul —dijo en voz baja—. Confío en usted para que sea capaz de adelantarse a este tipo de acontecimientos.

Aquellas palabras fueron como una brisa fría. Tan suaves que resultaron casi inaudibles y a la vez tan frías que dejaron a Paul helado.

—Lo siento, señor Westinghouse. Sabía que Edison reaccionaría al hecho de que contratáramos a Tesla y que adoptáramos la corriente alterna. Pero no sabía cómo. No me imaginé que llegaría tan lejos.

—En eso consiste su trabajo, Paul —prosiguió Westinghouse—. Si esta situación nos sirve de indicador, no está haciéndolo tan bien como yo esperaba.

Avergonzado, Paul miró a Fessenden. Sin embargo, el ingeniero estaba concentrado en los documentos que tenía entre manos, evitando de forma ostensible que sus miradas se cruzaran.

—Ha cometido un error al subestimar la vileza de Thomas Edison —dijo Westinghouse.

—Así es. Y ahora mismo le prometo que no volverá a suceder.

Paul fue despachado al cabo de unos minutos. Fessenden y él dejaron al inventor sumido en el silencio de su laboratorio oscuro y vacío.

—Ya se le pasará —le dijo Fessenden mientras se dirigían juntos hacia el edificio principal a través el césped de la hacienda, bañado por la luna. La humedad en el aire presagiaba una tormenta de verano que descargaría sobre los robles diseminados por el campo—. Yo también me he sentido intimidado por esa mirada. Sabe hacer que te sientas como si midieras seis pulgadas. Pero no se preocupe. Mañana la tomará con los errores de otro.

—¿Cómo le va a Tesla? —Hacía varias semanas que no le llegaba ninguna queja sobre el inventor serbio, lo que había interpretado como una buena señal.

Al oír ese nombre, Fessenden sonrió.

—Bueno…, me temo que no es fácil de explicar.

20

Los científicos se comportan como filósofos solo cuando deben escoger entre dos teorías enfrentadas.

THOMAS KUHN,
La estructura de las revoluciones científicas

Resultó que Tesla había presentado un boceto a Westinghouse, algo relacionado con el vacío que impide que entre aire en las bombillas eléctricas. Westinghouse sugirió algunos retoques y que probaran ambas versiones a fin de comprobar cuál funcionaba mejor. En respuesta, Tesla subió a su despacho y cerró la puerta en señal de protesta.

Al cabo de cuatro días, Fessenden y sus hombres seguían sin saber nada del ingeniero, que se había dedicado a garabatear, con letra casi ilegible y en el dorso de los formularios destinados al Departamento de Maquinaria, peticiones de galletitas saladas que se limitaba a deslizar por debajo la puerta. Transcurrió un día más hasta que las vio una mujer de la limpieza que pasaba por allí.

Esta se las entregó al mayordomo, quien tuvo que encontrar el modo de poner el hecho en conocimiento de Westinghouse sin que este reaccionara destrozando algún objeto de cristal tallado y muy caro.

Por lo menos consiguieron proporcionarle las galletitas por debajo de la puerta.

Paul pidió a Fessenden que lo condujera al despacho de Tesla, situado sobre el laboratorio privado. Se suponía que el ingeniero continuaba encerrado allí, pues había incumplido su promesa de abandonarlo tras recibir las galletitas.

No respondió cuando llamaron. Los ruegos de Paul para obtener una breve audiencia se estrellaron contra la silenciosa puerta de madera.

Mientras se alejaba por el pasillo, Paul vio que un pedazo de papel salía despedido por debajo de la puerta. Se agachó a recogerlo.

«Señor Cravath —fue lo primero que leyó en un formulario del departamento de maquinaria—. Es imperativo de mí que voy a dejar el empleo del señor George Westinghouse. No es una persona inventora. Me marcho y le veré en Manhattan, Nueva York, Nueva York. Nikola Tesla.»

A Paul se le acababan de multiplicar los problemas. Ahora no solo debería lidiar con la guerra pública que enfrentaba a Edison y Westinghouse en los periódicos, sino también con la de carácter privado entre Westinghouse y Tesla.

Inesperadamente, fue Tesla quien escogió el lugar donde llevar a cabo las negociaciones de paz. Aunque no había dado muestras de disfrutar de la comida, ni de tener el menor interés por el vino, parecía haber desarrollado cierto gusto por Delmonico's. Ni siquiera Tesla era inmune a la fragancia de lo exclusivo. Solo era inmune a las muestras de cortesía.

Así que la misma semana en que los abogados de Edison embrollaron a Paul en una serie de fastidiosas apariciones frente a los tribunales, en tres estados distintos y para hablar de las diferencias entre la corriente alterna y la corriente continua, y la Cámara Legislativa de Nueva York fue testigo de acaloradas sesiones acerca de la conveniencia de prohibir la corriente alterna, Paul tuvo que suplicar a su cliente que viajara a Nueva York para compartir un *canard aux olives* con el hombre que más capacitado estaba para librarlos a todos de dichos embrollos.

—Este caballero no sabe ni dato ni ápice de lo que significa inventar —dijo cortante Tesla. No le había dado ni un sorbo al burdeos que habían servido con generosidad en su copa—. Nunca lo ha sabido así y nunca sabrá.

—Este es el tipo de bobadas que llevo meses soportando —dijo Westinghouse.

—Me gustaría sugerir —intercedió Paul— que empleemos en esta conversación un lenguaje más relajado.

Tesla no quería ni oír hablar de la cuestión.

—Es el señor George Westinghouse cuyo lenguaje es sumamente incapaz de expresar las diversas maravillas en las que soy versado.

—¡Justo a eso me refiero! ¿Alguien tiene la menor idea de qué lengua está hablando? Suena como si el único inglés que hubiera aprendido fuera el de Chaucer.

—No tengo ningún conocido semejante —explicó Tesla—. ¿Es otro de sus estúpidos mamíferos de laboratorio?

—Basta ya. Se lo pido a los dos. Basta ya.

Paul no confiaba en que fuera a resultarle fácil, pero tampoco era consciente del cariz tan personal que había adquirido la disputa.

—Aquí hay algo más que lo del vacío de la bombilla, ¿me equivoco?

—Está en la certeza —dijo Tesla—. El problema que he encarado es que el señor George Westinghouse no es un inventor.

—El problema que he encarado es que el señor Nikola Tesla es un grano en el culo.

—Señor Tesla —dijo Paul—, el señor Westinghouse es uno de los inventores más relevantes de la historia de Estados Unidos. Y no hablo tanto como su abogado, que quede claro, sino como un hombre que se ve beneficiado a diario con los productos fruto de su trabajo.

—Frenos neumáticos —dijo Tesla—. Usted, señor, conjuró unas pocas nociones brillantes en el detenimiento de objetos pesados viajando a velocidades muy rápidas. Veinte años en el pasado consiguió parar un tren bastante grande. Bravo. La orquesta se pone en pie y cada cliente debe hacer una reverencia.

—Por favor —dijo Paul—, sería de gran ayuda para todos mayor claridad y menos insultos.

—¿Qué tipo de sistema eléctrico ha inventado, señor Westinghouse?

Al reparar en la mirada que Paul le dirigió, Westinghouse contestó con suma paciencia:

—El sistema de corriente alterna que mi compañía está perfeccionando (y que ya ha empezado a vender) es resultado de sus logros recientes, sobre los que le otorgo todo el crédito, y las patentes de Sawyer y Man, que adquirimos ya hace un tiempo. Usted, señor, tuvo una buena idea. Yo construí un sistema para ponerla en funcionamiento.

—Sí, exacto, precisamente cierto. —Tesla alzó la voz—. Pero usted no ha inventado nada. ¿Lo ve? Los señores Sawyer y Man son mis iguales. Tuvieron ideas de lo más brillantes. Usted firmó un cheque.

—Registraron patentes. Yo adquirí los derechos sobre esas patentes. Y a continuación combiné su trabajo con el de usted y el mío para crear (aún estoy en el proceso de perfeccionarlo) un sistema eléctrico que cambiará la naturaleza de la vida humana. Así funcionan los negocios.

—El funcionamiento de sus negocios —dijo el inventor serbio— no se encuentran listados en los catálogos de mis preocupaciones.

—¿Cuáles son sus preocupaciones? —preguntó Paul, esperando que la respuesta arrojara alguna luz sobre la raíz del desacuerdo entre los dos hombres.

—La corriente alterna funciona. Puede proveer de energía a motores. Puede proveer de energía a lámparas. Puede proveer de energía a ciudades. Lo sé con certeza.

—Y yo también —convino Westinghouse.

—Bien —dijo Paul—. En eso estamos de acuerdo.

—De modo que deberíamos viajar a otro sitio —dijo Tesla—. Usted desea la creación de una bombilla de corriente alterna, algo diferente de la de Edison. Pero ¿por qué? Por sus problemas legales. No por el descubrimiento científico. Yo quiero un nuevo invento.

Ante esto, Paul y Westinghouse no supieron momentáneamente qué decir. Los camareros aprovecharon la ocasión para deslizarse entre los comensales a fin de rellenarles las copas de burdeos y servirles tres pechugas de pato salteadas.

—Yo hago cosas, Tesla. Hago cosas fantásticas. Mi empresa fabrica frenos neumáticos automáticos de triple válvula, motores a vapor, amperímetros y válvulas Rotair. Fabricamos cosas mejor que nadie en este país. Mejor que Eli Janney. Mejor que George Pullman. Mejor que Thomas Edison, sin duda alguna.

—Le concederé la veracidad factual de esa declaración —dijo Tesla.

—En Edison tienen a un enemigo común —dijo Paul.

Ni siquiera Westinghouse le prestó atención.

—¿Usted qué hace? —le preguntó a Tesla.

—Ideas —respondió el ingeniero serbio como si le hablara a un niño—. Yo tengo ideas. Y mis elucubraciones durarán más y penetrarán más profundamente en los siglos venideros de lo que harán sus frágiles juguetes.

—Lo mucho que he fabricado durará largo tiempo.

—No, señor George Westinghouse. Las construcciones son efímeras. Las ideas, eternas. —Tesla se levantó y le hizo una seña a un camarero para que le trajera su abrigo.

Paul mediaba en las guerras entre hombres que consagraban sus vidas a crear de la nada. Pero ¡cuán diferentes! Westinghouse creaba objetos. Tesla, ideas. Mientras tanto, Edison se afanaba en crear un imperio a escasas millas de distancia.

La mente de Paul no era creativa. Sabía que hombres como Edison, Tesla y Westinghouse poseían algo de lo que él carecía. Un órgano extra, una región suplementaria en el cerebro, una vela que Dios había alumbrado, a imagen de la que había dado a san Agustín su fe. Existía un algo creativo, y Paul no lo tenía.

¿Cómo te sentías siendo una persona creativa? ¿Cómo experimentabas los eurekas, la excitación que acarreaba la locura de la invención? Paul intentó imaginar lo que un Edison, un Tesla o un Westinghouse podían sentir en un arrebato de inspiración pura…, pero fue incapaz. Él no inventaba. Él solucionaba. Los problemas desfilaban por su escritorio y él les ponía remedio. Respondía las preguntas, corregía los errores. Según su punto de vista, si alguien le preguntaba algo, sabía excepcionalmente bien dar la respuesta correcta. Pero no era la persona a quien se le ocurrían las preguntas.

De forma muy extraña, Paul percibió que podía ver a aquellos hombres con mayor claridad de la que ellos jamás se verían entre sí. Al no ser uno de ellos, podía observarlos desde un lugar remoto: tres imponentes gigantes que se recortaban contra la neblinosa lejanía. Tres maneras absolutamente incompatibles de acercarse a la ciencia, la industria y los negocios.

—Hasta la vista —dijo Tesla antes de volverse y salir por la puerta—. Puede considerarme no formando más parte de la empresa Westinghouse.

21

Todo llega para aquel que trabaja duro mientras espera.

THOMAS EDISON

—Estamos aquí para ayudarle —mintió Charles Hughes. Tratando de aparentar normalidad, se apoyó contra el marco de la puerta del despacho de Paul. Fue en vano.

Carter estaba de pie detrás de él. El ceño fruncido del socio más veterano anulaba el esfuerzo del más joven por fingir amabilidad.

—Se lo agradezco —mintió Paul a su vez.

—Lo dudo —dijo Carter, sin disimular en lo más mínimo su desdén hacia su antiguo *protégé*.

—¿En qué punto se halla con Tesla? —preguntó Hughes.

Habían transcurrido dos semanas desde la fatídica cena. Paul había enviado varias cartas a la atención de Lemuel Serrell, pero este no le había contestado.

—No he recibido respuesta. Pero se le ha visto en Manhattan en diversas ocasiones, en cenas de la alta sociedad, parece mentira. Mi teoría es que anda a la búsqueda de financiación para su propia empresa, está montando su tinglado en algún lugar de Nueva York. Sin embargo, Serrell no quiere decirme dónde se encuentra exactamente, o bien ni él mismo lo sabe.

¿Por qué estaban sus socios tan obsesionados con Tesla? De todas las crisis a las que se enfrentaban, la pérdida del inventor serbio se le antojaba la más manejable.

—Debemos convencerle para que regrese con Westinghouse —dijo Carter.

—O encontrar a algún otro que ayude a Westinghouse a crear una lámpara de corriente alterna que no infrinja la ley. —Paul sabía que genios del calibre de Tesla no crecían en los árboles, pero en algún sitio crecerían—. No hay duda de que perder los conocimientos que aportaba Tesla es un problema, pero de carácter científico, no legal. Las patentes siguen a buen recaudo en manos de Westinghouse.

—Si —dijo Hughes—. Eso es lo que nos preocupa.

Daba la impresión de que los socios de Paul sabían algo que él desconocía.

—Hemos revisado los contratos —dijo Carter.

—¿Dos dólares con cincuenta centavos por caballo de potencia en cada unidad vendida? —preguntó Hughes.

—No tengo los documentos delante pero creo que, en efecto, esa es la regalía que Westinghouse está pagando.

—Y está pagándola tanto si Tesla trabaja o no con él a fin de que las patentes resulten de utilidad.

—Sí —dijo Paul—. Westinghouse conserva las patentes aunque Tesla se marche, las condiciones no cambian. Eso es bueno.

—Bueno —dijo Hughes fingiendo humildad con delicadeza—, la cuestión es que no.

—¿A qué se refiere...?

—Por el amor de Dios —dijo Carter—. No lo entiende.

—Walter —terció Hughes—, no necesitamos que el señor Cravath se sienta aún peor por esto, ¿no?

—¿Sentirme peor por qué? —preguntó Paul.

—Cuando negoció con el señor Serrell por su cuenta —dijo Hughes—, sin nuestra asistencia, acordó una tarifa plana y un sistema de regalías que cubría tanto las patentes del señor Tesla como su futuro trabajo. Y por descontado que era un sistema bastante generoso, ¿no?

—Y bien valioso, creo —dijo Paul—. Westinghouse es de idéntico parecer.

—Bien valioso siempre y cuando cubriera tanto las patentes como sus futuras mejoras. Pero ahora esa misma tarifa solo abarca las patentes. El señor Westinghouse tendrá que contratar a otra persona para sustituir a Tesla, pero deberá abonarle a este la tarifa completa. A perpetuidad.

—Creía estar negociando una patente, Paul —interrumpió Hughes—, cuando en realidad negociaba un contrato laboral. Y ahora su cliente (un cliente de este bufete) debe pagar una regalía de usura por un trabajo que la otra parte no está obligada a llevar a cabo.

—Pero... —Paul intentó pensar una respuesta mientras sus mejillas se encendían por el bochorno—. ¿De qué otra manera hubiera podido...?

—¡Podría haber introducido otra dichosa cláusula en el acuerdo! —vociferó Carter—. Cuando Tesla se marchara, el porcentaje de la regalía se reduciría a cincuenta centavos, o a veinticinco. Quién sabe qué habría podido negociar.

—En este tipo de acuerdos empleamos con frecuencia cláusulas similares —dijo Hughes—. American Steel recurrió a ellas con Benjamin Marc. Yo ya he llegado con anterioridad a acuerdos parecidos con Serrell. Él esperaba que se lo planteara. Pero usted no reparó en ello. Y no nos consultó. Ahora Serrell estará riéndose a carcajadas.

¿Cómo podía Serrell haberlo manipulado tan a conciencia? Al reconstruir mentalmente la negociación, la ingenuidad malvada de Serrell se le hizo patente.

Carter llegó a la misma conclusión.

—Le ofreció trabajo, ¿verdad? —le preguntó y se cruzó de brazos con la exasperación de quien observa a una antigua promesa que se ha revelado un tonto de remate.

Hughes se mostró más compasivo que su suegro al analizar los hechos.

—Le ofreció un puesto en su bufete para evitar que nos consultara. Sabía que carecía de experiencia. Y también que era ambicioso y estaba ansioso por llevarse todo el mérito. De modo que al proponerle una conspiración tan simple en nuestra contra conseguía abrir una brecha entre usted y sus socios más experimentados.

La vergüenza que sentía Paul le estaba perforando el estómago.

—Desconocía que una cláusula así fuera una opción —dijo con todo el autocontrol de que fue capaz.

—No lo sabía —dijo Carter— porque usted tiene veintisiete años. Está enterrado hasta el cuello y es demasiado estúpido para darse cuenta de que se trata de arenas movedizas.

—Walter —terció Hughes—. No es necesario.

—No necesito su falsa compasión —dijo Paul con una contundencia inesperada—. ¿Juega a ser el angelito posado en un hombro mientras el señor Carter hace de diablo en el otro? Ahórreme la función barata.

—Westinghouse perderá cientos de miles de dólares debido a su arrogancia —dijo Carter—. Quizá millones.

—Las patentes expiran dentro de seis años —se defendió Paul sin demasiada convicción—. Hay en juego mucho dinero, claro está, pero dentro de seis años todo el daño estará hecho y, una vez que ganemos a Edison, no tendrá importancia.

—¿«Ganemos»? —dijo Carter—. ¿Cómo diablos va a ganar Westinghouse cuando está atrapado en el pago de una regalía de dos con cincuenta por unidad y Edison no? Westinghouse se verá forzado a cobrar más por unidad que Edison, lo que supondrá un suicidio a efectos del mercado, o a vender a un precio que apenas le procurará beneficio, lo que acabará hundiendo a su empresa. Muy agradable la situación en que lo ha dejado.

Aquel «ha» fue lo que más dolió. El desastre era obra de Paul.

—Cometí un error.

—Cometió un error —repitió Hughes—, pero no volverá a hacerlo. Es todo cuanto le pedimos.

Paul miró a Hughes como si buscara una cuerda que pudiera sacarlo del agua.

—¿Qué quieren? —preguntó Paul, pero en cuanto lo dijo, reparó en lo que se avecinaba. Y supo que no tendría fuerzas para oponerse.

Querían compartir el cliente. Si se negaba, le comentarían a Westinghouse el alcance de la onerosa regalía que estaba obligado a desembolsar y que esos pagos podrían haberse evitado si Paul no hubiera cometido un error. Las malas noticias podían comunicarse de dos modos: con el tono de inevitabilidad suave con que los abogados solían apaciguar a sus clientes, o con el peso de una culpa que Paul sería incapaz de negar. Lo más probable es que el bufete en su conjunto fuera despedido. Sin embargo, solo Paul carecía de otros clientes. Solamente él no podría recuperarse de semejante pérdida.

Quizá era demasiado joven para afrontar la magnitud del caso, reconoció para sí. Quizá la fe que Westinghouse había depositado en él carecía de base.

Aceptó la propuesta sin rechistar.

—Entendido pues —dijo Carter—. Se lo notificaremos a Westinghouse. Le explicaremos que es la política de este bufete, que una demanda de tales características es demasiado grande e importante para que recaiga en un único hombre. Tres abogados por el precio de uno. No tendrá motivos para disgustarse.

Observó a Carter y Hughes abandonar su despacho. No apartó los ojos de sus sonrisitas. Quería recordar esa imagen. Si alguna vez volvía a sentirse tentado de confiar en exceso en alguien, pensaría en esas sonrisas para que lo disuadieran.

Un inicio. Un nudo. Un desenlace. Y luego todo almacenado para recordarlo cuando fuera necesario.

Al cerrarse la puerta, lo invadió la determinación. Era consciente de que solo existía una forma de ganarles: ganarse a su vez a Tesla. Aquella noche no salió de su despacho hasta que hubo encontrado la manera.

22

Ningún experimento es un desperdicio.

Thomas Edison

Agnes y Fannie Huntington vivían en una casa de arenisca roja de dos plantas en el número 4 de Gramercy Park. Carecía de la pomposidad propia de los edificios de los ricos de toda la vida de la Quinta Avenida y del boato de las mansiones señoriales de Washington Square. Pero esto se compensaba porque estaba de moda entre la comunidad artística. Era una calle habitada por una clase popular con gusto, personas que debían trabajar para ganarse la vida pero cuyo esfuerzo arrojaba sustanciosos dividendos. En suma: la concentración de artistas, escritores, actores y cantantes en aquella manzana, que abarcaba media milla, era la mayor de Estados Unidos. El escritor John Bigelow y el comerciante de papel pintado James Pinchot vivían al final de la calle. El empresario del ferrocarril Stuyvesant Fish había adquirido recientemente una casa de cuatro plantas en la esquina y encargado su remodelación, tras un dispendio considerable, al arquitecto Stanford White. El salón de baile de la última planta de la nueva mansión de los Fish y la escalinata de mármol que conducía a ella ya eran la comidilla de las páginas de sociedad.

La casa de las Huntington era la más pequeña de toda la manzana. Los marcos blancos de sus ocho ventanas eran de una simplicidad de evocación clásica y la barandilla negra de hierro, en la que Paul se apoyó para subir los seis peldaños de la entrada, dejaba traslucir con delicadeza la medida exacta de opulencia.

Paul aguardó a las mujeres en el salón de té. Su sombrero nuevo, adquirido el día anterior, colgaba en el recibidor sin posibilidad de que lo luciera. El sofá de estampado chillón en el que estaba sentado era de dimensiones reducidas, lo que lo obligaba a acomodar su corpachón de una forma al menos mínimamente digna. Mientras esperaba, cruzó y descruzó las piernas en un intento por dar con una postura que no le hiciera parecer un tejado a punto de derrumbarse.

—¿Quizá prefiera la butaca?

Pequeña y cubierta de seda negra, Fannie Huntington cruzó la alfombra oriental como una flecha. Agnes entró en silencio detrás de su madre y sonriendo con la misma impenetrable cortesía de la vez anterior. Paul intentó no preguntarse qué ocultaba.

Cuando se sentaron, Paul volvió a agradecerles que hubieran aceptado recibirlo con tanta celeridad. Como ya les había comunicado por carta el día antes, había cambiado de parecer. Estaría encantado de aceptar su caso, si podían perdonarle su reticencia inicial y si aún no habían dado con el abogado idóneo. Por la mirada de interés de Fannie supo que aún no tenían a nadie. Paul no estaba seguro del porqué, pero se abstuvo de preguntar. Quizá lo que más necesitaran de un abogado fuera su absoluta discreción.

Tal vez eso fuera lo único que las mujeres de su clase no podían comprar con facilidad en Nueva York.

Les explicó que la estrategia que utilizaría en su nombre sería muy sencilla. Escribiría a W. H. Foster, empresario de los Boston Ideals, para informarle de que, desde a partir de ahora, el bufete de Carter, Hughes & Cravath pasaba a representar a la señorita Huntington a todos los efectos. Paul no entraría en mayor detalle. Su papel consistiría en apaciguar los ánimos. Sugeriría con toda delicadeza que cualquier desacuerdo que la señorita Huntington y el señor Foster hubieran tenido en el pasado era mejor dejarlo atrás. A ninguno le convenía sacar esqueletos del armario.

Paul no le daría ningún aviso. En todo caso, lo haría más adelante y siempre que fuera absolutamente imprescindible.

—Solo un aficionado empieza con advertencias —dijo, tratando de hacer acopio de la máxima autoridad posible mientras los ojos grisáceos de Agnes parecían escrutarlo en busca de flaquezas—. Si das muestras de histeria te encuentras sin salida alguna. Las amenazas más poderosas son siempre las que no se pronuncian en voz alta, dado que ambas partes conocen bien lo que hay en juego en el asunto que se llevan entre manos. Un punto a favor de ustedes es que solo quieren que la situación se quede como está. Él pretende cambiarla. En consecuencia, la inacción para nosotros es una victoria.

A Paul no le pasó por alto que, en esencia, lo mismo se aplicaba a su otro cliente. Su pericia como abogado radicaba en buscar fórmulas creativas para aplazar las cosas. Era de lo más lógico. ¿Quién había contratado jamás a un abogado esperando que acelerara un asunto?

Cuando Paul hubo terminado, Fannie se sirvió leche en el té.

—¿Y qué compensación requerirá por su cambio de opinión?

No era ninguna tonta. Paul dio una cifra que era menos de la mitad de sus honorarios habituales, con la que pareció satisfacer el olfato para los negocios de Fannie y, al mismo tiempo, levantar sus sospechas.

—Asimismo, me gustaría solicitarle un pequeño favor a cambio.

—¿Con qué tipo de favor puedo complacerle? —dijo Fannie.

—No deseo el favor de usted, señora Huntington, sino de su hija. Y no es para mí. Es para George Westinghouse.

Agnes soltó una risa de suficiencia.

—Me temo que ya no me dedico a las funciones privadas —dijo—. Así lo estipula mi contrato con la Met.

—De hecho —dijo Paul—, no me refiero a eso... En realidad..., me gustaría que usted me llevara a una fiesta.

23

No hay nada en una oruga que te indique que vaya a convertirse en mariposa.

BUCKMINSTER FULLER

A muy poca distancia de la casa de Agnes Huntington se erigía una mansión de piedra de cuatro plantas que, meses antes, había adquirido el actor Edwin Booth. De todas formas, la intención de Booth no era convertir todo el palacete de Gramercy en su hogar. Se instaló en un apartamento pequeño en la planta más alta y el resto del espacio lo dedicó a un club privado. Un club para artistas, como había declarado en las páginas de sociedad de *The Sun* y *The Times*. Más moderno que los que frecuentaban los altivos residentes de Washington Square. Lo llamó el Club de los Actores. Los artistas más importantes de la escena de Broadway y el *beau monde* del círculo literario de Nueva York habían sido invitados a sumarse. Según se informaba en la prensa con todo lujo de detalles, las fiestas eran fastuosas.

Lo que obviamente no se recogía en dichas crónicas, si bien era fuente de comentarios entre los neoyorquinos aficionados a los cotilleos que las leían, era el hecho incontestable de que Booth había creado el club a modo de ardid para devolver el buen nombre al apellido familiar. Dos décadas atrás, la había mancillado de forma estrepitosa su hermano, John Wilkes. El plan de Booth consistía en presentar un nuevo tema de conversación ante el tribunal de la opinión pública. Su club sería exclusivo. Cuanta menos gente fuera invitada, más gente ansiaría la invitación. Lo que sucediera de puertas adentro cada semana sería motivo de habladurías en torno a las mesas de té. En consecuencia, el apellido Booth se convertiría en sinónimo de algo (lo que fuera), menos de un asesinato tan indecoroso.

Paul informó a Agnes y Fannie Huntington que una semana después se celebraría una fiesta en el Club de los Actores. No se permitía a las mujeres formar parte del club, pero dado el prestigio de Agnes en el mundo teatral sin duda la incluirían en la lista de invitados.

—Esas fiestas —dijo Fannie con delicadeza— tienen cierta reputación.

—Eso he leído —dijo Paul.

—No puedo imaginar a mi hija sintiéndose cómoda en semejante compañía.

Agnes desvió la vista al oír el comentario de su madre.

—No tenía previsto asistir —dijo con recato.

—Señorita Huntington, si se aviniera a asistir y me llevara como acompañante, me sería de grandísima ayuda.

—Me temo que no lo entiendo —terció Fannie, anticipándose a una posible respuesta de su hija. Juntó las manos en el regazo—.

¿De qué modo asistir a una fiesta en el Club de los Actores podría ayudarlo a obtener una victoria para el señor Westinghouse?

—Esa fiesta en concreto la ofrecerá Stanford White —dijo Paul.

Fannie abrió mucho los ojos. Stanford White se había convertido en el arquitecto más famoso de Nueva York tras haber proyectado el complejo de viviendas Villard y el Madison Square Garden. En aquellos momentos estaban construyendo el arco que había diseñado para coronar Washington Square. Sin embargo, el renombre adquirido por su trabajo en el *skyline* de Manhattan, su reputación profesional, se veía ampliamente eclipsada por su vida privada. Era un soltero de oro. Hacía mucho que White era el centro de los rumores por el elevado número de mujeres a quienes frecuentaba.

La expresión de Fannie Huntington dejó bien a las claras que estaba muy al corriente de semejante sordidez. Y que la idea de que su hija se viera involucrada en eso no le hacía ni pizca de gracia.

—La cuestión es que el señor White —dijo Paul— parece haber hecho un nuevo amigo, en cuyo honor se celebrará la fiesta de la próxima semana. Con objeto de introducir a un invitado tan distinguido a lo más granado de la sociedad de Manhattan. —Paul se echó hacia delante en la silla—. Ese invitado de honor es un científico muy excéntrico cuyo nombre a buen seguro no reconocerán. Pero es sumamente importante que hable con él.

Una semana después, en una tarde fría de septiembre, Paul recogió a Agnes en su casa del número 4 de Gramercy Park y juntos caminaron hasta el número 16, sede del Club de los Actores.

Agnes casi no había abierto la boca mientras su madre les soltaba a ambos un breve sermón sobre los peligros inherentes a cualquier fiesta a la que asistiera Stanford White. Acto seguido, se obró el milagro de que los acompañara a la puerta y los dejara al fin solos frente al portal.

—Por el amor de Dios, no imagina cuánto necesito una copa —dijo Agnes. En los encuentros anteriores había hablado tan poco que a Paul le sorprendió tanto el timbre de su voz, como su repentina jovialidad—. Es usted un santo por sacarme de esa casa. No me mudé a Gramercy para pasarme las noches jugando a las cartas con mi madre.

Paul no sabía qué terreno pisaba. Recordó las advertencias de Fannie.

—Espero que no sea un ambiente muy descontrolado. Si en algún momento se siente incómoda, puede proceder a...

—¿Bromea usted? Las fiestas de Stanford son maravillosas. La última a la que asistí se alargó hasta dos horas después del amanecer. Cuando al fin llegué a casa, mi madre me esperaba en la sala de estar, dispuesta a darme caza. De alguna manera conseguí convencerla de que había madrugado y paseado para tomar un poco el fresco. Creo que se lo tragó, pero casi no he podido desembarazarme de ella en un mes. Lo que significa que usted, señor Cravath, es mi ángel de la guarda.

—¿Es usted amiga del señor White? —preguntó Paul mientras se acercaban al club. No sabía qué pensar de tal posibilidad y de repente le preocupó que la pregunta resultara inapropiada.

Por primera vez delante de Paul, Agnes soltó una sonora carcajada.

—Cualquiera que se haya subido a un escenario es amiga de

Stanford White. El único motivo por el que no he debido de preocuparme por serlo aún más es mi edad. Gracias a Dios.

Paul intentó fingir desenvoltura en una conversación de semejante naturaleza.

—Me alegra oír que su juventud… sea para usted un oportuno elemento disuasivo respecto a ese tipo de hombres.

Agnes lo miró decepcionada.

—Es lo contrario. Soy muy mayor para él. —Paul se miró los pies intentando disimular su sorpresa—. La chiquilla de los Astor con cuya visita al médico (estoy segura de que se imagina el motivo) empezó todo el lío en que se ve envuelto tenía catorce años.

—Ah —dijo Paul, incapaz de añadir nada.

—Resulta bastante irónico, ¿no cree? Lo pillan haciéndole un bombo a la única chica que corteja con edad suficiente para que le crezca uno.

Paul se sintió frente al precipicio de un mundo cuyas reglas desconocía.

—Bueno, mi madre ya se ha acostado, la noche promete y creo que ha llegado la hora de que nos emborrachemos a lo grande —dijo Agnes con entusiasmo, mientras ascendían por los escalones de piedra del Club de los Actores.

Una vez dentro, Paul fue recibido con más champán del que había visto jamás. Estaba por todas partes y las cataratas que se precipitaban de las botellas descorchadas hacían juego con los marcos dorados que colgaban de las paredes. Incluso el alcohol era del mismo color que el dinero.

Agnes pidió una copa en la que hubieran vertido dos frambuesas.

—Una recompensa por vaciarla —dijo.

Fue presentando a Paul a lo largo del salón. Agnes conocía bien los nombres, los detalles reveladores que podían cristalizar en recuerdos. El señor Honeyrose con sus patillas entrecanas, la señora Sheldon con su acento español, el señor Farnham con su estrechez de miras y su bastón plateado. Paul tomaba nota de cada uno a medida que les estrechaba la mano.

Ella parecía conocer a todo el mundo. Cada vez que le besaban la mano, soltaba una broma. Tras cada reverencia, llegaba una historia que se moría de ganas de compartir. En aquella fiesta parecía en su salsa.

En cierto modo, era así. Hasta donde Paul sabía, la familia Huntington tenía mucha historia. Se habían instalado en Estados Unidos con el nacimiento del país. Prosperaron en las industrias del Oeste, con el oro de California y los ferrocarriles de Colorado, así como en los salones del Este, tanto en la Cámara de Representantes como en el Senado. Los Huntington habían medrado de forma tan expansiva en los ámbitos del dinero y el poder, que Paul reparó en que ignoraba de cuáles de sus ramas descendía Agnes. Los periódicos que seguían su carrera no se hacían eco de su parentela.

En cualquier caso, había acudido a él para que la representara, no a un abogado de mayor veteranía o renombre, lo que debía significar que Agnes y Fannie carecían de la protección de alguien más poderoso que Paul. Puesto que él no contaba con ninguna influencia en particular, se deducía que provenían de un afluente menor de los Huntington. Vinieran de donde viniesen, la joven a la que veía desplegar sus encantos en el Club de los Actores daba muestras de sentirse muy a gusto allí.

—Tesla —dijo Paul tras el que se le antojó el enésimo apretón de manos—. Necesito encontrarlo.

—Estoy segura de que anda con Stanford. Traiga otras dos copas de champán y subamos.

El aire en la segunda planta estaba cargado por el humo de los puros. Había un cuarteto de músicos confinado en un rincón. Los violinistas sudaban profusamente blandiendo sus arcos de crin de caballo. El repiqueteo de los zapatos de cuero sobre los tablones del suelo amenazaba con sofocar la música. Agnes se abrió paso entre un grupo de bailarines achispados que trastabillaban al son de un vals frenético.

En la tercera planta Paul divisó a unos cuantos invitados sentados en un par de sofás. Estaban dispuestos en semicírculo. Todas las miradas parecían concentradas en el hombre delgado cuya cabeza sobresalía en el centro.

Tesla. A Paul le costaba creer que un individuo que tan poco placer obtenía del trato con la gente se encontrara tan a gusto despertándolo en los otros.

—Un imán y un cilindro —decía Tesla a la concurrencia—. Son los instrumentos que necesitan. Piénsenlo del consiguiente modo: la fuerza magnética que conocemos desde hace tiempo. El cilindro puede encontrarse en cada uno de sus colchones. —Los invitados emitieron unas risitas pícaras ante la mención a las camas. Aunque Tesla no dio muestras de entender a qué venían, de igual modo las agradeció.

—Pero ¿de dónde procede esa fuerza? —preguntó un hombre que se hallaba de pie junto a Tesla. Bastante más bajo que él, lucía un bigote poblado y descuidado; una hilera de botones dorados ascendía por la pechera de su camisa blanca y almidonada con cuello de pajarita.

Paul miró a Agnes buscando confirmación. Era Stanford White.

—La electricidad no surge de ningún sitio —dijo Tesla—. Y surge de todos. El aire en todas partes y lados. No es creado. Es aparejado.

—¿Igual que un caballo? —preguntó White entre las risas generalizadas.

—Igual que la potencia del vapor —prosiguió Tesla—. ¿El agua viene de dónde? No lo hace. Es. Luego el hombre aprendió a calentarla. Y a dirigir las nubes de aire que volaban sobre el agua caliente... —Aplaudió—. ¡Ahí la tienen! Energía.

Paul observó que las mujeres se miraban entre sí y sonreían, mientras los hombres intercambiaban gestos de aprobación. Todos se esforzaban por demostrar que les impresionaban las palabras de Tesla y que las comprendían.

Cuando Tesla retomó su discurso, Paul advirtió que se mantenía a una prudente distancia de los otros. Mecía el cuerpo de forma envarada a fin de evitar el contacto con los mechones colgantes de los peinados en precario equilibrio que lucían las mujeres. Para los presentes, las rarezas del inventor eran excentricidades fascinantes.

White se volvió hacia la concurrencia y guiñó un ojo. No se oyen estas cosas todos los días», parecía decir a sus amigos. Tesla era la atracción de feria de la fiesta.

—Su amigo no parece tanto un invitado —señaló Agnes en voz baja—, como el espectáculo en sí mismo.

De todos los papeles que Paul había imaginado para Tesla, nunca había pensado en el de bufón de la corte para la aristocracia artística de Manhattan.

—A Stanford le entusiasman las novedades jugosas —continuó Agnes—. La última vez que vine, había arrastrado hasta aquí a un mago chino. Juegos de manos para gente ligerita de cascos. Pero nunca antes lo había visto montar un numerito con un científico.

Tesla, que continuaba con su monólogo chispeante sobre la naturaleza de la electricidad, al fin advirtió la presencia de Paul. Se interrumpió.

—Señor Paul Cravath —dijo luego, enarcando las cejas en señal de sorpresa.

Los congregados, confusos, se volvieron para ver quién era el destinatario de sus palabras. Su confusión no se mitigó un ápice al descubrir a Paul.

Stanford habló antes de que Paul tuviera la oportunidad.

—¿El señor Tesla cuenta con un amigo?

—En efecto —respondió Agnes—. Este es el señor Paul Cravath. Mi abogado.

White miró a Agnes con recelo.

—¿Podríamos concederles un minuto a los viejos amigos? —sugirió Agnes.

—Solo si nos honra con una canción —dijo White.

—Con mucha suerte, puede que lo consiga —dijo Agnes sonriendo, y se llevó a White hacia la multitud, brindando discretamente a Paul su oportunidad.

—¿Qué está haciendo aquí, señor Paul Cravath? —preguntó Tesla después de que Paul se le acercara un poco de lado.

—He intentado dar con usted.

Al recordar que Tesla tenía aversión al contacto físico, Paul extendió las manos para guiarlo con gestos sin tocarlo. Lo condujo a un lugar apartado donde conversar sin que nadie los oyera.

—Debemos hablar.

—¡Ah! Por supuesto —dijo el inventor en tono ligero—. Si viene mañana por la noche, hay cosas magníficas por ser vistas.

—¿Ir adónde? —preguntó Paul.

—A mi nuevo laboratorio. —Tesla sonrió ante la sorpresa de Paul—. No creerá que en la ociosidad he venido pasando los días.

—¿Ha inventado algo nuevo? —Paul intentó imaginarse qué habría concebido Tesla sin supervisión alguna. Pero una cosa así se hallaba literalmente muy lejos de su imaginación.

El científico se inclinó y le susurró:

—Un teléfono inalámbrico.

Paul se quedó atónito. Solo hacía una década que existían los teléfonos y casi nadie tenía uno, dado su precio prohibitivo. Paul jamás los había utilizado. ¿Quién querría uno inalámbrico? Y para empezar, ¿qué era un «teléfono inalámbrico»?

Tesla se rió a carcajadas. El desconcierto de Paul parecía entusiasmarlo. Le dijo una dirección en Grand Street.

—Venga a verme mañana por la tarde —le susurró— y le enseñaré algo que tan pocos hombres pueden asegurar estar viendo. Es decir, algo que jamás han visto. —Le entregó una tarjeta muy sencilla en la que no constaba ningún nombre, solo la dirección.

Antes de que Paul pudiera pedir más explicaciones, lo distrajo un sonido al otro lado de la fiesta. Una canción se elevó sobre el estruendo y se quedó suspendida en al aire con su dulce lamento. La voz era potente pero sensible, un centelleo luminoso en medio de la sala oscura y cargada de humo.

Paul no veía quién cantaba, pero no era necesario. Al instante supo que aquella voz solo podía pertenecer a una persona y que su fama era merecida.

Agnes no estaba interpretando una de sus arias en el Club de los Actores, sino que había elegido «Where Did You Get That Hat», una cancioncilla que aquel verano se había puesto de moda. Ralentizaba el ritmo, dotándola de un aire de rara aflicción. De algún modo conseguía que sonara más divertida y a la vez extrañamente evocadora.

Incluso Tesla se quedó cautivado. El inventor cruzó con brusquedad por delante de Paul en dirección a donde se oía la canción. Rozó con el hombro el de Paul, pero no pareció advertir un contacto que lo habría horrorizado. Paul lo siguió hasta un grupo de invitados que rodeaba a una Agnes ya inmersa en las últimas notas.

Paul intentó cruzar la mirada con ella mientras le aplaudían. Tenía verdadero talento.

Al disminuir los aplausos quedó claro que Stanford White ya tenía suficientes canciones por esa noche.

—¡Qué delicia! —gritó—. Señor Tesla, ¿no ha sido una actuación electrizante?

Entre un coro de risas empezó a bombardear al ingeniero con otras preguntas sobre aquel asunto de la electricidad. La multitud rodeó al inventor. Paul solo podía ver su cabeza sobresalir entre las americanas de esmoquin y los escotes repletos de perlas.

Pasó unos minutos observando a distancia aquel círculo atento a las palabras de Tesla. Le llegaron risitas mezquinas y burlonas ante el acento impenetrable y la sintaxis imposible del científico. El genio se había convertido en su mascota. Su nuevo y extraño juguete.

Sin embargo, Paul sabía que alguien tan singular como Nikola Tesla sería arrinconado sin miramientos en cuanto una nueva moda arrastrara a aquellos habituales de las fiestas hacia otras formas de magia; ni siquiera Tesla sería inmune a lo voluble de sus caprichos.

En aquel momento Paul sintió por primera vez algo parecido a una afinidad con Tesla. Ambos eran engranajes en las máquinas de sus superiores. Ambos se hallaban a su servicio. Al menos Tesla era un genio. ¿Cómo sobreviviría entre toda esa gente una persona que a lo sumo fuera lista? ¿O acaso se hubiera convertido en uno de ellos durante el último año? Él también utilizaba a Tesla. La única diferencia era que los otros conspiraban para reírse, mientras que él lo hacía para obtener un beneficio. Paul se esforzaba por seguir convencido de su superioridad moral.

Era hora de marcharse. Fue en busca de Agnes. Al final dio con ella en un rincón de la planta baja, donde se hallaba enfrascada en una conversación con un hombre al que no reconoció. Paul se volvió, dejando que Agnes se quedara a retozar en los jardines donde por lo menos uno de ellos encontraba solaz.

La brisa le pareció tonificante. Deseó que soplara más fuerte y se llevara consigo el olor a puro y perfumes.

Permaneció de pie en la calle un instante, mirando con detenimiento Gramercy Park. El amarillo de las lámparas de gas proyectaba en los árboles frutales gruesos borrones de color. ¿Aquel era el Nueva York al que aspiraba? ¿Aquel era el espectáculo para el que obtendría una entrada si ganaba el caso? Se sintió engañado. Orgulloso como estaba de sus logros, aún lo estaba más de sus ambiciones. Si no debía aspirar al mundo que había dentro de aquel edificio, entonces ¿a cuál demonios aspiraría?

—Creo que no ha disfrutado de la fiesta.

Paul se volvió y vio a Agnes bajando los escalones. Rebuscó en el bolso y sacó una pitillera de plata bruñida. Se encendió un cigarrillo sin ofrecerle uno.

Paul no supo qué decir. Él no fumaba.

—Quizá no haya sido por la fiesta —continuó Agnes—. Quizá haya sido por los invitados.

—Son horribles —soltó Paul con brusquedad, sin pretenderlo—. Lo siento. No era mi intención. He bebido demasiado champán. Le agradezco muchísimo que me haya traído.

Agnes expulsó una nubecita de humo hacia el cielo nocturno.

—Déjese de tanta formalidad. Ya tengo bastante de eso en casa. ¿Ha conseguido lo que buscaba de su extraño amigo?

Su franqueza le daba seguridad.

—Se lo comerán —dijo Paul—. Es demasiado ingenuo. Demasiado inocente. Y ellos son lobos que desagarran un pedazo de carne entre sus patas.

Agnes se mostró conforme sin rodeos ni sentimentalismos.

—Stanford White utiliza a Tesla para divertirse. Edwin Booth utiliza a Stanford para rehabilitar su nombre. Yo utilizo a Edwin para alejarme una noche de mi madre. Y usted me utiliza a mí para franquear la puerta. Es el círculo de transacciones lo que hace girar el mundo.

Paul la miró mientras daba caladas a su cigarrillo extralargo. Aquella era una faceta de Agnes que desconocía. Un ángulo dentellado tras su sonrisa dulce. Una sombra oscura bajo la refinada flor de la alta sociedad.

Agnes arqueó una ceja.

—¿O es que no se lo pasa bien aquí, entre nosotros, los lobos? Paul meditó su respuesta.

—Me gustaría ayudarle.

—Creía que su cliente era George Westinghouse.

—De hecho, ahora cuento con dos clientes, señorita Huntington.

Agnes sonrió. Quizá Paul había conseguido decir algo ingenioso.

—Cravath —dijo Agnes arrojando al suelo el resto de su cigarrillo—, la ingenuidad no le pega. Usted puede jugar a su mismo juego y ganarles. O dejar que lo destierren de Nueva York con la ropa hecha jirones. Igual que el señor Foster intenta hacer conmigo. Pero ¿sabe qué? Nadie ha ganado jamás una partida a la que no haya jugado. —Devolvió la pitillera dentro del bolso y aspiró el aire nocturno por última vez—. Yo no pienso regresar al maldito Boston. ¿Usted quiere regresar a… dónde era, Tennessee? Adelante. Pero si lo que desea es quedarse aquí y ganarse a pulso un sitio en Manhattan, recuerde esto: fue usted quien decidió asistir a esta fiesta. No puede abandonarla antes de tiempo. —Se dio la vuelta y se dirigió de nuevo hacia la casa.

Paul no sabía qué lo había aturdido más: el descaro de ella o el hecho de que supiera que él procedía de Tennessee.

—Señorita Huntington —le dijo mientras la veía subir los escalones de piedra—. No tengo intención de perder.

Ella se volvió para mirarlo. Los rizos de su cabello quedaron enmarcados por el arco de la puerta. Puso una cara muy seria: una caricatura cómica con el ceño gravemente fruncido, como si estuviera escrutando en lo más hondo del alma de Paul. Y de inmediato la expresión se transformó en una sonrisa radiante. Su risa se burlaba de la solemnidad él.

—Sí —dijo volviéndose para entrar en la casa—. No lo habría seguido hasta aquí fuera si creyera lo contrario.

24

Estar solo: ese es el secreto de la invención.
Estar solo: así es cómo nacen las ideas.

NIKOLA TESLA,
extracto de su diario

Al día siguiente, a las siete de la tarde, Paul fue andando desde su despacho a una dirección en Grand Street, casi en la esquina con Lafayette. Alzó la vista ante un edificio de cinco plantas, tan ancho como una manzana entera. Las placas en la puerta de la entrada indicaban que en cada piso había una pequeña empresa. MASTERS & SON CARPENTRY en la primera. JEFFERS LEAD, en la segunda.

El laboratorio de Tesla estaba en aquel edificio. Sin embargo, era un barrio lleno de talleres clandestinos de costura y carpintería, y de almacenes de botones y vidrio soplado. El pensamiento científico más avanzado del país se desarrollaba entre profesiones en peligro de extinción, que se remontaban a un pasado marcado por la improvisación.

Paul pulsó el timbre del cuarto. La placa era la única sin señas. Aguardó. Lo asombraba la capacidad de Tesla para desaparecer.

Al mediodía había enviado un telegrama a Westinghouse informándole de que Tesla le había concedido una entrevista en su nuevo laboratorio, cerca del barrio italiano. Era una oportunidad de ver su trabajo más reciente. «Llévelo a Delmonico's —respondió Westinghouse de inmediato—. Invítelo a una comida bien cara que no degustará. Y consiga que vuelva con nosotros.» Paul reparó en que no había mostrado ningún interés acerca de la naturaleza de los nuevos inventos.

Paul no le dijo a sus socios que había contactado con Tesla. Él había sido el único causante del problema de las regalías y él debía solucionarlo.

Esperó frente a la puerta unos minutos interminables. Al final la abrieron, pero no apareció Tesla, sino un empleado de alguna de las empresas del edificio, que al salir dio a Paul la oportunidad de entrar.

Subió por unos escalones combados de madera hasta la cuarta planta. Los peldaños crujían bajo su peso. Parecía una especie de andamiaje provisional que nunca se hubiera reemplazado.

Llegó frente a una puerta fortificada: no podía transmitir mayor seguridad y resultar más disuasoria para las visitas. Llamó con los nudillos.

—¿Señor Tesla? —gritó—. ¿Está usted ahí? Soy Paul Cravath. ¿Habría olvidado su cita?

Pero en ese momento oyó algo. Al aguzar el oído, se dio cuenta de que se trataba de una serie de repiqueteos metálicos que llegaban desde el otro lado. El sonido de cerraduras al descorrerse. Luego se hizo de nuevo un silencio.

Paul comprobó que el pomo giraba con suavidad. La puerta cedió al empujarla. Lo recibió una ráfaga de aire que olía a almizcle y levantó polvo del rellano. Tras el umbral reinaba la más absoluta oscuridad. Miró hacia la nada que se extendía por delante.

—¿Señor Tesla? —llamó—. Me temo que no puedo verle.

Pasos en la lejanía. Paul oyó lo que se le antojó un arrastrar de pies apresurado.

—¿Es usted?

No hubo respuesta. Dio un paso vacilante hacia la oscuridad. El laboratorio de Tesla podía contener literalmente cualquier cosa; no era un sitio por el que deseara andar a ciegas.

—¿Nikola? ¿No hay alguna luz por aquí?

Oyó algunos crujidos más antes de la voz nasal de Tesla, que dijo:

—No voy a iluminarlo con mera luz, señor Paul Cravath. En cambio, lo haré por tormenta eléctrica.

De repente los mismos cielos se abrieron y una iluminación divina recorrió la habitación. O eso le pareció a Paul mientras alzaba el brazo para protegerse los ojos con la manga del abrigo. Al cerrarlos vio rayas de rojos intensos y morados grabadas en su campo de visión.

Un ruido espantoso acompañó la demostración: un crepitar y un chisporrotear ensordecedores. Parecía que el aire estuviera siendo desgarrado por las fuerzas elementales de la naturaleza.

Al cabo de un momento, Paul logró abrir los ojos poco a poco. Frente a él, dispuesto en el centro de una habitación muy espaciosa, vio un artilugio eléctrico grande como un tranvía. Una barra de cristal, con una forma que recordaba a una bombilla eléctrica aunque de un tamaño varias veces superior, se extendía por encima, al menos a unos veinte pies de altura. De ella partían, en todas direcciones, lo que Paul solo podía describir como gigantescos tentáculos de energía eléctrica. Se proyectaban al techo, las paredes y los extremos del cavernoso espacio. Se desplegaban por el cuarto como si fueran los brazos prensiles de una enorme bestia eléctrica.

Un miedo instintivo a que aquella bestia fuera capaz de bajar y devorarlo por entero lo hizo sobresaltarse. Sin embargo, aquellos tentáculos maníacos de energía lo pasaban por alto, igual que a las mesas que había en el laboratorio y al serbio alto que vestía un traje oscuro y permanecía sentado tranquilamente en una silla de madera, a escasos veinte pies de la barra de cristal. Las manos de Nikola Tesla reposaban con placidez sobre su regazo mientras a su alrededor el aire crepitaba con energía.

—Así pues —dijo cruzando sus largas piernas y sonriendo a Paul—, ¿cómo anda el trabajo en el laboratorio del señor Westinghouse?

Aquello se llamaba «transformador resonante», le comentó el inventor una vez lo hubo apagado. Una bobina que generaba una corriente alterna muy rápida, de un voltaje muy alto y un amperaje muy bajo. Bastante seguro pese al espectáculo. Y si bien aquel espectáculo era el uso más obvio que podía dársele, sus mecanismos internos valían para aplicarse a las máquinas del telégrafo, a los radiotransmisores, al instrumental médico… y quizá incluso al «teléfono inalámbrico» que estaba diseñando. Tesla le hizo esas confidencias mientras paseaban por el laboratorio. Paul entendía bien poco de lo que el invento serbio iba mostrándole, y aún menos de lo que intentaba explicarle. Edison y algunos otros habían trabajado para perfeccionar el aparato de «teléfono» original de Alexander Bell. Tesla pretendía que funcionara sin ningún cable. No hacía falta ser científico para percatarse de lo ridículo que era aquello. Incluso si Tesla conseguía su objetivo, ¿quién diablos le encontraría utilidad?

Entre los múltiples aspectos que diferenciaban aquel laboratorio del de Westinghouse, dos llamaron poderosamente la atención de Paul. El primero fue la ausencia total de la menor partícula de polvo. El segundo, la ausencia total del menor rastro de otro ser humano. Aquel era el mundo privado de Tesla y lo mantendría a salvo de las impurezas y molestias que empañaban sus experiencias en el exterior. Al fin se hallaba a solas con sus maravillas.

Sobre una mesa al fondo estaba lo que Tesla llamó un «tubo de Crookes», que se asemejaba a una bombilla eléctrica aunque le doblaba el tamaño. Consistía en un tubo de cristal de dieciocho pulgadas al que se le había extraído casi todo el aire. Un cable estaba conectado a la base y el otro se había introducido por el tubo sellado hasta recorrer tres cuartas partes del mismo en dirección a la cabeza. El mecanismo reposaba con delicadeza sobre un lado y encima de un soporte de cristal. Tesla giró el pomo de la base y, de forma instantánea, un rayo de energía cruzó de un extremo al otro el cable. El rayo era de un azul intenso, si bien en el extremo ancho del tubo su brillo adquiría una tonalidad verde pálida. Recordaba al caldero burbujeante de una bruja.

—Rayos catódicos —dijo Tesla—. Disparando partículas de carga negativa de un plomo al otro.

—¿Qué hacen? —preguntó Paul mientras admiraba los vibrantes colores.

Tesla lo miró lleno de curiosidad.

—Eso es lo que está haciendo. Dígame que no es bonito.

—Debería compartir estos artilugios con el mundo. Contarle a la gente en qué trabaja. Contárselo a alguien.

—¿No estoy diciéndoselo a usted, señor Cravath?

—Sí. Pero yo no soy científico.

—Quizá esa sea la razón misma de que esté diciéndoselo —señaló Tesla sonriendo—. Usted no podría robarme las ideas ni que quisiera.

—Supongo que eso será una muestra de confianza en nuestro trabajo.

Tesla soltó una de sus carcajadas agudas.

—Querría hablarle sobre su reincorporación al laboratorio de Westinghouse —aventuró Paul.

—Me imaginé que lo haría —repuso el inventor con coquetería—. Pero por esa conversación no comparto su entusiasmo.

Paul se disponía a desplegar sus argumentos, cuando se vio interrumpido de forma repentina.

Un estrépito en la escalinata central de edificio llamó la atención de ambos hombres. Oyeron muchas pisadas fuertes provenientes del exterior, al menos de una docena de individuos, y el alboroto iba a más. Instintivamente, Paul se acercó a la puerta de acero para ver qué ocurría.

Al abrir vio la escalera central de madera, que comunicaba los cinco pisos, pasto de las llamas.

25

Una revolución científica no es por entero re-
ducible a la reinterpretación de... datos estables. Para empezar, los datos no son inequívocamente estables.

Thomas Kuhn,
La estructura de las revoluciones científicas

Por un momento, Paul se quedó paralizado por la incredulidad.
Aquello parecía una alucinación espantosa, un *trompe l'oleil* mortal desplegado frente a sus ojos.

Empleados del piso superior se precipitaban escaleras abajo. Pedazos de madera en llamas les caían a los lados. Paul vio a un hombre
que colocaba un pie sobre una tabla que cedió al instante. Un compañero lo agarró y evitó que se precipitara al vacío; recuperaron el equilibrio y se apresuraron hacia la planta baja. Antes de que Paul pudiera
coger a Tesla y unirse corriendo a los empleados, un tablón ardiendo
quedó atravesado frente a la jamba de la puerta y les cortó el paso.

Paul cerró de un portazo la puerta de acero para que el fuego
no pasara. Al retroceder, chocó contra Tesla.

—El vestíbulo ya está en llamas —dijo Paul—. Por aquí no podemos salir.

Tesla lo miró fijamente.

—Hay un fuego —dijo este, que por lo visto solo ahora empezaba a tomar conciencia de la situación.

—¿Las ventanas se abren? —Paul corrió hacia las ventanas situadas a lo largo de la pared del otro extremo de la habitación. Dio un tirón tan fuerte para descorrer una cortina, que desprendió la tela de las varillas.

Fuera, el humo del piso superior y del inferior se extendía por el cielo.

Tesla permanecía inmóvil. La habitación empezó a calentarse. El fuego procedente de arriba y abajo iba convirtiendo el laboratorio en un horno grande como una calle.

—Debemos abrir las ventanas —insistió Paul, pero ni sus palabras ni su apremio parecían hacer mella en Tesla.

Paul cogió un mecanismo de una de las mesas y lo arrojó a la ventana. El largo tubo de vidrio de lo que fuera aquello se hizo añicos cuando la gruesa base metálica impactó contra el cristal. Las esquirlas salieron despedidas en todas direcciones, tanto hacia la noche que los aguardaba fuera como hacia Paul.

—Señor Tesla —dijo Paul—, ¡venga por aquí! Tenemos más opciones si bajamos por las ventanas que por la escalera. —Se volvió para mirar al inventor, que seguía de pie junto a la puerta. Los dos hombres cruzaron la mirada. Por un instante, Paul percibió el vacío absoluto en la expresión de Tesla: no tenía miedo; más bien daba la impresión de no estar siquiera allí.

Entonces el techo se derrumbó.

SEGUNDA PARTE

Contrasalientes

A medida que los sistemas tecnológicos se expanden, los contrasalientes inversos prosperan. Los contrasalientes son componentes del sistema que han quedado atrasados o desfasados respecto a los demás.

THOMAS HUGHES,
The social construction of technological systems

26

En este negocio, cuando te das cuenta de que estás en apuros ya es demasiado tarde para salvarte. A menos que corras despavorido todo el tiempo, estás perdido.

BILL GATES

Paul Cravath se pasó semanas perdiendo y recuperando el conocimiento. Los instantes de vigilia resultaban tan confusos como los de sueño. Solo los colores diferenciaban ambos estados mentales. Uno era de un blanco fulgurante, más brillante que una bombilla incandescente. El otro, oscuro. Pensamientos negros, rojos y de azufre. Con el lento transcurrir de los días, y a medida que las dosis de morfina se redujeron a la mitad y luego a un cuarto, empezó a discernir mejor entre los momentos en que dormía y en los que estaba despierto. Con resignado malestar tomó conciencia de que aquellas lúgubres visiones entre el fuego eran en realidad sueños y que el mundo real al que despertaba estaba limpio, resplandeciente y plagado de horrores mucho peores.

El hospital Bellevue era el lugar más blanco que Paul había pisado jamás. Lavaban las sábanas con lejía y las planchaban a diario hasta quedar desagradables al tacto. Las batas y los cuellos de camisa de los doctores que entraban y salían de su habitación individual eran tan blancos como la ropa de la cama. Tanto como las angostas paredes. Tanto como las gasas nuevas con las que a diario vendaban su vientre en carne viva.

Tesla se había marchado. Esfumado. Paul no recordaba cuál de las visitas que había recibido le dio la noticia. ¿Fue George Westinghouse, cuyo preocupado rostro había visto más de una vez junto a su lecho? ¿O Carter? ¿O Hughes y su esposa, que le llevaron rosas blancas al poco tiempo de estar ingresado?

El edificio lleno de talleres estaba casi vacío a una hora tan tardía y los trabajadores a los que vio en la escalera central salieron ilesos. Todo apuntaba a que él cayó entre los tablones en llamas y un samaritano anónimo lo salvó arrastrándolo afuera y metiéndolo en una ambulancia tirada por caballos. ¿El desconocido también vio a Tesla? Era imposible saberlo. Si el inventor no había muerto al derrumbarse el edificio, ¿cómo abandonó el lugar? La explicación más plausible era que su cadáver acabara calcinado. O aplastado debido al desmoronamiento. Sin embargo, no se halló ningún cuerpo entre los escombros.

Paul se enteró de todo eso por boca de un detective que lo visitó dos semanas después de que lo ingresaran. La luz del atardecer, muy placentera, se abría paso con delicadeza por el cielo gris de octubre. Desde la cama veía la calle Veintiséis. Los muelles del somier rechinaban cada vez que se volvía para mirar por la ventana, como si le recriminaran su deseo de fugarse. En aquellas primeras semanas cualquier movimiento le resultaba muy dificultoso. La cataplasma, elaborada con harina de la India y agua caliente, y que llevaba fuertemente sujeta con una venda, se le hacía extraña contra las costillas en vías de curación. Paul no dudaba de que la morfina le mitigaba mucho el dolor.

Tenía rotas las costillas, la nariz y el fémur izquierdo. Sus órganos habían sufrido un daño severo, aunque los doctores disentían sobre la naturaleza de las lesiones. No se ponían de acuerdo sobre qué lesión interna era más grave. El abotargamiento debido a la morfina no le impedía entender su situación. Estaba muy machacado. Pero viviría.

Se incorporó para hablar con el detective. Sentarse había sido una victoria reciente y no una que pudiera tomarse a la ligera. Se sintió razonablemente bien mientras intercambiaban unas palabras de cortesía. El rango del detective saltaba a la vista por su atuendo: un buen abrigo y corbata, en vez de uniforme.

—¿De modo que no tienen la menor idea acerca del paradero del señor Tesla? —preguntó Paul—. ¿Si está vivo o muerto, o en algún punto intermedio?

—Todavía no —respondió el detective—. Señor Cravath, querría formularle una pregunta que espero que no le ofenda.

—En mi profesión no es tan sencillo sentirse ofendido.

—¿Recuerda haber mantenido antes esta conversación conmigo?

—¿Qué conversación?

—Esta es la tercera ocasión que vengo a visitarle. Para oír su testimonio sobre lo sucedido el 19 de septiembre.

Paul sintió cierta preocupación.

—No… lo lamento mucho, no lo recuerdo.

El detective echó un vistazo al frasco de morfina que había en la mesita de noche.

—Es normal, señor —dijo el detective—. No deseo alarmarle ni causarle más molestias. Los doctores ya nos comentaron que estaría un tiempo como en un limbo. Últimamente ha dado signos de mayor lucidez, por lo que pensé que podría encontrarse preparado. Pero quizá hoy no deba recibir más visitas.

—¿Quién más quiere verme?

—Mi jefe. Desea hablar con usted en persona.

—Haré cualquier cosa con tal de ayudarles.

El detective salió al pasillo. Paul esperó; no le asustaba haberse olvidado de las visitas anteriores. Era evidente que la morfina le impedía hallarse en la plenitud de sus facultades. Si quería reincorporarse al trabajo, necesitaría hacer acopio de toda la astucia posible.

El detective volvió a entrar, esta vez acompañado por un hombre calvo de unos sesenta años. Parecía un rufián al que la edad hubiera atemperado. El tipo de bulldog forzado a obtener ladrando lo que antaño obtuviera mordiendo. Paul lo reconoció enseguida. Al oír al detective mencionar a su jefe, no había caído en que se refería al comisario de policía.

—Soy Fitz Porter. Mi hombre me ha dicho que ha recibido una tunda, pero que lo lleva bien.

—Espero que esto se considere «bien» —contestó Paul—. Me temo que la morfina me ha dejado más aturdido de lo que me gustaría.

—Un producto milagroso —señalo Porter—. Nos ahorró mucho sufrimiento en Bull Run.

Porter había sido célebre por capitanear el Quinto Cuerpo de la Unión durante la guerra, mucho antes de que el presidente Arthur lo destinara al Departamento de Policía de Nueva York.

Durante la contienda, Paul era un niño. Su padre había seguido ávidamente las noticias, leyendo a diario las lúgubres cifras de las bajas en el *Nashville Dispatch*. Dado que Erastus Cravath era, a un tiempo, un pacifista comprometido y un entusiasta defensor de los derechos de los negros, la guerra lo dejaba en una situación incierta. ¿Hasta qué extremos de depravación podía incurrir el lado de los justos en su persecución de tan nobles objetivos? ¿A cuántos hombres podía aniquilar y sacrificar la Unión con el fin de liberar a los esclavos? Su padre carecía de respuestas. Hasta donde Paul sabía, la costumbre paterna de recitar a su familia la letanía de muertos respondía a un intento por compartir semejante carga moral. A lo largo de los años, esa práctica había servido para recordarles algo particularmente útil: en ocasiones conocer la diferencia entre lo bueno y lo malo no ayudaba a clarificar nada. El hecho de que un hombre fuera capaz de trazar una línea roja no significaba que supiera qué hacer llegado el momento en que cruzarla fuera el único camino.

Y eso fue lo que hizo al final Erastus Cravath. El último año de guerra se alistó como capellán de la Unión, dejando solos a su mujer y a su joven hijo. Nunca les comentó lo que había visto. O hecho.

—Me halaga que haya venido usted en persona —dijo Paul al comisario—. Este no debe ser el único incendio ocurrido en la ciudad que requiera de su atención. ¿Hay noticias de Tesla?

—Si el señor Tesla está vivo, lo encontraremos —respondió con calma. No daba la impresión de ser el tipo de persona a la que la desaparición de un científico serbio le quitara el sueño—. El detective Rummel aquí presente me ha dicho que en las primeras conversaciones que mantuvieron, justo después de que la ambulancia lo trajera al Bellevue, usted le indicó que primero vio el fuego en la escalera, no en el laboratorio del señor Tesla.

—Sí.

—En aquel momento pensamos que quizá el trauma sufrido y la morfina le hubieran nublado la memoria. Dimos por descontado que el origen más probable del fuego fue el laboratorio. Con toda esa maquinaria tan rara... Esos dispositivos eléctricos. Sin embargo, ahora sabemos que el fuego se inició en la azotea. Alguien subió allí y lo provocó.

La gente se mataba por mucho menos que mil millones de dólares. A Paul le vino a la cabeza la imagen de Thomas Edison detrás de su escritorio, dándole caladas a su puro y tramando la victoria que creía inevitable.

—Lo que le digo no parece sorprenderle, señor Cravath —comentó el comisario Porter mirando a Paul con detenimiento—. ¿Es debido a la morfina? ¿O no le cuesta esfuerzo alguno imaginarse que alguien se la tuviera jurada a su amigo?

Paul no sabía cómo responder sin revelar demasiada información sobre su caso.

—El mismísimo alcalde —prosiguió Porter— nos pidió que este incendio intencionado sea nuestra prioridad absoluta. Cuenta con amigos poderosos que velan por usted.

—Transmítale al señor Westinghouse mi agradecimiento, por favor.

—¿El señor... Westinghouse? —preguntó el comisario Porter, confuso.

—George Westinghouse —le informó el detective— es el cliente del señor Cravath.

Paul sintió un escalofrío.

—Fue Thomas Edison quien llamó al alcalde en persona para asegurarse de que usted estaba bien atendido. Y para garantizar que nuestros mejores hombres se ocuparan del caso. Cada novedad de la investigación se la comunicaremos directamente a él. Ya le hemos dicho que creemos que alguien quiso hacerle daño a usted y que estamos dispuestos a dedicar todos nuestros esfuerzos a averiguar su identidad.

Los ojos de Paul iban del comisario al detective. Ambos tenían la misma expresión de determinación. Si habían sido víctimas de un ardid, engañados o sobornados, no daban muestras de ello.

—Yo mismo, el detective Rummel aquí a mi lado y el departamento al completo cuidaremos de usted —continuó el comisario—. Y lo haremos con el respaldo incondicional de Thomas Edison.

27

A todo aquel que vive para combatir a un enemigo le interesa que su enemigo permanezca
con vida.

FRIEDRICH NIETZSCHE

Paul no había vuelto a ver a Agnes desde la fiesta en el Club de los
Actores. Pero eso no impidió que pensara con frecuencia en ella
durante el lento período de recuperación, tanto en la vigilia como
en el sueño. En la primera visita que le hizo Carter se aseguró de
ponerlo al corriente sobre su nueva clienta para que el bufete
atendiera la correspondencia que pudiera recibir de W. H. Foster.
A buen seguro que la carta que le había enviado tendría respuesta.
Agnes y su madre habrían sido informadas del incendio y de su
convalecencia. Durante semanas estuvo aguardando la llegada de
una carta de apoyo que jamás se materializó.

Y de repente, una mañana, sin previo aviso, allí estaba, junto a
su lecho, repitiéndoles a las enfermeras que Paul necesitaba tomar
el aire. Lo animó a dar una vuelta por los jardines del hospital
Bellevue. Como él todavía necesitaba silla de ruedas, Agnes era la

única que paseaba. Mientras empujaba las ruedas traqueteantes por los caminos de tierra, su voz no traslucía ninguna lástima.

—¿Está disfrutando de la morfina? —le preguntó. El viento hacía crujir las anaranjadas hojas de octubre—. Una de mis compañeras del teatro dice adorarla. La ayuda con la garganta, después de una actuación.

Como Agnes había previsto, el aire frío fue vigorizante para Paul después de tantos días confinado en la cama. Pese a ello, el cielo plomizo se antojaba un augurio fatídico. Sentía que Manhattan siempre había existido al modo de un baluarte en lucha con su geografía. Se alzaba en piedra y cemento como una presa contra el mar, como una fortaleza contra la nieve incipiente.

—Ya me han retirado la morfina —contestó Paul—. Por suerte, no tomo nada más fuerte que un poco de cocaína por las mañanas. Me alivia las jaquecas.

—¿Le pareceré sentimental si le digo que me alegro de que no esté muerto?

—Creo que nunca se me ocurriría tildarla de sentimental.

—Bien —dijo Agnes—. Porque es cierto que me alegro. A fin de cuentas, aún necesitamos sus servicios.

Paul sonrió. Incluso podría haberse reído si ese gesto no hubiera amenazado con aumentarle el dolor en el pecho.

Agnes se hacía querer con facilidad, pensó él, aunque al mismo tiempo su encanto hacía que resultara difícil captarla bien. La práctica había endurecido y enfriado el florete de su ingenio. No por primera vez, Paul se descubrió preguntándose si no habría algo de verdad en los rumores escandalosos que el señor Foster había amenazado con difundir.

Paul le comentó que su bufete seguía sin noticias de su antiguo jefe y le preguntó si ella había recibido alguna. Agnes dijo que le complacía responder que tampoco tenía noticias de él.

—¿Debo tomármelo como una buena señal? —preguntó Agnes.

—Por ahora. Creo que deberíamos dejar que pasara más tiempo antes de cantar victoria.

—Yo pienso lo mismo, Cravath.

Agnes empujaba con suavidad la silla de ruedas y Paul no pudo verle la expresión, pero por el modo como lo dijo le pareció hastiada. Cualquier cosa que hubiera visto Agnes Huntington del mundo la había enseñado a ser cautelosa.

—Quiero preguntarle por el incendio —soltó sin rodeos, como impulsada por una curiosidad natural—. Todos los periódicos lo presentan como un desafortunado accidente. ¿Lo fue?

—Claro que fue desafortunado.

—Pero ¿se trató de un accidente?

Las ruedas traquetearon sobre unas piedras del camino. Con todo lo que sabía Paul acerca de Edison, ¿cómo sería confiar en ella? Resultaba agradable imaginársela como aliada. Pero ¿podía fiarse?

Por supuesto que no.

—Fue un accidente horrible, señorita Huntington. Lo más probable es que una de las máquinas nuevas con las que Tesla estaba experimentando originara el fuego, aunque no hay manera de estar seguros. Seguimos sin saber qué fue del ingeniero. ¿Ha recibido usted noticias de su amigo Stanford White?

—Últimamente he salido poco. Que nuestro abogado casi muriera puso a mi madre de los nervios. Su actitud protectora se encuentra en su máximo apogeo. Sin embargo, la semana pasada los Vanderbilt organizaron su recepción anual para quienes habían abandonado la ciudad en el verano. Vi a Stanford allí y le pregunté por Tesla. Gimoteó por haber perdido un nuevo juguete justo cuando más estaba disfrutándolo. Tuve la impresión de que da a Tesla por muerto. —Agnes hizo una pausa—. Dios mío, ¿ha sido un comentario terrible? —dijo luego—. ¿Era su amigo?

No habría sido fácil calificar a nadie como «amigo» de Tesla.

—Me sentí responsable de él. Aún ahora.

—Usted no es responsable de su muerte.

Paul no contestó enseguida. Debía andarse con cuidado.

—Sigo sin tener claro que haya muerto, señorita Huntington —dijo al fin.

—¿Por qué?

—Yo sigo vivo, ¿no es cierto?

El tiempo estaba empeorando. Había llegado el momento de regresar dentro.

Cuando George Westinghouse volvió a visitarlo la semana siguiente, Paul ya había sustituido la silla de ruedas chirriante por un bastón de madera. Su punta gruesa impactaba satisfactoriamente contra el suelo mientras ambos hombres combatían el frío paseando por los jardines traseros del Bellevue. Justo por debajo discurría el río East, azotado por el viento. A Paul casi le habían retirado la dosis de cocaína matinal, pero si miraba el agua aún se sentía un poco mareado.

Paul vestía el abrigo marrón del hospital, el uniforme para los paseos exteriores. Llevaba un mes sin ponerse su ropa. Jamás habría imaginado que llegaría a echar tanto de menos sus pocos trajes.

—¿Así que está convencido de que uno de los esbirros de Edison causó el incendio? —preguntó Westinghouse.

Paul sintió alivio al revelárselo por fin en persona a su cliente. Tras haber recuperado la lucidez, él y Westinghouse habían intercambiado telegramas durante las últimas semanas, pero Paul no se atrevió a compartir sus sospechas hasta que estuvieron cara a cara.

—Sí —contestó—. Ya conoce a Charles Batchelor. ¿Qué no haría por su jefe?

—Lo lamento —dijo Westinghouse de repente. A Paul le sorprendió escuchar aquellas palabras en boca de su cliente. No se lo imaginaba pronunciándolas a menudo. Y aún menos ante un subordinado como Paul—. Yo lo empujé a este campo de batalla y ahora es usted quien luce las heridas de guerra.

—Señor —dijo Paul apretando con fuerza el bastón contra el suelo y volviéndose para encarar a su interlocutor—, usted no es culpable de esto. Fui yo quien decidió enfrentarse a Edison. Si siente temor, no le faltan motivos. Si siente inseguridad, solo significa que ha entendido la complejidad de nuestra situación. Pero que se sienta culpable no nos ayudará un ápice. ¿Desea disculparse con alguien? Hágalo con Tesla. Es el único inocente en todo este asunto. Ahora bien, para que pueda mantener esa conversación antes debemos encontrarlo.

Mientras Paul soltaba su discurso, Westinghouse había apartado la vista. Parecía incómodo ante cualquier efusión sentimental. El gesto de disculpa debía de haberle costado lo suyo.

—En el caso de que siga vivo, Dios lo quiera, ¿cómo va a encontrarlo? —preguntó Westinghouse—. Puedo llamar a los agentes de la Pinkerton.

—No.

—¿No confía en ellos?

—¿Usted sí?

La agencia de detectives Pinkerton disponía del cuerpo de investigadores más prominente de Estados Unidos. No obstante, sus integrantes tenían fama de entregar su lealtad en función de la generosidad de quienes los contrataran. Si Edison había presionado tanto para controlar a la policía, conseguir lo mismo de los detectives de la Pinkerton sería pan comido.

—Entonces solo estamos nosotros —repuso Westinghouse al fin.

—Sí.

—Y sus socios. Vinieron a verme hace unas semanas. Mientras usted seguía incapacitado, alguien debía continuar con nuestra defensa en la demanda de la bombilla eléctrica.

Paul se hallaba al corriente. Nada más indicado que Carter y Hughes tomaran las riendas. Lo que no impedía que en él hubiera hecho mella el hecho de que sus lesiones hubiesen fomentado su descenso de categoría.

—Bien —dijo Paul—. Carter y Hughes pueden lidiar por un tiempo con la mejor parte de la estrategia legal. Son bastante… duchos.

Miró hacia el río East. Fijó la vista en dos barqueros que remaban a bordo de una pequeña embarcación sobre las aguas heladas. Al otro lado del río yacía la ciudad de Brooklyn, una metrópolis enorme donde vivían irlandeses, alemanes, negros, judíos, italianos, daneses, finlandeses y unas cuantas familias adineradas de larga tradición. Brooklyn era la tercera ciudad más grande de Estados Unidos y en buena medida estaba habitada por personas que no habían nacido en ella. Detrás de Paul, el inmenso edificio de piedra que acogía el hospital Bellevue ocupaba por completo el *skyline* del margen oeste. La descomunal bandera estadounidense del hospital, con sus treinta y ocho estrellas y trece barras, ondeaba en el tejado mecida por la brisa. De un simple vistazo, Paul veía más mundos diferentes allí que en el pueblo donde se había criado.

—¿Cuándo lo dejarán salir de aquí? —preguntó Westinghouse.

—Me han dicho que dentro de dos días.

—Quiero que vaya con cuidado. Se acabaron las expediciones nocturnas. No merece la pena morir por esto.

A Paul le conmovió la preocupación de Westinghouse, si bien la advertencia se le antojó innecesaria.

—¿Qué ganaría nadie con matarme? Puedo imaginar a Edison intentando meterme miedo. Ya lo hizo la primera vez que nos vimos. Pero ¿ordenar que me asesinen? Quizá conseguiría retrasar el caso, pero no acabaría con nuestra defensa. Y con franqueza, un retraso nos beneficiaría, dado que es él quien ha solicitado un requerimiento para detener su producción de bombillas eléctricas.

Westinghouse no parecía tener claro adónde quería llegar Paul con tal argumento.

—Lo que deja en pie una sola hipótesis: quien causó el incendio quería matar a Tesla.

—¿Por qué? —preguntó Westinghouse.

—Porque era la única manera de asegurarse de que nunca nos prestaría su ayuda. Edison sabe que, de no contar con el talento del ingeniero, nos resultaría muy difícil crear una bombilla nueva y que no infringiera las patentes.

—¿Y fue una mera coincidencia que usted se encontrara allí? Eso sí que sería mala suerte.

—No estoy diciendo que encontrarme allí fuera una casualidad.

—¿A qué se refiere?

—¿Cómo cree que dieron con el paradero de Tesla?

—Por Dios santo —dijo Westinghouse—. Ordenó que lo siguieran a usted.

Los dos hombres miraron las aguas agitadas del río East.

—Es probable que vuelvan a seguirlo —dijo Westinghouse— en cuanto abandone este lugar.

—La mala noticia es que no conocemos el paradero de Tesla. Esperemos que Edison tampoco.

—¿Cómo podría nadie encontrarlo? Tesla no tiene familia en el país. Usted me ha dicho que su único amigo, Stanford White, lo da por muerto.

—Lo que significa que solo hay un hombre que conozcamos con quien ha permanecido en contacto desde que dejó de trabajar para usted. Y, por suerte, él y yo ya nos hemos visto las caras.

28

Da igual el número de veces que hayamos visto cisnes blancos, pues eso no puede hacernos inferir que todos los cisnes son blancos.

KARL POPPER

Cuando Paul entró en el despacho de Lemuel Serrell dos días después, ya le habían quitado la escayola. Su cojera no era terrible, pero sí molesta. Aún necesitaba el bastón de madera. Visitó al abogado que se encargaba de las patentes de Tesla horas después de recibir el alta del hospital, y solo tras una breve parada en su apartamento para ponerse ropa limpia. Con los harapos del hospital se había sentido débil. Volver a ponerse el abrigo negro y la camisa blanca de cuello en pico, la vestimenta de rigor entre los de su profesión, lo animó al instante.

Serrell fumaba tras su escritorio cuando Paul entró. No saludó a Paul mientras tomaba asiento. Serrell permaneció inmóvil en la silla con expresión adusta.

—Me sorprende que tenga agallas para venir aquí —dijo Serrell.

—Buenos días —dijo Paul, desconcertado por aquel tono tan agraviado—. Me siento mucho mejor, gracias por preguntar.

Serrell alzó una ceja. Era de esa clase de hombres que sabe cuánto puede comunicar una ceja arqueada con esmero.

—Estoy aquí para encontrar a Tesla. Para asegurarme de que se encuentra a salvo.

—¿Usted, entre todos los hombres, quiere asegurarse de que Tesla está bien?

Paul observó la cara de enfado que tenía delante. Necesitó un buen rato antes de percatarse de que Serrell estaba lanzándole una acusación horrible.

—¿Piensa que fui yo quien incendió el laboratorio? ¿Por qué demonios haría algo así?

—Dos dólares con cincuenta centavos por unidad es un sustancioso desembolso para su cliente, señor Cravath.

Era la primera vez que a Paul lo acusaban de tentativa de asesinato. Era una sensación desagradable.

—Escúcheme atentamente, ¿de acuerdo? —prosiguió Serrell—. Le aseguro que el fallecimiento de Tesla no le será de la menor ayuda. Su madre vive en Serbia. Si su hijo muriera, ella recibiría la totalidad de las regalías que se le adeuden. Yo mismo me he encargado de su testamento. De modo que cualquier intento por llevar a término el vil propósito que puso en marcha será inútil.

—Señor Serrell —dijo Paul con un tono que esperaba que sonara razonable—, ¿ve este bastón? Yo estaba con Tesla cuando se desató el incendio. Casi me muero.

—La policía ya ha venido a verme. Me han contado que se encontraba con Tesla, que es justo a lo que me refiero. Usted conocía la ubicación de su laboratorio, lo que nos convierte en los dos únicos hombres que estábamos al corriente de ello. Y solo uno de los dos tenía un motivo para querer ver a Tesla bajo tierra.

—¿Y Thomas Edison? —sugirió Paul—. Tenía más motivos para hacerle daño que ninguno de nosotros.

Años atrás Serrell había redactado solicitudes de patentes para Edison. Quizá su colaboración no había terminado hacía una década.

—¿Edison? —sonrió Serrell con suficiencia—. Menuda estupidez.

—¿Por qué?

—Porque si Edison hubiese querido ver muerto a Tesla, no hay ninguna maldita duda de que ya lo estaría. —Serrell dirigió la atención de Paul hacia la puerta—. Le pediría amablemente que se marchara, pero no tengo la menor intención de ser amable. Lo que me ha convencido de su culpabilidad en la trama para asesinar a mi cliente es que pienso que sigue bien vivo. Y a la luz de mis anteriores tratos con usted, ningún otro habría sido lo bastante incompetente para cometer semejante chapuza.

La pierna dañada le tembló un poco al incorporarse, pero Paul se mantuvo impertérrito. Serrell no le vencería. No otra vez.

—Desconozco si es usted un aliado gustoso de Edison o un peón involuntario —dijo—. Pero sé que Edison es el responsable de lo ocurrido. Y no voy a permitirles, ni a él ni a usted que me acusen a mí. —Y acto seguido, se volvió y salió por la puerta. Solo cuando se encontró en el vestíbulo reparó en que no se apoyaba en el bastón.

29

La ciencia normal no aspira a encontrar teorías ni hechos novedosos y, cuando triunfa, no encuentra ninguno.

THOMAS KUHN,
La estructura de las revoluciones científicas

Durante la semana siguiente a su encontronazo con Lemuel Serrell, Paul visitó el Instituto Americano de Ingenieros Eléctricos; las oficinas de la publicación *Mundo Eléctrico*, donde habló con su redactor, Thomas Martin; el laboratorio de Westinghouse en Pittsburgh, donde habló con Fessenden, y los laboratorios de media docena de pequeñas empresas de Nueva York que podían haber contratado a ingenieros que previamente hubieran trabajado con Tesla. Pese a que Paul suplicó, desplegó sus encantos y deslizó muchos billetes de dos dólares mientras daba fuertes apretones de mano, de ninguna de estas visitas obtuvo frutos.

Nadie había hablado con Tesla desde semanas antes del incendio. Nadie sabía siquiera, le comentaron con franqueza, en qué

diablos andaba metido. Y nadie lo había visto desde que abando-
nara las instalaciones de Westinghouse en agosto. Todos habían
dado por descontado que había vivido en su nuevo laboratorio,
antes de ser pasto de las llamas.

Paul lo buscó por los hoteles. Hizo la ruta por las pensiones de
mala muerte de Bowery, aunque le costaba conciliar la imagen del
obsesivamente limpio inventor viviendo en un sitio donde se oían
los chillidos de las ratas no solo de noche, sino también al mediodía. En vano gastó el salario de medio mes untando a los conserjes
de la ciudad. Ninguno de ellos había visto a un serbio gigantesco
y con tendencia a colocar los verbos donde no tocaba. Paul sopesó
la idea de aventurarse por las tabernas de mala fama e incluso por
los clubes de caballeros menos respetables; lugares conocidos
por servir de santuario a aquellos hombres que preferían que no
los encontraran. Pero imaginar a Tesla intentando hablar con
uno de los moradores de esas infames «casas de huéspedes» de
Chelsea se le antojó tan risible que lo descartó de inmediato.

Tras una semana de búsqueda, no había avanzado un ápice en
el hallazgo del genio desaparecido. Sus pesquisas solo habían contribuido a retrasar la curación de su lastimada pierna izquierda.
Tenía las botas gastadas y sentía una dolorosa punzada en las espi-
nillas.

Asimismo, intercambió escuetas cartas con su segundo cliente. O clientas. Había mantenido correspondencia en exclusiva
con Fannie Huntington, no con su hija. Al poco tiempo de recibir Paul el alta médica, el señor Foster le escribió directamente a
Fannie. Como cualquier chantajista que se precie, le advertía
contra la idea de involucrar a abogados en el asunto que los con-
cernía. Cuanta más gente estuviera implicada, le dijo, mayor es-

fuerzo le costaría mantener en la sombra los detalles del mismo. Intentó presentar la implicación de Paul como el mayor problema al que se enfrentaban.

Paul le aseguró a Fannie por carta que estaba trabajando en el caso. En su fuero interno, no tenía claro qué haría, pero sabía que más le valía no tardar en averiguarlo. Le dolía pensar en la difícil situación en que se hallaba Agnes y en la escasa ayuda que él le había prestado.

Por otro lado estaba la cuestión menor de la demanda de mil millones de dólares por la patente. El asunto de defender el derecho de George Westinghouse a fabricar lámparas eléctricas no iba bien.

La contrademanda de Paul había sido tumbada por el tribunal de Pittsburgh. El juez Bradley dictaminó que la bombilla eléctrica de Edison reunía elementos que la diferenciaban a las claras de sus predecesoras. Por consiguiente, no había violado ninguna de las patentes que Westinghouse había adquirido de Sawyer y Man. En ausencia de Paul, sus socios recurrieron la sentencia. Nadie albergaba muchas esperanzas de ganar.

Paul regresó un lunes a las oficinas de Carter, Hughes & Cravath. El cielo amenazaba con descargar las primeras nieves del año sobre la ciudad. Al subir los escalones de la calle, y luego la escalera de hierro que lo conduciría a la tercera planta, lo embargó una rara sensación. Regresar a aquel lugar tan familiar le resultaba reconfortante al tiempo que extrañamente ajeno. Llevaba menos de un año trabajando allí. Sin embargo, le parecía que no era más que un niño cuando había colgado su abrigo en aquel perchero por primera vez. No podía imaginarse lo joven que había sido y tampoco concebir la idea de volver a sentirse joven nunca más.

Se encontró con Carter y Hughes inmersos en una reunión con un tipo bajito y de expresión seria. Los abogados y su cliente parecían volcados en una serie de contratos. Paul los saludó con un gesto desde el otro lado de la cristalera, pero ninguno lo vio. Volvió a su despacho para enfrentarse con calma a la montaña de papeles que, en su ausencia, habían ido apilándose encima de su mesa.

Solo tras la marcha del desconocido, Hughes se acercó hasta la puerta de su despacho.

—Bienvenido a casa —le dijo.

Paul le preguntó por aquel hombre. Hughes sonrió con orgullo antes de darle explicaciones.

Durante la baja de Paul, Carter y Hughes se habían dedicado a lo que mejor hacían: llegar a acuerdos. El nuevo plan de acción de Westinghouse —la creación de una «red de corriente» que se extendería de costa a costa— le exigía más mano de obra de la que ya contaba. No tenía sentido que enviara por mar un generador entero y con él al grupo de técnicos que requería su instalación en Michigan, por poner un ejemplo; sería mucho más eficiente que un taller local se encargara de fabricarlo. Carter y Hughes habían pensado que subcontratar la manufactura e instalación a una serie de pequeñas empresas locales por todo el país quizá fuera lo más sensato. Hasta Paul tuvo que admitir que era un buen plan.

De modo que Carter y Hughes habían puesto en marcha el proceso de adquirir pequeñas fábricas por todo el Este y Medio Oeste. No cabía duda de que la Westinghouse Electric Company no contaba con mucha liquidez. Cada compra debía evaluarse con cuidado y ser estratégica. Y en bastantes casos podían ahorrar costes subcontratando la producción a esas entidades locales en vez de adquirirlas.

El acuerdo más sustancioso se había cerrado con el señor Charles Coffin, presidente de la Thomson-Houston Electric, situada en Lynn, Massachusetts. Era el caballero en cuestión con quien habían firmado los contratos esa misma mañana. Su empresa estaba preparada para fabricar generadores desde Maine a Connecticut. La ayuda del señor Coffin resultaría inestimable.

El equipo de Westinghouse estaba reclutando a sus jugadores.

Sentado a su escritorio unos días después, Paul oyó llegar a un mensajero. El chico le dijo a Martha que llevaba un sobre que solo debía abrir el señor Cravath en persona. Paul esperaba novedades sobre el caso o notificaciones para acudir a los tribunales. Sin embargo, el contenido del telegrama resultó de todo punto inesperado.

SEÑOR CRAVATH STOP POR FAVOR ACUDA DE INMEDIATO A LA NUEVA METROPOLITAN OPERA HOUSE STOP ME ENCONTRARÁ EN MI CAMERINO STOP TENGO ALGO QUE QUERRÁ VER STOP ATENTAMENTE, SEÑORITA AGNES HUNTINGTON.

30

En raras ocasiones la ciencia procede del modo directo y lógico que imaginan quienes no forman parte de ella.

JAMES WATSON

Paul apenas tardó un minuto en encontrar un carruaje, pero luego necesitó treinta y cuatro más para que lo llevara a la calle Treinta y nueve. La Metropolitan Opera House ocupaba una manzana entera. Con sus siete plantas de altura y una anchura casi pareja, se erigía por encima de los menos imponentes talleres clandestinos del distrito Garment. Inaugurado hacía solo cinco años, el apodado como la Cervecería de Ladrillo Amarillo compartía con sus vecinos algunos rasgos de diseño, pues parecía un edificio más adecuado para acoger talleres de confección que representaciones artísticas.

La Met se había fundado en 1883, al modo de una burla manifiesta contra la Academia de Música, ubicada en la mucho más distinguida Union Square. La Academia solo permitía el acceso a sus butacas de terciopelo a miembros de las familias adineradas más rancias. Medio siglo atrás, sus dieciocho palcos habían sido vendidos a un grupo de familias que conformaban la *crème de la crème*. Jamás volverían a estar disponibles. Incluso cuando la ciudad empezó a contar con suficientes millonarios para llenar otros tres recintos operísticos, la junta directiva no cedió; ni siquiera los Rockefeller, los Vanderbilt y los Morgan eran bienvenidos. De manera que estas tres familias, junto con sus amigos más acaudalados, se unieron para crear su propio auditorio. La Met fue un éxito inmediato y ahora, cinco años después, las mejores producciones de Europa y Filadelfia recalaban primero allí a su paso por Nueva York. La Academia había cerrado sus puertas en 1886. Su director emitió un comunicado lacónico: «No podemos luchar contra Wall Street».

Paul pensó en la lección que podía extraerse de aquello. Estados Unidos era un lugar donde el poder y el pueblo estaban condenados a forjar una alianza incómoda. El dinero, incluso aquel dinero tan antiguo como Nueva York, no era algo menor. Pero tampoco era ya suficiente. Las modas eran la verdadera fuerza que hacía crecer el músculo del país. Las modas eran sinónimo de lo popular. Y lo popular equivalía a la gente. Y era a los gustos siempre cambiantes de la gente a lo que hasta los más ricos de la joven nación deseaban apelar. ¿Qué sentido tenía ser rico si ningún alma te admiraba por ello?

Lo recibió el director de la institución, un hombre alto que lucía un esmoquin y que vigilaba de cerca al grupo de mujeres de la limpieza que, aquí y allá, iban quitando el polvo y lustrando los floridos elementos decorativos que ocupaban las paredes. Como era de día, las lámparas de los pasillos estaban apagadas, pero desde donde estaba Paul pudo distinguir el diseño. Eran lámparas eléctricas. Y de Edison.

Paul le comentó al director que quería ver a la señorita Huntington. Solo después de haberle asegurado que no se trataba de un devoto admirador a la caza de un autógrafo, sino más bien del abogado de la *prima donna*, el receloso director aceptó la tarjeta que le tendía.

No tardó en reaparecer y conducir a Paul por el cavernoso auditorio que se alzaba en el centro del edificio. Sus pasos resonaban bajo el techo abovedado. Era una sensación inquietante. Cuatro mil asientos vacíos se extendían por el suelo y ascendían por la pared trasera. Paul se volvió a echar una ojeada a las cinco gradas de palcos vacíos que colgaban a los lados.

Imaginó las múltiples escenas que se desarrollaban todas las noches entre aquellos asientos. Las puñaladas por la espalda, los intentos por trepar socialmente, las acres peleas que eran moneda corriente durante los recesos. Era bien sabido que los más intensos dramas tenían como protagonistas a los espectadores y no a los intérpretes sobre el escenario. El auditorio, desierto en aquella tranquila mañana, parecía latir con la promesa de las guerras que se librarían al caer la noche.

El director condujo a Paul por el escenario y por detrás del telón hasta que finalmente descendieron un tramo de escaleras que los llevó ante una puerta en la que resplandecía en letras doradas el nombre de AGNES HUNTINGTON. A Paul no le habría sorprendido descubrir que estaban grabadas en oro auténtico.

El director llamó dos veces y anunció a Paul. Este pensó que había conocido a dos Agnes Huntington muy diferentes, una en casa de su madre y otra en el Club de los Actores. ¿Le aguardaba una tercera en la Metropolitan Opera?

—Le están esperando —dijo el director antes de volverse.

—¿Están?

No hubo respuesta, pues el director ya se había alejado.

La puerta se abrió con un crujido y Paul se encontró frente al radiante rostro de Agnes Huntington. Vestía de manera informal: llevaba un elegante vestido negro hasta los tobillos y que le cubría los brazos, con unos discretos volantes blancos en las muñecas. Iba descalza.

—Señor Cravath —dijo invitándolo a entrar en el camerino.

Un espejo enorme, con los bordes iluminados por un panel de bombillas de Edison, cubría una de las paredes; gracias al reflejo, el camerino doblaba su tamaño. Bajo el espejo había un tocador y al lado un perchero lleno de vestidos. En la hilera de prendas que colgaban de él resplandecían los rojos y azules más saturados y luminosos que Paul había visto nunca. Las bombillas eléctricas conseguían que afloraran las más profundas tonalidades de los tejidos de seda.

Detrás de los vestidos había dos sillas de madera y un sofá cama con adornos donde estaba sentado un hombre muy alto, el cual se balanceaba adelante y atrás, sin dejar de mascullar.

—Ya conoce al señor Tesla —dijo Agnes cerrando la puerta a sus espaldas.

31

Decidir qué no hacer es tan importante como decidir qué hacer.

STEVE JOBS

Según el relato de Agnes, Nikola Tesla se había presentado en la Metropolitan Opera House a primera hora de la mañana. Se le acercó cuando ella se dirigía a la entrada de los artistas. Agnes tardó un instante en reconocer a la curiosa presa a la que Paul había acechado en el Club de los Actores. A Tesla, en cambio, no le costó nada reconocerla, como si hubiera estado buscándola. La llamó por su nombre pese a que estaba sucio y era evidente que no se encontraba bien. Solo fue capaz de pronunciar unas pocas palabras. Agnes tuvo que pedirle al director que lo condujera a su camerino.

Y allí estaba el extravagante inventor, sentado en el sofá cama de la estrella. Paul recordó la predilección de Tesla por el restaurante Delmonico's. Era sorprendente la asiduidad con que aquel hombre incomprensible acababa en los brazos del lujo.

Paul necesitó acercarse a él para descubrir hasta qué punto se hallaba perturbado. Tesla no dio señales de advertir su presencia y no cesaba de murmurar para sí. Paul se esforzó por entender algo de los balbuceos y las sílabas entrecortadas.

—¿Nikola? ¿Me oye?

—No responde. Pero le aseguro que yo tengo más preguntas que hacerle a usted que las que usted tenga reservadas para él.

Tesla mantenía los ojos abiertos, pero fijos en un punto distante, como si la pared del camerino fuera un horizonte muy lejano. Paul advirtió que vestía el mismo traje que la última vez que lo había visto. Estaba sucio. La camisa de algodón, antaño blanca, era ahora de un amarillo marrón debido a un grupo de feas manchas. Apestaba a la suciedad de la calle, sudor y bosta de caballo.

Paul tuvo la sensación de que la verja que solía separar a Tesla del mundo exterior se había hecho más alta y ancha hasta convertirse en una muralla. Por lo general, lograba lanzar algunas palabras que conseguían franquearla. Ahora, por el contrario, nada caía del otro lado. La enajenación mental de que era presa había cortado todo lazo entre aquel hombre y el mundo que lo rodeaba. Si la conciencia de Tesla seguía ahí —si el alma de Tesla continuaba anidando en su cráneo, según las creencias del padre de Paul—, en aquellos momentos era el único ciudadano de un reino impenetrable.

—¿Ha dicho algo que pueda indicarnos dónde ha estado o cómo ha conseguido sobrevivir?

—Nada.

—¿Por qué diantres ha acudido a usted? —Paul recordó que Tesla se había quedado como hipnotizado al escuchar a Agnes cantar en el Club de los Actores.

—No tengo la menor idea. La pregunta más interesante es qué piensa hacer al respecto.

El asunto revestía una complejidad considerable.

—¿Quién más sabe que Tesla se encuentra aquí?

—El director, que lo ha recibido en el vestíbulo —contestó Agnes—. Pero ignora quién es Tesla.

—¿Y su madre?

—Sí, lo confieso. Siempre que me pasa algo relevante en la vida, lo primero que hago es contárselo a mi madre.

—Señorita Huntington, este hombre está en peligro.

Notaba que la mente de Agnes iba a toda velocidad. Seguro, pensó Paul, que convertía su problema en una oportunidad para ella.

—No le quepa ninguna duda de que usted es la primera y única persona a la que he acudido, Cravath. Debemos trasladarlo a un hospital de inmediato.

Paul era muy consciente de que ella estaba poniéndolo a prueba. Quería comprobar si estaba dispuesto a llevar a Tesla a un lugar público. Por su expresión, debió quedarle claro que la respuesta era negativa.

—A menos, por supuesto, que exista algún motivo por el que no quiera que nadie sepa que Tesla se encuentra sano y salvo aquí.

En el hospital Bellevue, Paul se había convencido de que no podía fiarse de Agnes. Este nuevo encuentro no le hizo cambiar de opinión. Pero ¿qué opción le quedaba?

Agnes era una simple observadora en aquella partida. Si mostraba alguna lealtad, estaría condicionada por el resto de jugadores involucrados y lo que pudiera conseguir de cada uno. Necesitaba a Paul, al menos de momento. Este se dio cuenta de que no podía confiar en que no lo traicionara, sino en que solo lo haría cuando conviniera a sus intereses. Lo que significaba que Paul debía asegurarse de que ese momento jamás llegara.

—Alguien intenta matar a este hombre.

—¡Oh! —exclamó Agnes—. Pues me da la impresión que está haciendo un trabajo pésimo.

—Le he mentido. Cuando le dije que el incendio fue un accidente.

—¿Acaba de volver a hacerlo?

—Usted ya se lo imaginaba, ¿verdad?

—Yo no me imagino nada. Yo pienso. Y he pensado que la amenaza de muerte era muy probable. ¿Quién se la tiene jurada a Tesla?

La expresión de Paul pareció confirmar sus sospechas.

—¿Que si creo que Thomas Edison acudió en persona a Grand Street para provocar el incendio? —dijo Paul—. No. Pero estoy convencido de que fue el responsable.

Paul le explicó los detalles del caso y el peligro que suponía Thomas Edison. Agnes escuchó sin dar muestras de sorpresa o preocupación.

—No hay duda de que sabe escoger a sus enemigos. —Agnes no era de las que se asustaban fácilmente. O, al menos, Edison no le daba miedo.

—¿Cuándo llegarán sus compañeros de reparto? ¿Cree que vendrán al camerino?

—Irán llegando de forma escalonada en cualquier momento. Cada uno contamos con nuestro propio camerino, así que nadie exigirá entrar aquí. Ahora bien, puede que se acerquen y llamen a la puerta. Para cotillear, charlar y esas cosas.

—Necesito llevarlo a un lugar seguro.

—¿Adónde?

El piso de Paul era pequeño, pero servía. Sin embargo, en el caso de que alguno de los hombres de Edison estuviera siguiendo a Paul, descubrirían al ingeniero en cuestión de horas. El despacho de Paul no sería de utilidad, pues sus socios no eran de fiar. En la propiedad de Westinghouse habría demasiados ojos: el servicio, el trasiego de visitas por doquier, el laboratorio, las fábricas, los jardines y la estación de tren privada; lo más probable es que corriera la voz. ¿Podía llevárselo a un hotel? Entonces se hallaría a merced de una serie de desconocidos. Y a los desconocidos se los podía comprar.

Paul no era uno de esos aventureros protagonistas de los libros para niños. Ni siquiera había leído a Jules Verne.

—¿Puedo hacerle una sugerencia? —dijo Agnes—. Tendrá que esconder a Tesla en un lugar donde a los hombres de Edison no se les ocurra buscar. Un lugar lo bastante cerca para poder trasladarlo rápidamente y lo suficiente grande para mantenerlo allí por un tiempo. Un lugar que pertenezca a alguien capaz de cuidar de un enfermo complicado y que no despierte sospechas entre Edison y sus hombres ni en un millón de años.

Sus argumentos eran juiciosos. No obstante, cuando Agnes soltó su sugerencia en voz alta, Paul no dio crédito:

—Puede esconder al señor Tesla en mi casa.

—¿… Su casa?

—Sí.

—¿Qué la lleva a ofrecer su casa?

—¿Cómo podría usted negarse?

Desde el sofá cama, Tesla volvió a murmurar algo.

—Puedo esconderlo allí —dijo Agnes—. Incluso conseguiré que mi madre me ayude. No me mire así. Es más razonable de lo que imagina. Lo mantendremos calentito, alimentado y a salvo. Y luego, una vez recuperada la cordura (o al menos, hasta donde llegue su cordura), usted se encargará de llevarlo de nuevo con Westinghouse y de que fabrique el mecanismo que necesitan. La gente comprará los artilugios de Westinghouse en vez de los de Edison. Luego, estoy convencida de que usted se convertirá en el mejor abogado de la mayor y más importante empresa de Estados Unidos. Si el señor Foster vuelve a amenazarme, usted y Westinghouse se harán con los Boston Ideals.

Los pies descalzos de Agnes daban golpecitos sordos sobre el suelo de madera. Su discurso había sido franco y, una vez concluido, no esperaba mucha resistencia por parte de Paul.

—¿No confía en mí? —preguntó ella.

—Un poco. Y me está pidiendo que lo haga mucho.

En un momento dado, cuanto Agnes tenía que hacer para acabar con la vida de Tesla y con la carrera de Paul sería soltar un comentario despreocupado durante una cena.

—Si teme que vaya a entregarlo a Edison, quizá debería enfocar la situación de la siguiente forma: si quisiera, ya estaría en disposición de hacerlo.

Paul parpadeó asombrado. No le faltaba razón. Se descubrió a un tiempo impresionado y temeroso de ella.

—Debería ser abogada —le dijo.

Tomando el comentario como un sí, Agnes se acercó al perchero. Descolgó un largo abrigo verde y un par de zapatos planos y pequeños.

—Debemos ponerle otra ropa para que no lo reconozcan. En el departamento de vestuario hay de sobra. A continuación, usted y yo saldremos por separado; si Edison ha ordenado que lo sigan, no podemos correr riesgos. Pocos minutos después de que usted se haya marchado, lo conduciré a un carruaje y nos dirigiremos a Gramercy.

—¿Qué le contará a su madre?

—Eso es asunto mío —dijo Agnes mientras se calzaba los zapatos blandos—. Esta noche tengo actuación. Cuando acabe la función, acérquese para ver cómo está Tesla. Preséntese a las doce en punto.

—De acuerdo.

—Ahora ayúdelo a incorporarse.

A Paul lo inquietaba abandonar de nuevo al ingeniero. Con lo que le había costado localizarlo, ¿cómo arriesgarse a perderlo de vista? Pero no le quedaba otra opción.

—Gracias —le dijo, volviéndose rápidamente hacia Agnes—. Le prometo que este asunto no la distraerá en exceso de sus compromisos profesionales.

—Bueno, compartiré con usted un terrible secreto acerca de la ópera —dijo Agnes apretando un timbre para que acudiera un tramoyista—. Cada noche es la misma función.

32

Que algo no haga lo que queríamos que hiciera no significa que sea inútil.

THOMAS EDISON

Paul decidió que no le diría una palabra a Westinghouse de la reaparición súbita de Tesla. No por el momento.

¿Cómo iba a proceder de otro modo? Westinghouse se hallaba aislado en Pittsburgh y carecía de experiencia en las tretas de la alta sociedad. Era un jefe franco, con escasa paciencia para disimular. De estar al corriente de la situación, pronto la compartiría con media docena de los mejores ingenieros de su laboratorio. O con cualquiera de los ejecutivos al frente de sus líneas de producción. Todos ellos llevaban trabajando para Westinghouse muchos más años que Paul. Paul le confiaría su vida a Westinghouse, pero no podía confiarle su secreto. Aún no.

Paul estaba enfadado. No consigo mismo por decidir ocultarle información relevante a su cliente. No con Tesla por su inestabilidad mental, ni con Carter y Hughes por sus mezquinas traiciones.

Tampoco con Westinghouse por ser tan incapaz de guardar un secreto que forzaba al resto a engañarlo.

Paul estaba enfadado con Thomas Edison. La situación en que se hallaba, que le reconcomía el alma, se debía a la guerra que él había comenzado.

Thomas Edison era el diablo personificado. Y el comportamiento que había obligado a Paul a adoptar daba la medida de su vileza.

Aquella noche Paul hizo la primera de las que serían sus numerosas visitas a Gramercy. Tras salir del despacho, la mayoría de las noches se subía a un carruaje y ponía rumbo a casa de Agnes, donde llegaba entre las once y las doce. Enseguida, echaba una ojeada al parque, en busca de cualquier señal de que alguien estuviera observándolo. Por descontado, habría sido imposible detectarlo en un escenario tan animado. Los restaurantes y las tabernas de Irving Place estaban repletos de gente con ganas de diversión, hombres y mujeres jóvenes que paseaban alegremente bajo las farolas pese a que era invierno. El teatro de la Irving Place se alzaba unas cuantas manzanas más abajo y, si al pasar coincidía con el final de una función, se veía en medio de eufóricos amantes de la música que atestaban las aceras. A lo largo de todas las visitas que realizó a casa de Agnes, no hubo una sola vez en que el aire no llevara flotando una melodía desde el teatro.

Gramercy no era un vecindario donde llamaran la atención las visitas nocturnas de un joven al hogar apenas iluminado de una actriz.

Fue Fannie quien recibió e hizo entrar a Paul en su primera visita. Inclinó el cuello hacia atrás para mirarlo a los ojos.

—No me gusta nada todo esto —le comentó.

—De hallarme en su situación, a mí tampoco me gustaría, señora Huntington. Si existiese otra solución, le prometo que ni yo ni mi afligido amigo estaríamos aquí.

—En muy poco tiempo mi hija ha hecho grandes progresos profesionales para verse ahora víctima de los chantajes de un director teatral deshonesto, de las libidinosas *soirées* organizadas por pedófilos con etiqueta, de los desvaríos de un lunático o de las maquinaciones de un abogado taimado demasiado astuto para su propio bien. Usted es del agrado de mi hija. No del mío. Tenga por seguro que pienso plantarles cara, a usted y su amigo Tesla, en la primera ocasión que se me brinde.

Fuera cual fuese el método empleado por Agnes para convencer a su madre de acoger al ingeniero, había funcionado. Sin embargo, distaba mucho de ser una cómplice solícita, lo que resultaba comprensible. Si la persona equivocada era testigo de las visitas de un joven a su hija a horas tan intempestivas, estallaría el escándalo.

Aquel intercambio de impresiones fue el más largo que tendrían Fannie y Paul. A partir de entonces él se limitaría a saludarla con un gesto de la cabeza al que ella correspondería refunfuñando. La interacción entre ambos no pasaría de las más estrictas formalidades.

Algunas noches Agnes ya se encontraba en casa cuando llegaba Paul, otras no. Tras las primeras visitas, ella le dio una llave para que pudiera entrar a su conveniencia. Sin embargo, a Paul se le antojó descortés. Se imponía mantener ciertos modales.

Una vez dentro, a Paul lo recibía el parpadeo de las lámparas de gas a lo largo de un vestíbulo de elegantes tallas. Colgaba su abrigo. Y cuando noviembre dio paso a diciembre, procedió a sacudirse la nieve de sus botines de cuero.

A Tesla le habían asignado un pequeño dormitorio en la segunda planta que antaño fuera el cuarto de la sirvienta. Pasaba la mayor parte del tiempo en la cama, vestido con un pijama de Paul. Al entrar, Paul se lo encontraba siempre metido bajo las sábanas. Sin embargo, el inventor no daba muestras de dormir mucho.

Sufría visiones. A Paul le quedó claro en cuanto logró sonsacarle unas palabras. Cuando por fin estas llegaron en un susurro, Paul se encontraba sentado a la cabecera de la cama.

—Una gran bestia alada —dijo Tesla.

Aquella primera noche no dijo mucho más que Paul pudiera entender. En la segunda, se animó con otras palabras más, si bien de significado esquivo.

—Un incendio —dijo Tesla—. Todo lo que veo es fuego.

—¡Sí! —exclamó Paul—. Hubo un incendio. En su laboratorio. Pero eso ocurrió hace meses. Logró escapar y ahora se encuentra a salvo.

Tesla movió la cabeza con vigor.

—No, no, no, no, no. Con nosotros aquí. Veo un fuego envolviéndonos alrededor.

Durante las noches que siguieron, el ingeniero le describió nuevas visiones. Le habló de escarabajos con cuernos. Luego de ríos de sangre y un eclipse solar de duración infinita. Más adelante mencionó un ejército de muertos vivientes y una colonia de hormigas cuyos cuerpos estaban formados por partículas de estrellas lejanas. Con el tiempo, las descripciones de Tesla se volvieron más prolijas. Por sistema se refería a esas visiones terribles, no como a sueños, sino como a escenas que se desarrollaban ante sus ojos. Se le antojaban tan reales como Paul, Agnes y Fannie, tan palpables como su pequeña cama y la solitaria vela que iluminaba la habitación.

Cada noche Paul le llevaba una caja de galletitas saladas, que el inventor serbio devoraba con fruición. Parecía hambriento, pero no quería comer otra cosa. Cómo no había muerto de escorbuto hacía tiempo era un misterio que a Paul se le escapaba. Noche tras noche y con aquel suministro constante de galletitas, Paul intentó averiguar más acerca del estado de Tesla. El hombre reconocía a Paul. Conservaba recuerdos del tiempo que habían pasado juntos. A la segunda semana, Tesla se dirigió a él por su nombre, igual que había hecho con Agnes desde un principio. De todas formas, los nombres de «Edison» y «Westinghouse» no parecían surtir ningún efecto en él. O bien no recordaba quiénes eran o, en su actual estado, le traían sin cuidado.

La presencia de Tesla sí que había tenido un efecto inesperado en Agnes. Parecía muy complacida por tenerlo allí. Con frecuencia, Paul la descubría junto a la cabecera de la cama del inventor al entrar en la habitación. Y a menudo permanecía allí cuando Paul se marchaba.

Era como si Tesla la aplacara. Parecía capaz de limar las asperezas de sus sonrisas forzadas. Cuando Tesla la hacía reír, su risa era diferente a la que había resonado en la fiesta de Stanford White. También de aquella que dirigía a Paul. Con Tesla se volvía más cálida. No era una comedia, sino camaradería.

Se diría que podía comprender al inventor mucho mejor que Paul, que estaba más capacitada para descifrar su retorcida gramática. Incluso la fascinaban sus monólogos interminables.

—Le gusta Tesla —le dijo Paul una noche mientras subían por la escalera que conducía a la habitación del inventor.

Paul acababa de llegar y tenía las mejillas encendidas por el frío. La disputa que Agnes mantenía con W. H. Foster seguía planeando sobre ellos, pero Paul ya había llegado a la conclusión de que una nueva carta no serviría de nada. Tenía que ocurrírsele algo mejor.

—¿Le sorprende que me guste Tesla?

—No parece encajar con la clase de gente que usted frecuenta.

—Llevo mucho tiempo actuando. En el escenario, para ganar dinero, y fuera de él, para que me respeten. Él no ha hecho nada así ni un solo día de su vida; ni siquiera se le habría ocurrido. No le interesa la opinión de los demás, solo la suya.

Entraron juntos en la habitación de Tesla. Como de costumbre, lo encontraron balbuceando para sí. El viento invernal golpeaba con fuerza contra las ventanas, haciendo de acompañamiento suave a la conversación que mantenían.

—Barcos —dijo Tesla—. Las partículas que se mueven, deslizándose, presionando contra otras. Son como barcos pequeños. Debemos ver qué traen. Debemos rastrear las aguas de su travesía.

Paul miró a Agnes. Habían oído muchos monólogos de este tipo juntos. Y juntos volverían a encontrarse la noche siguiente, y la noche siguiente a esa, para oír muchos más.

—Las partículas solo son barcos, ¿no? Haré una máquina para empujarlas a las aguas. Para conectar un puerto con el otro. No puedo creerme que nadie lo haya pensado antes. Es obvio cuando has visto los barcos.

Agnes se reclinó sobre la cama para intentar oírlo mejor.

—Es una bobina, señorita Agnes Huntington. La forma es de espiral. ¿Puede verla ahí? Reluce con su maravilla.

Paul echó un vistazo a la estrecha habitación.

—Aquí no hay nada —dijo—. Su mente está conjurando cosas que no existen.

Al oírlo, Tesla se volvió hacia Paul. Por primera vez desde su reaparición, lo miró con verdadera atención.

—Exactamente —dijo Tesla.

—Está sufriendo alucinaciones, Nikola —dijo Paul.

—No —contestó el inventor serbio esbozando la primera sonrisa que Paul le había visto en mucho tiempo—. Estoy inventando.

33

Cuando un hombre fuera de lo normal encuentra métodos tan fuera de lo normal... como para que su nombre se conozca en todo el mundo... [y] acumula tanta riqueza a partir de un conocimiento en realidad tan escaso..., yo digo que ese hombre es un genio, o si recurrimos a un término más popular, un mago.

FRANCIS JEHL,
ayudante en el laboratorio de Edison, 1913

En la siguiente visita a casa de las Huntington, Paul se encontró con una novedad alarmante.

El hombre que estaba junto a la cama de Tesla tenía una de complexión robusta. Era calvo, pero llevaba una poblada barba blanca que le cubría toda la mejilla y compensaba la falta de pelo en la cabeza. Cuando Paul entró en la habitación, se lo encontró inclinado sobre el inventor.

—Ah —dijo mirando a Paul—. Ha traído las galletitas.

—¿Quién es usted?

Agnes, que estaba al pie de la cama, respondió por él:

—No se preocupe, Cravath. Le presento al doctor Daniel Touff. Es alienista.

Su presencia provocó la primera discusión entre Paul y Agnes. Cuando el doctor se hubo marchado, Paul la interrogó con brusquedad.

—¿Cómo se le ocurre traer a un desconocido sin consultarme? —Aunque no había querido gritar, se descubrió alzando demasiado la voz.

—No necesito su permiso para decidir cómo ocuparme de Nikola —respondió ella con calma.

Agnes había conocido al doctor Touff meses atrás, en la fiesta de Halloween de la señora Astor. En determinados círculos se lo consideraba una persona digna de confianza. En su profesión no podías permitirte lo contrario.

Agnes y Paul estaban hablando en la sala de estar: ella sentada tranquilamente en el sofá y él sin dejar de caminar arriba y abajo. Agnes le comentó que el alienista estaba fascinado por lo que llamó el «subconsciente» de Tesla. Paul le preguntó qué significaba eso. Agnes tuvo que admitir que no tenía la menor idea. Le contó a Paul que el buen doctor pensaba que Tesla podría sufrir de *démence précoce*, algo así como «locura precoz». Paul le preguntó si eso significaba que estaba loco. El doctor Touff no creía que fuera el término adecuado. Así eran las cosas con los alienistas, dijo Agnes.

—Están erradicando las categorías de «sano» y «loco». Llevan tiempo trabajando para echar un poco por tierra las clasificaciones. En su calidad de científicos de la mente.

—¿El doctor ha sugerido algún tratamiento?

—Descanso.

—Ya se lo hemos procurado.

—Ha mencionado una cosa más. La amnesia de Tesla no se ha extendido a ciertas habilidades.

—¿Por ejemplo?

—Para empezar, al inglés. ¿Se ha dado cuenta que en todo este tiempo no nos ha hablado en serbio?

Paul tuvo que admitir que era una apreciación interesante.

—Y también su habilidad para la mecánica —prosiguió Agnes—. Su discurso está condimentado con términos científicos, con explicaciones sobre máquinas. Con partículas tanto como con bestias aladas.

—Sus visiones…, sus alucinaciones. No deja de decir que están inspirándolo para construir una nueva máquina. Él ve esas cosas, cree que son reales y a todo eso lo considera inventar.

—Un destello de luz como el de san Pablo camino de Damasco.

—A Westinghouse le contó que concibió su motor de corriente alterna de forma parecida. En eso consiste el proceso de Tesla: experimenta una serie de episodios alucinatorios y *voilà*, su mecanismo ha sido inventado. Entonces se pone con otra cosa.

Agnes parecía fascinada por ese proceso aunque desconfiara de su eficacia.

—Pero no «inventas» nada hasta que lo has construido. Si me paso una tarde con la vista fija en una partitura e imaginando cómo la cantaré, no se puede decir que haya actuado. En realidad, no creo la canción hasta que me subo al escenario y muevo los labios. Mi garganta se cansa un poco y al final recibo unos aplausos.

—En su caso no funciona así.

—Limitarte a afirmar que has inventado algo no es lo mismo que inventarlo.

—Creo que el señor Westinghouse estaría de acuerdo con usted... —La voz de Paul fue apagándose.

—¿Cravath? —dijo Agnes—. ¿Le ocurre algo?

—¿Qué pasaría si Edison no estuviera de acuerdo con usted? ¿Qué pasaría si él considerara que afirmar que has inventado algo tiene idéntico valor a inventarlo?

Por la expresión de Agnes, se veía que no seguía en absoluto a Paul.

—Edison sostuvo que había inventado la bombilla eléctrica incandescente el 16 de septiembre de 1878 —prosiguió Paul—. Todo el mundo está al corriente porque hizo una solemne declaración pública sobre su hazaña, que dio a conocer a través del *Sun*. Hizo demostraciones privadas a periodistas que lo adoraban del *Herald* y el *Times*. Patentó el diseño básico del mecanismo (la base, el circuito, todo eso) de inmediato. Sin embargo, esperó hasta el año siguiente, al 4 de noviembre de 1879, para solicitar la patente sobre la pieza en que se basa la bombilla en sí. ¿Con qué pruebas contamos de que Edison inventó la bombilla eléctrica cuando afirmó haberlo hecho?

—¿Cree que mintió?

—La primera patente que solicitó fue vaga. Al menos ese ha sido mi argumento legal hasta la fecha. Edison solicitó una patente vaga que cubría un área excesivamente grande. Pero ¿qué ocurriría si no hubiera conseguido que la cosa funcionara en absoluto? ¿Y si no hizo más que contarle a todo el mundo que lo había hecho? Piénselo desde esta perspectiva: trabaja en la bombilla; cuenta con docenas de ingenieros dedicados a ello las veinticuatro horas del día; sabe que está a punto de lograrlo. Al mismo tiempo, es consciente de que hay otros inventores trabajando en lo mismo y a los que tampoco les queda mucho: Hibbard, Swan, Sawyer… casi lo tenían listo.

—¿De manera que Edison lo suelta sin más? —preguntó Agnes—. Monta un gran circo para declarar ante la prensa: «Ya está, la partida se ha acabado, he resuelto el problema de la bombilla eléctrica». ¿Y luego…?

—Y luego, ¡el resto se rinde! El gran Thomas Edison acaba de inventar la bombilla eléctrica para interiores. Asunto zanjado. De modo que se ponen a trabajar en otros proyectos. Sin embargo, hubo una gran demora entre el momento en que Edison anunció su descubrimiento y la solicitud de la patente, un año más tarde. Después transcurrió otro año hasta que los productos se lanzaron al mercado. Westinghouse consideró que había sitio para otra empresa. Lo mismo hicieron Hibbard y Swan. Pero ninguno de ellos se detuvo a pensar qué pruebas existían de que Edison realmente hubiera inventado una bombilla que funcionara.

—Debió haber algunas demostraciones.

—Muy breves. De un minuto cada vez…, dos… Así lo contaron todos los periódicos. Un periodista, o un inversor, era conducido a una sala donde veía la bombilla durante un minuto, dos a lo sumo, y luego salía. Eso se justificó aduciendo que así se evitaba que alguien pudiera observar el diseño el tiempo suficiente para robarlo. Pero ¿y si las demostraciones fueron tan cortas por otro motivo?

—¿Porque en realidad la bombilla no funcionaba?

—La estabilidad era la clave. Nadie era capaz de crear una bombilla que no explotara en cuestión de minutos y lo incendiara todo. ¿Y si las primeras bombillas de Edison, aquellas que describió en la primera patente que solicitó, seguían explotando?

—Pero nadie más podía saberlo porque solo las veían durante dos minutos.

—Edison dispondría así de dos años más para perfeccionarlas mientras todos sus rivales se tiraban de los pelos, incapaces de entender cómo lo había conseguido.

Paul y Agnes se miraron durante unos segundos muy intensos. Ella estaba tan en tensión como él.

—Si puedo demostrar que Edison mintió con su patente —dijo Paul—, no necesitaré probar que las bombillas de Westinghouse no la infringen. El caso que estoy batallando, el argumento que llevo tiempo desarrollando, será irrelevante. En cambio, podremos centrarnos en invalidar la patente de Edison. Desembarazarnos del maldito asunto, de la cabeza a los pies.

—¿Y luego?

—Luego la Edison General Electric y la Westinghouse Electric quedarán libres para fabricar y vender dos productos diferentes. La gente decidirá cuál prefiere. Estaríamos en la situación que Edison más ha temido desde que supo que Westinghouse pensaba echarle un pulso. Un combate limpio.

34

La innovación viene de la gente que se reúne en los pasillos o que se llama a las diez y media de la noche para contarse una nueva idea, o porque ha hallado algo que da un giro a la forma en que había enfocado un problema.

STEVE JOBS

A Paul le costó dormir tras la epifanía que había tenido junto a Agnes a altas horas de la noche. Mientras caminaba hasta la calle Cincuenta Este, su mente se dividió entre vislumbrar un plan de ataque y pensar en la inmensa fortuna de contar con Agnes como confidente. Tuvo que recordarse, no por primera vez, que era su clienta, no su amiga. No cabía duda de que su relación no iría a más. La idea de que la estrella más rutilante de la escena neoyorquina acabara emparejada con su abogado resultaba absurda. Sin embargo, no podía dejar de pensar en el número de invitaciones que ella habría declinado en las últimas semanas para quedarse con él junto al lecho de Tesla. Saltaba a la vista que sentía afecto por el inventor. ¿Cabía la posibilidad de que también lo sintiera por él?

Al día siguiente Paul comenzó a reunir los documentos necesarios a fin de demostrar que Edison había cometido perjurio al solicitar la patente. Enseguida se vio abrumado tanto por el volumen del papeleo como por su variedad.

En primer lugar, se encontraban los documentos relativos a la propia patente nº 223.898. La solicitud apenas comprendía tres folios. El primero no consistía más que en un dibujo a tinta del diseño de la bombilla con anotaciones al margen que designaban sus diferentes componentes. Los otros dos eran un breve resumen manuscrito en el que se indicaba lo que la bombilla hacía y cómo funcionaba, con la firma de Edison al pie. En total no llegaba a las mil palabras. ¡Y pensar en la batalla legal que tan pocas palabras habían desencadenado! Una Helena de Troya en forma de esquema en dos hojas de papel.

No obstante, los documentos para la solicitud eran notablemente más extensos. Incluían matizaciones que Edison había enviado a la oficina de patentes en los años posteriores a su reclamación, así como la correspondencia entre Edison y la oficina sobre la futura concesión de la patente. Todo aparecía convenientemente firmado y verificado. En una carrera por la supremacía histórica, demostrar la fecha en que se había elevado una reclamación era tan importante como la reclamación en sí.

Por descontado, luego estaban los documentos concernientes al resto de patentes relevantes. Había docenas de patentes previas concedidas por el gobierno estadounidense y por los gobiernos europeos sobre elementos reunidos bajo la etiqueta de «bombilla incandescente». Hasta aquel momento, Edison había alegado con éxito que cada una de esas patentes eran diferentes de la suya y no debía nada a ninguno de sus inventores. Paul se había esforzado por entender bien aquellas diferencias con la esperanza de oponer alguna de ellas a las reclamaciones de Edison.

Acto seguido venían las entrevistas, los artículos y los folletos publicados sobre el milagroso «invento» de Edison. Si el objetivo era demostrar que en realidad no se había producido ningún avance donde Edison defendía que sí, Paul necesitaría recopilar y organizar cada una de las reclamaciones llevadas a cabo por Edison y sus socios, tanto en los años anteriores como posteriores a la patente. ¿Sería capaz de probar que Edison había incurrido en una contradicción en algún sitio? ¿De hallar una declaración de alguno de los ingenieros de Edison que contradijera a su jefe? ¿Quizá algún periodista que había asistido a la demostración de la bombilla en el invierno de 1878 reparara en algún detalle que, sin siquiera advertirlo, apuntara en esa misma dirección?

El volumen de documentación que tendría que estudiar a la caza de pruebas lo abrumaba. Fue acumulando pilas de papeles en los despachos del bufete, que miraba igual que un montañero experimentado cuando posa la vista en los lejanos riscos del Everest. ¿Qué clase de hombre conseguiría escalarlos solo?

Carter y Hughes ya apostaban por una estrategia legal en concreto; una de naturaleza defensiva que sostuviera que la patente de Edison era legítima, pero las bombillas de Westinghouse simplemente no la infringían. La rivalidad entre ellos era tal, que Paul dudaba mucho de lograr convencerlos para adoptar una estrategia más ofensiva. Siempre cabía la posibilidad de contarle a Westinghouse las dificultades a las que se enfrentaba. Pero ¿cómo le sería de ayuda? Sus hombres eran ingenieros. Lo que necesitaba Paul eran abogados.

Sus pensamientos vagaron hacia las maravillas del laboratorio de Edison. Era imposible no admirar los logros de su equipo. Incluso Reginald Fessenden se había rendido a su ingenio. Del laboratorio de Edison habían salido más prodigios en una década que de ningún otro sitio en la historia de la humanidad. Del doble telégrafo al fonógrafo, del micrófono a un centenar de otras maravillas menores, sus hallazgos habían sido extraordinarios.

Pero, a fin de cuentas, no los había conseguido sin ayuda. Edison no era un inventor solitario que había trabajado como un esclavo un millar de noches insomnes. La imagen que le encantaba proyectar en público constituía otra de sus patrañas. Edison era la cabeza visible de una organización enorme, igual que cualquier magnate de la era industrial. Andrew Carnegie dirigía una organización que refinaba más cantidad de arrabio que ninguna otra en el mundo. Jay Gould fabricaba vías férreas y John Rockefeller extraía petróleo de las profundidades de la tierra. El genio de cada uno de estos hombres no radicaba en el trabajo realizado con sus propias manos, sino en la eficacia del sistema que habían construido.

El reino de Edison era diferente del de los magnates de la industria, los cuales habían erigido organizaciones que producían objetos. De los bosques se talaban árboles; de las minas se extraía carbón; se construían fábricas donde combinar los elementos primigenios de la industria pesada. Incluso la Westinghouse Electric se había formado con la idea de producir maquinaria industrial a gran escala para constructores. Sin embargo, lo que salía en primer lugar de la sede central de Edison, ubicada originariamente en Menlo Park y ahora en la Quinta Avenida, era algo distinto: ideas. Vanderbilt había levantado un imperio a partir de los barcos; James Duke, del tabaco, y Henry Clay Frick, del acero. Thomas Edison lo había levantado a partir de la invención.

Thomas Edison, pensó Paul, no era el primer hombre que se enriquecía inventando algo inteligente. Más bien era el primero que construía una fábrica donde se incubaba la inteligencia. Eli Whitney y Alexander Graham Bell se habían hecho un nombre con sendos inventos geniales. Edison había concebido un laboratorio donde se habían inventado muchos. Su genio no radicaba en inventar, sino en inventar un sistema de invención. Docenas de investigadores, ingenieros y desarrolladores de producto trabajaban por debajo de Edison en una organización jerárquica diseñada hasta el mínimo detalle, que él había concebido y se encargaba de supervisar.

En la cima de la pirámide, Edison detectaba los problemas que debían resolverse. Buscaba puntos débiles en el mercado y localizaba áreas que pudieran estar preparadas para recibir un nuevo invento. A continuación reunía a un equipo a fin de determinar los obstáculos tecnológicos que se interponían entre el estado actual de la industria y la solución pertinente. Una vez este equipo había aislado los aspectos más relevantes, una falange de inventores menores se ponía manos a la obra en busca de soluciones hasta conseguir resultados. El invento era seguidamente patentado, producido en masa y lanzado al mercado con un nombre. Un nombre estampado en letras grandes en el lateral de cada uno de los mecanismos nacidos de ese laboratorio. Un nombre cuyas seis letras eran reproducidas en cada máquina, utilizando la misma fuente y el mismo tamaño. Un nombre que en la actualidad podía encontrarse en alguno de los artilugios de cualquier hogar estadounidense con cierto poder adquisitivo.

E-D-I-S-O-N.

El mismo que aparecía infinidad de veces en los documentos que Paul tenía delante. Le invadieron unos celos muy concretos. De querer contar con una organización como la de Edison. De querer disponer de un sistema para resolver problemas legales, igual que Edison disponía de uno para solucionar los tecnológicos.

Bueno, ¿y por qué no podría?

35

No puede considerarse rico quien no sea capaz
de permitirse su propio ejército.

MARCO CRASO,
54 a.C.

El Hamilton Hall de la Universidad de Columbia era un edificio de
estilo neogótico de cuatro plantas que se alzaba en el centro del campus de Madison Avenue. El tejado, de vertientes muy inclinadas, se
recortaba sobre los robles desnudos que se alineaban a lo largo de
los caminos de tierra del campus, una fortaleza de piedra en medio
de la ciudad cuyas agujas grises perforaban el azul cielo invernal.

Paul llevaba mucho tiempo pensando que el campus de la Columbia lo había proyectado un alma angustiada. Sus intrincadas
fachadas góticas habían sido construidas para recordar al Viejo
Mundo, piedras retorcidas que evocaran la Ilustración europea y
los colegios de larga tradición de Inglaterra y Francia. Aunque era
una de las universidades más antiguas del país, en comparación
seguía en pañales. La inseguridad que sentían los *nouveaux riches*

de Wall Street aún era más acusada en las universidades del centro. Todos los banqueros querían ser príncipes. Todos los profesores querían ser Martín Lutero.

Durante siglos la tecnología había sido coto de la Real Sociedad de Londres y de la Academia de las Ciencias de París. Hasta la última década nadie habría imaginado que Estados Unidos podría situarse a la cabeza del progreso científico. Estados Unidos tenía inclinaciones antiintelectuales. Sin embargo, los dos laboratorios tecnológicos más avanzados del mundo —hasta donde sabía Paul— ya no se encontraban ni en el Louvre de París ni en la Burlington House de Londres, sino en Menlo Park, New Jersey, y en Pittsburgh, Pennsylvania. Los dirigían dos hombres hechos a sí mismos que carecían de formación al uso. Paul pensó que el tercer laboratorio bien podía ser el pequeño dormitorio de servicio en la casa que una cantante de ópera poseía en Gramercy. Y existir solo dentro de la mente de Nikola Tesla.

Entró en el paraninfo de cuatro plantas junto a una multitud de estudiantes. No le costó fundirse con la muchedumbre. Si el prototipo de alumno de la Universidad de Columbia respondía a unas determinadas características —seguro de sí mismo, con temple y contagiosa vitalidad—, él encajaba sin problemas. Al tomar asiento en la parte trasera, percibió en el aire el olor a brillantina aplicada con cuidado.

Estaba allí para asistir a la clase del profesor Theodore Dwight, dedicada a la simulación de juicios. Dwight se había mostrado encantado de ayudar a un ex alumno. Contar con la presencia del joven abogado más talentoso de la ciudad supondría un honor, tanto para él como para los aproximadamente sesenta alumnos a su cargo.

El profesor Dwight, que rondaba los setenta años, lucía una barba de un blanco impoluto y largas patillas que formaban un penacho excepcional y que hacía juego con su peluca; ambos elementos le conferían una seriedad indiferente: indiferencia hacia las modas de la época, seriedad respecto al trabajo de su vida. Los cuellos de camisa cambiaban de amplitud y las corbatas se anudaban con nuevos lazos, pero la ley mantenía una profunda inmutabilidad.

El tema que abordarían esa tarde era el caso de Goodyear contra Hancock, una de las primeras demandas sobre patentes que, décadas atrás, tratara sobre la creación de caucho resistente al agua. Los estudiantes estaban reunidos para litigar. Dwight ejercía de juez de los procedimientos, al tiempo que los dos grupos de jóvenes que lo flanqueaban se encargaban de representar a los abogados de la defensa y la acusación, respectivamente.

Mientras observaba a los estudiantes entregados a sus argumentaciones apasionadas y que nada se jugaban, Paul tomó nota de los cuatro que exponían sus puntos de vista con mayor claridad. No es que sus análisis legales descollaran por su astucia; simplemente sabían explicarlos con una narrativa concisa. Eran contadores de historias natos.

Más tarde, con el profesor Dwight a su lado, Paul hizo su propuesta a los cuatro estudiantes seleccionados.

—Me encuentro aquí para ofrecerles empleo —les dijo a los jóvenes—. El caso en el que trabajarían sería el de Edison contra Westinghouse. ¿Han oído hablar de él?

Por sus expresiones supo que era así.

—Necesitaré ayuda en todo tipo de cuestiones. Investigación, redacción de informes, localización y preparación de testigos para declarar. Necesito a unos cuantos hombres inteligentes que me echen una mano.

—¿De modo que seríamos abogados en Carter, Hughes y Cravath? —preguntó el más despierto de los estudiantes, que se había presentado como Beyer.

—No exactamente —respondió Paul—. Son estudiantes universitarios y seguirán siéndolo mientras trabajen para mí, hasta el momento en que se gradúen.

—Entonces ¿está ofreciéndonos una pasantía? —sugirió otro de los estudiantes, un tal Bynes—. ¿A todos nosotros?

—No, lo que les ofrezco tampoco es eso.

—Si no seremos pasantes ni abogados —dijo Beyer—, ¿qué nos propone?

—Un punto intermedio. Lo que les propongo es, a un tiempo, algo novedoso y la mejor oportunidad que tendrán de sumarse a la carrera de la práctica legal a pleno rendimiento. Piensen en su posición como en la de un… «abogado asociado». ¿Cómo les suena? Construiremos una fábrica jurídica. Los hombres se organizan en sistemas para producir cualquier material, mineral y mecanismo que existe en este mundo. ¿Por qué no el trabajo jurídico?

Entre las muestras generalizadas de confusión, Bynes habló en nombre del grupo:

—No quiero parecer maleducado o desagradecido, por favor, pero ¿acaso el trabajo jurídico no pertenece a una categoría radicalmente distinta a la del físico? Un informe no es un tablón de acero.

Paul ya tenía preparada la respuesta.

—Si puede hallarse el método que permite crear uno, ¿por qué no va a hallarse el que permita crear el otro? Y he aquí el beneficio añadido: estaré en disposición de instruirlos a lo largo de todo el caso. Después de graduarme en esta universidad, ejercí de pasante para el señor Carter, que ahora es mi socio. Que me ascendieran a abogado resultó una tarea ardua. Nunca antes había tenido que hacerme cargo de un cliente y me vi en la necesidad de persuadirlos sin contar con experiencia previa de ningún tipo. Ustedes no se verán arrojados a esas aguas repletas de tiburones.

—Pero entonces, ¿cómo encontraremos clientes? —terció otro estudiante que aún no había hablado y cuyo nombre Paul ya había olvidado.

—Dispondrán de los míos. O, para ser más precisos, dispondrán de uno.

—Westinghouse —dijo Beyer.

—Bajo mi supervisión se consagrarán a este caso, única y exclusivamente. Y subiré la apuesta: se les ofrecerá un salario. Diez dólares a la semana, garantizados durante un año. Llegado ese momento, ya se habrán graduado y podrán incorporarse como abogados de pleno derecho. O, si su trabajo no cumple las expectativas, les dejaré marchar en el momento que considere y otros estudiantes igual de jóvenes y brillantes que ustedes los sustituirán. En todo caso, tienen la oportunidad en sus manos para hacer con ella lo que deseen. La calidad de su trabajo será el único medidor de su futuro éxito.

Beyer, Bynes y los otros dos jóvenes intercambiaron miradas sopesando la oferta de Paul. La abogacía existía desde hacía siglos como un sistema de *protégés* y maestros, de aprendices y artesanos. Los bufetes continuaban funcionando como los talleres de los zapateros. Paul esperaba que al construir esa entidad legal de nuevo cuño las reglas del juego del oficio quedaran alteradas profundamente.

—¿Cuál será nuestro objetivo? —quiso saber Beyer.

—Necesitamos demostrar que Thomas Edison engañó a la opinión pública, a sus inversores y al gobierno de Estados Unidos.

—Oh… —dijo Beyer. El entusiasmo del joven abogado se disipó.

—Bueno —concedió Paul—, creo que en ningún momento he dicho que sería fácil.

Los jóvenes asociados de Paul empezaron de inmediato. Durante los pocos meses que les quedaban hasta su graduación, trabajarían a media jornada y luego lo harían a jornada completa. Paul los instaló en una oficina barata y de un solo cuarto en Greenwich Street, a apenas media milla de Carter, Hughes & Cravath. Estaba en un viejo edificio que había sido dividido en el mayor número posible de despachos diminutos. No le costó nada alquilarla. Abonó el primer mes con un cheque de su cuenta particular en el First National. Pidió a los chicos que se encargaran de amueblarla y estos enseguida llevaron una larga mesa de uso compartido que adquirieron en un mercado de Brooklyn.

«Malversación» no era la palabra que prefería para describir su plan respecto a abonar los servicios de sus asociados. No cabía duda de que no podría costeárselos de su propio bolsillo indefinidamente y se vería en la necesidad de desviar fondos de la cuenta de Westinghouse. Pero, si el propósito de tumbar la patente de la bombilla eléctrica de Edison no justificaba el recurso a los fondos de la Westinghouse Electric, ¿qué demonios lo haría?

Las maneras poco de fiar de Carter y Hughes lo habían llevado a aquella situación. Si no lo hubieran traicionado, ahora no se vería en la obligación de actuar a sus espaldas. De forma que en aquellas frías semanas de diciembre de 1888, mientras Manhattan se arrebujaba en capas de lana de Nueva Inglaterra, Paul revestía su operación con capas de confusión financiera.

No se forjaba ilusiones respecto a los riesgos que corría. No vislumbraba ningún desenlace para aquella historia que no contemplara la acre disolución del bufete. Con el tiempo, Carter y Hughes descubrirían lo que estaba haciendo. Y lo despedirían. Seguramente también lo demandarían. Si sus planes tenían éxito, todo se destaparía en el momento de la victoria. Si fracasaba, lo haría a resultas de la declaración de bancarrota que presentaría la Westinghouse Electric. De un modo u otro, lo castigarían. Ganara o perdiera, se quedaría sin trabajo. Pasara lo que pasase, acabaría solo. La única cuestión por dirimirse era si su próximo bufete se encontraría en Manhattan o en la primera planta sin calefacción de la casa de su padre en Tennessee.

36

En cierto modo, los titulares de prensa tienden a confundirnos porque las malas noticias los acaparan, mientras que las mejoras progresivas no.

BILL GATES

Las navidades de 1888 llegaron acompañadas de un frente frío que azotó a una ciudad ya curtida en esos menesteres. En comparación resultaron menos crudas que las precedentes, las cuales cayeron justo antes de la peor tormenta de nieve que había habido en décadas. Las festividades del 1888 fueron simplemente heladas.

Tesla las pasó con las damas Huntington. A Paul no lo invitaron. Por lo visto, Fannie quería preservar al máximo los momentos de privacidad en nombre de lo sagrado de la familia. Con un intruso como Tesla ya era suficiente. Por lo menos el suyo se trataba de un caso de caridad. Su presencia se avenía con el espíritu navideño. Paul no era más que su abogado. Un ayudante. Podía apañárselas solo.

Paul pasó el día de Navidad trabajando en su apartamento. Cenó solo en la taberna P. J. Clarke's que le quedaba al final de la manzana, en la Tercera Avenida. Se imaginó que tendría todo el local para él, pero lo encontró más lleno que de costumbre. No era el único neoyorquino solitario y deseoso de disfrutar en público de un estofado de cordero y de una pinta de cerveza.

Al día siguiente se enfrentó al frío para acudir a una cita en Park Row, justo enfrente del ayuntamiento. Al llegar vio el edificio, de cinco plantas y estilo románico, recubierto de andamios. Un ambicioso proyecto arquitectónico estaba en marcha. La impresión era que la estructura se expandía hacia fuera, como un insecto que surgiera de su agrietado cascarón. La metáfora se le antojaba de lo más acertada, dado que Paul no sentía demasiado respeto por la gente que trabajaba allí dentro. Eran periodistas.

El periódico que se disponía a visitar no era el de mayor tirada del país y ni siquiera el más prestigioso. De lo que no cabía duda era de que el *New York Times* era el más ambicioso y el más obsesionado con sus propios y cómicos grandes ideales.

El plan había sido de Paul, si bien Agnes se sumó de inmediato. Fannie se mostró escéptica, aunque tuvo que reconocer que era la mejor idea que le había propuesto su abogado hasta la fecha. Entrañaba riesgos. Sin embargo, dada la naturaleza del chantaje al que se enfrentaban, ¿qué medida no los entrañaría?

El plan de Paul consistía en servirse de las reputaciones de sus dos clientes en beneficio mutuo. Pensaba en ello como en un símbolo común a todos los productos de Thomas Edison. Cada dispositivo llevaba inscrita la palabra «Edison» con idéntica fuente e igual tamaño. Si el cliente quedaba satisfecho, podía estar tentado a probar otro producto completamente diferente según la lógica de que provenía del mismo fabricante. La palabra «Edison» se había convertido en marca, no menos ardiente ni indeleble que las grabadas en la piel de los rebaños. Incluso la placa circular que identificaba un producto de Edison recordaba a la plancha de un ganadero. No podía ser casualidad.

Paul crearía su propia «marca» como abogado. El nombre de Cravath destacaría en los dos casos que tenía entre manos, símbolo de dificultades inauditas manejadas con gusto y discreción.

Leopold Drucker era un reportero del *New York Times*. Estaba encantado de entrevistar a Agnes dada la escasa afición de la cantante de ópera a hablar con la prensa. Drucker era de confianza. No publicaría nada que la dejara en mal lugar, al contrario que tantos plumillas del chismorreo.

—Pero ¿por qué conceder una entrevista? —había preguntado Agnes.

—Porque W. H. Foster está chantajeándola con destapar un escándalo público. De modo que, en vez de esperar a que sea él quien acuda a los periódicos para atacarla, venzámosle golpeando primero. Seamos nosotros quienes usemos a los periódicos en su contra. ¿Así que Foster piensa que usted tiene mucho que perder si se airean en público ciertas cosas? Muy bien, dejémosle muy claro que él también.

Como habían acordado, Paul se encontró con Agnes en el vestíbulo del periódico. Una secretaria les indicó que subieran por la escalera a la cuarta planta.

—No hable demasiado —dijo Paul—. Solo lo justo.

—Sé cómo conceder una entrevista —dijo Agnes—. No es la primera vez. Pero si nos sale bien, me atrevería a afirmar que será la más divertida.

El hecho de que a Agnes la entusiasmara atacar a W. H. Foster no sorprendió a Paul. Si le hacían daño, tenía un lado vengativo. Era otro de los rasgos de ella que apreciaba.

—El señor Drucker está de nuestra parte —dijo Paul—, pero no del todo. Será una entrevista al uso.

—Le ha pagado —se atrevió a decir Agnes. No era una pregunta.

Paul guardó silencio.

—No exactamente —respondió al cabo de un instante.

—¿Edison compró a gente del *Evening Post* y usted ha hecho lo propio con la del *New York Times*?

—Westinghouse ha ofrecido al señor Drucker entrevistas en primicia, así como acceso exclusivo para reportajes sobre nuevos productos. A cambio, Drucker ha escrito con generosidad (y honestidad) acerca de tales productos. No es un soborno. Es una colaboración. —Paul quiso enfatizar su punto de vista—. Aún no hemos caído tan bajo como Edison.

—Bien —dijo Agnes, arqueando una ceja—, ¿cree que eso quizá explique por qué van perdiendo?

Leopold Drucker estaba entre los reporteros que tecleaban en mesas desordenadas. Aunque era el día posterior a Navidad, el tableteo de las máquinas de escribir resonaba en toda la redacción.

Paul siguió embobado la entrevista de Agnes. En una palabra, estuvo «excelente». Su actuación fue tan magistral como cualquiera de las que imaginó que era capaz de hacer sobre un escenario. La secretaria de Drucker transcribió hasta la última palabra. Agnes habló pausadamente, como si aquella fuera otra reunión de carácter social. Trató a Drucker como a un viejo amigo pese a que acababan de conocerse. Su tono era ligero, a un tiempo divertido y refinado. Ella no era más que una chica de pueblo entusiasmada por los sueños que la gran ciudad le estaba permitiendo cumplir. En paralelo, era una resplandeciente dama de la alta sociedad neoyorquina, de elegante estilo y maneras decorosas.

Habló de París, de Londres y de la pasión que sentía desde siempre por la música. Mencionó a su devota madre, siempre a su lado. Era un alma ingenua en medio del feroz negocio del teatro. Agnes permitió que fuera Drucker quien le preguntara por la gira por el Medio Oeste en la que había cantado. ¿Qué la había llevado a abandonarla de forma tan precipitada? ¿Acaso no le había gustado Chicago?

—Chicago estará eternamente en mi corazón —respondió—. Es el París del Medio Oeste. Pero un pequeño y desagradable incidente que tuve con uno de los responsables de la gira hizo que tuviera que marcharme. —Al insistírsele sobre la naturaleza de tal incidente, se mostró evasiva—. Deberían preguntárselo al señor Foster. Él se halla al frente de la compañía con la que estuve cantando. Una gente encantadora. Si tiene ocasión de hablar con alguna de sus damas, ¿sería tan amable de transmitirles mi afecto más sincero? Fueron víctimas de unos momentos muy desafortunados. Pero sí, claro, Chicago, ¡qué ciudad tan maravillosa!

Paul tuvo que resistir la tentación de levantarse y aplaudir. Drucker no tenía por qué tocar una coma. Unas pocas palabras bien escogidas habían bastado para causar el daño que Agnes pretendía hacer. «Damas.» «Desafortunados.» «Víctimas.» «Un pequeño y desagradable incidente.» No desacreditaba a Foster. En lo que había afirmado no había nada susceptible de considerarse injurioso; ni siquiera nada que trasluciera resentimiento. Sonaba como si hubiera intentado no manchar la reputación del empresario. Y era a partir de ese tono como cualquier lector con inteligencia sacaría sus propias conclusiones sobre qué clase de productor teatral había causado semejante infortunio a sus cantantes. Cualquier especulación sobre la naturaleza del problema quedaba por entero en manos de la generosa imaginación del lector.

Tras concluir la entrevista, el señor Drucker ordenó a su secretaria que entregara su transcripción al redactor aquella misma tarde. Toda la redacción pareció guardar silencio mientras Agnes se dirigía a la salida, avanzando entre secretarias y mecanógrafas. Paul la vio flotar entre las mesas.

—Ah, Cravath —le dijo Drucker a Paul—. Ayer llegó algo que creí que podría interesarle. Está en la segunda planta, se lo mostraré. Se trata de un envío de la oficina de Harold Brown.

—Me imagino —repuso Paul— que el *New York Times* no publicará un editorial de Brown. —Nunca había sido precisamente un periódico afín a Westinghouse, pero tampoco tan descaradamente pro Edison como los otros periódicos.

—No es un editorial. Es un anuncio. A página completa.

—¿Un anuncio de qué?

—De una demostración. Y sabe Dios que por lo visto será un buen espectáculo.

37

¿Qué es un científico, a fin de cuentas? Un hombre curioso que mira por el ojo de la cerradura, la cerradura de la naturaleza, intentando averiguar qué está pasando.

JACQUES COUSTEAU

El montón de editoriales incendiarios escritos por Harold Brown en posesión de Paul había aumentado de manera considerable en los últimos meses. La pila se alzaba en precario equilibrio desde el suelo de su despacho. Casi todos los periódicos relevantes de Estados Unidos habían publicado alguna de sus diatribas; en todas ellas se mantenía el tono taxativamente hiperbólico de la primera. La corriente alterna ya estaba aquí, su propósito era matar a tus hijos y la suministraba George Westinghouse.

Paul y Westinghouse habían intentado exponer en público los principios científicos que había en juego para explicar por qué la corriente alterna era en realidad menos peligrosa que la directa. Westinghouse en persona había firmado editoriales defendiendo la seguridad de sus sistemas. Sin embargo, hasta el momento la gente se había mostrado más receptiva a las llamativas patrañas de Brown que al razonamiento científico.

Ahora Brown se disponía a dar un paso más allá con su campaña. Tenía intención de organizar un espectáculo itinerante. Demostraría a la opinión pública cuán mortífera podía ser la corriente de Westinghouse.

El día de Año Nuevo de 1889 Paul se subió a un tren y puso rumbo a West Orange, New Jersey.

Al llegar se encontró con un auditorio abarrotado. Además de él, calculó que habría unas cien personas, entre las que se contaban agentes de seguridad ciudadana, representantes de empresas de iluminación, diversos tipos de ingenieros y un numeroso grupo de reporteros. La gira de Brown se anunciaba a lo largo de toda la Costa Este. Actuaría en Boston, Filadelfia, Baltimore y Washington. «Todo territorio Edison», pensó Paul. Para realizar estos viajes Brown se desplazaría en trenes con frenos diseñados por Westinghouse.

Harold Brown entró en el auditorio. A Paul le sorprendió que pareciera más un actuario que un charlatán. Era bajito, de aspecto tranquilo y con voz suave. Si no hubiese sido el hombre del momento, no habría llamado la atención entre la multitud. Brown empezó su charla señalando que no tenía «ningún interés financiero ni comercial» en el debate nacional sobre la corriente alterna contra la corriente continua. Su participación en aquel pulso científico solo respondía a su compromiso con la verdad. Acto seguido dirigió la atención del público hacia una jaula para animales: era de madera pero sus barras estaban unidas con cables de cobre. Dentro había un labrador negro de gran tamaño. Un ayudante fijó una serie de cables a las patas del animal; uno en la pata delantera derecha, otro en la trasera izquierda. El labrador, ignorante de lo que se avecinaba, no ladró al sentir la presión del cobre sobre la piel. Luego Brown mostró a la concurrencia un generador de corriente directa. Explicó que era «del tipo fabricado por el señor Edison». Al girar un interruptor, descargó trescientos voltios por el cuerpo del perro. El animal soltó un gemido tenue y sacudió un poco el cuerpo como queriendo liberarse. Por descontado, las cadenas no cedieron.

—Como han podido comprobar —dijo Brown—, la corriente directa no causa más daño que un alfilerazo.

A continuación subió el generador a cuatrocientos voltios y envió de nuevo la corriente al infeliz labrador. El volumen de sus ladridos aumentó.

Subió a setecientos voltios. El perro rugió con fuerza y se golpeó la cabeza contra los barrotes de la jaula. La pobre criatura comenzó a sacudirse con violencia hasta conseguir soltar el cable sujeto a su pata delantera, que el asistente de Brown volvió a colocarle al instante.

Entre la audiencia arreciaron las protestas. Algunos hombres gritaron que aquello había llegado demasiado lejos. Paul se llevó las manos a la cabeza. Tuvo un mal presentimiento.

—Incluso a setecientos voltios —explicó Brown haciendo caso omiso de las llamadas de clemencia del público—, la corriente directa no puede causar daños a largo plazo al animal. Pero comparémosla con la alterna.

Su asistente reemplazó el generador de corriente continua por otro más reciente y de mayor tamaño. Brown lo describió como un dispositivo de corriente alterna, idéntico a los fabricados por el señor Westinghouse.

—Bajemos a unos humildes trescientos voltios —dijo girando un interruptor de la nueva máquina y descargando corriente alterna por el cuerpo del perro. Bastaron unos segundos de convulsiones y un gemido desgarrador para que al animal se derrumbara y muriera—. Espantoso —dijo Brown negando con la cabeza, apesadumbrado. Conmocionado, el auditorio permanecía inmóvil—. Lamento haberles mostrado este horror. Pero si el tema les preocupa, les sugiero que se lo hagan saber al señor Westinghouse. Él es la persona que pretende tender este tipo de corriente a lo largo de todas las carreteras del país. Y si esto es lo que puede hacerle a un perro, imagínense lo que podría hacerle a un niño.

Pese a una protesta oficial por parte de la Sociedad Estadounidense para la Prevención del Maltrato Animal, Brown llevó a cabo una demostración casi idéntica al día siguiente. Antes de morir, un terranova fue electrocutado con corriente alterna durante ocho segundos. Un setter irlandés corrió la misma suerte la noche de después.

Semanas después ya había un patrón en el modo como la prensa se hacía eco de tales demostraciones. Resultó casi cómico en su previsibilidad y ridiculez. Paul había dado por sentado que la controversia que rodearía algo tan grotesco jugaría a su favor. ¿Cómo iba nadie a tomarse en serio a un hombre que se dedicaba literalmente a quemar vivos a una serie de animales?

Paul descubrió que estaba equivocado. Cada artículo se desarrollaba de la siguiente manera: primero, a modo de precalentamiento, el consejo editorial del periódico denunciaba la abominación moral que suponía la matanza de animales. Luego, sin embargo, el mismo medio sugería a regañadientes que si bien Brown había ido demasiado lejos a la hora de plantear sus quejas, ese hecho no invalidaba la esencia de su mensaje. Y basándose en los horrores presenciados, su mensaje era juicioso y de una importancia crucial.

«Aunque Brown podría obtener mayor audiencia para su causa si no recurriera a métodos tan poco cristianos —señalaba el *Philadelphia Inquirer*—, no pueden negarse los peligros que con tanto éxito dilucidó friendo a un labrador.» La controversia hizo que se vertieran más ríos de tinta, lo que a su vez centró aún más la atención hacia la causa de Brown. Daba la impresión de que en el circo de la opinión pública ningún acto resultaba demasiado extremo. De manera eficaz, la vileza de Brown se había convertido en la de Westinghouse.

—Señor Paul Cravath —dijo Tesla, dos semanas después, al ver entrar a Paul en su habitación de la planta superior—. Tiene más pinta aún de pálido que yo.

Paul no pudo evitar sonreír. Desde el accidente, solo en contadas ocasiones Tesla lo había saludado por su nombre.

—No estoy durmiendo todo lo que debería.

El inventor no respondió. Se limitó a volverse hacia la ventana y a mirar las formas que adquiría el hielo en el cristal. Dibujos geométricos sobre una escarcha que se desplazaba muy lentamente. Paul intentó en vano durante veinte minutos entablar una conversación con él. Aquel chispazo inicial de lucidez era cuanto obtendría esa noche.

No obstante, era una señal de mejoría. Agnes incluso lo había oído mencionar a Edison el día anterior. Los nombres regresaban a su cabeza, igual que los acontecimientos. Paul albergaba la esperanza de que no tardaría en recordar cómo había sobrevivido al incendio. Y lo que era mucho más importante: que recuperaría el ingenio creativo que le permitiría inventar una bombilla original, que no infringiera ninguna patente. Westinghouse y Fessenden le habían informado de que, mientras que la producción de generadores de corriente alterna avanzaba según lo previsto, el desarrollo de una nueva bombilla eléctrica se hallaba estancado. Fessenden sugirió que sería necesario un genio excepcional para crear un mecanismo de esas características. La recuperación de Tesla llegaba ya con mucho retraso. Paul solo esperaba que con el tiempo acabara produciéndose.

Se unió a Agnes en la degustación tardía de una copita de oporto. Recientemente se había convertido en un ritual de sus visitas a medianoche, ritual que aguardaba con fruición todo el día. Dada su situación, por no mencionar la carga de trabajo que recaía sobre su espalda, Paul contaba con pocos amigos de verdad. Se percató de que solo existía una persona con quien podía ser del todo honesto. Qué afortunado y qué maravilloso que fuera ella.

—¿Alguna novedad respecto a su amigo Harold Brown? —preguntó Agnes dando un sorbo a la copita. Pese a que se habían acomodado en la sala de estar, Agnes no se había quitado los guantes negros de seda.

Paul reparó en que Agnes era una curiosa mezcla de formalidades adoptadas y abandonadas.

Se preguntó cómo sería dejar la copita a un lado y besarla. En cambio, le habló del caso.

—Aún no hemos encontrado nada que lo relacione con Edison. Ni siquiera hemos podido dar con un registro que demuestre que hayan coincidido en el mismo lugar al mismo tiempo. Es como si Edison fuera el doctor Jekyll y Brown, el doctor Hyde.

—No he leído el libro.

—Yo tampoco —admitió Paul—. Mis asociados sí que encontraron algo extraño: solicitudes de patentes a nombre de Brown. Todas rechazadas.

—¿Rechazadas?

—Hará cuatro o cinco años presentó su propio diseño de una bombilla eléctrica. También unos cuantos generadores concebidos por él. Mis chicos desenterraron dos docenas de cosas.

Agnes reflexionó, dando golpecitos a su frágil copita con los dedos enguantados.

—Es un inventor fracasado.

—Eso parece. Pedí a uno de los ingenieros de Westinghouse que echara un vistazo a las solicitudes rechazadas. Me comentó que no valían nada. Imitaciones pésimamente concebidas, muy lejos de ser algo serio. La oficina de patentes es conocida porque suele fallar mucho más a favor de la concesión de las patentes que a su denegación. La lógica que sigue es que a los tribunales les resultará más sencillo invalidarlas a posteriori que validarlas antes de darles luz verde. Pero las ideas de Brown eran demasiado mediocres incluso para sus estándares. Aspiraba a ser Thomas Edison, pero no le alcanzó. De modo que en vez de eso...

—Finge ser Edison ante la prensa. —Agnes parecía pensativa, como si el oporto hubiera recibido permiso para propagarse por su mente—. *The Sun* le publicó un perfil.

—El *Boston Herald* también. Y algún otro.

—Citan su laboratorio en Manhattan.

—En Wall Street, nada menos —dijo Paul—. Todo es una pantomima: los pantalones de trabajo llenos de manchas, las botas gastadas, el laboratorio de Manhattan.

—Pero ¿qué hace un falso inventor en un verdadero laboratorio?

Paul no tenía una respuesta.

38

Picasso tenía un dicho: «Los buenos artistas copian. Los grandes artistas roban». Y nosotros siempre hemos robado grandes ideas de forma desvergonzada.

STEVE JOBS,
atribuyendo erróneamente
una cita a Pablo Picasso

La esquina de Wall Street con William Street estaba tranquila a la una de la madrugada. Cuatro días después de su última conversación con Agnes, Paul permanecía de pie bajo una lámpara de arco voltaico sostenida por un gran pedestal. Era una figura solitaria, recortada por una luz de luna artificial. Las horas que discurrían entre la puesta de sol y el amanecer se vivían de manera diferente con la claridad mecánica. La zona que quedaba bajo la lámpara reunía la paleta de colores del Renacimiento italiano, mientras que la ciudad que se extendía fuera de ella se perdía en un remolino neblinoso propio del impresionismo francés.

Acompañado por la iluminación pública más brillante que el dinero podía comprar, Paul sopesaba el asunto turbio en el que de mala gana se veía inmerso. El laboratorio de Harold Brown se hallaba en la tercera planta del número 45 de Wall Street. El edificio se alzaba delante de Paul, en un extremo del halo luminoso que lo rodeaba.

—¿Eres Cravath? —dijo una voz a sus espaldas.

Al volverse, Paul vio a un hombre delgado y bien afeitado que se le acercaba. Era bajo, vestía ropa de faena y un gorro de lana. Iba con las manos metidas en los bolsillos del abrigo.

—Yo creo saber bien quién es usted.

El tipo se encogió de hombros antes de señalar el número 45 de Wall Street.

—Si su intención es disfrutar de una larga trayectoria en el mundo del robo, le sugiero que empiece por algo más pequeño.

—Le agradezco el consejo —dijo Paul—, pero preferiría que mi trayectoria fuera lo más corta posible.

—Como guste.

El hombre era un ladrón profesional. A Paul le había llevado un tiempo indagar y dar al fin con una taberna que frecuentaran individuos de mala reputación. Tampoco es que hubiera podido preguntar a sus amigos abogados si conocían a algún ladrón disponible.

El asunto había requerido de no pocas negociaciones y de deslizar más de un billete de dos dólares en la palma de algún que otro barman parlanchín. El whisky no era su bebida predilecta, pero había tenido que transigir dada la naturaleza de los locales donde había husmeado.

Aquel hombre, cuyo nombre prefería no saber, le venía muy

recomendado. Esa noche descubriría si estaba a la altura de seme-jante reputación.

El ladrón se sacó del abrigo lo que parecía ser el instrumental propio de los de su profesión. Paul oyó el discreto tintineo de los objetos metálicos contra la cerradura del edificio.

Paul vigilaba la calle. Aunque no había recibido ninguna indicación sobre cómo debía conducirse en todo aquello, mantenerse alerta se le antojó lo más lógico.

Transcurrieron tres interminables minutos hasta que oyó aliviado el chasquido que anunciaba que la puerta estaba abierta. Ambos hombres entraron en un vestíbulo de mármol completamente a oscuras. De las paredes colgaban lámparas eléctricas —Paul podía reconocer sus formas—, pero no se atrevió a encenderlas.

En el bolsillo del abrigo llevaba unas velas. Encendió dos con una cerilla y le pasó una al ladrón. Emitían una luz muy tenue. Apenas veían tres metros por delante.

Paul se abrió camino hasta una escalera. Un mediodía se había dedicado a deambular con aire despreocupado por el lugar. Sabía dónde estaba el despacho de Harold Brown. No tardaron en subir las tres plantas y plantarse frente a la puerta.

Sin mediar palabra, el ladrón entendió que debía pasar a la acción y sacó de nuevo el instrumental para la puerta. Esta vez había dos cerrojos. Su expresión era relajada. Paul concluyó que había hecho aquello muchas veces. Para aquel hombre, era una noche como cualquier otra.

En ocasiones se necesitaba a un criminal para cazar a otro. Y no cabía duda de que Thomas Edison —y también su compatriota Harold Brown— era un criminal.

¿Se había convertido Paul también en uno? Debía admitir que había recorrido un camino muy extraño desde la Facultad de Derecho de la Universidad de Columbia a realizar un allanamiento de morada.

Miró hacia el oscuro pasillo de la tercera planta. Aguzó el oído para captar cualquier sonido proveniente de la escalera. Pero lo único que le llegó fue el leve raspado del ladrón.

El cerrojo inferior saltó enseguida. Exigió menos de un minuto de esfuerzo. La cosa iba bien.

—No lo consigo —susurró de repente el ladrón.

—¿Qué? —dijo Paul.

—El cerrojo de arriba. No puedo abrirlo.

—Apenas lo ha intentado.

—Es el modelo… demasiado duro. No tengo las herramientas.

—Es un profesional.

El ladrón volvió a encogerse de hombros. Defender su profesionalidad parecía traerle sin cuidado.

—¿Qué quiere que haga?

—¿Cómo demonios voy a saberlo? Pero sea lo que sea, hágalo rápido. No tardarán en ver las luces.

No se equivocaba. Las ventanas que daban a Wall Street se alineaban de forma uniforme a lo largo del pasillo. Al acercarse a ellas, Paul había visto las farolas, lo que significaba que, por tenues que fueran las velas, si alguien levantaba la vista los vería.

—¿La puerta es muy resistente? —preguntó Paul—. ¿Podemos tirarla abajo?

El ladrón la miró con atención.

—Probablemente no. Aunque quizá sí. Si da uno o dos golpes fuertes por aquí —dijo el hombre señalando una sección a media altura de la puerta de madera—, tal vez logre que salte un pedazo. Y luego colarse por él. Pero lo dudo. Además haría un ruido tremendo.

—Entonces está diciéndome que es factible.

—Estoy diciéndole que es una estupidez.

Paul se tomó un instante para analizar sus opciones. Un instante fugaz.

—A veces son sinónimos.

Paul retrocedió tres pasos. Señaló con un dedo la parte central de la puerta y miró al ladrón en busca de confirmación. Este asintió. Paul respiró hondo. Una vez intentara echar abajo aquella puerta, no habría marcha atrás. En cualquier caso…, bueno, ya hacía mucho que no había marcha atrás.

Con el pie derecho pateó con todas sus fuerzas la puerta tras la cual se hallaba el despacho de Harold Brown.

39

Si una mesa desordenada es síntoma de una mente desordenada, ¿qué debemos pensar de una mesa vacía?

ALBERT EINSTEIN

La patada abrió un boquete de un metro en la puerta. Su cuerpo retrocedió por el impacto. Un dolor agudo lo atravesó de los pies a la cabeza. No tardó en descubrir que el pie se le había quedado atrapado en la puerta medio rota. El cuerpo le colgaba de manera extraña al otro lado.

Dolorido, retiró el pie del agujero. Se le desgarraron los pantalones en la madera afilada. Sintió las esquirlas clavándosele en la piel. No vio sangre, pero estaba seguro de que había.

—Es fuerte para tratarse de un hombre sofisticado —le dijo el ladrón.

—Mi pie... ¿Puede...?

El ladrón miró el pie castigado de Paul y luego el agujero en la puerta.

—¿Quiere que termine el trabajo?

—Sí.

—Se me ocurre algo mejor.

El ladrón metió la mano por el agujero y tanteó hasta dar con el cerrojo superior. Descorrió el pestillo y abrió la puerta.

—Gracias.

Paul no tenía tiempo que perder. La patada había sonado con gran estruendo. Seguro que alguien lo había oído.

El supuesto laboratorio se parecía más a la oficina de Paul que a la de Westinghouse. En la parte delantera había unos cuantos escritorios para las secretarias. Mesas dedicadas a la correspondencia. En la parte trasera, por lo visto había dos despachos privados. Paul se precipitó hacia ellos. En el lado izquierdo encontró el único espacio que podía destinarse a algún tipo de investigación científica: una habitación pequeña, llena de artilugios y con una mesa de trabajo en el centro. Sin embargo, daba la impresión que los artilugios hubieran sido esparcidos de cualquier manera. Había visitado suficientes laboratorios eléctricos para reconocer diferentes clases de generadores, bombillas y motores rudimentarios. Era una habitación repleta de inventos ya inventados.

No era un espacio pensado para la invención, sino un espacio pensado para la disección. Brown cogía los artilugios ajenos y los manipulaba. No creaba nada.

—¿Qué es esto? —preguntó el ladrón mirando por encima del hombro de Paul.

—No es casi nada —respondió este antes de dirigirse al otro despacho trasero, que prometía más. Había un escritorio sencillo de madera de cerezo, una silla de respaldo alto y dos archivadores. Allí era donde Brown debía dedicarse a su verdadero cometido: manipular a la gente.

Paul colocó la vela sobre el escritorio y se puso a rebuscar entre los papeles de Brown. No le sorprendió que la mayoría fueran cartas. Ojeó los documentos que había encima y en los cajones inferiores. Poco de lo que encontró podía calificarse de científico. No había esquemas, ni diagramas, ni planos. Solo cartas a editores, cartas de respuesta, cartas de inspectores de urbanismo, de ciudadanos preocupados, de periodistas, de alcaldes interesados y de…

Thomas Edison.

Ahí estaba el membrete de Edison. Instintivamente, Paul miró el pie de la misiva: la firma de Edison. En las manos tenía una carta de Edison a Brown. Una prueba de su conspiración.

La euforia que había sentido al descubrir la carta se esfumó en cuanto empezó a leerla.

40

Las expectativas son una especie de verdad de primera clase: si la gente se las cree, se convierten en verdad.

BILL GATES

—Harold Brown ha diseñado algo a lo que llama «silla eléctrica» —dijo Paul.

George Westinghouse frunció el ceño.

—¿Cómo puedes fabricar una silla hecha de corriente eléctrica? Menuda bobada.

—La silla no está hecha de electricidad; transmite la electricidad a quien se sienta en ella.

—Dios santo, ¿y quién se sentaría en ella? Te mataría.

—Eso mismo.

Los dos hombres conversaban a bordo del tren privado de Westinghouse, el *Glen Eyre*. Los yermos acres que conformaban la Pennsylvania rural iban quedando atrás a toda velocidad. Las nevadas recientes habían dejado el paisaje de un blanco mate, una planicie uniforme que se desplegaba hacia el horizonte.

Paul le contó a Westinghouse que lo que había hallado en el despacho de Brown era una serie de cartas que confirmaban la conspiración que Edison y Brown se llevaban entre manos.

Todo apuntaba a que Harold Brown había elevado en secreto una solicitud a la Cámara Legislativa de Nueva York con el objetivo de que valorara la implantación de métodos de ejecución alternativos para aquellos a los que el estado hubiera condenado a muerte. La soga era una tecnología del pasado. Brown sugería que quizá podría recurrirse a un método de ejecución más científico. ¿Y tenía él alguno en mente? Pues sí. Se trataba de esa «silla eléctrica». Un criminal sentenciado a muerte sería atado a una silla de madera y se le colocarían electrodos en la frente y la parte baja de la espalda. Esos electrodos se enchufarían a un generador eléctrico. Al encenderse el generador, el reo moriría al instante. Brown argumentaba que era un método más humano que una soga. Por no hablar de un pelotón de fusilamiento.

Brown incluso se había tomado la molestia de especificar el tipo de generador más indicado para tal mecanismo: funcionaba con corriente alterna. Y su fabricante era la Westinghouse Electric Company.

El señor Westinghouse encajó mal la noticia. Edison y Brown trabajaban para conseguir que la corriente alterna fuera la corriente oficial empleada en las ejecuciones. La corriente mortal promovida por el Estado. Los sistemas de corriente alterna de Westinghouse se vendían a buen ritmo y las primeras instalaciones, realizadas en Great Barrington, Massachusetts, y Oregon City Falls, Oregón, habían ido bien. Pero ¿quién demonios querría instalar en su hogar la misma tecnología que la Cámara Legislativa de Nueva York había escogido para sus prisiones?

—Edison ni siquiera está a favor de la pena capital. Ha hecho campaña en contra. He leído sus sermones en los editoriales de los periódicos.

—Eso era antes de que se diera cuenta de que la pena capital podía servir a sus intereses.

Westinghouse miró por la ventanilla los campos peinados por el viento.

—Casi se tiene que respetar la inventiva.

—Usted lo ha dicho, «casi».

—Y me imagino que a nadie le importa el hecho de que ni siquiera funcionaría. Mi sistema, en el caso de construirse de forma apropiada, no acabaría con nadie.

La expresión de Paul dejó claro que a la gente no le interesaba aplicar la lógica al asunto.

—¿Cómo debemos, pues, reaccionar? —preguntó Westinghouse.

—Ya me he puesto en contacto con Albany. Dentro de dos semanas defenderé frente a la Cámara Legislativa de Nueva York que el recurso a una silla eléctrica en las ejecuciones sería un castigo cruel y aberrante.

—¿No expondrá que la corriente continua debería ser la de la ejecución oficial?

—No quiero pedirles a los legisladores que sean científicos. Quiero pedirles que sean humanitarios.

—¿Qué ocurrirá si pierde? —preguntó Westinghouse—. ¿Si acaban empleando mis equipos para construir la silla eléctrica? ¿Cómo podremos competir en esas circunstancias?

—No podremos.

—Entonces ¿qué hacemos?

Paul miró la extensión blanca y nítida. Una ciudad comenzaba a recortarse en el horizonte.

—Crucemos los dedos para que en los próximos años nadie cometa un asesinato en Nueva York.

—O, al menos, para que no lo pillen —añadió Westinghouse con pesar.

Los viajes de Paul a Pittsburgh solían ser breves. Diez horas de trayecto para acudir a una cita con su cliente y trayecto nocturno de regreso. En esta ocasión, sin embargo, Westinghouse le preguntó si le gustaría quedarse a pasar la noche. Al día siguiente tenían invitados a cenar y Marguerite quería saber por qué Paul no había vuelto más por la mansión. Si estaba disponible, lo invitaba a sumarse. Las casas de invitados ya estaban preparadas.

Esta vez la cena era solo para once. A Paul la vinagreta ya le resultó familiar. Los demás comensales no eran científicos, sino miembros de la clase alta de Pittsburgh. Se encontró sentado junto a una joven que sin duda dominaba a la perfección todas las lecciones aprendidas en las mejores escuelas de élite del oeste de Pennsylvania. Estaba muy versada en la discusión de las razas de perro que más le gustaban, en las obras de caridad y en las modas del momento.

Esta vez a Paul le fue fácil no hacer el ridículo por hablar de un tema poco apropiado. No le costó nada. No surgieron temas inapropiados. Los reunidos estaban muy versados en aquel tipo de veladas.

Paul recordó el fiasco de la cena anterior a la que había asistido en la mansión de los Westinghouse y la marcha abrupta de Tesla antes siquiera de que empezase. Aún no le había contado a

Westinghouse que Tesla estaba vivo. Aquel engaño le dio un regusto amargo a su *galette* de fresa. Agradeció que hubiera un burdeos con que absolver sus bienintencionados pecados.

—Stephanie no ha sido mucho de su agrado —observó Marguerite cuando Paul se unió a ella en la cocina tras la cena, mientras el resto de los invitados se retiraba a la sala de billar.

—¿Perdón?

—Paul, no es usted ningún tonto. Por eso le gusta a George. Y por eso queríamos que conociera a Stephanie.

Paul se sintió tan halagado al oír que era del agrado de Westinghouse, que no cayó enseguida en la cuenta de que Stephanie era el nombre de la mujer educada y rebosante de vitalidad que se había sentado a su lado en la cena, heredera de una fortuna amasada con el acero.

—Ah... —dijo Paul—. No he advertido que...

Marguerite suspiró con desaprobación mientras servía el vino dulce para los invitados.

—Solo digo que es usted un soltero muy cualificado. Ya lo sabe. Y no es tan joven, ¿verdad?

—Tengo veintisiete años.

La sonrisa de Marguerite dejó traslucir que esa edad no lo hacía tan joven como quizá desearía él.

—Y le tengo echado el ojo a alguien —comentó. Era la primera vez que lo verbalizaba. Tras haber lanzado las palabras al vuelo, se avergonzó.

—¡Oh! —exclamó Marguerite—. ¿Cabe la posibilidad de que la conozca?

—No lo creo. —Paul no tenía ninguna intención de darle su nombre y ella era demasiado lista para preguntar.

Marguerite alzó una bandeja sobre la que se mantenían en equilibrio once copitas de vouvray.

—Bien —dijo mientras guiaba a Paul fuera de la cocina—. Si no quiere decirme de quién se trata, al menos espero que con la dama en cuestión no se muestre tan reservado.

41

Si te fijas bien, descubres que los éxitos de la
noche a la mañana en realidad han llevado su
tiempo.

STEVE JOBS

La «guerra de las corrientes», como la prensa empezaba a llamarla,
tenía abiertos tantos frentes simultáneos que a Paul le costaba estar al día. Incluso le resultaba difícil discernir qué batallas podrían
ganarse y cuáles estaban camino de perderse lo más lentamente
posible.

En primer lugar estaba Edison contra Westinghouse —el plato fuerte— y las trescientas doce demandas de todo tipo que
acompañaban al caso. Si los abogados asociados de Paul tenían
éxito a la hora de demostrar que Edison había mentido al pedir su
solicitud, cada una de esas demandas quedaría invalidada. Hasta
entonces, sin embargo, eran una cruz. El plan de Edison de sepul-
tar a Paul bajo montañas de papeleo se había revelado de lo más
perspicaz. Aunque la adopción de la corriente alterna por parte de
Westinghouse le concedía una clara ventaja en la mayoría de las

demandas, el bufete de Carter, Hughes & Cravath se veía en la obligación de redactar trescientos doce informes, asistir a trescientas doce audiencias en los juzgados y preparar trescientas doce «mociones para continuar», esto es, peticiones para retrasar el juicio. Por suerte, Carter y Hughes se habían puesto a la labor durante la hospitalización de Paul. En su momento aquello lo había irritado, pero ahora le permitía centrarse en otros frentes.

El segundo frente consistía en defender, ante la Cámara Legislativa de Nueva York, que no debía emplearse electricidad en las ejecuciones. Los argumentos en contra debían exponerse en persona ante los miembros de la Cámara legislativa en Albany. Paul acudió a la ciudad y cenó con varios legisladores. Todos agradecieron los filetes que les hizo servir, los puros que compartió y su oferta de repetir tales muestras de hospitalidad cuando estos visitaran Manhattan. Que Paul se hubiera asegurado su voto era otra cuestión. La billetera de Edison había hecho más por garantizar a este un ambiente gubernamental afín que cuanto pudiera obtener Paul con un centenar de *filets mignons*.

Mientras ambos bandos proseguían con su pulso, tanto en los tribunales como en el sentir de la opinión pública, la electrificación de Estados Unidos continuaba su curso. Edison vendía unidades de corriente continua a mansiones de Boston, Chicago y Detroit, al tiempo que Westinghouse vendía sistemas de corriente alterna a Telluride, Colorado, y Redlands, California.

En Nueva York Tesla recordaba cada vez más cosas. Paul se quedaba hasta tarde junto a la cabecera de su cama viéndolo garabatear en un bloc una nota tras otra. Parecía que los pormenores de lo que había diseñado para Westinghouse, Edison y para sí mismo volvían a su memoria. Paul se animó al oírlo maldecir a

Westinghouse y Edison después de que sus nombres salieran a colación. No tenía la menor idea de si aquellos garabatos acabarían fructificando en una bombilla eléctrica que no infringiera ninguna patente. De ser así, sería con mucho el mejor camino hacia la victoria.

Fue en el transcurso de una de esas visitas cuando Paul tuvo ocasión de hablar con Fannie. Desde su conversación con Marguerite Westinghouse, llevaba madurando una propuesta y esperaba el instante de reunir el coraje y hacérsela. La oportunidad se le presentó un sábado por la noche a principios de febrero. Agnes había salido con sus compañeros de reparto después de una función, por lo que Paul pudo abordarla a solas.

Pese a lo avanzado de la hora, Fannie preparó té. Paul lo interpretó como una propuesta de paz. La jugada que habían maquinado contra W. H. Foster a través de la prensa había funcionado. Madre e hija no habían vuelto a tener noticias de él desde que el *New York Times* publicara la entrevista con Agnes. Paul se había congraciado con Fannie, al menos de momento.

—Debo darle las gracias, señora Huntington —dijo Paul—. Soy muy consciente de lo que ha hecho por mí, y por el señor Tesla, en estos últimos meses.

Fannie revisó unas flores mustias que había sobre la mesa que los separaba.

—Su ayuda con el problema de mi hija ha sido apreciada.

—Hemos disfrutado de una alianza mutuamente beneficiosa.

Fannie recolocó las flores bajo la tenue luz de las velas.

Paul esperó incómodo unos segundos.

—Señora Huntington. Me gustaría hacerle otra humilde petición.

—Eso parece —repuso ella.

Una vez más, demostraba no tener un pelo de tonta.

—Me gustaría mucho llevar a Agnes a pasear. Quizá este domingo. Por el parque, había pensado. Prospect Park, en Brooklyn. De hecho, tiene unas orquídeas invernales que siguen en flor. Preciosas. Muy bonitas. Antes de consultárselo a ella, querría contar con su beneplácito.

Aunque las maneras de Agnes eran más modernas, Paul había decidido que en a la hora de cortejarla debía proceder por un cauce inequívocamente anticuado. Agnes daba amplias muestras de ser una nueva mujer, como se calificada a las de su perfil en los periódicos. Tras conocer los ambientes sociales regados con champán por los que ella se movía en secreto, Paul había optado por desmarcarse apostando por un cortejo formal. Un paseo por el parque había sido la opción escogida pensando en que tal vez agradaría a ambas damas.

Fannie Huntington lo miró como si ante sus ojos se presentaran por primera vez ejemplares de vida submarina de un planeta remoto.

—Señor Cravath —dijo lentamente—, creo que Agnes ya tiene planes para el domingo por la tarde.

Paul no lo captó a la primera.

—Bueno, en ese caso quizá la próxima semana.

—Con Henry La Barre Jayne.

—Ah.

—De los Jayne de Filadelfia —añadió Fannie innecesariamente.

—Sí.

—No es la primera tarde que salen juntos.

—No, no, claro que no.

Paul deseó salir corriendo. Pues claro que a Agnes la cortejaría la aristocracia estadounidense. ¿Cómo había cometido la tontería de pensar que, de todas las ofertas que debía de recibir, accedería a la suya? Que Agnes no le hubiera mencionado a ningún pretendiente solo acentuaba la estupidez de Paul. Ella frecuentaba unos ambientes sociales tan ajenos a los de él que aquella posibilidad ni siquiera se le había pasado por la cabeza. Agnes no consideraba a Paul indigno; simplemente era demasiado insignificante para que lo tuviera en cuenta.

Henry Jayne era el último vástago de un largo linaje de herederos de un emporio dedicado al transporte de mercancías que recientemente se había ampliado con el negocio inmobiliario. Los Jayne poseían la mitad de Filadelfia y hacía poco que habían empezado a apoderarse de grandes porciones de Manhattan. Henry Jayne, solo unos años mayor que Paul, dirigía los negocios familiares en Nueva York. La prensa coincidía en que era el más filantrópico de todos los hermanos además del artífice de que el valor de la colección artística de la familia se hubiera disparado.

—¿Van a casarse? —preguntó Paul, que no advirtió cuán inapropiadas eran sus palabras hasta que las pronunció. Cabía achacarlo al bochorno. Ojalá hubiera mantenido la boca cerrada.

—Bueno, es imposible decirlo —respondió Fannie con tono seco—. Lo que sí puedo afirmar es que el señor Jayne es un joven muy interesante. Acabó sus estudios en Leipzig. Habla cinco idiomas.

—Fascinante.

—Son muchos los que buscan la compañía de mi hija, señor Cravath. ¿Que si contraerá matrimonio con el señor Jayne? No estoy segura. Sus dones, por no mencionar su gracia, han concedido a mi hija una oportunidad muy infrecuente. No tiene intención de desperdiciarla. Y mi razonable deber consiste en asegurarme de que así sea.

Fannie cruzó los brazos ante su pequeño talle.

—Señora Huntington —dijo Paul—, les deseo a ambas la mejor de las suertes. Me siento orgulloso de ser su abogado y el de su hija. Es una situación que valoro ampliamente y que tengo la intención de conservar mucho tiempo.

El hincapié que puso Paul en su situación dio muestras de complacer a Fannie, quien se despidió en términos cordiales.

Paul se dirigió a la salida lo más rápido que pudo. Había hecho el ridículo.

Pero al abrir la puerta, se sobresaltó. Agnes estaba de pie en la escalera de la entrada, buscando las llaves en su bolso.

—¡Cravath! —exclamó sonriendo, agradecida de que la puerta se hubiera abierto como por arte de magia—. Como siempre, aparece en el momento más oportuno.

Parecía un tanto achispada. Irradiaba buen humor, estaba sin duda contenta de su salida nocturna. ¿Había ido con sus compañeros de reparto? ¿O con el señor Jayne? Paul se percató de lo poco que sabía acerca de lo que hacía cuando no estaban juntos. La posibilidad de volver a coincidir en la habitación de Tesla se le antojó inconcebible.

Se hizo a un lado para que pudiera entrar y dejar el frío atrás.

—¿Se tomaría una copita conmigo? —le preguntó ella—. No puede imaginar la noche que he pasado. ¿Sabía que los cisnes muerden? Y con saña. Es horrible. La historia que voy a contarle le encantará.

Paul no soltó la mano del pomo de la puerta.

—Lo lamento, señorita Huntington. Debo irme. Buenas noches.

Antes de que Agnes tuviera tiempo de quitarse el abrigo y ponerlo en el colgador de latón, Paul ya había salido y cerrado la puerta tras él.

Bajó los escalones con celeridad y se adentró en la noche con determinación.

No se volvió para comprobar si el rostro de Agnes se asomaba por la ventana. Mantuvo los ojos clavados en el cuero negro de sus zapatos. Deseó que el sueño no tardara en vencerlo, que no recordara lo soñado y que el amanecer llegara pronto.

Necesitaba volver a concentrarse en el trabajo.

A la mañana siguiente, los cuatro abogados que se habían asociado con Paul lo esperaban en la destartalada oficina de Greenwich Street. Iba a tener lugar su reunión semanal. Parecía que hubieran pasado la noche allí. Tenían los cuellos de las camisas flojos y los nudos de las corbatas deshechos. La única habitación de la oficina olía a sudor y a café molido. Por una vez, Paul sintió envidia.

Con gesto teatral, uno de ellos le tendió una carpeta llena de papeles.

—¿Por qué no me hace un resumen, señor Beyer? —preguntó Paul abriendo la carpeta.

El asociado intercambió una mirada con sus compañeros.

—¿Qué? —preguntó Paul.

—Es solo que…, bueno…, yo soy Bynes.

Paul alzó la vista. Habría jurado que Beyer era el del bigote.

—Mis disculpas. ¿Qué desea mostrarme?

—Bien, señor —dijo quienquiera que fuera de ellos—. Creo

que lo tenemos. —Con un gesto, indicó el primer documento de la carpeta—. Esta es una entrevista con Thomas Edison del *New York Sun,* fechada el 20 de octubre de 1878, en la que afirma, sin ninguna duda, que su nueva bombilla eléctrica consiste en una cabeza de cristal herméticamente cerrada y un filamento de platino dentro. El filamento es la parte que brilla.

—Sé qué es un filamento —repuso Paul.

—Bien, la patente de Edison, que le fue concedida el 27 de enero de 1880, hace referencia a una cabeza de cristal herméticamente cerrada con un filamento «de algodón» dentro. Cambió de filamento.

Paul supo lo que eso significaba.

—Le contó a la prensa que estaba empleando un tipo de filamento. Pero en el momento en que solicitó la patente, ya usaba otro. No había conseguido que la bombilla funcionara tan pronto como había asegurado.

—Sí —convino el chico.

—Pero —añadió uno de los asociados, del que Paul tenía la certeza de que no era ni Beyer ni Bynes— eso no es lo mejor. Únicamente demuestra que Edison mintió a la prensa.

—Lo que no es un crimen —dijo el que lucía bigote.

—Exacto —terció el cuarto de ellos—. ¿Qué pasaría, en cambio, si podemos demostrar que Edison mintió en la patente misma?

—Eso sería un gran logro, ¿señor…?

—Soy Beyer —respondió el chico.

A Paul le costó creerlo, pero en aquel momento nada le importaba menos.

—Las bombillas que han ido saliendo de las fábricas de la Edison General Electric llevan filamentos de bambú —prosiguió Beyer, y le mostró a Paul un esquema del mecanismo en cuestión. Incluso a ojos del profano resultaba imposible equivocarse sobre el material del filamento.

—Primero le contó a la prensa que se trataba de platino —dijo Paul—. Luego le contó a la oficina de patentes que era algodón. Cuando la realidad es que se trata de bambú.

—Sí.

—Iba inventándoselo sobre la marcha. De hecho, no consiguió que la bombilla funcionara con bambú hasta después de que se le concediera la patente.

Aquel era el momento que Paul había esperado. Los cuatro abogados asociados intentaron disimular sus sonrisas de satisfacción tras una fachada de profesionalidad imperturbable. Habían hecho un gran trabajo y lo sabían. Sin embargo, parecían pensar que convencer a Paul de su competencia exigía enmascarar la euforia propia de la juventud. Observar a aquellos chicos fingir que eran mayores de lo que en realidad eran hizo que Paul se sintiera todavía más viejo.

—¿Qué piensa hacer ahora? —le preguntó el asociado con bigote, quien probablemente se tratara de Bynes.

Paul no intentó disimular su sonrisa.

—Creo que ha llegado la hora de que solicitemos la declaración de Thomas Edison.

42

En la ciencia y en la industria todo el mundo roba. Yo mismo he robado mucho. Pero es que yo sé cómo robar. Los otros no saben cómo hacerlo.

THOMAS EDISON

Durante más de un año, el nombre de Edison había acosado sin descanso a Paul. Solo lo había visto en una ocasión, pero el inventor siempre estaba en sus pensamientos. Su día a día era un constante e invisible orbitar alrededor de la masa solar de Edison. Casi todos los papeles que acababan encima de su escritorio llevaban el nombre de Edison. La presencia del inventor marcaba sus horas diurnas de trabajo y con frecuencia sus horas nocturnas de sueño. Había dedicado muchas más horas a soñar con Edison que a hablar con él.

Paul llegó temprano a solicitar la declaración. Eran apenas las siete de la mañana cuando entró en el bufete de Grosvenor Lowrey, situado en Broad Street. Los despachos, decorados con papel pintado, hervían de actividad. Ayudantes, becarios, secretarias y chicos de los recados iban de un lado para otro, pletóricos de energía. Mientras Paul aguardaba, el bufete entero se acicalaba para recibir al gran hombre. El latón se pulía con vinagre, la madera se frotaba con alcohol y cada papel suelto se guardaba en algún cajón o archivador.

Cuando finalmente apareció Edison, ya tarde, a Paul le sorprendió de inmediato su aspecto. Había envejecido en el último año. El pelo se le había encanecido casi por completo. Había engordado. Vestía con desaliño.

En definitiva, ahora parecía un ser humano. Y eso era lo más extraño de todo. El diablo personificado era incapaz de ajustarse bien la pajarita.

Edison se sentó a la larga mesa como si la declaración fuera una tarea más entre las muchas que se veía obligado a atender aquella mañana. No cabía duda de que así era. Susurró algo al oído de Lowrey, su abogado, quien tomó asiento a su izquierda. A su derecha se sentó la secretaria judicial, dispuesta a transcribir todas y cada una de sus palabras.

—De acuerdo —dijo Edison—. Acabemos con esto.

—Buenos días —dijo Paul, desplegando con meticulosidad sus documentos sobre la mesa.

—¿Y usted es?

Paul se detuvo. Edison sonrió. El inventor estaba provocándolo. Intentaba ponerlo nervioso antes de empezar siquiera con las preguntas. El teatro que le echaba al asunto era de primera calidad. Fingía una indiferencia desconcertante hacia los asuntos mundanos, para lanzarse a la yugular en el momento preciso.

—Soy Paul Cravath, el abogado del señor George Westinghouse.

La secretaria judicial se afanaba en transcribir lo que decían ambos hombres.

—Grosvenor Lowrey, abogado del señor Thomas Edison.

—Y yo soy Thomas Alva Edison.

—Por favor, indiquen su lugar de nacimiento, para que conste en acta —les pidió la secretaria.

—Ohio. Pero crecí en Port Huron, Michigan.

—¿Y su lugar de residencia actual?

—Poseo una hacienda en West Orange, New Jersey. Y mis oficinas se ubican en el número sesenta y cinco de la Quinta Avenida, Nueva York.

La secretaria asintió.

—Hoy estamos a 11 de marzo de 1889 —comunicó a los presentes—. Señor Cravath, puede comenzar.

Paul llevaba días ensayando las preguntas.

—¿Cuál fue su primer invento, señor Edison?

Este se echó a reír.

—Fue un…, bueno, se lo llama repetidor automático.

—¿Y cuándo lo inventó?

—¿Acaso el señor Westinghouse tiene intención de reclamar también ese invento?

—¿En qué año?

—En 1865. Antes fui aprendiz de carnicero y me dediqué a vender dulces en los trenes. Cuando me fui de mi casa solo llevaba un petate. Me pasé años cubriendo las rutas férreas. Acabé familiarizándome con los trenes. Aquí y allá me salían trabajillos peculiares. Cosas que necesitaban arreglarse, reparaciones. Siempre se me han dado bien las máquinas.

—Eso parece.

—Trabé amistad con los hombres de la Western Union que trabajaban en las estaciones. Ellos sí que tenían artilugios de lo más divertidos, ¿no cree? Me puse a hacer lo que siempre había hecho: estudiarlos y arreglarlos. Les hacía muchas preguntas. Algunas sabían respondérmelas, otras no. Si no podían, debía apañármelas para dar por mí mismo con la solución. A veces se ponían a discutir algunas cosas y escuchaba. «Ojalá pudiéramos lanzar mensajes de ida y vuelta de forma automática.» «Ojalá dispusiéramos de un mecanismo para transmitir las señales.» Pero luego se quedaban de brazos cruzados. Dejaban las cosas como estaban y ahogaban sus quejas con cerveza. De modo que me puse a hacer lo que he seguido haciendo desde entonces: detectar un problema y buscar una solución. ¿Resultaría de utilidad una máquina pequeña capaz de transmitir automáticamente mensajes telegráficos? Estupendo. Me pasaba unos cuantos meses haciendo de manitas hasta que conseguía construir una que funcionara.

—Y después —dijo Paul— le vendió el diseño a Golden y Stock. Por doscientos dólares.

—¿Conoce la historia?

—La ha contado muchas veces en los periódicos.

—Es una buena historia.

—Es una historia muy sencilla —dijo Paul—. Pero los relatos de sus inventos siempre lo son, ¿verdad?

—Eso es lo que los de su calaña (y que conste en acta que con «su» me refiero a al señor Cravath y con «calaña», a los imbéciles) jamás llegarán a entender. Es sencillo de una manera genuina. Detecto un agujero en la tecnología y procedo a rellenarlo. Con estas manos que ve aquí. Ay. Acabo de caer en la cuenta. Intentaba provocarme, ¿no?

—Si el señor Cravath está siendo beligerante —intercedió Lowrey—, puedo notificar al tribunal que...

—No, no, Grosvenor —repuso Edison—. El señor Cravath y yo solo estamos divirtiéndonos un poco cada uno a costa del otro, ¿verdad?

Paul asintió en silencio. Ya había previsto algo de forcejeo. Se habría sentido decepcionado de no producirse.

—Este método que ha descrito..., —dijo Paul— lo de rellenar vacíos, ¿ha seguido aplicándolo desde entonces?

—Tras el repetidor, la Western Union me ofreció un trato. Inventé muchas cosas para ellos. Luego me trasladé a Nueva York, donde abrí mi propio taller. Un lugar en el que trastear.

—De adolescente era un vagabundo, siempre subido a un tren. Y a los veintidós ya había conseguido establecerse en Nueva York.

—Y a los treinta ya era millonario. Parece ser que la gente da cierto valor a las cosas que perfecciono. Del telégrafo al teléfono, del fonógrafo a la bombilla eléctrica. Eran problemas que esperaban solución. Yo las encontré y he sido generosamente recompensado por ello, aunque no gracias a sus esfuerzos.

—¿Usted inventó el teléfono? —preguntó Paul.

—Sí.

—Qué extraño. Creía que lo había hecho Alexander Graham Bell.

—Eso es mentira —dijo Edison—, pero aún hoy los tribunales no han reconocido la verdad de los hechos. Yo inventé el teléfono, no él. Yo tuve la idea y construí el artilugio. Lo único que hizo él fue adelantárseme a la hora de presentar la solicitud en la oficina de patentes.

—El primero que solicita una patente la obtiene.

—Dijo el abogado. A lo que el inventor sentado a esta mesa replica: «¿Por qué?». «¿Por qué debería ser así?» «No siempre fue así.»

—Lleva razón. Los tribunales no siempre respaldaron que el primero en presentar la solicitud obtuviera la patente. Pero ahora sí lo hacen.

—Los hombres como usted han reducido mi profesión a una cuestión de papeleo. Es tedioso y absurdo.

—Usted no fue el primero en concebir el teléfono —dijo Paul—, pero eso no le impide estar aquí reclamando haberlo inventado. ¿Qué me dice de la bombilla eléctrica?

—Muy a su pesar, los tribunales han respaldado categóricamente mi reclamación a este respecto.

—Estamos trabajando en ello.

—Fui el primero en concebir la bombilla eléctrica.

—¿Es eso verdad? No cabe duda que el «problema», como usted lo ha denominado, llevaba décadas encima de la mesa. Un millar de ingenieros habían intentado crear bombillas eléctricas para interiores.

—Pero solo yo tuve éxito.

—¿Qué me dice de Sawyer y Man?

—¿A qué se refiere?

—Su patente de la luz incandescente, cuya licencia adquirió mi cliente, antecede a la suya en varios años.

—Me imagino que es así —repuso Edison con indiferencia—. Pero su artilugio no estaba competo. No funcionaba. La patente era muy vaga. Solo sugería la cosa, no era la cosa en sí.

—¿Quiere decir, por ejemplo, que la patente de Sawyer y Man no especificaba el tipo de filamento?

A Edison se le iluminó el rostro.

—¡Madre mía! Eso es muy técnico para venir de alguien como usted. Sí. Entre sus múltiples vaguedades, la patente de Sawyer y Man sugiere que debería existir alguna suerte de filamento de carbono. Un hilo delgado en el centro que emita luz al calentarse. Pero no se extiende más al respecto. Lo mismo ocurre con muchos otros apartados.

—Y en la solicitud de patente que usted presentó sí que especificaba el filamento, ¿no?

—Sin ninguna duda.

—¿Y de qué filamento se trataba?

Edison señaló los documentos sobre la mesa.

—La solicitud estará entre la montaña de documentos que tiene delante.

—Quiero que sea usted quien me lo diga. Para que conste en acta. —Paul asintió en dirección a la mecanógrafa.

—En ese caso, voy a decepcionarlo —replicó Edison—. No estoy seguro de recordarlo.

—Entonces voy a ayudarle. Su solicitud indica que se trataba de un filamento de algodón.

—Muy bien.

—¿Lo fue? —dijo Paul, sacando un papel de entre sus ordenadas pilas.

—¿Si fue qué?

—¿Si fue un filamento de algodón el que, tras décadas de intentos, al final consiguió que la bombilla funcionara?

—Sí.

—¿Está seguro? Lo digo porque usted declaró al *New York Herald* que estaba hecho de platino.

—Como usted ya ha señalado con anterioridad, concedo muchas entrevistas.

—¿Las bombillas que en la actualidad envía a sus clientes contienen algodón?

—¿Adónde quiere llegar?

—¿No contienen acaso bambú?

—No responda a eso —terció Lowrey con prontitud.

—Estaré encantado de hacerlo.

—No lo haga —insistió Lowrey.

La ira de Edison pasó de Paul a su abogado.

—He dicho que voy a responder, Grosvenor. No me ponga esa maldita cara. —A continuación se dirigió a Paul—: Contienen las tres cosas.

—¿Las tres?

Edison negó con la cabeza.

—Usted jamás ha entendido a lo que me dedico.

—Entonces explíquemelo.

Edison se inclinó hacia delante y apoyó los codos en la mesa.

—Yo creo cosas, señor Cravath. Cosas que antes no existían. Alguien como usted nunca comprenderá lo que es traer algo nuevo a este mundo tan gris.

—¿No son sus empleados los que se encargan de ello? Todos los ingenieros de su laboratorio. ¿El ejército de técnicos que es el que de verdad lleva a cabo el trabajo de experimentación en la Edison General Electric?

—Sí —respondió Edison—. Justo a eso me refiero. Yo contraté a esos ingenieros. Yo los puse a trabajar. Yo definí el marco de su investigación y luego establecí el método para ejecutar dicha investigación. Los científicos llevaban un siglo fracasando a la hora de dar con una bombilla eléctrica para interiores. Hasta que llegué yo. ¿Cómo lo conseguí? ¿Es eso lo que desea oír? Ocurrió de la siguiente manera. Estudié todos los diseños que se habían probado con anterioridad. Vi los que se habían acercado más. Vi los que no habían alcanzado el objetivo. Encontré las grietas y puse a mis hombres a pavimentarlas. La ciencia es eso, señor Cravath. Descubrir es eso. No es un estallido de color. No es un arrebato de inspiración divina. No es Dios que alarga su dedo para tocar el nuestro. Es trabajo. Es pesadez. Es probar diez mil formas de bombilla diferentes. Y luego probar diez mil sellados al vacío diferentes. Y luego, en efecto, diez mil filamentos diferentes. Es descubrir que estos son los tres elementos clave e intentar diez mil veces diez mil veces diez mil combinaciones hasta dar con una que funcione. Y luego vendérselo a un público que nunca pensó que algo así sería posible. Es de esto último de lo que usted me acusa realmente. Y pienso confesar. Soy un gran pecador. Sí, señor Cravath, yo vendí la bombilla eléctrica. Los estadounidenses carecían de ella. Y luego la tuvieron. Y las compraron a toneladas. ¿Y alguna parte de usted duda de que todo eso me lo deben a mí? ¿Hay alguna parte de usted que crea que sin mí los estadounidenses disfrutarían de luz eléctrica en sus hogares? Claro que no. Usted desea la luz, pero no quiere saber cómo la hice. Se beneficia del resultado, aunque le horroriza que alguien tuviera que provocarlo. Yo inventé la dichosa bombilla eléctrica. La introduje en la cabeza de la gente. Y usted viene a lloriquearme por unos filamentos. ¿Platino, cobre, bambú? Hubo diez mil más. Mis patentes los cubren todos. George Westinghouse puede entretenerse con sus ridículos detalles. Le encantan los detalles, ¿no? La forma precisa de esa bombilla, el ángulo preciso de un cableado. Todo eso está muy bien. Pero saber los pasos de baile te sirve de poco si nunca llegas a la pista. Yo contraté a la orquesta. Reservé la sala. Promocioné el espectáculo. Y ustedes me odian porque es mi nombre el que aparece en los carteles. Bueno, pues diré una cosa: la bombilla eléctrica es mía. Si la palabra «invento» debe conservar un mínimo de sentido, entonces hay que afirmar que la bombilla eléctrica fue idea mía. Fue de mi invención. Y es mi patente. Cada bombilla. Cada sellado al vacío. Cada uno de sus miserables filamentos. Y respecto al silencio ingrato con el que me han pagado, solo añadiré una cosa. —Edison se reclinó en la silla antes de pronunciar sus últimas palabras—: De nada.

43

En ocasiones nos quedamos tanto rato mirando fijamente la puerta que se cierra, que solo
vemos demasiado tarde la que se abre.

ALEXANDER GRAHAM BELL

Cuando dos meses después un tribunal federal de Nueva York fa-
lló contra la Westinghouse Electric en la demanda principal sobre
la bombilla eléctrica nadie se sorprendió. Paul esperaba esa derrota desde la declaración de Edison. El razonamiento que el inventor le había hecho lo repitió Lowrey frente al tribunal. Fue de una
eficacia innegable.

El juez se mostró de acuerdo en que Edison no había patentado la bombilla eléctrica perfecta, sino el campo de las bombillas eléctricas. Que más adelante se hubiera mejorado su diseño,
y que potencialmente Westinghouse lo hubiese mejorado todavía más, no era relevante. Las bombillas de Westinghouse infringían la patente de Edison, aunque esta en concreto cubriera

un artilugio que no funcionaba como se esperaba. La estrategia de Paul consistió en constreñir el alcance de la patente de Edison a un artilugio que ni existía ni funcionaba. En respuesta, Edison salió airoso ampliando el alcance de la patente hasta incluir casi cualquier cosa que se encendiera.

Hughes llevó casi todo el peso de la defensa de Westinghouse frente al tribunal. Carter rellenó los huecos. Paul apenas abrió la boca. Quería atribuir la derrota a las soporíferas técnicas de sus socios, pero en el fondo sabía que no tenían la culpa. El genio de Edison no parecía acotarse a la ciencia, sino que se extendía a las demandas judiciales.

Cuando Paul y sus socios bajaron cariacontecidos los escalones del tribunal del Lower Manhattan, la primavera había espolvoreado la ciudad con *Cornus canadensis*, violetas e hibiscos. Apelarían. Paul ya había empezado con el papeleo. El tribunal de Nueva York no sería el fin del caso Edison contra Westinghouse. El siguiente paso sería el Tribunal Federal de Apelaciones. Y si también les fallaba…, todavía les quedaban instancias superiores a las que acudir. Paul solo esperaba que, al menos, la caída se produjera desde alturas aún mayores.

Para ensombrecer aún más su ánimo, la demanda de la bombilla eléctrica no era la única batalla perdida aquel mes. Paul tampoco había obtenido el respaldo de la Cámara Legislativa de Nueva York en Albany. El uso de la silla eléctrica fue aprobado por los representantes del pueblo. Ahora se veía en la obligación de llevar también esa batalla a los tribunales con el argumento de que esa ley estatal era inválida desde un punto de vista constitucional. Electrocutar, sostendría Paul, equivalía a un «castigo cruel e inusual», algo que prohibía la Constitución.

Debería apresurarse si no quería que algún neoyorquino terminara muriendo a causa de la corriente alterna de Westinghouse.

Los reveses de Paul no acababan ahí. No tardó en ser citado en la sala de estar de las Huntington.

Paul oía a Tesla caminar de un lado a otro en el piso de arriba. El joven apenas había puesto un pie en la casa desde su mortificante conversación con Fannie. El trabajo le había servido de excusa en múltiples ocasiones, de modo que sus visitas nocturnas pasaron a ser esporádicas y breves. Estaba seguro de que Fannie había puesto a su hija al tanto de su desafortunada petición. El temor a que Agnes sacara el tema volvía insoportable la idea de quedarse a solas con ella. Solo cabía desear que aquel encaprichamiento lo olvidaran todos los implicados. Era obvio que las citas con el señor Henry Jayne bastarían para acaparar toda la atención de Agnes.

Sentada frente a Paul y vistiendo con la elegancia que la caracterizaba, Agnes mostraba la expresión imperturbable, a lo Mona Lisa, que tenía siempre que su madre se hallaba presente. Hubo un momento en que Paul había creído entender parte de lo que ocultaba aquella sonrisa. Ahora estaba convencido de que no era así en absoluto.

—Desde la entrevista que concedió mi hija —dijo Fannie—, y que usted tan amablemente orquestó, no hemos vuelto a saber nada del vil señor Foster. Creemos que su maniobra ha tenido éxito. Le estamos muy agradecidas.

Paul se volvió para observar la reacción de Agnes. No hubo ninguna.

—Gracias —repuso él—. Les aseguro que el placer ha sido mío.

—En ese caso estoy convencida de que entenderá que le sugiera que su amigo del piso superior debería abandonar esta casa.

Paul sabía que Fannie acabaría por pedírselo. Pero ¿justo ahora?

—El señor Tesla no tiene adónde ir. Si pudiera abusar de su hospitalidad un poco más…

—No podemos tenerlo más tiempo aquí. Espero que lo comprenda.

Agnes apartó la mirada. Paul se dio cuenta de que ella no pensaba lo mismo; ni lo deseaba. Sin embargo, no estaba preparada para contradecir a su madre.

—La cuestión —prosiguió Fannie— es que dentro de cuatro días tendremos invitados a cenar. El jueves por la noche. A la familia Jayne. —Paul creyó vislumbrar una media sonrisa—. Desde que el señor Tesla se instaló no hemos tenido oportunidad de recibir a nadie. Quiero pedirle que se asegure de que, llegado ese día, se habrá marchado. Ojalá se pudiera evitar.

Si los padres de Henry La Barre Jayne accedían a visitar el hogar de las Huntington, considerablemente más humilde que el de ellos, significaba que estaban poniendo a prueba a Agnes. Hasta ahora, debía haberla superado muy bien durante el cortejo. Lo que hacía que fuera Fannie el motivo de su visita: ella sería el verdadero objeto de escrutinio. No podían arriesgarse a perder la posibilidad de formar parte de una familia de fortuna e importante por vía matrimonial debido a la presencia de Nikola Tesla.

—Lo entiendo —acertó a decir Paul.

—Lo lamentamos mucho —dijo Agnes. Era la primera vez que intervenía—. Lo siento de veras.

—Me encargaré de que el jueves mi amigo ya no viva bajo su techo —dijo Paul. Se levantó y se abotonó la americana negra en un gesto que esperaba que transmitiera profesionalidad—. Les agradezco su paciencia. Y espero poder seguir representándolas.

Ya se encaminaba hacia la puerta cuando Agnes tomó de nuevo la palabra:

—¿Adónde piensa llevarlo?

Paul no tenía pensada una respuesta. ¿Existía otro rincón en Nueva York donde Tesla quedara lejos del alcance de Edison? Siempre podía ingresarlo en algún sanatorio en la montaña…, si bien en los sanatorios había enfermeras, supervisores y limpiacristales.

Necesitaba llevar a Tesla a un lugar vetado al dinero. Un lugar donde las conexiones de Edison no sirvieran de nada. Un lugar en que la luz aún brotara de parpadeantes velas que iban derritiéndose.

—Señorita Huntington —dijo Paul, tras concebir una solución ingrata—, no tema. El señor Tesla estará completamente a salvo. Dispongo de otro lugar en el que ocultarlo.

44

Creo que vale la pena descubrir más cosas acerca del mundo, aunque ello solo nos enseñe lo poco que sabemos. De vez en cuando puede resultarnos provechoso recordar que, si bien diferimos mucho en cuanto a nuestras pequeñas parcelas de conocimiento, todos somos iguales en nuestra infinita ignorancia.

KARL POPPER

Agnes insistió en acompañar a Paul y Tesla a Nashville. Su determinación fue una sorpresa tanto para Paul como para Fannie. Paul sabía que Agnes sentía un gran aprecio por Tesla. Había compartido con ellos muchas noches en la habitación de arriba como para que dudara de ello. Pero no pensó que llegaría a mostrarse tan resuelta para permanecer al lado de Tesla.

Paul estaba convencido de que Agnes no conseguiría que Fannie diera su brazo a torcer y la dejara hacer el viaje. De algún modo, sin embargo, la joven acabó saliéndose con la suya. Las disputas que se desarrollaban entre bambalinas en casa de las Huntington, las negociaciones en las que se enfrascaban ambas mujeres, quedaban fuera de su alcance. No sabía lo que Agnes le decía a su madre. No podía imaginar lo que Fannie conseguiría a cambio. El caso es que Fannie al final dio su autorización. La cena con los Jayne se aplazó una semana y una cantante sustituta tuvo la oportunidad de lucirse en el Met. Todo ello con el objetivo de que Agnes se asegurara de que Tesla llegaba sano y salvo a Tennessee.

¿Acaso Fannie había relajado un poco su tendencia a asfixiar? ¿O era más bien que Agnes se había hecho fuerte en su rebeldía? Quizá la alegría de que a su hija la cortejara un miembro de los Jayne había tranquilizado a Fannie. Quizá Agnes se había mostrado más valiente a la hora de exigir no vivir dentro de una impoluta urna de cristal.

El trayecto a Nashville requirió de dos líneas férreas y de un transbordo en Cincinnati. Los viajeros disfrutaron de tres compartimentos de primera clase con cama. Agnes se encargó de los asuntos prácticos: asientos, comidas, billetes, horarios de salida. Tesla guardaba silencio y apenas abandonó los compartimentos. Aquel era su primer desplazamiento en meses y se lo veía abrumado. La primera noche, Paul oyó a través de la pared que Agnes le cantaba para que se durmiera. Paul reparó en que la única vez que la había oído cantar fue en el Club de los Actores. Sin duda Tesla había gozado con frecuencia de ese tipo de representaciones privadas. Mientras pegaba el oído con fuerza contra la pared tratando de que el sonido le llegara mejor, Paul pensó que Tesla era un hombre afortunado.

Pasó gran parte del viaje preocupado por la reacción de Agnes cuando viera Nashville. La imaginó sintiendo rechazo por la sencilla casa de tres plantas de los Cravath. Ni siquiera podía concebir qué pensaría de su padre. Durante las comidas que compartieron, sin embargo, Agnes hablaba casi siempre de Tesla. Del lento proceso de recuperación del inventor, de las últimas noticias que le había dado su alienista. Por lo que decía, quedó muy claro quién la había motivado a emprender aquel viaje.

El asunto de la petición de Paul de llevarla a pasear un domingo no se abordó en los dos días de trayecto. Tampoco salió a colación el nombre de Henry Jayne. Agnes mostró suficiente tacto para no restregárselo por la cara. Él se lo agradecía. Entre la multitud del vagón restaurante y los cuidados que profesaban a Tesla, les quedaba poco tiempo para estar solos. Por fortuna, las ocasiones para que Paul volviera a hacer el ridículo delante de su clienta escaseaban. Disfrutaba tanto de la compañía de Agnes que casi se olvidaba de que lo más probable es que aquella fuera la última vez.

Era muy temprano cuando un ensordecedor chirrido de frenos anunció la entrada del tren número 5 de la Louisville Railroad en la estación de Nashville. Los empleados hicieron levantar de sus asientos a los pasajeros entre un mar de bostezos. Paul bajó el único escalón del tren que lo separaba del andén. Sus ojos necesitaron un momento para adaptarse a la luz dorada de Tennessee. Era un día de finales de primavera dispuesto a brotar en cualquier momento.

Detrás de él, Agnes ayudó a Tesla a bajar del tren y recibir la luz del sol. Parecía adormilado, aunque estaba despierto pero con su actitud catatónica habitual.

Al salir de la estación, Paul divisó una figura alta y familiar de pie bajo unos sauces.

—Hijo mío —dijo Erastus Cravath tendiéndole la mano.

Un firme apretón de manos era el saludo paterno predilecto. Siempre lo había sido.

Paul se volvió para presentarle a sus compañeros, pero su padre se le adelantó.

—Usted debe ser la señorita Huntington. —Erastus hizo una reverencia cortés, gesto al que Agnes correspondió con humilde gracilidad.

—Su hijo me ha hablado mucho de usted, señor. Es un honor conocerlo por fin.

—Ay, querida, no debería prestar mucha atención a lo que le diga Paul. Le gusta mucho exagerar.

—Padre —le interrumpió Paul—, este es Nikola Tesla.

—Vaya, sí que es usted alto. También es un gran placer conocerle. —Le tendió la mano, pero el inventor se quedó mirando el infinito. No daba señales de percatarse de que lo rodeaban otros seres humanos. O, al menos, que uno de ellos, el padre de Paul, intentaba saludarle—. No está usted bien, amigo mío —dijo Erastus—. Lo entiendo. Veamos si podemos ayudarle a mejorar.

Hizo un gesto hacia Big Annie, el caballo de la familia al que Paul había puesto nombre cuando era niño, que estaba atado a un poste junto al carruaje de los Cravath, más viejo aún que el propio animal.

Paul y su padre apenas hablaron durante el trayecto de una hora hasta casa. En vez de eso, Paul fue señalando diversos lugares de interés a sus invitados. Aunque había nacido en Ohio, la familia se trasladó a Nashville cuando él tenía cinco años. Poco después nació su hermana, Bessie, que estaba casada con un hombre respetable con quien vivía en Clarksville. Su hermana le escribía de vez en cuando. Él no siempre encontraba el momento de responder.

Nashville había crecido desde la última vez que Paul había seguido el curso del río Cumberland. Los bulliciosos muelles estaban ahora repletos de jóvenes trabajadores, una generación de jornaleros que había podido cambiar los aperos de labranza por los elevadores de barriles.

Erastus y Ruth Cravath vivían en una granja de tres plantas al noroeste del centro de la ciudad, bastante lejos de la universidad, pero la madre de Paul agradecía poner distancia con la vida laboral de su marido. Los Cravath se habían decantado por aquella granja por la simplicidad espiritual que emanaba de ella, no por sus beneficios prácticos. Jamás habían intentado sacarle rendimiento. No tenían ganado en el establo adyacente, a excepción de unos pocos caballos para el transporte. No cultivaban la tierra. Con Paul en Nueva York y Erastus viajando tanto para recaudar fondos, nadie podía trabajar el campo. Los yermos acres que rodeaban la casa se extendían hasta el horizonte.

El tejado inclinado de madera se había deteriorado desde la última vez que Paul lo había visto. Toda la casa en sí parecía presa de una dejadez que les era cómoda. Ni Erastus ni Ruth buscarían ventanas más gruesas ni peldaños más resistentes para la entrada hasta que algo se rompiese por completo. Durante la infancia de Paul, nadie carecía de algo realmente necesario, pero tampoco nadie poseía algo que meramente deseara.

La casa era del color de la tierra de Tennessee.

—Hola, madre —dijo Paul empujando la chirriante puerta de tela metálica—. Ya estoy en casa.

45

La tecnología no es nada. Lo importante es que tengas fe en la gente. Y que sea buena e inteligente. Y si le das herramientas hará cosas maravillosas con ellas.

STEVE JOBS

Paul y Agnes necesitaron todo un día para relatar sus singulares tribulaciones a Erastus y Ruth Cravath. En sus cartas, Paul los había puesto al corriente de los acontecimientos más importantes de los últimos dieciocho meses: Tesla, Westinghouse, Edison. Les había contado las dificultades a las que se había enfrentado en los tribunales y el desastre que se avecinaba con lo de la silla eléctrica. Pero el hecho de que Paul y Agnes habían conspirado para alojar a Tesla en secreto y protegerlo de Edison sin informar a Westing-house..., eso no podía comunicarse por carta. Ruth y el reverendo se lo tomaron bien. Lo que más parecía preocuparles era la seguridad del inventor serbio. No había nada que valorara más Erastus en su fe que un hombre necesitado.

Ruth sugirió que Tesla podría ocupar la habitación que había sido de Bessie. Aún no habían quitado todos los trastos de su infancia, pero esperaba que a Tesla no le importara el desorden.

—Es un gesto muy amable —le dijo Agnes a Ruth.

Ruth se encogió de hombres.

—Es un gesto muy amable que usted ya ha tenido.

—Puede que se quede aquí... una larga temporada —dijo Paul.

—Será un placer, hijo —dijo Erastus. Se volvió hacia Tesla, que estaba sentado en el sofá con la espalda recta—: ¿Le gustaría que le mostrara su habitación?

El inventor miraba al frente, concentrado en algún punto que quedaba hacia la mitad de la pared blanca. El ajetreo de los últimos días parecía haberle causado una regresión.

—El universo viste abrigos. El universo viste camisas. El universo debe ser desabrochado.

Por un instante, todos lo miraron.

—Haremos que se recupere —dijo Ruth.

Esa noche, después de que sus padres se hubieran retirado a su dormitorio, Paul salió al porche trasero, donde se encontró a Agnes fumando un cigarrillo. Por un momento lo desconcertó verla allí, en el porche de la casa de su infancia. La luna iluminaba su cabello mejor de lo que jamás lo haría una bombilla eléctrica.

—Señorita Huntington —susurró.

La expresión de Agnes fue la de alguien a quien acaban de pillar in fraganti.

—Perdone. Sé que su padre odia el humo.

—No se lo contaré si usted tampoco lo hace.

Se sentó junto a ella en el porche. La vieja madera crujió bajo su peso.

—Sé lo mucho que ha hecho por Nikola. Gracias.

—Ah. Bueno. —Ella dio una calada—. No es que pueda contar con nadie más.

Agnes contempló el cielo nocturno. Lanzó una voluta de humo al aire y la vio desintegrarse entre las estrellas. Los grillos canturreaban a lo lejos, entre la maleza.

—¿Ha conocido alguna vez a alguien que esté más solo? —preguntó ella de repente.

—Es el emperador de su reino privado.

—Su único morador.

—Sí.

—Eso también lo convierte en su esclavo.

Agnes estaba reflexiva. Casi filosófica. Llevaba así desde que habían llegado. Paul no sabía qué había provocado el cambio de conducta. En las ocasiones anteriores en que la había visto libre de la vigilancia materna, se había mostrado animada y bromista. Ahora parecía melancólica.

Las preocupaciones de Paul en el tren acerca de cómo encajaría Agnes en Nashville se habían revelado innecesarias. Se había adaptado a las mil maravillas. Se mostró amable con sus padres. Insistió en ayudar a Ruth a hacer la cama a Tesla. Agnes se instaló en la antigua habitación infantil de Paul con la naturalidad de un primo al que hacía mucho que no veían.

Dio otra calada a su cigarrillo agonizante.

—¿Nikola Tesla llegó a Nueva York con qué? ¿Con unas pocas monedas? No tenía techo, ni trabajo, ni contactos, ni familia, ni amigos en quienes confiar. —Se señaló la cabeza—. Su mente. Su peculiaridad lo hizo como es. No se convirtió en el inventor más famoso después de Thomas Edison ciñéndose a las reglas, sino negándose por completo a aceptarlas. Y como alguien que sí se ha plegado a ellas a la perfección, siento un gran respeto por su postura. Me encantaría vivir en un mundo donde las personas como él no acabaran siendo devoradas.

—¿Y Henry La Barre Jayne? —preguntó Paul—. ¿Coincidiría con usted?

Era la primera vez que pronunciaba su nombre delante de ella. Incluso a sus oídos, el tono empleado sonó irritado.

—Parece merecerle muchas opiniones alguien a quien ni siquiera conoce.

—Crueles palabras.

—En efecto.

Paul había procurado eludir el tema en los dos días de viaje en tren. También lo había esquivado en muchas ocasiones en Nueva York. Sin embargo, la intimidad que daba tener a Agnes en el porche de la casa de sus padres lo incapacitaba para mantener aquel silencio cortés por más tiempo.

—Me he pasado toda la vida sintiéndome menospreciada por hombres con apellidos como Jayne. A estas alturas debería estar acostumbrada.

—¿Menospreciada?

Paul escrutó su rostro. Por lo visto, su madre no le había contado lo de la invitación a pasar un domingo paseando entre flores. ¿Respondía a un acto de generosidad por parte de Fannie? Sin él saberlo le había ahorrado una situación vergonzosa. De todas formas, ya no tenía nada que perder si decidía ser franco.

—Le pregunté a su madre si podría llevarla de paseo —confesó Paul—. Me puso al corriente del tiempo que usted ha estado frecuentando al señor Jayne.

—Eso suena a la clase de cosas que me esperaría de mi madre.

—Siento haber insultado al señor Jayne. No he sido justo.

—Siento que mi madre lo avergonzara —respondió a su vez Agnes—. Ella es… complicada. Y luego está la situación.

Paul la miró con extrañeza. No estaba seguro de a qué se refería.

Parecía que Agnes fuera a tomar una decisión muy difícil. Paul se mantuvo en silencio. Si ella pensaba decirle algo, algo difícil, dejaría que decidiera por sí misma.

—Mire —dijo al fin—. Hay muchas cosas sobre todo este asunto (mi madre, Henry Jayne) que desconoce. Y…, bueno, me gustaría contárselas.

—De acuerdo —dijo Paul.

—Pero me da miedo.

De todas las emociones que Agnes había desplegado delante de Paul, el temor nunca había aparecido. Edison no la había atemorizado, ni Stanford White, ni la posibilidad de ocultar a Tesla en su casa. ¿Qué la asustaba?

—Puede confiar en mí —dijo Paul—. Para empezar… soy su abogado.

Agnes sonrió levemente.

—Le he mentido.

—¿Acerca de qué? —Paul la vio esforzarse por dar con las palabras adecuadas—. ¿Señorita Huntington?

—Justo a eso me refiero —dijo al fin—. No me llamo Agnes Huntington.

46

La historia de la ciencia, como la historia de las ideas humanas, es la historia de unos sueños irresponsables.

KARL POPPER

Había nacido en Kalamazoo, Michigan, con el nombre de Agnes Gouge. Por aquel entonces, su madre, Fannie, no era la experta en la alta sociedad que Paul había conocido. El padre de Agnes se había ido a navegar por mares remotos. Una vez, cuando tenía ocho años, recibió una carta con el matasellos de Oslo; en ella le describía el plácido puerto de Oslo y le preguntaba por su salud. No había dejado ninguna dirección donde poder localizarlo. Y Agnes jamás volvió a tener noticias de él.

Siempre le había gustado mucho cantar. Los vecinos del piso de arriba protestaban pataleando en el techo y haciéndolo temblar, pero a ella no le importaba. Tampoco a su madre.

Cuando Agnes cumplió catorce años, su madre se la llevó a Boston. Allí Fannie se dedicó a fregar los suelos y abrillantar la plata de los Endicott, mientras Agnes se presentaba a las pruebas de la compañía Bijou. Los papeles acababan en manos de las chicas de la zona cuyos padres conocían al director. Agnes consiguió trabajo para barrer el escenario del Howard Athenaeum. La experiencia no estuvo a la altura de sus expectativas. No se encontró en medio de un grupo de artistas unido. No existía una camaradería creativa entre la que dedicarse a conspirar. Ella era la barrendera, las cantantes eran las cantantes y los tramoyistas, unos impertinentes. Aquello tenía tanto de burdel como de teatro. Pero un burdel al menos podría haberle servido de algo.

Boston no funcionaba. Fannie acusaba las lágrimas de su hija. Desde que abandonaran Michigan, notaba el dolor que le provocaban sus ambiciones no cumplidas. Era consciente de lo mucho que Agnes deseaba aquello y de que las hijas de las criadas nunca se convertían en *prime donne*. Fannie vio cómo su precoz, curiosa y despierta hija se hundía en el cinismo. Y le resultó intolerable.

Cuando por fin ocurrió, Agnes no supo cuánto tiempo llevaba su madre planeándolo; si fue una decisión improvisada o si lo había organizado durante meses.

Un día, cuando Agnes tenía ya diecisiete años, regresó a casa y se encontró un vestido extendido sobre la cama, de un color que jamás había visto: un verde brillante, sin dejar de ser delicado. Con tonalidades propias de las orquídeas, milenramas y saxífragas. Con la tonalidad de un océano lejano. Agnes sofocó un grito al verlo, cuando sus ojos captaron los destellos de la luz del atardecer que penetraba por las ventanas cuadradas y sucias. Sobre la delicada seda del vestido yacía una sarta de diamantes,

Se acercó. Extendió los dedos para tocar el tejido, pero enseguida retiró la mano. Temió que sus grasientos dedos entraran en contacto con semejante tela. Aquel vestido y aquellas joyas no pertenecían a nadie que conociera. O que pudiera llegar a conocer. Era el vestido de noche de una princesa.

—¿Te gusta? —Al volverse, Agnes descubrió a su madre en el umbral de la puerta, fumándose un cigarrillo muy fino.

—¿Qué es?

—Un vestido —dijo Fannie—. Y es tuyo.

—¿Lo has…? —Agnes no podía creer lo que estaba a punto de decir—. ¿Lo has… robado?

—Procede del vestidor de la señorita Endicott. Igual que las joyas. La chica es de tu edad, algo más joven. Puede que te venga un poco ancho de busto, pero lo meteremos.

—¿Le has robado un vestido a la señorita Mary Endicott? —Agnes estaba estupefacta, aterrorizada. La familia lo echaría en falta y su madre llevaba el tiempo suficiente sacándole el brillo a su plata para convertirse en la primera sospechosa. En unos días tendrían a la policía en la puerta.

Su madre le comentó sus planes. Abandonarían Boston esa misma noche. Pondrían rumbo a París en un barco de vapor. El vestido iría en la maleta. Agnes embarcaría con su vestimenta habitual y desembarcaría luciendo un vestido de seda verde. Diría adiós a Boston como barrendera… y desembarcaría en París transformada en la hija de una nueva rica californiana.

—La señorita Agnes Huntington —le dijo su madre—. ¿A que suena bien?

—No sé quién es esa —protestó Agnes.

—Exactamente. Nadie lo sabe. Pero pronto todos lo sabrán.

Con solo un vestido exorbitantemente caro y una sarta de diamantes, la adolescente Agnes renacería en París, donde podría ser quien quisiera. Había tantos Huntington adinerados en el planeta que nadie tendría claro de qué línea descendía. Y si pulía sus modales, nadie cometería la grosería de preguntar. Agnes era preciosa, le decía su madre. Radiante. Divertida. Era a un tiempo inteligente y astuta, dos conceptos que nunca significaban exactamente lo mismo, y con un talento enorme. Lo único que la impedía progresar en Estados Unidos era su familia.

—¿Y tú qué harás?

Fannie estaría a su lado. Tras las bambalinas. Silenciosa e invisible entre bastidores. A la espera de que su hija triunfara.

La policía no daría con ella en París, jamás la buscarían tan lejos. Pero no cabía duda de que irían en su búsqueda. Los Endicott no eran una familia a la que se la podían jugar. Por eso tendría que permanecer a la sombra de su hija, incluso si su engaño tenía éxito.

—Tengo miedo.

—Lo sé —le respondió su madre—. Pero yo te quiero. Y por eso vamos a hacerlo.

Fannie se acercó y le dio un beso en la frente. A continuación hizo las maletas. Mientras tanto, Agnes perdía el tiempo caminando de un lado a otro, demasiado aturdida para discutir o hacer nada de lo que le había pedido su madre.

Esa misma tarde se subieron al barco de vapor de la compañía naviera Cunard Line con destino a Europa.

Y a partir de ese momento, nada más se supo de Agnes y Fannie Gouge.

Agnes mantuvo el vestido oculto durante toda la travesía en tercera clase. Dormía abrazada a la maleta. Pero la última mañana del viaje su madre reveló la existencia del vestido verde. El resto de mujeres del camarote no daba crédito. Agnes y Fannie mantuvieron la boca cerrada.

En el barco, Agnes oyó hablar de un café a unos caballeros del camarote de primera clase con quienes se había cruzado mientras fumaban en la cubierta comunitaria. Por los fragmentos de conversación que escuchó, parecía un buen lugar donde empezar a dejarse ver. En su segundo día en París, salió de la pensión barata para mujeres que Fannie había encontrado y preguntó la dirección.

Eran las once de la mañana cuando Agnes se sentó con un café con leche en el boulevard Saint-Marcel, luciendo un vestido de noche de alto copete y un collar a juego. Veinte minutos después se le acercó un hombre alto, de pelo oscuro y engominado, con un viejo abrigo de lana. Era bastante atractivo.

Se dirigió a Agnes en francés, idioma que, por descontado, ella no hablaba.

—*Pardon* —dijo Agnes—. ¿Y si lo repitiera en inglés?

—Viste demasiado elegante para ser tan temprano.

Agnes lo miró de la cabeza a los pies.

—Me atrevería a decir que a usted también le convendría vestir un poco mejor.

El hombre se rió de su ofensa y se sentó frente a ella.

La noche siguiente se celebraría una fiesta. Siempre había una fiesta en algún sitio, como descubriría Agnes. El hombre la invitó y, cuando ella aceptó, le preguntó dónde podía recogerla.

—Pues, ¡aquí mismo, por supuesto! —repuso Agnes—. ¿No le gustaría tomarse una copa antes de afrontar una larga noche? A menos —añadió— que no piense que vaya a ser muy larga.

Él le aseguró que lo sería. Y cuando a la noche siguiente pasó a recogerla en un carruaje de dos caballos, ella comprobó que no se equivocaba.

Si advirtió que Agnes lucía el mismo vestido que el día anterior, se abstuvo de comentarlo. Acabaría descubriendo que los de su condición nunca hacían tales comentarios.

Apenas necesitó asistir a tres fiestas más para encontrar a alguien que le comprara otro vestido. Se apellidaba Coulter y era amigo del mismísimo diseñador de modas monsieur Jacques Doucet. Seguro que en su tienda encontraría algo de su gusto. Su colección de vestidos aumentó en proporción directa a la de sus admiradores. Un magnate de la seda, un aristócrata menor de la vieja guardia, un banquero alemán que recalaba con frecuencia en París para visitar la asesoría financiera Lazard. A ninguno le hizo falta un empujoncito para enviarle algún obsequio.

Aquel primer año su madre fue su única compañía femenina. Las mujeres de la alta sociedad parisina eran competitivas y sabían detectar a una intrusa, pese a que sus hermanos, esposos y padres se mostraran incapaces. Pero ¿qué podían hacer excepto excluir a Agnes de sus reuniones para tomar el té? ¿No dejar de cotillear sobre ella? ¿Tenerla siempre presente para soltar algún comentario malicioso y peyorativo?

Cada noche regresaba junto a su madre, la persona que le había dado todo sin recibir aún nada a cambio.

Si las intrigas de sociedad a veces dolían, gracias a la música sus heridas se curaban con facilidad. Agnes debutó durante una fiesta en la mansión de Thomas Hentsch. La concurrencia reaccionó con entusiasmo y su nombre empezó a circular. Al principio cantaba en fiestas y más tarde recibió una oferta para el Théâtre du Châtelet. Cuando cerraba los ojos a mitad de una canción, cuando sentía el aire en la garganta y a la audiencia embelesada ante ella, disfrutaba de cuanto había imaginado. Si conseguía olvidar las circunstancias de su llegada a París, se sentía como en casa.

La gente comentaba que la voz de Agnes era capaz de llevar hasta las lágrimas a los auditorios más impasibles. De ser cierto, se explicaba por estar familiarizada con lo que contaban las canciones.

Al cabo de un año, las Huntington partieron hacia Londres. Agnes se sirvió de la reputación que se había granjeado en París para cruzar el Canal convertida en toda una profesional. En esa ocasión, su madre «llegó» de California para reunirse con ella. A esas alturas contaban con dinero suficiente para que Fannie también se comprara los accesorios propios de la alta sociedad. Los dueños de los teatros del West End clamaban por la presencia de Agnes incluso antes de su llegada. Agnes y Fannie gozaron allí de unos pocos años de éxitos. El conde de Harewood se encaprichó de la joven. El duque de Fife la llevó a navegar. Luego regresaron a París, donde la recibieron con todos los honores.

Tras realizar una gira por Europa, Agnes volvió a Boston con veintiún años, considerada ya la sensación del continente. En las óperas y los salones de Back Bay, lugares que antes jamás habría podido franquear, la recibieron con los brazos abiertos. Nadie la reconoció. Tampoco a Fannie. ¿Quién iba a recordar a una pobre y triste barrendera llamada Agnes Gouge? Agnes Huntington era el ojito derecho de la élite europea, un puesto que codiciaban todas las clases estadounidenses. Un vestido verde en concreto y unos diamantes a juego habían sido vendidos hacía mucho. Fannie se mantuvo alejada de las fiestas, de las noches de estreno. Permaneció muy, muy alejada de los Endicott. No se dejó ver entre la alta sociedad de Boston por mucho que su nombre se mencionara con frecuencia en relación con el de Agnes.

Lo habían logrado. La vida que Agnes se había labrado la llenaba tanto que acabó por creérsela. No había sucumbido al cinismo; había crecido hasta convertirse en la mujer con quien soñara ser. El talento de Agnes Huntington, las cualidades que la convertían en una estrella sobre el escenario y la criatura más radiante de una fiesta eran completamente reales. Nadie más la había convertido en lo que era. Y si bien había mentido para llegar hasta allí, no era una mentira lo que cada noche reverberaba en las paredes de la Metropolitan Opera House. Era la verdad. La mentira solo le había concedido la oportunidad que merecía. No le debía nada a nadie, a excepción de una persona, a quien cada día le pagaría lo adeudado. ¿Era Fannie una persona difícil, controladora, omnipresente? Por supuesto. ¿Disfrutaba Agnes de sus ocasionales salidas nocturnas? ¿De aquel momento de achispamiento tan infrecuente en que podía zafarse de esa corrección tan intachable que su madre siempre esperaba de ella? Sí, por supuesto. Pero si en ocasiones lamentaba la cólera de su madre, eso no significaba que no la quisiera. Todo se lo debía a Fannie.

—¿Por qué me cuenta todo esto?

—Porque no se lo había contado a nadie —dijo Agnes—. Y pienso que... quería que supiera por qué es tan importante. Por qué tengo que...

—¿Por eso quiere su madre que forme parte de la familia Jayne? Teme que algún día el pasado la alcance. Teme que alguien reconozca a Agnes Gouge tras la fachada de Agnes Huntington.

Agnes le sostuvo la mirada.

—Y sobre todo, eso explica que me contrataran —prosiguió Paul—. No se trataba solo de que Foster se inventara historias, pues podrían haber lidiado solas con ello. Les preocupaba que empezara a hurgar en su pasado. Si revelaba sus verdaderas identidades, todo esto, cuanto han conseguido, no habría servido de nada.

La sonrisa de Agnes era triste.

—A menos que cuenten con algún tipo de protección —concluyó Paul—. Agnes Huntington es susceptible de verse acusada. Agnes Jayne, no. —Paul debía admitir que el plan era brillante—. Nadie se atrevería a ir por usted. Incluso si los Endicott la descubrieran, no osarían sugerir nada. Los Jayne se los comerían vivos.

—Enfrentarse a los Jayne —dijo Agnes—, sería como enfrentarse a Thomas Edison. Solo a un loco se le ocurriría.

—¿Un loco como yo?

—O como el excéntrico de nuestro amigo.

Paul tuvo más claro que nunca que jamás podría casarse con ella. Agnes merecía una paz que él jamás estaría en condiciones de garantizarle. ¿Podía Agnes quererlo? ¿Explicaría ello la confesión que acababa de hacerle? No lo sabía. ¿Era posible? Esperaba que sí. Sin embargo, puesto que él sí la quería, dejó que aquella esperanza se perdiera en la noche estrellada.

Paul le cogió la mano. No lo había planeado, simplemente ocurrió. Sus dedos se entrelazaron de repente; Paul no sabía si fueron sus dedos los que se entrelazaron con los de ella, o al revés. Notó la piel cálida de Agnes.

—A veces detesto tanto —dijo ella—… tener que fingir todo el rato.

Paul le apretó los dedos con más fuerza.

—Estamos en Estados Unidos. Todos fingimos.

Paul alzó la mirada hacia el despejado cielo nocturno. Por hábito, sus ojos trazaron las constelaciones entre las estrellas rutilantes: la Osa Mayor, Orión, Casiopea. Reconocía sus formas ocultas desde que las observaba allí siendo un niño. La ironía de las constelaciones, sin embargo, era que sus formas no eran más que historias impuestas por una mente activa. En realidad, el diseño luminoso allá en los cielos solo respondía a lo que tu imaginación dictaba. Si observabas los espacios que quedaban entre las estrellas de un modo diferente, las figuras que dibujaban se revelaban de golpe también distintas. Bastaba con parpadear una vez para unir las líneas que las separaban hasta crear lo que desearas.

Paul se inclinó y la besó.

47

No creo que puedan citarse muchos inventos creados por hombres casados.

NIKOLA TESLA

La mañana siguiente fue rara. Paul se levantó tarde después de haber dormido mal en el sofá del piso inferior. Cuando despegó la cabeza de las almohadas acartonadas, le llegó el olor del café que hervía en la pequeña cafetera. Se vistió y fue a la cocina, donde encontró a Agnes y Erastus charlando. El ambiente era relajado y familiar. Paul intentó descifrar algo en el rostro de Agnes. Pensó en sus labios y sus dedos, y en la sensación de su cuerpo contra el suyo al tenerla muy cerca. Ahora que miraba a Paul en la cocina, ¿su mente también acudía rauda a recordar aquellas escenas? La sonrisa de Agnes no le facilitó ninguna pista. Ella le dio los buenos días, le sonrió con calidez y se volvió para escuchar lo que Erastus le contaba sobre Tesla. Erastus tenía algunas ideas sobre la naturaleza tan peculiar de la mente del inventor serbio. Teresa de Ávila había sufrido alucinaciones similares. ¿Podría ser que Tesla hubiese sido bendecido con revelaciones divinas, igual que ella?

Pasaron la mañana hablando con los padres de Paul hasta que llegó la hora de ir a la estación para coger el tren del mediodía. Tras saludar a Tesla y Ruth, Erastus los condujo a la estación en silencio y se despidió de ellos con los formalismos de costumbre.

Mientras esperaban en el andén, Paul se gastó unos centavos en periódicos y un bollo caliente. Sentía la necesidad de decir algo sobre la noche anterior, pero no sabía qué; ni cómo. ¿Debería disculparse? ¿Debería admitir que se había mostrado poco caballeroso puesto que en breve Agnes estaría comprometida? ¿O debería decirle, una sola vez, y con el único propósito de que sus palabras acabaran diluyéndose en el aire, que la amaba?

—Señorita Huntington —balbuceó Paul—. Quiero decir, Agnes...

—Está orgulloso de usted, ¿lo sabe?

—¿Qué?

—Su padre está sumamente orgulloso de usted, tanto si es consciente de ello como si no.

Estaba claro que su familia había conseguido impresionarla de algún modo. Quizá, pensó Paul, la falta de una familia propia la había llevado a ver con nostalgia la ajena.

Paul se echó a reír.

—Me cuesta mucho creerlo.

—Usted cree que es un hombre frío.

—Creo que cuando se le recuerda que estoy vivo le resulto muy decepcionante.

—¿Con qué frecuencia ha ido a visitarle a Nueva York?

Paul meditó un momento.

—Una vez. Y porque tenía asuntos relacionados con el Fisk que atender.

—O quizá eso es lo que le hizo creer.

—¿Por qué no iba a limitarse a decirme que quería verme?

—Por Dios. Piensa usted tan… como un hombre. ¿Alguna vez ha considerado la posibilidad de que su padre crea que usted no está orgulloso de él? —dijo ella.

Aquella sugerencia se le antojó absurda.

—¿De qué demonios me está hablando?

—Fue usted quien se marchó, Paul. No él. Imagine cómo se sintió.

—¿Qué creía que iba a hacer?

—Ejercer de profesor en el Fisk, predicar en Nashville. Él piensa que fue usted el que lo rechazó y anda detrás de su aprobación.

—Eso no tiene ningún sentido. ¿Cómo iba a pensar así?

—Porque ustedes dos son prácticamente iguales —dijo Agnes, como si se tratara de la cosa más obvia del mundo.

Paul guardó silencio. Era la primera vez que alguien lo comparaba con su padre.

—Debería decírselo —dijo Agnes.

—¿Que estoy orgulloso de él?

—Que lo respeta. Que es un buen hombre, y alguien admirable, y que siempre lo ha sabido. Que él es su familia, mientras que Nueva York no es más que el sitio donde ha escogido vivir.

Paul le dio vueltas a las palabras de Agnes. ¿Cómo podía ser que conociera mejor a su padre que él, si se lo había presentado el día antes?

—Lo intentaré.

Agnes pareció satisfecha.

—Y… respecto a anoche —dijo—. No necesita decirme nada. No espero que lo haga. Aquí estamos. Esto es lo que somos. Me gustaría que las cosas fueran diferentes y me consta que a usted también.

—Lamento haberla besado.

—Yo no.

A continuación ambos miraron al suelo. La emoción era demasiado fuerte para mantener la compostura.

Paul miró hacia el quiosco que tenía al lado. Un titular pequeño, en la parte inferior de un periódico doblado, llamó de inmediato su atención.

Se volvió hacia el panel donde estaban consignados los horarios de salida y llegada de los trenes.

—Lo lamento mucho —dijo—. Debo irme. Tengo un tren dentro cinco minutos. —Estaba hecho un lío.

Agnes puso cara de perplejidad.

—El número cinco aún tardará una hora en salir.

—Me voy a Buffalo. —Agarró el periódico y pagó por él más de lo debido, sin percatarse—. Mire. Se ha cometido un asesinato. El artículo dice que un tal señor William Kemmler de Buffalo acaba de ser condenado por descuartizar a su mujer con un hacha.

Agnes frunció el ceño mientras leía.

—¿Y qué?

—Pues que si se le aplica la pena capital será ejecutado en una silla eléctrica alimentada con corriente alterna.

Agnes alzó la vista hacia Paul, muy consciente de lo que esto significaría para él. Y para Tesla.

—Márchese —le dijo.

Paul se levantó.

—Lo siento mucho. Quería… debería decirle que…

Agnes lo despidió con un gesto de la mano.

—Márchese.

—Adiós, señorita Huntington —le dijo mientras cogía el equipaje. Su tono formal se le antojó ridículo—. ¿No le supondrá un problema regresar sola a la ciudad?

—Creo que me las arreglaré, señor Cravath.

Paul cruzó la estación a la carrera.

48

No podemos culpar a la tecnología de nuestros errores.

TIM BERNERS-LEE

—Con la venia del tribunal —dijo Paul intentando sonar como un abogado de pies a cabeza—, el empleo de un dispositivo eléctrico para llevar a cabo una ejecución no…

—Protesto, su señoría —dijo Harold Brown—. Usted ya ha dictado sentencia en lo referente a la validez de esta tecnología para la pena capital, y el señor Cravath pretende relitigar…

—Comprobará, señor, que no solo no estoy «relitigando», sino que esto ni siquiera es lo que significa «relitigar». Me gustaría volver a objetar el hecho de que el señor Brown esté conduciendo esta audiencia sin la presencia de un abogado de verdad…

—¡Guarden silencio, los dos! —gritó el juez Day, hastiado de cómo había transcurrido la jornada.

Al principio, a Paul le sorprendió que Edison no hubiera enviado a uno de sus abogados de verdad para ocuparse de aquella moción, permitiendo en cambio que Brown dirigiera el espectáculo. Porque sin duda se trataba de un espectáculo. Paul acabó entendiendo que quizá ese fuera el plan. De cara a la opinión pública, Edison continuaba al margen de Brown y del feo asunto de la silla eléctrica. El problema es que Brown no era un abogado. Debatir con él era como hacerlo con un niño que no sabía nada. La comunidad jurídica había discutido la posibilidad de obligar a los futuros abogados a pasar un examen de aptitud, pero la propuesta se había quedado en el aire. Ejercer la abogacía en Nueva York no requería un examen previo. Brown había conseguido que un bufete amigo declarara que había pasado algún tiempo en prácticas con un abogado local. Al juez Day le había bastado. Harold Brown tenía todo el derecho a sentarse a una mesa frente a Paul y argumentar que William Kemmler debía ser ejecutado utilizando la corriente alterna.

—Señor Cravath —dijo el juez—. No perderé más tiempo escuchando argumentos sobre ese tema.

—No es mi intención discutir de nuevo esos argumentos.

—En ese caso, ¿cuál es su intención? —preguntó el juez.

—Simplemente señalar que incluso si al estado de Nueva York lo asiste el derecho a electrocutar a un hombre utilizando la corriente alterna, el estado carece del equipo necesario para llevarlo a cabo.

El juez se quedó atónito. Había sido incapaz de prever tal argumento.

—¿A qué se refiere?

—Es muy sencillo. La única empresa que produce generadores eléctricos de corriente alterna en el estado de Nueva York es la Westinghouse Electric. Y mi cliente jamás ha vendido un generador al estado de Nueva York. Además, mi cliente no tiene ninguna intención de hacerlo. Por tanto, sugiero que, en caso de querer matarlo recurriendo a la electricidad, al estado no le quedará otro remedio que emplear corriente continua.

—¡Eso es absurdo! —bramó Harold Brown—. La corriente continua es de un voltaje demasiado bajo, no puede...

—Silencio —volvió a interrumpir el juez Day—. El señor Cravath ha hecho una consideración muy acertada. Pero pienso profundizar en el asunto. ¿Acaso el estado no puede limitarse a adquirir un generador de Westinghouse a alguno de los numerosos ciudadanos de Nueva York que posean uno? No me imagino que el señor Brown, aquí presente, encontrará muchos problemas a la hora de dar con alguien dispuesto a vender.

—Sí, sí, su señoría —dijo Paul—. Estoy convencido de que el señor Brown sería capaz de intimidar a un hombre para que le vendiera a su primer hijo. Estoy convencido de que conseguiría a alguien que le vendiera (a él o al estado) un generador de corriente alterna. El único problema es que, si se diera el caso, el vendedor no tiene el derecho legal a vender ni el comprador el derecho legal a hacer uso de su compra. —Paul agarró un fajo de papeles de su mesa y se acercó al estrado del juez—. Con la venia del tribunal, aquí tiene los recibos de venta y los acuerdos de licencia que la empresa Westinghouse Electric extiende con cada uno de los compradores de sus generadores de corriente alterna. En su mayoría se trata de pequeñas localidades o barrios; de forma ocasional, de un sujeto adinerado que necesita abarcar grandes distancias. Eso es lo que hace que la corriente alterna sea tan valiosa; multiplica varias veces la distancia que es capaz de cubrir la continua. Pero estoy yéndome por las ramas. Como comprobará, la redacción estándar de este contrato recoge con claridad que el comprador de uno de estos dispositivos tiene prohibido venderlo a un tercero. Desde el principio hemos intentado evitar que los dispositivos de Westinghouse cayeran en las manos equivocadas. Prevenir la reventa a un tercero también implica que, si cualquier persona quisiera vender su unidad de corriente alterna al estado de Nueva York sin la autorización por escrito de la empresa Westinghouse Electric (autorización que le garantizo que no conseguiría), violaría su licencia para operar con la unidad en cuestión. Lo que supondría que el estado poseería la unidad de forma ilegal y no contaría con la autorización legal para ponerla en marcha.

El juez Day leyó por encima los documentos que le había entregado. La redacción del contrato era clara y sin fisuras. Carter y Hughes se habían encargado de ello. Si Brown conocía bastante bien la jerga jurídica para entenderlo, enseguida se daría cuenta de que había perdido.

Paul regresó a su mesa muy satisfecho. Su trabajo con Westinghouse no había deparado muchas alegrías en el ámbito jurídico. Resultaba de lo más agradable apuntarse un tanto.

—Solo deseo añadir una cosa —terció Harold Brown—. En aras de clarificar la situación que el señor Cravath ha descrito.

—¿Sí? —preguntó el juez Day.

—¿Qué ocurriría si ya me encontrara en posesión de una unidad de corriente alterna del señor Westinghouse? ¿Una unidad sobre la cual me asistiera el derecho legal a vender a nuestros amigos de la Cámara Legislativa?

—Mi cliente jamás le ha vendido una unidad de esas, puedo garantizárselo. Cualquier documento que presente que diga lo contrario será una falsificación.

—Estoy de acuerdo con usted, señor. La empresa Westinghouse Electric jamás de los jamases venderá, ni a mí ni a ninguno
de mis agentes, un sistema de corriente alterna bajo licencia.

—Muy bien.

—Pero no puede afirmarse lo mismo de todos los titulares de
una licencia del señor Westinghouse.

Mientras Paul estaba convaleciente en Bellevue, Carter y Hughes habían ayudado a Westinghouse a conceder licencias a fabrican-
tes locales para que construyeran y distribuyeran sistemas eléctricos.
Estos negocios locales funcionaban como sus propias empresas y
pagaban regalías a Westinghouse en función de los equipos que
vendían. Se suponía que también debían observar los contratos de
venta que Westinghouse les había entregado, redactados por Carter y Hughes. Si uno de ellos había alterado las condiciones esta-
blecidas, lo habría hecho con el propósito específico de jugársela a
Westinghouse. Aquello tenía que haber sido planeado muchísimo
tiempo atrás, un caballo de Troya en las operaciones de Westinghouse.

Un hombre bajo y gordo se levantó entre el público. Todos los
presentes en la sala se volvieron para verlo recorrer el pasillo central y llegar hasta la mesa de Harold Brown.

—Con la venia del tribunal —dijo Charles Coffin, que se colocó junto a Brown—. Soy el presidente de Thomson-Houston
Electric Company. Cuento con una licencia otorgada por Westinghouse Electric y tengo derecho a vender mis generadores a
quien me plazca.

Paul se volvió hacia el hombre que había visto por última vez
en su propio despacho, el mismo día de su reincorporación tras su
vuelta del hospital Bellevue.

—Este es un recibo de venta —prosiguió Coffin— de un generador de corriente alterna de mi compañía a Harold Brown. Le concede el derecho a revenderlo a quien se le antoje y en las condiciones que desee. Y el papeleo fue hecho por mis empleados. No por Cravath o sus socios.

Coffin le guiñó un ojo a Paul, que no daba crédito a lo que veía. Enrojeció de cólera. El negocio al completo de Thomson-Houston, su supervivencia misma, dependía de Westinghouse. Semejante traición llevaría a Westinghouse a cortar toda relación con la empresa Thomson-Houston. ¿Cómo se le ocurría a Coffin? A menos que…

Coffin estaba reestructurando su empresa. Estaba cambiando de bando.

—Tengo la certeza, su señoría —dijo Paul—, de que como muy tarde la semana que viene la Thomson-Houston Electric Company anunciará que abandona la corriente alterna para pasarse a la continua. Así como que se convierte en socio de Edison. No me cabe duda de que el señor Coffin será generosamente recompensado por esta traición.

—No creo que mis acuerdos con la Edison General Electric Company tengan nada que ver con el proceso judicial en curso. Y, por descontado, mi negocio ya no tiene relación alguna con ustedes.

El juez Day apenas tardó unos instantes en hojear los documentos y dictaminar que afirmaban exactamente lo que Coffin y Brown habían sostenido. En pocos minutos, Paul acumulaba una nueva derrota.

—Buen intento —dijo Harold Brown mientras la gente abandonaba la sala—. Pero no lo bastante bueno.

—Me aseguraré de que ninguno de los dos se salga con la suya —dijo Paul.

—¿De verdad? —dijo Coffin sonriendo—. ¿Cómo?

Paul abrió la boca para hablar, pero se quedó sin argumentos. Tenía las manos atadas.

—Ah —añadió Brown—, puede considerar todo esto una venganza por lo de la puerta de mi despacho. ¿De verdad era necesario tirarla abajo?

49

Cuando innovas, en ocasiones cometes errores. Lo mejor es apresurarse a admitirlos y ponerse a mejorar el resto de las innovaciones.

STEVE JOBS

El 6 de agosto de 1889 William Kemmler sería ejecutado en una
«silla» diseñada por Harold Brown. La silla sería conectada a un
generador de corriente alterna. El generador había sido pensado
por Nikola Tesla, perfeccionado e integrado en un sistema operativo por George Westinghouse y finalmente fabricado por Charles
Coffin. En breve descargaría más de mil voltios en el cuerpo de
William Kemmler.

Brown tuvo las agallas de enviar invitaciones tanto a Westinghouse como a Paul. Westinghouse arrojó la suya a la papelera. Por
supuesto, Edison tampoco asistiría. Había realizado alguna declaración pública sobre el revuelo de Buffalo, pero se mantenía re-
sueltamente «al margen». Algunos periodistas, que habían escrito
acerca de la «controversia» que rodeaba el debate entre la corrien-

te alterna y la continua, le preguntaron si pensaban que la de Westinghouse cumpliría con su cometido. Edison respondió que la corriente de Westinghouse era una cosa espantosa y que servía para poco más que el asesinato.

Paul se quedó solo a la hora de asistir a la ejecución. Creía que algún miembro de su bando debía estar presente. Ya había sido testigo de escenas horripilantes. Tampoco sería la primera vez que vería una muerte causada por la electricidad, pues el año anterior había presenciado el accidente sobre el cielo de Broadway. No era de los que se sentían intimidados por la sordidez. Si aquello iba a ser el fin, no tenía ninguna intención de taparse los ojos.

Llegó a la prisión de Auburn, en el estado de Nueva York, a las seis de la mañana. Una multitud se hallaba ya congregada a las puertas. Los periodistas esperaban que surgieran las primeras noticias que enviar a sus redactores. Los ciudadanos esperaban echarle un vistazo al asesino a punto de morir. Paul se abrió camino con esfuerzo entre el gentío. Algunos periodistas lo reconocieron. No quería hablar con nadie. Y menos con la prensa.

Una vez dentro de la prisión, lo condujeron a un sótano acondicionado para acoger la ejecución. Habían pintado las paredes y limpiado las ventanas, y habían adquirido un nuevo juego de sillas, dispuesto en la tribuna para los asistentes. Al ver dos lámparas de gas colgando de las paredes casi se echó a reír. No hacía falta ninguna iluminación. La luz natural inundaba el sótano reluciente al entrar a raudales por dos ventanas altas. Unos treinta invitados tomaron asiento. Apenas hablaban. Eran en su mayoría médicos que habían acudido a ver con sus propios ojos lo que aquella corriente tan extraña era capaz de causar en la carne humana. El alguacil en persona había seleccionado a dos periodistas para que se unieran al grupo. Unos cuantos abogados penalistas, el fiscal del distrito y el abogado de la defensa, que el tribunal había asignado a Kemmler, representaban a la comunidad jurídica. El juez Day estaba allí. Así como Harold Brown.

—Buenos días, abogado —le dijo a Paul.

Paul se sentó unas filas por detrás de Brown, hacia el final de la tribuna. Para aquella actuación no se ansiaba un palco.

Eran casi las seis y media cuando dos guardas de la prisión condujeron al acusado al soleado sótano. Era la primera vez que Paul veía a Kemmler. No tenía aspecto de ser un asesino que hubiera usado un hacha. O al menos Paul no se lo había imaginado así. Era bajo, lucía una barba muy corta y tenía los ojos entornados. Parecía delgado, como si la comida de la prisión no hubiera sido de su agrado. Tenía el cabello oscuro y su traje de tres piezas era de un gris claro inmaculado.

La silla en sí era muy sencilla. De roble, con respaldo alto y de un color oscuro muy común. El asiento estaba tapizado de cuero. Las correas que rodeaban los brazos también eran de cuero.

—Caballeros —dijo Kemmler a los presentes—. Les deseo suerte a todos. Sé adónde me dirijo y me consta que es un buen lugar. Solo espero que corran la misma suerte.

—Se quitó la chaqueta, que dobló con cuidado y puso sobre una silla vacía. Se sentó en la silla eléctrica colocada en el centro del sótano—. Bien, no hay ninguna prisa. Así que tómense su tiempo y asegúrense de hacer bien su trabajo.

Los dos guardas pusieron los electrodos en la espalda de Kemmler. Para ello, primero tuvieron que practicar unos agujeros en su camisa blanca. El reo suspiró durante el procedimiento. Los electrodos estaban conectados a unos cables largos que trepaban hasta el techo y se extendían por las paredes.

El generador de corriente alterna necesario para alimentar la silla eléctrica era de gran tamaño y ruidoso, por lo que habían optado por ponerlo en una habitación alejada. Cuando llegara la hora de accionar los mandos, el alguacil emplearía una campana para avisar a los operarios al mando.

Los guardas inmovilizaron el cuerpo de Kemmler con las correas de cuero. Primero las piernas, luego el vientre y por último los antebrazos y bíceps. Se le colocó un casquete en la cabeza, que estaba fabricado con el mismo tipo de cuero, a excepción de una esponja húmeda, que se le introdujo en la boca. Una vez la esponja le impidiera mover la lengua, el casquete le sujetaría la mandíbula. No podría gritar.

—Bien, listos —dijo el alguacil retirándose.

Paul miró a Brown, que tenía la expresión de un niño la mañana de Navidad y daba golpecitos con los pies en el suelo de madera.

Paul ya se encontraba mal. Sentía el estómago revuelto pese a que el horror aún no había empezado.

Sin embargo, no cerraría los ojos. Asimilaría cada detalle. Si era capaz de acumular suficientes datos valiosos y terribles, quizá llegaría a superar la experiencia.

Sin más preámbulos, el alguacil tocó la campana, cuyo tañido sonó agudo y claro. El alguacil lo repitió varias veces para que no quedaran dudas. A Kemmler le había llegado el momento.

De repente el cuerpo del reo empezó a temblar. Estaba claro que el mecanismo había sido activado en la habitación contigua y que mil voltios de corriente alterna lo recorrían de arriba a abajo.

Tensó los músculos. Agitó las manos en el aire intentando liberarse de las ataduras. Como Westinghouse le había mostrado a Paul en el laboratorio, con la corriente alterna el cuerpo no quedaba inerte. Los músculos de Kemmler no estaban permanentemente contraídos. De no ser por la fuerza con que lo sujetaban las correas de cuero, habría podido levantarse.

El sistema de Westinghouse habría sido absolutamente seguro si Brown y Coffin no se hubieran confabulado para fabricar una versión diseñada de manera específica con la intención de matar.

Paul vio cómo el índice de la mano derecha de Kemmler se enroscaba sobre sí mismo; se clavó las uñas en la palma de la mano con tal fuerza que comenzó a sangrar.

Y ahí acabó todo. La corriente había circulado por el cuerpo de Kemmler durante diecisiete segundos, tras los cuales el alguacil tocó la campana y los hombres de la habitación del generador apagaron la máquina. Los presentes respiraron hondo. Ya estaba.

Paul miró a Brown, que parecía a punto de aplaudir.

Se levantó. Le sentaría bien un poco de aire estival. Pero en cuanto se hubo incorporado, oyó un ruido extraño. Era tenue. Procedía de la silla eléctrica. Los demás también dieron muestras de haberlo oído. Todas las cabezas se volvieron. El ruido lo hacía William Kemmler.

La sangre continuaba goteándole de las manos. Movía la cabeza de un lado al otro. El pecho le subía y bajaba. Volvía a entrarle aire en los pulmones. Murmuraba. Intentaba que sus palabras atravesaran la esponja chamuscada.

—Ay, por Dios santo —soltó alguien.

El horror se grabó en el rostro de todos los presentes. Paul advirtió que Kemmler seguía con vida. Espumarajos blancos le salían por la boca. Intentaba respirar. ¿En qué estado tan horrible debían encontrarse sus órganos?

El alguacil se apresuró a tomar el control de la situación. Ordenó que se sentaran de nuevo y tocó la campana con furia. Volverían a intentarlo.

La corriente embistió una vez más contra Kemmler. El segundo intento se reveló tan fallido como el anterior. El prisionero forcejeaba con las correas, cada músculo de su cuerpo se tensaba y destensaba, para volver a tensarse. La esponja de la boca comenzó a freírse, igual que un pedazo de pollo que fuera carbonizándose en una sartén. Paul vio un finísimo penacho de humo elevarse desde su cabello al techo. William Kemmler estaba quemándose vivo.

Pero seguía sin morirse. Para vergüenza del alguacil y espanto de los testigos, no lo hizo al segundo intento. Tampoco al tercero.

Al cuarto arreciaron las protestas de los invitados.

—Por Dios, señores —dijo uno de los médicos—. Detengan esto. Es tortura.

Era imposible disentir. Incluso los periodistas se sumaron a las protestas, exigiendo al alguacil que acabara con aquella barbarie. Pero la ley mandaba. El deber del alguacil consistía en aplicarla al pie de la letra. Sus órdenes provenían de la oficina del mismísimo gobernador. Tenía intención de cumplirlas.

Harold Brown se levantó y se le acercó. Mantuvieron una breve conversación entre susurros. Dio la sensación de que Brown se ofrecía para consultar el asunto. Dispuesto, como siempre, a desempeñar el papel del inventor. Sin embargo, el alguacil negó con la cabeza y lo envió de regreso a su silla. Aquello era competencia estatal.

La corriente penetró una vez más en el cuerpo de Kemmler. El prisionero descargó tanta rabia contra las correas de cuero que comenzó a desprendérsele la piel. La boca y los ojos se le ennegrecieron por las quemaduras. Ya no le goteaba sangre de las manos, sino que le caía en un flujo brillante. De su cabeza ascendía humo negro.

Y entonces, de repente, una llamarada azul salió despedida de su boca. Era el mismo fuego azulado e infernal que Paul había visto en aquella calle de Manhattan. Quemó el cráneo de Kemmler, prendió su cabello y luego se extendió por el cuerpo. Lo desolló hasta los huesos.

Cuando la sangre empezó a extenderse por el sótano, los invitados se levantaron de un salto. Paul estuvo entre los que corrieron hacia la puerta.

En cuanto Paul llegó al patio de la prisión vomitó. Sin comida en el estómago, lo único que salió por su boca fue un esputo de bilis. Cayó de rodillas en la tierra y trató de escupir aquello por completo.

Paul miró a los demás. No era el único en sentirse indispuesto. Más acostumbrados a la sangre, los médicos se habían puesto a fumar. Hablaban animadamente, intentando entender lo que acababan de presenciar. Era la primera vez que veían que un cuerpo hacía algo semejante. El horror que sentían como personas quedaba matizado por la curiosidad profesional.

Los periodistas escribían febrilmente en sus cuadernos. Paul advirtió que, en cuestión de minutos, enviarían las crónicas de lo que habían presenciado, describirían la escena para los numerosos periódicos a lo largo y ancho del país. Acababa de hacerse evidente que el sistema de corriente alterna de Westinghouse era una máquina de matar sumamente pobre. Si el propósito de Edison y Brown había sido demostrar la incontestable seguridad de la corriente alterna, no podrían haberlo hecho mejor.

Paul seguía indispuesto. Sin embargo, también sintió, por primera vez en mucho tiempo, que su bando se había apuntado una victoria.

Se volvió y vio a Brown salir a la carrera por las puertas de la prisión. Creyó distinguir manchas oscuras en su chaqueta de lino. Y también en sus manos.

50

Invertir en conocimiento produce los mejores beneficios.

BENJAMIN FRANKLIN

George Westinghouse estaba en mangas de camisa cuando Paul cruzó con ímpetu las puertas dobles de su estudio privado. Se avergonzaba un poco de sentirse tan exultante teniendo en cuenta los hechos del día anterior. Lo que no quitaba que un asesino que se había servido de un hacha, y que no había mostrado arrepentimiento, había sido castigado, así como que su muerte había probado a la opinión pública el alcance de las mentiras de Edison sobre la corriente alterna. Ahora nadie podía pensar que esa corriente era particularmente letal. Los periódicos ya estaban lanzando preguntas al respecto: ¿Brown se había equivocado? ¿O había mentido? Y si se trataba de lo segundo, ¿por qué razón?

En muy pocas ocasiones Paul había sido portador de tan buenas noticias para su cliente.

—¿Señor Cravath? —Westinghouse le echó un vistazo a su reloj de bolsillo.

—Señor, le mandé un telegrama. Con las noticias de Buffalo. Seguro que lo ha leído.

Paul sacó con orgullo de un bolsillo del abrigo un ejemplar del *New York Times* del día, con el que dio unos golpecitos en el escritorio de Westinghouse.

En la cabecera del periódico, delgado y de formato sábana, un titular a cuerpo cuarenta y ocho clamaba: ATROCIDAD ELÉCTRICA EN BUFFALO. ¿ES EDISON EL CULPABLE?

—La prensa está investigando a Edison —dijo Paul—. Todos se hacen eco de que Brown era un fraude y de que alguien lo convenció para representar un papel.

Westinghouse guardó silencio. Bajó la vista al periódico, lo cogió y se quedó concentrado un buen rato en el titular.

—Esto es bueno —dijo Westinghouse.

—Sí, es bueno —repuso Paul. Aquella no era exactamente la reacción que esperaba—. Su corriente es demasiado segura para que sirva en las ejecuciones. Casi no logran matar a un hombre con ella. Cada periódico está abordando la noticia desde el mismo punto de vista: la corriente alterna es «demasiado» segura. El escándalo ya no versa sobre los preocupantes peligros de su corriente, sino sobre su preocupante seguridad.

—Venderemos más unidades

—Venderemos muchas más unidades.

Paul estaba perplejo ante la tibia respuesta de su cliente. Las ventas de corriente alterna llevaban un tiempo estancadas. Aquel debería ser el momento de júbilo largamente esperado. Westinghouse, en cambio, se comportaba como si estuviesen en un funeral.

—Más nos vale que sea así —dijo el inventor devolviendo el

periódico a la mesa y tomando de nuevo asiento—. Estamos arruinados.

Lo soltó tan de sopetón, que Paul no estuvo seguro de entenderlo.

—¿Qué?

—Bueno, aún no del todo. Pero pronto. Muy pronto.

—No le comprendo...

Las ventas habían bajado, aunque no hasta ese punto.

—Quizá ha leído los periódicos equivocados —sugirió Westinghouse mientras cogía un periódico doblado que había bajo unas cartas en el extremo opuesto del escritorio. Colocó el delgado diario sobre el *New York Times* de Paul. Era un ejemplar del *Wall Street Journal.*

CUANDO LONDRES TIEMBLA..., EN NUEVA YORK HAY UN SEÍSMO. El subtítulo era menos sensacionalista y más descriptivo: «Aumentan los rumores al otro lado del Atlántico sobre la quiebra de Baring Bros». El segundo subtítulo ayudaba a aclarar la situación: «Uno de los bancos más antiguos del mundo podría cerrar tras la caída de los bonos en Argentina. ¿Qué supondrá para Estados Unidos?».

—Son los malditos argentinos —dijo Westinghouse—. En su momento todos pensaron que eran una apuesta segura.

Paul cogió el ejemplar del *Wall Street Journal* y leyó rápidamente la columna de la izquierda. Por lo que entendió, la noticia no se basaba más que en habladurías. Rumores que no partían de ninguna fuente ni se atribuían a nadie. Ciertos «indicios» habían «aumentado» en los últimos días. Y dichos indicios eran que el banco londinense Baring Brothers podía estar a punto de la quiebra. Al tratarse de una institución que había capeado ciento veinte años de tormentas financieras, todo apuntaba a que no era la única en hallarse en problemas. «Si el mismísimo Banco de Inglaterra estuviera bajo el punto de mira —señalaba el artículo—, la conmoción no podría ser mayor.» Seguían una serie de pormenores técnicos sobre la naturaleza del asunto con Argentina; una recesión en Sudamérica, una burbuja en Brasil, una marejada en un continente que devendría un tsunami al llegar a otro.

—¿Cómo se traduce esto en nuestra bancarrota? —preguntó Paul—. Baring Brothers no es el propietario de esta empresa.

—Pero ¿cuántos de nuestros acreedores pasarán a ser los suyos? Paul empezaba a entender el problema.

—Sus acreedores empezarán a reclamar el pago de sus préstamos antes de lo esperado.

—Mucho antes de lo esperado —contestó Westinghouse señalando una carta sobre su escritorio—. Esto es de A. J. Cassart. Quiere que su préstamo le sea reembolsado este viernes.

—Dios mío… estamos a miércoles.

—¿También se ha enterado de eso por el periódico?

—¿De qué cantidad estamos hablando?

—Es difícil decirlo. Pero no será la última carta de este tipo que reciba esta semana. He estado repasando las cuentas… No es ningún secreto que estamos en pérdidas. En circunstancias normales no sería un problema. La mayoría de los negocios en expansión recurren a las mismas tácticas.

—¿Qué deuda acarreamos?

—Usted, señor Cravath, no acarrea deuda alguna. Soy yo quien lo hago por un valor aproximado de tres millones de dólares.

—¿Y de cuántos activos dispone la compañía?

—¿En total? Más o menos de unos dos millones y medio.

Paul empezó a andar arriba y abajo por el estudio, mientras reflexionaba sobre el problema.

—De modo que necesitaremos elevar el capital en al menos quinientos mil dólares para convencer a los acreedores de que no se hagan con el control de la empresa.

—Me alegra comprobar que ha trabajado las matemáticas.

Paul se detuvo en el otro extremo de la habitación, junto a las estanterías con libros que llegaban hasta el techo. Se volvió y miró a Westinghouse.

—No es usted quien está endeudado. Es su empresa. Eso es lo primero que debemos tener en cuenta. No recae todo sobre usted.

—Se equivoca.

—¿A qué se refiere?

—Puse como garantía esta casa y cuanto hay en ella. Quizá su valor no alcance el medio millón de dólares, pero tampoco se trata de una choza.

Paul se daba cuenta de que Westinghouse siempre se había tomado los asuntos de su empresa de una manera muy personal. Le había puesto su nombre y trataba a la corporación como si fuera una extensión de su propio ser. Pero una cosa era dejarse llevar por las emociones y otra poner en peligro el techo que cobijaba a su mujer.

Al reparar en la expresión de Paul, Westinghouse sonrió con terca ingenuidad.

—Lo considera un grave error —sugirió.

—Se trata de su familia, señor —dijo Paul.

—¿Debo prepararme para oír uno de sus sermones? No están nada mal, chico, debo admitirlo. Pero si lo que quiere es convencerme de que deje que mi empresa se hunda sin poner todo de mi parte para sostenerla... no lo conseguirá, por muy elocuente que sea usted.

Paul sabía que tenía las de perder. Lo primero que había aprendido acerca de la persuasión era reconocer cuándo —y acerca de qué— estaban los demás dispuestos a ser persuadidos. No cabía duda de que aquel día Westinghouse no cedería. Y también le constaba que el único modo de salvar a su cliente era encargarse personalmente de prevenir la bancarrota.

51

Debes aprender las reglas del juego. Y, a continuación, jugar mejor que los demás.

ALBERT EINSTEIN

Durante las siguientes semanas, Paul y Westinghouse se turnaron para emprender peregrinajes de penitencia a los más adinerados entre los adinerados de Nueva York. Las estaciones de su vía crucis fueron Wall Street, Union Square y Madison Square. Ningún millonario se salvó de sus visitas pías. Westinghouse renegó de los pecados de su empresa. La promiscuidad financiera se acabaría. Se comprometió a dirigir la empresa con austeridad. Suplicaron más que bendiciones. Suplicaron su absolución.

Paralizarían la investigación de productos nuevos y más elaborados. Se centrarían exclusivamente en mejorar la fabricación y los costes de los dispositivos ya existentes. Carecían de la ilimitada provisión de fondos que J. P. Morgan concedía a Edison. Por consiguiente, su cultura empresarial difería de manera notoria. No aspiraban a ser una fábrica basada en construir castillos en el aire.

Westinghouse trabajaba. La empresa seguiría fabricando y sus productos eléctricos serían los de mayor calidad del planeta. Aquel había sido su objetivo desde el principio y siempre lo sería.

Incluso el proyecto de desarrollar una bombilla eléctrica lo más diferente posible a la de Edison quedaría aparcado. No podían permitirse destinar mano de obra a una tarea que, pasado un año, no había dado ningún fruto. Westinghouse disponía de buenos ingenieros, pero eran caros y entre ellos no se contaba Nikola Tesla. La inminente supervivencia de la empresa estaba en juego.

Solo necesitarían una modesta inyección de capital para ir tirando durante el invierno incipiente. Los pocos cientos de miles de dólares requeridos a fin de mantenerse operativos eran una menudencia comparados con la fortuna que generaría la luz eléctrica.

Sin embargo, cada vez que Paul y Westinghouse ponían punto y final a sus ensayadas peticiones, los comprensivos millonarios que tenían delante les recordaban que todo aquello dependía de vencer a Edison. Desde la comodidad que procuraba estar sentados detrás de sus escritorios de roble, los banqueros se apresuraban a sugerir que, si acababa generalizándose el uso de la corriente continua, la Westinghouse Electric Company apenas se beneficiaría de la prosperidad resultante. El problema no radicaba en la austeridad o en la eficacia operativa de la empresa, sino en la fragilidad de su mera existencia. ¿Quién podría sacar provecho de suministrar un medicamento caro a un enfermo terminal?

Paul y Westinghouse también cosecharon algunos éxitos. Se garantizaron nuevas inversiones de la mano de Hugh Garden, A. T. Rowand y William Scott, lo que permitió alargar la vida de la empresa unas semanas frenéticas. Carter y Hughes aportaron a la causa sus numerosos contactos, que se concretaron en unos providenciales ciento treinta mil dólares en la primera semana de crisis, con los que compraron otro mes. Paul pudo arañar aquí y allá algunos días extra de vida usando su red de la Universidad de Columbia. Aquellas eran las unidades de medida que utilizaban ahora; no dólares ni centavos, sino semanas, días, incluso horas. Con un millón de dólares podían comprar un año. Con mil dólares, apenas un día.

El bufete Carter, Hughes & Cravath decidió por unanimidad congelar sus honorarios hasta que la crisis pasara. Los emolumentos adeudados continuaron acumulándose. Los servicios dados se registraron diligentemente en el libro de contabilidad de cuero que se usaba a tal efecto y donde se apuntaba cada reunión, cada carta redactada, cada jornada de trabajo bajo las lámparas de gas de la oficina que se alargaba hasta bien entrada la noche. En la columna derecha del libro se acumulaban dólares imaginarios. ¿Quién podía asegurar que algún día serían abonados? Mientras el bufete —mientras Paul— amasaba una fortuna teórica, sus miembros eran muy conscientes de que aquella riqueza sobre el papel quizá jamás se materializaría. Paul continuó dirigiendo en secreto a sus «abogados asociados» con la esperanza de que descubrieran una nueva falla en la patente de Edison. Iba pagándoles gracias a sus ahorros, que menguaban con rapidez, junto con algunas sobras que tomaba prestadas, a hurtadillas, de la mísera caja del bufete. Cada jornada podía ser la última.

Un día de septiembre, Agnes Huntington entró en su despacho. Habían transcurrido cuatro meses desde que se despidieron en Nashville. Se presentó sin cita previa.

Paul no le había escrito, pues no sabía qué decirle. Ahora que la tenía delante, tampoco lo sabía. Él conocía su secreto. Ella, su corazón. Estaban unidos por lo irresoluble de su situación.

—Señorita Huntington. —Llamarla así se le antojó de nuevo ridículo, después de lo ocurrido. Pero ¿de qué otro modo podía dirigirse a ella?

—Bueno días, Paul —dijo Agnes cerrando la puerta tras de sí.

—Me alegra verla —dijo él con sinceridad—. Tome asiento.

El aire húmedo de septiembre entraba por las ventanas abiertas. Aquella mañana había llovido y la brisa era fresca.

—¿Cómo se encuentra Nikola? —preguntó Agnes.

Paul le contó cuanto sabía. Había dado instrucciones a su padre para que no mencionara su nombre en las cartas, ya que no podía descartarse que estuvieran leyendo el correo de Paul. Erastus se limitaría a mencionar los girasoles de Tennessee que crecían en su jardín: cuando se los describiera, Paul sabría que en realidad se refería a Tesla. Al viejo no le gustaba tal subterfugio, aunque entendió que era necesario. En su última carta le contaba que las flores brotaban de manera satisfactoria. No tan altas como esperaba, pero con buen color.

Agnes lo felicitó por haber llevado el asunto con la astucia que lo caracterizaba. Paul se enorgulleció de parecer astuto a sus ojos. Durante el último año, ambos habían pasado muchas horas en compañía de genios, así que el hecho de que lo considerara astuto era más que suficiente.

—¿Y cómo está el señor Jayne? —preguntó Paul. Seguía sin saber por qué había ido a visitarlo, pero no podía dejar de sacar el tema.

—Me ha invitado a acompañarlo a París el mes que viene.

Tres semanas de turismo por Francia. No he vuelto a pisar el país desde la última vez que canté allí. Su familia… bueno, tiene una casa en la ciudad, en París. Y otra de veraneo en el sur. Cerca de Lyon.

Cómo no.

—¿Piensan casarse? —Le costó verbalizarlo. Pero debía saberlo.

Agnes tragó saliva.

—Paul…, yo… —Se interrumpió. Al intentar hablar de nuevo, su voz sonó más tenue—: Creo que el propósito del viaje es proponerme matrimonio.

—Por supuesto.

—Me imagino que en París me entregará el anillo de su abuela. Luego podemos dedicar unas semanas a celebrarlo por la campiña. Después regresaremos a Nueva York y a Filadelfia para comunicar a nuestras familias lo que a buen seguro ya sabrán.

—¿Y piensa aceptar su propuesta?

—Paul…

—¿Qué opina él de que usted actúe en el Met? Sin duda querrá que lo abandone, ¿verdad?

—Henry es un buen hombre. Seguramente usted cree que aceptaré el compromiso por su dinero. En ese caso, déjeme decirle que es mejor que la mayoría de los hombres y que cualquier mujer podría considerarse afortunada con él. Que provenga de una familia de dinero no lo convierte en inmaduro. Y si supiera cuánto he deseado dejar de cantar profesionalmente, o cuántas veces he estado a punto de abandonar… Competir sin descanso por una posición o un estatus no es lo que más deseo. Puedo cantar para cualquiera. Henry mismo no tiene mala voz. —Aunque su tono era firme, se le habían humedecido los ojos.

—La entiendo. Y respeto su decisión.

—No me ha escrito.

—Usted tampoco a mí. He estado trabajando mucho por ganar este pleito, o al menos por no perderlo.

—Lo que significa que cada uno está jugando su propia partida. Usted no puede culparme de estar ganando en la mía solo porque usted esté perdiendo en la suya.

Ambos guardaron silencio. Paul se preguntó si ella también se sentiría como un peón en un tablero ajeno.

—No he venido para decirle esto —dijo Agnes al fin—, sino para hablar de su caso. De Westinghouse. Me consta que ha visitado a todos los inversores de la calle Catorce hacia abajo con la idea de obtener fondos. Y sé que no está yéndole bien.

—¿Cómo lo…? —No hizo falta que Paul terminara la frase. Sabía la respuesta—: Jayne.

—Lógicamente, Jayne no ignora que usted es mi abogado. Y me puso al día de sus problemas. Los conoce hasta el último banquero de esta ciudad. Pero también me contó algo…, bueno, algo de lo que no están al corriente todos los banqueros de esta ciudad. Me contó el motivo de que esté topándose con tantas dificultades.

—¿Y cuál sería?

—J. P. Morgan.

—Morgan es dueño del sesenta por ciento de la Edison General Electric. A título personal.

—Sí, pero piense qué más posee —dijo ella.

Sus pensamientos se aceleraron para entender adónde quería llegar Agnes. Además de controlar las acciones de la Edison General Electric, Morgan poseía una parte de casi la mitad de las empresas que cotizaban en la Bolsa de Nueva York. Esa era la verdadera razón de que Westinghouse hubiera contratado a Paul en primer lugar.

—El personal de Morgan se me ha adelantado a la hora de visitar a todos nuestros inversores potenciales. Morgan los ha amenazado. «Invierta un solo dólar en la empresa de Westinghouse y sufrirá las consecuencias.»

—Es aún más listo. No los ha amenazado; se ha limitado a ofrecerles algo mejor. Si disponen de capital que pueden invertir durante el período de crisis, les ha hecho saber que lo más seguro sería colocarlo en una de sus compañías. En la Northern Pacific Railway. Y en algunas otras. Morgan les ha dado condiciones ventajosas. Mucho mejores que las que usted haya podido prometerles.

—Se ha servido de su avaricia. No de su miedo. —Paul no podía negarle su ingenio—. Pero ¿cómo estaba al corriente de a quién pensaba visitar yo? ¿Cómo pudo llegar primero a ellos?

—No lo sé. Estamos hablando de J. P. Morgan. Es el mejor de todos en este juego.

Lo que Agnes pasó por alto fue que justo por eso Morgan y Edison acabarían ganando. Los de su especie ganaban siempre. Manhattan acababa recompensando a los suyos. Y, al final del camino, la ciudad desterraría a Paul. Lejos de Washington Square, lejos de Wall Street, lejos de Broadway y muy lejos de Agnes.

Paul sintió que desde las profundidades de su tristeza surgía una determinación férrea.

—Tenemos unos pocos inversores. Conseguiremos más. No pienso rendirme.

—Sé que no lo hará —dijo ella sonriendo—. Lo supe en cuanto lo conocí.

Agnes debía irse. Paul tendría que empezar a buscar inversores muy lejos de Nueva York. ¿Cambiaría su suerte? Lo ignoraba, pero al menos Agnes le había señalado un camino mejor.

Se entretuvieron unos instantes en la puerta. Paul alargó la mano para coger la de Agnes. Sin embargo, en cuanto notó sus dedos, supo que no podría soportarlo.

Ella retiró la mano primero. ¿Le resultaba tan difícil como a él?

Agnes se volvió y se marchó sin añadir una palabra.

Paul necesitó un momento antes de poder encaminarse de nuevo a su escritorio.

52

Estoy convencido de que la mitad de lo que separa a los emprendedores con éxito de los que no lo tienen es la pura perseverancia.

STEVE JOBS

Cuando el húmedo verano de 1889 fue enfriándose hasta dar paso al otoño, las placas tectónicas bajo el sistema bancario global comenzaron a desplazarse. El rumor acerca de la nefasta especulación realizada por Baring Brothers con los bonos argentinos acabó siendo un hecho consumado. La deuda acumulada por Edward Baring a lo largo de los años se reveló mucho mayor de lo previsto. Cundió el pánico. Los flujos de capital que alimentaban la corriente sanguínea de las finanzas estaban contaminados. En septiembre, el Banco de Inglaterra intervino para cubrir las pérdidas de Baring con la esperanza de evitar una recesión a escala mundial. Sin embargo, al llegar octubre incluso el respaldo del Banco de Inglaterra fue insuficiente. El gobierno británico carecía del capital necesario para rescatar a sir Edward. Por suerte, lord Rothschild aportó a la causa la fuerza de su familia. Regañó al ministro de Hacienda como si fuera un niño de teta.

Afortunadamente, al tiempo que los vientos de noviembre barrían la Costa Este y los banqueros se sentían con la soga al cuello, Nueva York respondió con firmeza frente al derrumbe de Londres. Wall Street se mantuvo a flote gracias a una producción récord de trigo. Las exportaciones alcanzaron cotas inéditas.

Pese a todo, con la llegada de las primeras heladas de diciembre, el castillo de naipes que Paul había construido a base de tapar las deudas de Westinghouse saltando de un inversor a otro reveló su fragilidad. Algunas puertas que se les habían abierto en agosto estaban ahora cerradas. Como el número de inversiones seguras había disminuido, el acceso al dinero siguió un idéntico curso. El poco que circulaba por Manhattan no llegaba hasta Pittsburgh. Y otros flujos potenciales más caudalosos se topaban con la presa que era J. P. Morgan.

La seguridad de la corriente alterna comenzaba a calar y cada vez más municipios se decantaban por los generadores de Westinghouse en vez de por los de Edison. Sin embargo, por sustanciosos que fueran los beneficios generados por cablear Elmira, Nueva York, o incluso Baltimore, Maryland, no cubrían ni de lejos los gastos de la empresa. Las regalías de la corriente alterna que, en ausencia del inventor, seguían abonando al abogado de Tesla ensanchaban todavía más la brecha que separaba a la empresa de la obtención de beneficios. Argucias financieras que habían menospreciado en el pasado no tardaron en antojarse necesarias. Los cofres de Westinghouse vertieron sus últimas monedas y el estado de penuria corporativa hizo que los labios de Paul empezaran a articular una palabra que era inevitable.

Hughes fue el primero en pronunciarla. No en el transcurso de una de las sombrías reuniones de urgencia a última hora de la tarde, sino en una fría mañana. La dijo apenas hubo cruzado el umbral. Sin preámbulos ni circunloquios. La soltó sin más.

—Debemos empezar a estudiar la solicitud de bancarrota.

Aún no era consciente de sus palabras, cuando Paul se encontró diciendo lo mismo.

—He mirado el procedimiento por encima —repuso al instante—. Las revisiones de 1874 a la Ley de Bancarrota de 1867 son un poco complicadas, pero me he familiarizado con ellas.

Parecía que se habían ahorrado la angustia de tomar una decisión terrible y habían saltado directamente a los pormenores de su ejecución.

Dedicaron toda la mañana a pensar en el plan de acción. La Westinghouse Electric acumulaba numerosas deudas y sus acreedores eran de diferente tipo. Resultaba de suma importancia separar los muy lucrativos negocios de Westinghouse en el ámbito del ferrocarril de los ruinosos proyectos relacionados con la electricidad. Los frenos neumáticos de Westinghouse arrojarían cuantiosos beneficios durante décadas. El objetivo consistía en hallar la fórmula para que estos pudieran ayudar de alguna manera a sostener sus otras áreas de negocio. Buscaron el modo de que no perdiera su hacienda.

En menos de una semana tuvieron delineado el esquema de toda la operación. Fue un mal trago que afrontaron sin sentimentalismos. La división del cadáver de Westinghouse se practicó con un distanciamiento clínico. Paul se entregó a la complejidad de la tarea entre manos, pasando por alto mayores implicaciones.

La mujer de Hughes —la hija de Carter— daría a luz a su primer hijo antes de que acabara el año. Los socios más veteranos de Paul se volcarían en nuevos casos, en sus consolidadas carreras y en sus vidas plenas. Lo que aguardaba a Paul resultaba mucho más incierto.

Una reluciente y clara mañana de un martes, Paul y sus socios pusieron punto y final al asunto. Los hombres, agotados, contemplaron las pilas de papeles en frágil equilibrio que tenían delante. Amanecía en Nueva York, pensó Paul, ahora que ellos se disponían a acostar a Westinghouse. Paul sostenía una taza de porcelana con café caliente a la que daba pequeños sorbos. Carter fumaba. Hughes miraba absorto por la ventana, como si deseara encontrarse entre los ladrillos de alguno de los edificios del vecindario.

—De acuerdo entonces —dijo Carter apoyando su cigarrillo en la mesa—. ¿Quién se lo va a contar?

53

Muchos de los fracasos de la vida han sido de hombres que no supieron darse cuenta de lo cerca que estaban del éxito cuando se rindieron.

THOMAS EDISON

El viaje en tren a Pittsburgh se le hizo muy largo. En el último año y medio, había realizado aquel trayecto en multitud de ocasiones, pero esa vez se le antojó eterno. Las grises praderas de Pennsylvania se extendían sin fin. Paul se sentía como si estuvieran llevándolo al patíbulo. Y el sentimiento que predominó en él al ver ya cerca la soga fue la vergüenza.

No dejaba de imaginarse el rostro de Westinghouse. Había hecho lo correcto. Había apostado fuerte y con tino; primero por la luz eléctrica y luego por la corriente alterna. Había identificado un futuro mercado y los problemas tecnológicos que había que resolver para servirlo. A continuación había diseñado y fabricado el mejor producto del mundo a fin de llenar ese hueco. ¿Qué más se podía pedir de un hombre de negocios?

Lo que sí se podía pedir era un abogado mejor. Si Carter hubiera estado al mando desde el principio, ¿se encontrarían ahora en la aquella situación? ¿Habría sido Hughes capaz de negociar una salida si hubiera tenido oportunidad? ¿Y algún otro? ¿Qué había llevado a Westinghouse a cometer la temeridad de confiarle a él el futuro de su empresa?

Lo habían considerado un prodigio cuando se agenció a Westinghouse como cliente, pero Paul no se había sentido así. Solo en aquellos momentos, cuando se acercaba el fin de su corta carrera en la abogacía, tomó conciencia del alcance de sus logros anteriores. Ahora que ya no importaba, se dio cuenta de lo asombrosos que habían sido sus primeros pasos laborales. Había llegado lejos. ¿Cuántos podían decir lo mismo?

¿Y cuántos habían malbaratado tanto potencial?

Paul entró abatido en el edificio principal de la hacienda de Westinghouse. El mayordomo le cogió el abrigo, el sombrero y los gastados guantes. El señor Westinghouse se hallaba en su estudio. Paul se abrió camino por la casa con lentitud. Lo más probable es que esa fuera la última vez que pisaba aquel lugar. Sin duda, Westinghouse seguiría brindándole un trato cordial. Incluso puede que Marguerite lo invitara en alguna ocasión a cenar. Pero Paul sabía que la idea de ir allí le resultaría insoportable. Estaba tan avergonzado que no podía imaginarse volviendo a mirar a Westinghouse a los ojos.

Paul se detuvo en el umbral del estudio. Westinghouse se encontraba sentado tras su inmenso escritorio. Absorto en algún tipo de diagramas, lo más probable en diseños mecánicos que jamás verían la luz.

Paul aguardó un buen rato. Antes de hablar respiró más hondo que en toda su vida.

—Señor Westinghouse —dijo—. Tenemos que hablar.

Westinghouse no levantó la vista.

—Sí, sí —dijo con la mirada fija en los diagramas—. Tome asiento, muchacho.

Paul no quería sentarse. Se quedó de pie un momento, reuniendo fuerzas.

Llamaron con ímpetu a la puerta.

—¡Adelante! —gritó Westinghouse.

El mayordomo entró.

—Disculpe, señor. Acaba de llegar un telegrama. Pone que es «urgente».

—Bien, bien —dijo Westinghouse—. Tráigamelo.

—Es para el señor Cravath.

Carter y Hughes no osarían interrumpirlo en aquel trance; habían querido distanciarse al máximo de esa reunión. Y luego, ¿quién más sabía que se encontraba allí?

Paul cogió el telegrama de manos del mayordomo y rompió su sello lacrado.

Sin duda, aquel era el segundo telegrama más misterioso que había recibido nunca:

LOS GIRASOLES DE TENNESSEE HAN BROTADO STOP SON UNA PRECIOSIDAD STOP DEBES VERLOS POR TI MISMO STOP POR FAVOR ACUDE A NASHVILLE A LA MAYOR CELERIDAD.

A. G.

54

En el corazón de la ciencia existe un equilibrio esencial entre dos actitudes en apariencia contradictorias: una apertura a las nuevas ideas, sin importar lo extrañas o contraintuitivas que sean, y el análisis más despiadadamente escéptico de todas las ideas, tanto viejas como nuevas. Así se separan las verdades profundas de las estupideces profundas.

CARL SAGAN

—¿Dónde está Tesla? —le soltó un sorprendido Paul a Agnes, en cuanto la vio sentada en la cocina de la casa paterna en Nashville.

Ruth Cravath había puesto una tetera al fuego y Erastus se afanaba para asegurarse de que a la joven no le faltaba de nada. Estaba claro que ya llevaba unos días con ellos.

Paul se fijó en el diamante que destellaba en el anillo de Agnes. Intentó no quedarse absorto mirándolo. Probablemente costara más que la casa donde se encontraban, aunque eso tampoco significara mucho. Por lo menos se había ahorrado tener que preguntarle si el viaje a Francia con Henry La Barre Jayne había dado los frutos esperados.

—Paul, esa no es una forma muy educada de saludar a una invitada —lo reprendió Erastus.

—¿Dónde está Tesla, padre?

—Normalmente vuelve para cenar.

—¿Normalmente?

Agnes se mostró más comprensiva con la confusión que lógicamente sentía Paul.

—Hace una semana recibí una carta de Wilhelm Roentgen.

A Paul el nombre no le decía nada.

—Me parece muy bien.

—Es profesor en la Universidad de Wurzburgo.

—Interesante.

—¿Quieres un poco de té, Paul? —le preguntó Ruth.

—Madre —dijo Paul con creciente frustración—. Concédeme un momento con mi amiga, por favor.

Al oír la palabra «amiga», Ruth enarcó una ceja.

—El señor Roentgen me informó de que había estado recibiendo cartas de un tal Nikola Tesla. Semanalmente.

—¿Quién le ha permitido a Tesla enviar cartas? —preguntó Paul mirando a su padre con aire acusador.

—Nikola quería escribirle a un científico que estaba en Alemania —dijo Erastus—. No creí que pudiera ponerlo en peligro.

—Maldita sea —exclamó Paul—. Eso es justo lo que puede ponerlo en peligro.

—Cuida tu lenguaje —lo reprendió Erastus.

—Y eso es lo que me trajo hasta aquí —terció Agnes—. Roent-

gen me escribió contándome que había mantenido una correspondencia de lo más estimulante con Tesla y que esperaba conocerlo en un viaje que tenía previsto realizar en breve a Estados
Unidos. Dado que Tesla le había dicho que solo podrían conocerse si yo daba mi autorización, Roentgen me escribió solicitándola.

—¿Y por qué a usted? —preguntó Paul.

Agnes lo miró.

—Porque Tesla confía en mí —dijo con tranquilidad.

Por el motivo que fuera, era a ella a quien Tesla había acudido tras el incendio. Era en su casa donde había disfrutado de un
hogar temporal. Agnes apenas tenía familia, Tesla no tenía ninguna. Juntos habían creado una relación fraternal de lo más inesperada.

—Si ha mantenido correspondencia con Roentgen, puede que
también lo haya hecho con otros. La comunidad científica es pequeña, como se ha esforzado tanto en hacerme saber. De todas
maneras, esta temporada no cantaré más, me he tomado un descanso dados mis... otros viajes. Vine aquí para asegurarme de que
nadie lo había localizado.

En el otro extremo de la habitación, los padres de Paul parecían cómodos con la situación.

—De modo que está a salvo —dijo él.

—Tiene que verlo por sí mismo. Lo que ha hecho. Es mágico.

—¿Lo que ha hecho?

Agnes frunció el ceño.

—Es muy difícil de explicar.

—¿Se trata de una nueva bombilla eléctrica? —preguntó Paul
nervioso—. ¿Una lámpara de corriente alterna completamente original? Estaba trabajando en ello.

—Quizá la mejor manera de aclararlo —intercedió Ruth— sea visitar el laboratorio del señor Tesla. Después de tomar el té.

—¿Su laboratorio? —balbuceó Paul—. ¿Dónde está el laboratorio del señor Tesla?

Se hizo un silencio. Solo se oía el tintineo de las cuatro tazas de té que Ruth dispuso sobre sus respectivos platillos.

Agnes se volvió hacia Erastus y le dijo:

—Debería decírselo usted. Fue idea suya.

55

Lo más bello que podemos experimentar es el misterio … Aquel que desconoce esta emoción, que no puede maravillarse y extasiarse ante lo que le circunda, bien podría estar muerto.

ALBERT EINSTEIN

—¿Cómo pudiste construirle un laboratorio? —le preguntó Paul a su padre mientras el carruaje serpenteaba por caminos de tierra hacia la Universidad de Fisk. Los cascos de los caballos levantaban nubes de polvo, impregnando el aire de una tenue pátina beis.

—Él mismo se lo construyó —contestó Erastus—. Yo solo le ofrecí un espacio en el sótano que no utilizaba.

—Nunca he visto nada igual —comentó Agnes desde el asiento trasero del carruaje—. Lo que ha llegado a crear allí.

—Una vez más lo preguntaré sin esperanza de que me respondáis: ¿qué ha construido?

—Ah, hijo —dijo Erastus—. A mí no se me dan bien las ciencias naturales. Tendrás que preguntárselo tú mismo.

—Yo ni siquiera llegué a entender el asunto de la corriente alterna y la continua —dijo Agnes, encogiéndose de hombros—, y eso que el hombre vivió durante meses en la habitación del servicio.

Paul se revolvió en su asiento cuando vio el campus de la Universidad de Fisk. Aunque no tenía más de un cuarto de siglo, la universidad había pasado de ser un barracón militar donde se daban conferencias a esclavos liberados, a ser un centro con un millar de estudiantes. Con media docena de edificios de piedra, todos de estilo gótico. Paul contaba cuatro años cuando su padre ayudó a fundarlo. Apenas recordaba aquellos días, pero se había mantenido viva en las conversaciones de sobremesa familiares. La primera promoción estuvo formada por antiguos esclavos; personas de entre siete y setenta años, pocas de las cuales antes habían abierto un libro y aún menos recibido ningún tipo de educación formal. El centro había florecido con el respaldo de la Agencia de Hombres Libres y de la Asociación Americana de Misioneros. Recientemente había formado a su primer estudiante de segunda generación, el hijo adolescente de un antiguo recolector del algodón en una plantación del oeste de Tennessee.

Al entrar en el laboratorio que había en el sótano del Jubilee Hall, Paul se encontró a un atareado Nikola Tesla en un semicírculo con cinco estudiantes negros. Los hombres estaban de espaldas a la puerta y no vieron al grupo. Tesla y sus alumnos permanecían demasiado absortos en lo que ocurría sobre la amplia mesa metálica que tenían delante como para reparar en nadie.

—Mueva esa placa —ordenó Tesla a uno de los estudiantes—. Un poco más. Sí. Pare.

Tesla manipulaba un dispositivo sobre la mesa mientras otro

ayudante voluntarioso se dirigía a lo que Paul pensó que podía tratarse de un generador, colocado encima de un tablón cercano.

—Usted dé la orden —dijo el ayudante.

Todos los estudiantes vestían trajes marrones o de un gris pálido. Llevaban los botones del cuello abrochados sin excepción y no había ninguna manga arremangada. Daban muestras de haber heredado la obsesión de su profesor por la buena presencia.

—Robert —dijo Tesla sin levantar la vista del dispositivo—, súbase a la mesa.

Los alumnos se miraron confundidos.

—¿Disculpe, señor? —preguntó el más alto.

—¿Señor Robert Miles? —dijo Tesla—. Eleve su cuerpo hasta posarlo sobre esta mesa.

—¿Quiere que me suba a la mesa? —dijo Robert.

—No. No se subirá a ella. Quiero de su yacimiento delante del tubo.

Aunque estas palabras no contribuyeron mucho a aclarar la cuestión, Robert obedeció. Sin duda llevaba un tiempo estudiando con Tesla y sabía que era mejor no discutir ninguna de sus órdenes, por extrañas que se antojaran.

Robert se subió a la mesa y se estiró con los pies apuntando hacia Tesla y la cabeza hacia una placa plateada colocada encima del tablón, la cual proyectaba franjas de luz por el laboratorio.

—Rote —dijo Tesla.

Tras una rápida traducción del lenguaje de Tesla al inglés, Robert giró su cuerpo noventa grados. Sus largas piernas quedaron colgando del amplio extremo de la mesa y su cabeza quedó fuera del ángulo de visión de Paul, pendiendo del otro lado.

—¿Así? —preguntó Robert.

—Justo en tal manera —respondió el inventor—. Ahora levante su pierna derecha, por favor.

Robert se esforzó por mantener la pierna en alto mientras Tesla hacía ajustes en el dispositivo que tenía delante.

—Señor Jason Barnes —dijo Tesla—. Corriente ahora, por favor.

El estudiante situado junto al generador giró dos diales de metal. La máquina empezó a emitir un zumbido.

—Y aquí lo van a tener —declaró Tesla, orgulloso, mientras giraba algo del dispositivo que tenía delante.

El estudiante junto a la placa metálica la observó detenidamente. Encima de la mesa, Robert se esforzaba al máximo por no moverse un ápice. Presa de la expectación, la sala al completo pareció respirar con nerviosismo durante los largos y tensos segundos que siguieron al anuncio de Tesla.

No pasó absolutamente nada.

Diez segundos de silencio incómodo que se convirtieron en veinte.

Ni el inventor ni sus estudiantes apartaron la vista de la mesa. Paul estaba muy confuso.

—¡Ajá! —exclamó Tesla, levantándose de golpe y quedando un paso por detrás del corro de hombres que lo rodeaba—. Señor Robert Miles, puede desembarcar.

Robert bajó de la mesa de un salto. Los hombres contemplaban fijamente la placa. Para sorpresa de Paul, comenzó a ennegrecerse.

—Todos serán pacientes por un momento —dijo el inventor—. Las sales están teniendo su reacción.

Fue en ese momento cuando Tesla advirtió al fin la presencia de los visitantes.

—Señor Paul Cravath —dijo sonriendo—. Es placentero verle el rostro.

—El suyo también —respondió Paul. A las costas lejanas que conformaban la mente de Tesla, los visitantes arribaban y partían. Lo que no parecía saber ni importarle era cómo hacían ni lo uno ni lo otro.

—¿Qué ha construido? —preguntó Paul. No reconocía el dispositivo que yacía sobre la mesa, pero en el caso de ser (o prefigurar) el que Westinghouse necesitaba, Paul tenía claro que no podría resistirse abrazar a Tesla, tanto si a este le gustaba como si no.

—En escasos segundos, lo descubrirá. ¡Entren, entren, entren!

Tesla hizo señas a Paul y sus acompañantes para que se unieran a él y sus alumnos en aquel improvisado laboratorio. Aunque los dispositivos y las máquinas que había allí eran menos gigantescos que los que había en el de Nueva York y que había acabado siendo pasto de las llamas, su variedad no era menos impresionante. A lo largo de una pared se disponían objetos de cristal de todas las formas imaginables: bombillas con aspecto de seta, círculos gruesos y agujas largas y delicadas. Cada uno mostraba un acabado perfecto, pues habían sido pulidos a mano hasta quedar radiantes y sin una mota de polvo. Otra pared contenía lo que parecían componentes eléctricos: las bobinas de cobre enrollado, antenas enmarañadas y el tipo de engranajes pesados que constituían la piedra angular del trabajo de Tesla. A partir de ese instrumental, el inventor moldeaba el misterioso líquido de la energía eléctrica y con él construía… algo. El motor de corriente alterna solo había sido el primer número de su actuación. La inmensa bobina de rayos que Paul había visto en Nueva York, el segundo. ¿Podría tratarse el tercero de una bombilla eléctrica completamente inédita? ¿Tendría techo el número de maravillas que Nikola Tesla sería capaz de dar al mundo?

—Vengan a contemplar, señor Cravath y señorita Agnes Huntington —dijo Tesla—. Lo llamo sombragrafía.

Dirigió la atención de sus invitados hacia la placa, que ya había dejado de ser plateada y que ahora era casi toda de un negro muy oscuro y en cuyo centro se delineaban espectrales formas plateadas. Paul necesitó un momento para reconocer el dibujo grabado en plata. Era un hueso.

—¿Eso es un...? —preguntó Agnes llegando a la misma conclusión.

—Es mi fémur —dijo Robert—. Está dentro de mi pierna.

—Nikola —terció Erastus—, ¿acaba de tomar una fotografía del interior de la pierna de este hombre?

—No, no —contestó Tesla—. Una fotografía no; es una sombragrafía. Registra densidad de materia, no brillantez de iluminación. En una sombragrafía aquello de mayor densidad es lo más iluminado. Aquello de ninguna es oscuro.

—¿Despega la piel —dijo Agnes— y revela la imagen del hueso que hay debajo?

—Exactamente —repuso el inventor.

Con calma, en secreto y en un laboratorio improvisado y subterráneo, Tesla había formado un equipo con los aventajados hijos de los hombres libres del Sur para alumbrar maravillas más extrañas que nada de cuanto Edison y sus adinerados pares se habían atrevido a soñar. En su momento, Paul había pensado que Thomas Edison era el más estadounidense de los hombres de su generación. Ahora, sin embargo, al contemplar la mesa de trabajo alrededor de la cual Tesla y sus alumnos inspeccionaban la placa oscurecida, descubrió otros Estados Unidos, nacidos en un pueblo serbio muy pobre y en los campos de algodón del oeste de Tennessee. Si los primeros Estados Unidos habían sido brillantes, estos eran ingeniosos. A lo que los primeros no habían inventado, los segundos conseguirían darle forma. Lo que Wall Street no financiaría sería construido en un sótano de Nashville. Aquello era lo que temían hombres como Edison o Morgan. Pese a sus talonarios y su habilidad para comprar y vender lugares como el Fisk con una mera firma, no eran capaces de conciliar el sueño en sus reductos de la Quinta Avenida. Se servían de sus abogados para arrasar con sitios como este. Tenían sus patentes, pruebas de su preeminencia redactadas con sumo cuidado. Tesla y sus estudiantes solo tenían su inventiva. En los rostros de Robert, Jason y el resto, Paul pudo ver que aquellos hombres no iban detrás de dinero, ni de prestigio social, ni de algún otro logro de naturaleza abstracta. Aquellos hombres construían cosas porque eran inteligentes. Entusiastas, precoces y curiosos. Paul quería vivir para siempre en unos Estados Unidos donde Thomas Edison tuviera miedo de un chico listo que trabajaba en un sótano, cuyo padre habría recolectado suficiente algodón para que su hijo pudiera recolectar voltios.

—¿Duele? —le preguntó Erastus a Robert.

De forma instintiva, el estudiante se miró la pierna y la movió.

—Creo que no.

—Estás muy bien —dijo Tesla—. Han sido testigos de la operación de la máquina. El señor Wilhelm Roentgen se sentirá agradeciendo.

—Eso es lo que quería hablar con usted —dijo Paul—. Ha recuperado la salud, la memoria y su genio. No tengo palabras para

expresarle lo feliz que me siento al comprobarlo. Esta máquina...
o cualquiera de las que hay por las paredes, ¿es una lámpara incandescente?

Tesla miró a Paul como si en realidad fueran sus palabras en
buena medida las indescifrables.

—¿Por qué es que tendrían que ser lámparas?

—Una bombilla eléctrica diseñada para sacar el máximo partido a la corriente alterna —le explicó Paul—. Que claramente no
infrinja la patente de Edison. Eso es lo que Westinghouse necesita
para sobrevivir a la demanda. Usted y el equipo de Westinghouse
estuvieron trabajando para construirla. ¿El dispositivo que ha creado puede ayudar a este respecto?

Tesla estuvo más cerca de reír de lo que jamás había visto Paul.

—Ay, señor Paul Cravath. Se lo he dicho. ¿A quién le está im-
portando la bombilla eléctrica? Ya las tenemos. Pero esto, lo que
he construido... El señor Wilhelm Roentgen lo llama «rayo X»,
pero a mí me está gustando más lo acertado de «sombragrafía».
Le he enviado los diseños para que pueda construir estas máquinas. Esto es una cosa nueva. Es una maravilla.

—¿Y a quién demonios le servirá este «rayo X»? —inquirió
Paul.

Si había un solo hombre en el planeta capaz de salvar la carrera de Paul, de garantizar su sustento, ese era Tesla. Y no lo haría.
O no podía. Quizá a ojos del inventor ni siquiera hubiera diferencia. Paul se preocupaba por Tesla. ¿Alguna vez este se preocuparía
por él? No lo tenía claro. Aquel hombre no estaba dispuesto a poner su mente al servicio de algo que no fueran sus sueños, ni siquiera con el objetivo de salvar a los únicos amigos que tenía en el
mundo.

Tesla advirtió la expresión de derrota de Paul.

—¿Qué es lo que es un problema, señor Paul Cravath?

—Paul está perdiendo la demanda, Nikola —terció Agnes—. Teme que Thomas Edison gane.

Tesla asintió de forma comprensiva.

—Yo también tengo tristeza hacia eso.

Paul se dio cuenta de que Tesla no estaba al corriente de muchos de los hechos acaecidos. Empezó a hablar deprisa; quizá aquella fuera la única oportunidad que tendría de hacerle entender a Tesla lo importante que era su trabajo en la corriente alterna. Paul le contó a los presentes todo lo sucedido en el último año, sin ahorrarles los detalles más desagradables. ¡Al diablo la confidencialidad! Su cliente no tenía nada que ocultar. Desde sus asientos, los estudiantes seguían cautivados su relato. Aquella historia no tenía desperdicio.

Paul se fijó en la cara de su padre cuando contó lo de la bancarrota inminente: apenas reaccionó. Erastus no mostró la solidaridad que su hijo había imaginado, pero tampoco la compasión que temía.

Una vez hubo concluido su relato, Paul se quedó de pie, apesadumbrado, en el centro del laboratorio. ¿Qué podía decirle nadie?

—Mmm... —dijo Robert.

Paul se volvió sorprendido.

—Robert —terció Erastus—, si tiene algo que añadir, debería hacerlo.

Robert miró al director de su universidad, luego a Paul y finalmente a Tesla.

—Bueno, es que... —empezó a decir el estudiante con nerviosismo—. El señor Tesla nos explica que existen dos tipos de problemas ahí fuera. Por un lado, están los problemas con los que la gente ha batallado desde siempre, consiguiendo o no solucionarlos. Son los problemas conocidos. Por el otro, están los que a nadie se le ha ocurrido nunca abordar. Los problemas nuevos. Territorio inexplorado. Los problemas desconocidos.

—Es más elocuentemente cuando lo digo yo —añadió Tesla—, pero el señor Robert Miles lleva razón. —Asintió mirando a Robert para mostrarle su conformidad.

Paul pensó que, de algún modo y contra todo pronóstico, Nikola Tesla había acabado revelándose como un buen maestro.

—¿Y bien? —dijo Paul.

—Me refiero, señor, y con esto no pretendo decirle cómo debe hacer su trabajo, a que cuando nos enfrentamos a un problema, lo primero que nos pide el señor Tesla es que lo categoricemos. Debemos determinar si es conocido o desconocido. ¿Ha hecho lo mismo con el suyo?

—Me imagino que vencer a Edison —repuso Paul— es un problema desconocido ya que nunca nadie ha… —Paul se interrumpió—. No, esperen —prosiguió—. Edison sí que ha sido vencido. Él mismo me lo contó cuando requerí que declarara.

—Bueno —terció Robert—, si ese es el tipo de problema que intenta resolver, entonces como primer paso quizá debería acudir a alguien que ya lo haya resuelto.

—Solo hay una persona que se haya enfrentado a Thomas Edison y haya salido victoriosa —dijo Paul—. ¿Y me está sugiriendo que tal vez esa persona tenga algún consejo útil que darme?

Agnes sonrió. Ya sabía a quién se refería Paul.

—Su epifanía es agradable —dijo Tesla.

—Y bien —dijo Erastus—, ¿de quién se trata?

Paul se lo dijo. ¿Cómo era posible que no hubiera caído antes?

—¿Cómo te pondrás en contacto con él? —preguntó Erastus.

—Creo que lo llamaré por teléfono —dijo Paul—. A fin de cuentas, lo inventó él.

56

Este ha sido uno de mis mantras: concentración y simplicidad. Lo simple puede resultar más difícil que lo complejo. Debes trabajar duro para conseguir un pensamiento limpio, para simplificarlo. Al final, sin embargo, merece la pena, porque una vez llegas allí, puedes mover montañas.

STEVE JOBS

Al final resultó que Alexander Graham Bell no tenía teléfono. Catorce años atrás, había patentado un «aparato para transmitir palabras y otros sonidos telegráficamente». Una docena de otros inventores, con Thomas Edison a la cabeza, había trabajado en proyectos similares para un telégrafo capaz de transmitir la voz humana. Los usos y las aplicaciones derivados de ello prometían ser muy lucrativos. Bell se había adelantado a todos sus rivales, solicitando una patente apenas horas antes que Elisha Gray hiciera lo propio con una propuesta casi idéntica y semanas por delante de que lo hiciera Edison. Las demandas judiciales estaban todavía en curso, pero por el momento todas las sentencias habían fallado en su favor. La patente de su teléfono estaba blindada.

El invento, claramente entre los más famosos del planeta, lo había convertido en el inventor más importante de su tiempo. De todas formas, y para sorpresa mayúscula de la comunidad científica, Bell decidió no fabricar los aparatos él mismo, ni comercializarlos. En cambio, designó a un pariente lejano para dirigir la empresa que llevaba su nombre. Bell y su mujer poseían la mayoría de las acciones de la Bell Telephone, pero él se negó rotundamente a implicarse en el negocio. Una vez las acciones comenzaron a arrojar beneficios millonarios con periodicidad anual, Bell se instaló con su familia en una remota península de Canadá.

Alexander Graham Bell había derrotado a Thomas Edison en su propio juego y luego se esfumó.

Paul y Agnes necesitaron una semana para, desde los campos polvorientos de Nashville, llegar a un plácido puerto en un lago helado propiedad de Bell. Antes de partir, Agnes le envió a Henry Jayne una nota en la que le comunicaba que emprendía un viaje de última hora con su madre. A su madre le envió una nota en la que le comunicaba que planeaba quedarse una semana más en Nashville. Paul señaló que era de esperar que Fannie reaccionara de forma airada, pero Agnes se limitó a encogerse de hombros: de todas formas, ella ya no estaría allí para recibir su respuesta.

—¿Qué puede hacer? Me gritará cuando regrese a casa. Nos enfrascaremos en una gran pelea. Estoy segura que me tendrá encerrada hasta el día de mi boda. Pero antes de que llegue eso, al menos habré hecho esto.

El trayecto de casi mil ochocientas millas hasta Canadá discurrió de forma placentera. Alegremente incluso. Paul consiguió reunir valor suficiente para preguntar por el compromiso de Agnes. Repasaron rápidamente los detalles más dolorosos. La boda no se celebraría hasta el próximo julio. Organizarla requería de cierto tiempo. Todo Nueva York, por no mencionar Filadelfia, acudiría. Todos menos él, dio por sentado Paul.

Superado aquel momento incómodo, Paul y Agnes compartieron tren durante seis días. Aquel tren se convirtió en su mundo; un filamento resplandeciente encerrado en un vacío. Lejos de los ambientes sociales de Nueva York, podían ser ellos mismos. Paul no era un joven abogado abriéndose camino. Agnes no era la *chanteuse* de éxito de la Metropolitan Opera. No eran más que un chico bueno y fortachón de Tennessee y una chica ingeniosa y ocurrente de Kalamazoo. Dado cuanto estaba ocurriendo a su alrededor, lo cierto es que resultaba... divertido.

Entablaron amistad con una pareja que acababa de casarse al otro lado de la frontera. Cuando la novia señaló el anillo de Agnes y preguntó por los detalles de su próximo enlace, Paul se dio cuenta de que aquel viaje casi era una luna de miel. Antes de que él pudiera sacarlos de su error, Agnes respondió: «¡En septiembre!». Paul se sorprendió sumándose a la mentira. Juntos urdieron la historia completa de sus vidas; nombres, fechas, un romance ficticio a punto de culminar en una boda imaginaria. «Alice Bone» y «Peter Sheldon», naturales de Tennessee, eran herederos de una fortuna amasada gracias a la minería que se dirigían a visitar a unos parientes lejanos de Canadá. Los cuatro jugaron al bridge hasta bien entrada la noche.

A Paul no le pasó por alto la ironía de que en aquel tren, adoptando una identidad falsa, se sintiera más él mismo. A Agnes parecía ocurrirle lo mismo. Agnes Gouge fingía ser Agnes Huntington fingiendo ser Alice Boone. Paul fingía ser alguien a quien le estaba permitido amarla. Eran el rey y la reina del vagón restaurante de primera clase.

Pero no era una luna de miel propiamente dicha. Todas las noches se retiraban a sus respectivos coches cama. No era un adúltero, se repetía Paul. Mientras rodeaban el nevado golfo de Maine, no se robaron ni un solo beso. Las yemas de sus dedos ni siquiera se rozaron en los seis días de viaje. La única ocasión en que Paul sintió el cálido tacto de la piel de Agnes fue en la seguridad que procuraban los sueños.

Estos fueron de lo más vívidos.

Dado que Westinghouse conocía a Bell por haber coincidido de forma casual en diversas conferencias sobre ingeniería, le mandó un telegrama de presentación. Bell respondió que al vivir tan apartado pocas veces recibía visitas, así que sería un placer gozar de compañía tan inteligente a la hora del almuerzo. Paul se dijo que difícilmente volvería a recorrer semejante distancia para tomarse unos sándwiches de salmón y beberse una taza de té.

Bell y su mujer, Mabel, vivían en una hacienda de seiscientos acres en la isla de Cape Breton, Nueva Escocia. Enclavada en la orilla añil de Bras d'Or Lake, la hacienda ocupaba su propia península privada. El señor Bell y Mabel la habían bautizado Beinn Bhreagh, que en gaélico significaba «bella montaña», en referencia a las laderas que se elevaban justo al cruzar el puerto, a cuya sombra yacía su aislado reino. El carruaje que transportaba a Paul y Agnes ascendió por una frondosa colina, dejando a sus espaldas el lago azul cielo y las formaciones de piedra rojiza. De repente, el contorno del hogar de Bell se hizo de visible. Calificarlo de «palaciego» no sería quedarse corto, sino en un error de percepción. Más que una casa, parecía una pequeña ciudad.

La propiedad de los Bell consistía en un conjunto de edificios entrelazados. En el centro del complejo se alzaba una mansión de tres plantas rodeada de cobertizos, cabañas, casetas para botes, almacenes, laboratorios y casitas para el servicio. En la espesa maleza se habían practicado senderos que conectaban unas estructuras con otras. Algunos edificios incluso estaban unidos por pasadizos cubiertos para ir de unos a otros durante las nevadas del invierno. El estilo rústico de la hacienda, basado en la madera oscura, creaba la sensación de que todo en ella hubiera nacido del mismo bosque inmenso que lo envolvía, lo que contrastaba con su tamaño. Alexander y Mabel Bell estaban fuera, aguardando la llegada de sus invitados. Mientras Paul y Agnes estrechaban las manos de sus anfitriones, una fila de sirvientes cogió el equipaje de los viajeros y lo metió en la casa.

—Dios santo —dijo el señor Bell—. George ya me advirtió que era usted joven, pero no me dijo que seguía en pañales.

Bell era voluminoso, casi tan alto como Paul. Aunque solo tenía cuarenta y dos años, parecía más viejo, efecto que se veía agudizado por una barba con grandes patillas, blanca y de cuatro pulgadas. Aunque seguramente fuera mucho más rico que el resto de inventores que Paul había conocido, vestía unos pantalones de trabajo anchos y remetidos en unas botas gastadas. Su chaleco no iba a juego con el abrigo y en vez de corbata lucía un sencillo pañuelo al cuello. Mabel llevaba el pelo gris recogido en una coleta de colegiala. Su abrigo beige estaba pensado para abrigar y no para estar a la moda, y su vestido corriente de lino parecía que no hubiera sido zurcido en una década.

—Usted debe ser la famosa señorita Huntington —dijo Bell, besándole la mano que Agnes le había tendido—. Lamento no haber tenido ocasión de verla en un escenario, pero ahora sí que deberemos esforzarnos por visitar Nueva York con más frecuencia.

—Me siento halagada —contestó Agnes—. Pero si puede conseguirme un piano, les ahorraré el billete de tren.

Dedicaron la siguiente hora a conversar agradablemente. Mientras, Paul y Agnes daban sorbitos a sus tés en una de las numerosas salas de estar de la mansión, Mabel habló de las actividades que realizaban en el lago, de cómo los niños habían aprendido a navegar y de los maravillosos picnics que organizaban en familia en las colinas arboladas. El día de Navidad permitían que los niños descendieran con sus trineos por el cabo y se deslizaran por el hielo. Cada año Mabel los observaba con el corazón en un puño. El señor Bell les describió el laboratorio que había construido, que se encontraba a unas yardas de allí, siguiendo el sendero de tierra. Entusiasmado, les prometió a sus invitados que se lo enseñaría después del almuerzo. Había trabajado en hidrodeslizadores, unas embarcaciones alimentadas con gasolina que se deslizaban sobre la superficie del agua. También estaba ocupado con una máquina voladora, un aparato con alas que amenazaba con transportar a sus pasajeros centenares de pies por el aire. Había intercambiado una correspondencia alentadora con un par de diseñadores de bicicletas de Ohio que trabajaban en algo similar. Aunque el proyecto de Bell no se hallaba tan avanzado, con las primeras pruebas habían conseguido resultados muy prometedores.

Como no podía ser de otro modo, apareció un piano. Con Mabel como acompañante, Agnes cantó «You'll Miss Lots of Fun

When You're Married». La anfitriona incurrió en algunos errores y se oyeron acordes menores no buscados. Agnes los disimuló con una sonrisa y subiendo la armonía, demostrando así que sus habilidades musicales eran capaces de compensar las carencias de su compañera. Las risas no cesaron en el salón moteado por el sol.

Paul esperó a que todos hubieran apurado el té, para abordar el asunto que los había llevado hasta allí.

—La elegancia de su hogar, señor Bell, sin duda está en sintonía con el hecho de que usted sea el único hombre en este mundo capaz de afirmar que ha vencido a Thomas Edison.

—Aprovecharé la ocasión para ver cómo va el salmón —dijo Mabel levantándose.

—No, no —dijo Paul—. Por favor. No hace falta que nos deje. Es solo que nos encontramos en apuros y hemos acudido a ustedes en busca de consejo.

—Bien, en ese caso espero que encuentren lo que han venido a buscar —repuso ella—. Por mi parte, sin embargo, no me trasladé a Canadá para dedicar un minuto más de mi vida a hablar de Thomas Edison.

Bell miró a su mujer mientras se alejaba. Cuando cerró la puerta de madera tras de sí, en el rostro del inventor afloró una tierna sonrisa.

—Está exagerando —dijo una vez a solas con Paul y Agnes—. Por desgracia, aún tiene que dedicar más de unos pocos minutos de su vida a hablar de Thomas Edison, aunque procuro mantenerla al margen.

—¿A qué se refiere? —preguntó Agnes.

—¿Cuántas veces creen que me ha demandado el Mago de Menlo Park?

—Al señor Westinghouse lo ha demandado trescientas doce —dijo Paul—. No creo que usted haya afrontado un ataque menor.

—Mis abogados las contaron por mí en una carta —explicó Bell—. En la última década y media, Edison, Elisha Gray y sus amigos de la Western Union me han demandado más de seiscientas veces por ese estúpido asunto del teléfono.

Paul y Agnes quedaron impresionados por aquella cifra insensata.

—¿Han probado alguno? —preguntó Bell.

—¿Un qué? —replicó Paul.

—Un teléfono, claro.

—Yo todavía no.

—Yo sí —dijo Agnes—. Fue muy emocionante.

—El encanto se desvanece enseguida —dijo Bell—. Son horribles. Arman un escándalo infernal. Una vez lo conectas, el dichoso timbre no deja de sonar. Por eso no dispongo de uno en casa. La que se ha montado por algo tan molesto. ¿Saben que tengo una residencia en Washington solo para responder a las demandas? Las sesiones del Tribunal Supremo se celebran en otoño, de modo que los abogados requieren mi presencia allí unos meses al año, para que testifique en persona mientras Edison y sus compinches intentan manchar mi reputación.

—Washington está precioso en otoño —terció Agnes.

—Cuando voy, casi nunca salgo de los tribunales. Llevo a cabo mi peregrinaje anual, alzo la mano derecha, les cuento a todos por enésima vez la soporífera historia de la primera llamada telefónica. «Señor Watson, venga aquí.» Como muchas de las futuras conversaciones telefónicas, fue menos interesante de lo que habría esperado. Expongo mi historia y el tribunal dictamina una y otra vez que mi patente es válida. Edison y sus muchachos regresan a Nueva York, donde se retiran en las sombras hasta que encuentran un nuevo motivo para demandarme.

—Usted ha ganado todas y cada una de esas seiscientas demandas —dijo Paul—. Es extraordinario.

—Ayuda que sea verdad que inventara la cosa —repuso Bell—. Aunque no siempre ocurra así. Pero, gracias a los abogados, en esto se ha convertido la práctica de inventar en Estados Unidos. Los tribunales son los nuevos laboratorios.

—Y usted prefiere los antiguos.

—Si ha acudido aquí en busca de consejo, amigo mío, le daré el mejor que tengo: abandone el barco ahora que puede.

Eso no era lo que Paul quería oír. Bell podía ser mayor y sentirse a gusto con su jubilación, pero no era el caso de Paul.

—La Westinghouse Electric está a punto de entrar en bancarrota —confesó Paul—. Edison ganará las demandas de la bombilla eléctrica. Seguro que no está diciéndome que, de hallarse en mi situación, dejaría que Edison se saliera con la suya.

—No. Estoy diciéndole que, de hallarme en su situación, hace mucho que habría dejado que se saliera con la suya. —Bell se levantó y se acercó a los altos ventanales para estirar las piernas. Por un instante contempló los arces. Luego prosiguió—: ¿Por qué cree estar luchando?

—Luchamos por el futuro de esta nación —respondió Paul.

—No es cierto —dijo Bell en voz baja—. Están luchando por dinero. O por honor, que es peor.

—¿Por qué lucha usted? —preguntó Agnes—. No ha permitido que Edison le robara sus patentes.

Bell se volvió hacia Agnes.

—¿Qué cree usted, señorita Huntington? ¿Por qué motivo acudo a Washington cada otoño?

Agnes creyó percibir algo en su mirada. Algo silencioso y tierno circuló entre ellos en una frecuencia inaccesible para Paul.

Agnes sonrió.

—Por ella. Por Mabel.

—Y por mis chicas —añadió Bell—. Pero no controlo la empresa. No he solicitado nuevas patentes. Defender las regalías que me corresponden ya es suficiente problema para toda una vida. ¿Desea amasar una fortuna, señor Cravath? Ya lo ha conseguido. Es el abogado del George Westinghouse y aún no ha cumplido los treinta. Y tiene a su lado a una mujer que, permítame que se lo diga, es tan adorable, encantadora e inteligente que cualquier hombre de su edad desearía casarse con ella. No parece que le vaya tan mal.

Paul se ruborizó. Pensó en sacar a Bell de su error pero, para su sorpresa, Agnes lo disuadió con un gesto rápido.

—En el laboratorio que tengo aquí —continuó Bell— puedo trabajar en el problema que se me antoje. Puedo manipular cualquier artilugio que me venga en gana. Me hallo a salvo de las miserias de la opinión pública, que tantos dolores de cabeza le causan a Thomas Edison. Me hallo a salvo de las arduas complicaciones de fabricar algo, que tanto agobian a George Westinghouse. Eso sí es una victoria. Estar tranquilo en tu laboratorio creando. Así empezamos todos. Sin embargo, por algún motivo lo olvidamos. ¿Cuándo? Desde el momento en que dedicamos nuestras energías en pelearnos por dirimir quién de nosotros fue el primero en hacer circular qué tipo de corriente por qué tipo de cable. ¿A quién le importa eso? —Se volvió hacia Paul y prosiguió—: El futuro por el que están luchando pertenece a los que amasan fortunas. No a los inventores. Deje que los primeros se dirijan de cabeza al infierno que se han buscado. E invite a los segundos a unírseme aquí, donde solo importa el genio y solo florecen maravillas.

Con estas palabras, Alexander Graham Bell se reveló como el hombre más honesto con el que se había cruzado Paul en años.

—Usted es una de las personas más inteligentes del mundo, señor Bell. No me diga que cree que voy a darme por vencido.

Bell se rió.

—No, señor Cravath, no lo creo. —Miró de nuevo por la ventana, donde unos arces majestuosos se extendían a lo largo de varias millas. Parecía sumido en una serie de pensamientos que Paul sabía que jamás podría entender—. Lo odia de veras, ¿no es cierto?

—¿Usted no?

—Yo le tengo lástima… Hoy es usted incapaz de comprender por qué lo hago, tampoco mañana lo comprenderá. Pero cuando lo entienda…, bueno, le agradecería que recordara que se lo advertí. Voy a contarle lo que quiere saber. Voy a contarle cómo vencer a Thomas Edison. Y creo que tendrá éxito. Eso sí, por favor, recuerde bien lo que voy a decirle. No lo haré por usted; lo haré por él.

57

En ocasiones dejamos escapar una oportunidad porque aparece vestida con un peto y parece que va a costarnos trabajo.

THOMAS EDISON

—Yo no vencí a Edison —continuó Bell—. El muy tonto lo
hizo todo solo. Yo únicamente fui lo bastante astuto para dejar
que lo hiciera.

—¿A qué se refiere?

—El mayor enemigo al que jamás se enfrentará Thomas Edison
es Thomas Edison. Y después de tanto tiempo, sigue sin aprender
la lección.

—Está siendo usted tremendamente críptico.

—¿Alguna vez ha leído ese periódico, el *Wall Street Journal*?

—Sí —respondió Paul.

—Una basura, sin duda, pero un amigo que vino a verme la semana pasada me trajo una pila de ejemplares. Toda la información
que necesita para ganar a Edison se encuentra en cualquiera de ellos.

—¿Las cotizaciones de las acciones de Edison? Están más altas que nunca. No sé cómo nos sería de ayuda.

—Las cotizaciones de Edison se valoran al alza —terció Agnes—, porque todo el mundo piensa que ganará a Westinghouse.

—Prosiga —dijo Bell.

—Ese convencimiento es el origen primordial de su valor —aventuró Agnes.

Bell sonrió.

—Honestamente, su prometida tiene más talento para los negocios que usted.

Paul pasó por alto el comentario.

—¿Está sugiriendo que difundamos rumores? ¿Para hundir el valor de sus acciones?

—No necesitan mentir. La verdad ya es bastante nociva.

—¿Y la verdad es…?

—Veamos —dijo Bell—. Me han preguntado cómo conseguí vencerle. Resultó sumamente sencillo. Inventé el dichoso artilugio antes que él. Fui rápido. Él, lento. Esto es lo que, a día de hoy, sigue atormentándolo. No es que yo fuera mejor inventor que él. La cuestión fue que Edison estaba tan obsesionado con resolver otro problema, que ni siquiera se percató de que la solución del teléfono estaba delante de sus ojos. El telégrafo lo tenía absorbido; ya por entonces hacía una década que trabajaba en él. Al principio había dedicado algún esfuerzo al teléfono, pero lo consideró una distracción. ¿Por qué debía perder el tiempo con una ridícula máquina para hablar cuando sus líneas de telégrafo no dejaban de mejorar? Lo cierto es que se le ocurrió la idea del teléfono al mismo tiempo que yo, ¿lo sabían? No es ningún secreto. Y eso atormentará al pobre hombre hasta el fin de sus días. Tuvimos la idea a la vez, pero fui yo quien la patenté. Y la ley es la ley. Creo que esto quizá explique por qué ha atacado con tanta saña a Westinghouse. Quizá se jurara no volver a cometer jamás el mismo error.

—Ya he demostrado que mintió al solicitar la patente de la bombilla incandescente —dijo Paul—. No sirvió de nada.

—No. Eso no es lo que el señor Bell intenta explicarle —terció Agnes.

—Correcto —dijo Bell.

—Lo que dice —prosiguió Agnes— es que Edison es una persona obsesiva. Igual que alguien que yo me sé. Y esa es su debilidad. Se centra tanto en uno de los frentes de ataque, que se olvida por completo del otro.

—Chica lista —dijo Bell.

—¿Un contrasaliente? —preguntó Agnes, y Bell se rió con aprobación.

—¿Un qué? —preguntó Paul, confuso.

—A veces un ejército crea de forma intencionada un contrasaliente en su línea más avanzada —aclaró Agnes—. Un punto de una debilidad tan obvia que el enemigo se aprovecha de él. ¿Conoce la historia militar?

—¿Cómo es que usted la conoce tanto? —preguntó Paul.

—Tiempo atrás entablé amistad con un general. En Londres. En todo caso, ¿cuál es la debilidad más obvia de Westinghouse? ¿Qué contrasaliente de los suyos ha obsesionado a Edison?

Paul trató de apartar de su mente a aquel general del pasado de Agnes.

—Me imagino —dijo Bell— que el señor Cravath estará más al corriente que nadie en este mundo de la obsesión más recalcitrante de Thomas Edison.

—¡La demanda! —exclamó Agnes—. Paul, usted lleva meses repitiendo que esta demanda está costando una fortuna a Westinghouse.

—Sí...

—¿Cree que a Edison le está resultando menos costosa?

Al entender por fin lo que Bell y Agnes querían decir, Paul empezó a sonreír.

—Edison se ha volcado tanto en ganar la guerra de la patente —dijo Paul—, que ha olvidado que también necesita ganar la corporativa. De hecho, la Edison General Electric... no da beneficios. Con tal de derrotar a Westinghouse, está llevándola a los números rojos. Ha bajado tanto los precios que apenas subsiste. Ha dilapidado una fortuna en costes legales, y no creo que sus abogados tengan la gentileza de aplazar sus honorarios.

—¿Ha aplazado usted sus honorarios legales? —preguntó Bell—. Recuérdeme que le contrate la próxima vez que Edison me demande.

—Tarde o temprano, los accionistas de Edison repararán en la falta de beneficios —dijo Paul—, y no les complacerá en absoluto.

—La pregunta que debe formularse es: ¿quién es el mayor accionista de la Edison General Electric, aparte del propio Edison? —dijo Bell.

Tanto Paul como Agnes sabían la respuesta.

—El sesenta por ciento —dijo Agnes en voz muy baja—. No es fácil tener mucho más.

Paul guardó silencio mientras ataba cabos.

—Tengo la impresión de que en estos momentos está tomando forma un plan —sugirió Bell, que gustaba de provocar a sus jóvenes invitados.

Paul se levantó de un salto.

—Ya sé cómo ganaremos —dijo.

—Parece que te... divierta —dijo Agnes.

—Bueno, lo cierto es que tiene su gracia —repuso él—. Resulta que, de manera harto fortuita, puede que usted sea la única persona en el mundo capaz de ayudarme a conseguirlo.

TERCERA PARTE

Soluciones

Contrariamente a la creencia popular, la tecnología no es el resultado de una serie de búsquedas de «la mejor solución» a un problema. […] En cambio, […] los que la ejercen (se enfrentan a) asuntos irresolubles, (cometen) equivocaciones e (incurren en) controversias y fracasos. Crean nuevos problemas a medida que resuelven los viejos.

THOMAS HUGHES,
American Genesis

58

No puedes unir los puntos mirando hacia delante; solo puede unirlos mirando hacia atrás. De manera que debes confiar en que, de alguna manera, los puntos se unirán en tu futuro. Debes confiar en algo, en tu instinto, destino, vida, karma, lo que sea. Esta forma de pensar jamás me ha fallado y ha sido determinante en mi vida.

STEVE JOBS

Era justo calificar la fiesta de Año Nuevo en la Metropolitan Opera House como la segunda más exclusiva del planeta. La primera era sin discusión la gala veraniega organizada por la esposa del señor Jacob Astor. Esta excelsa celebración estaba limitada a cuatrocientos invitados, que cada julio, durante una noche sudorosa y embriagadora, abarrotaban la hacienda que los Astor poseían en Newport. La señora Astor se encargaba personalmente de confeccionar la lista de invitados y todas las invitaciones que salían de su casa llevaban el sello que ella misma había estampado con ademán florido en el sobre. Llegado junio, la alta sociedad neoyorquina se acercaba con nerviosismo a las mesitas donde se depositaba el correo a la espera de descubrir el reconocible sello entre los sobres recibidos en el día. *The Times* y *The World* informaban puntualmente de los nombres y títulos de los invitados. Y era una tradición que *Harper's* publicara una crónica a página entera de la velada, donde un dibujo al carboncillo retrataba la densísima concentración de glamour procedente de la ciudad.

El Año Nuevo en la Metropolitan Opera House convocaba a casi el doble de personas, lo que forzosamente reducía a la mitad el glamour de la fiesta. La lista de invitados alcanzaba el millar e incluía a más gente bien y estirada que lo habitual para ese tipo de eventos. También asistían políticos groseros, bailarines europeos recién llegados para inaugurar la temporada y mujeres jóvenes de tal belleza que nadie habría sospechado que solo poseían una mansión en el West Side y un dadivoso tío en Union Square. Por una noche, artistas, magnates del ferrocarril y duques ingleses se mezclaban con júbilo. Los personajes importantes de Nueva York chocaban unos contra otros igual que las siseantes burbujas dentro de sus copas de champán. No era casualidad que la señora Astor también se encargara de organizar esta segunda gala, lo que no se debía tanto a su implicación personal con la Met, sino a su convicción de que ninguna fiesta de relevancia podía celebrarse en Manhattan sin que ella estuviera al frente. El monopolio que ejercía sobre la escena social de Manhattan era más férreo que el de su marido sobre el carbón estadounidense.

Pero si la fiesta anual de la Met no podía compararse en cuanto a exclusividad a la de la señora Astor, tal carencia quedaba ampliamente compensada por lo ingenioso de las galas que se lucían.

Mientras que la fiesta de julio simbolizaba la formalidad de la etiqueta, con el blanco y el negro como estrictos códigos de vestimenta, la de Año Nuevo era un arco iris sobre una deslumbrante pila de oro. Por supuesto, los hombres llevaban pajaritas blancas y trajes oscuros como requería la ocasión, pero a ellas se les permitía —se las animaba— a mostrar qué se podía hacer con un metro de seda y un poco de muselina primorosamente cosida. Los diamantes colgaban de cualquier extremidad que las mujeres dejaran al descubierto.

Paul se hallaba al corriente de todo esto exclusivamente gracias a los periódicos y las revistas. Mientras aguardaba temblando en el callejón trasero de la calle Treinta y nueve, a las diez y cuarenta y cinco minutos de la noche, lo que estuviera ocurriendo en la fiesta solo podía imaginárselo. A 1889 le quedaba poco más de una hora. El ajetreo de la fiesta llegaba hasta la calle. Paul estaba muerto del frío.

Llevaba casi una hora esperando en aquel callejón. De hecho, Agnes era lo único que se interponía entre él y la hipotermia. Ella era asimismo lo único que se interponía entre la Westinghouse Electric Company y la bancarrota. Paul necesitaba colarse en esa fiesta. La esperaría todo el tiempo que hiciera falta, con independencia de si los tobillos se le acababan ennegreciendo por congelación.

De repente, la puerta metálica se abrió con un chirrido y Agnes apareció bañada en una luz anaranjada. Lucía con naturalidad un vestido de un amarillo radiante, elegante y con gusto, y confeccionado con mayor delicadeza de lo que parecía.

—Madre mía, aquí fuera hace un frío terrible —dijo Agnes—. Vamos, entre.

Cerrando la puerta tras de sí, condujo a Paul por un laberinto de serpenteantes pasadizos. Él llevaba un año sin pisar la Met, desde que Tesla se había presentado en el camerino de Agnes. Aún no había asistido a una función de ella.

—¿Está aquí? —preguntó Paul cuando al fin pudo mover los labios sin que le dolieran.

—Sí. Pero tenemos un problema. Ha venido con un amigo.

—¿Con quién?

—Con Thomas Edison.

Paul se detuvo.

—Maldita sea.

—Lo sé.

—¿Edison estaba en la lista de invitados?

—¿Quién sabe? Si hubiera tenido acceso a ella, habría intentado meterlo a usted, Paul. Es evidente que hemos tenido que optar por otros medios. Me imagino que a Edison sí lo autorizaron a usar la puerta principal.

Eso dificultaría mucho los planes de Paul para la velada.

—¿Están juntos?

—No todo el rato. Edison tiene muchos admiradores. Debe atender a muchos grupitos, estrechar manos y contar patrañas. Usted debería aprovechar un momento en el que estén separados para actuar.

Echarse atrás quedaba descartado.

Paul siguió a Agnes hacia la fastuosa fiesta donde se hallaba su objetivo.

Habían retirado las butacas del auditorio para que el millar de invitados pudiera desplazarse a sus anchas por el parquet del inmenso salón abovedado. De los palcos colgaban hileras de luces eléctricas que, en forma de parpadeantes telarañas, se extendían hasta el escenario. Sobre el escenario, una orquesta de cuarenta músicos interpretaba un animado vals. Los bailarines se bamboleaban adelante y atrás, olas en movimiento que impactaban contra las sólidas rocas de las conversaciones que punteaban el parquet.

Paul era un pequeño remolcador surcando el mar embravecido de la multitud. Al entrar con timidez en la pista de baile, casi lo tiró al suelo una pareja borracha que iba dando vueltas a lo loco.

—Vaya con cuidado —le aconsejó Agnes—. No podemos permitirnos una escena.

Paul vio a Agnes avanzar deslizándose. Parecía un ave en vuelo sobre un mar agitado. Pero no era ninguna gaviota. Ignoraba fríamente las miradas de curiosidad que le dirigían. Era un halcón.

—Por ahí —dijo Paul volviéndose.

A unos quince pies, Thomas Edison charlaba de manera amigable con unos conocidos. El esmoquin producía el extraño efecto de quitarle años y llevaba torcida la pajarita blanca. Era el único componente de aquel corrillo que no sostenía una bebida en la mano.

—¿Sabe bailar el vals? —preguntó Agnes.

—¿Qué?

Con la mano izquierda, Agnes cogió la mano derecha de Paul y se la colocó a la altura de su cintura; luego tomó la mano izquierda de él con su mano derecha. Acto seguido, comenzó a dar vueltas.

A Paul le costó un momento comprender que Agnes estaba llevándolo a la pista de baile con una triple vuelta. Intentó recordar la última vez que había bailado un vals. Su perfume lo impregnaba todo, y por un instante sintió que ambos eran transportados de vuelta a la casa de sus padres, a una cálida noche de Tennessee.

—Mantenga el equilibrio —susurró Agnes—. Limítese a seguirme.

Giraron y giraron por la pista de baile, trazando órbitas alrededor del resto de bailarines. El salón era una constelación de las modas más recientes. Al principio Paul pisaba el suelo de madera pulida con excesiva fuerza, pero las manos de Agnes fueron marcándole el ritmo hasta dar forma a sus movimientos.

—Poco a poco —murmuró—. Rápido-rápido, lento. Así, bien.

Él trató de no marearse.

Agnes ya le había comentado que no debía preocuparse por la presencia de Henry Jayne, pues este se hallaba en Filadelfia atendiendo a un familiar enfermo. Para ser una pareja tan consolidada pasaban muy poco tiempo juntos, ¿acaso era así entre los ricos? Paul creía que no soportaría estar en la misma habitación que aquel hombre. Y sin duda no deseaba que semejante encuentro se produjera mientras su mano reposaba delicadamente en la cintura de Agnes.

Notó la cálida y acompasada respiración ella en el cuello. Notó que los músculos de la espalda de Agnes se tensaban y relajaban siguiendo el ritmo del baile. Paul sabía que él no estaba haciendo todo aquello solo por Westinghouse. No quería ganar con el único objetivo de castigar a Edison. Necesitaba demostrar a Agnes que él valía tanto la pena como Henry Jayne.

—Tiene a Edison a treinta pies de su espalda —susurró Agnes—. Nuestro hombre está a diez pies, en dirección opuesta. Vamos.

Agnes le apretó con fuerza las manos, guiándolo entre la multitud. Se acercaron a un grupo formado por cinco hombres, todos con fracs negros e impecables camisas de cuello blanco, enfrascados en una conversación. Ninguno bajaba de los cincuenta años y todos lucían unas generosas cinturas, señal de la buena vida. En el centro del corro Paul vio a un hombre alto, el único que no tenía barba, aunque sí un tupido bigote castaño que daba una extraña nota de color a su rostro. Su cabello, peinado con raya en medio, era blanco como la tiza. Parecía que sus mejillas no se hubieran tensado jamás en una sonrisa.

Era J. P. Morgan, el hombre al que buscaba.

59

El capitalismo ha dado muy buen resultado.
Todo aquel que desee instalarse en Corea del
Norte queda invitado a hacerlo.

BILL GATES

El tema musical concluyó con un convincente acorde de violines.
Los invitados aplaudieron distraídamente; su gentileza era tan
instintiva como la tos.

Agnes observaba al grupo de Morgan.

—Parecen bastante borrachos —susurró de forma conspirati-
va—. Aguarde aquí —Se zafó de Paul, y antes de que este pudiera
abrir la boca, ya se había alejado y conseguido deslizarse en medio
del corro—. ¡Señor Routledge! —exclamó con aire admirativo di-
rigiéndose a uno de los socios de Morgan—. ¿Cómo le fue por
Bruselas?

Paul la observó sumarse a la conversación de los hombres. Era
un zorro en un gallinero. Paul oyó sus risas estruendosas y detectó
una lucha de codos por ganar la posición que les permitiera im-

presionar a aquella mujer tan bella y rebosante de alegría. Se mantuvo en silencio a un lado, sin que lo invitaran a sumarse al grupo y esforzándose por oír con disimulo lo que se decía.

En menos de un minuto, Agnes había maniobrado para que Morgan dejara de ser el centro del grupo, con tal sutileza que no resultó en absoluto impertinente. Sin embargo, el aislamiento del millonario resultaba incuestionable.

Paul entendió la jugada. Agnes aún lo había impresionado más. Morgan no estaba acostumbrado a que no le hicieran caso; Paul empezó a percibir el aburrimiento en sus gestos.

Morgan se apartó del grupo con un whisky en la mano. Cruzó la pista de baile; Paul le pisaba los talones. Las personas que salían al paso del millonario le dirigían gestos de la cabeza y sonrisas, pero ninguna de ellas dio muestras de interesarle. Entró en el vestíbulo de atrás y cruzó la puerta que desembocaba en el baño de caballeros.

Paul esperó diez segundos antes de seguirlo dentro.

El baño era espacioso. A un lado se alineaban los lavabos de mármol y al otro los cubículos de una serie de urinarios que, a buen seguro, dispondrían del novedoso diseño de las cadenas para tirar agua. En la pared opuesta había un diván que invitaba al reposo. Morgan se estaba reclinando en él.

Dos hombres estaban de pie junto a los espejos. Se ajustaron las pajaritas mientras Morgan se relajaba en el diván; con los ojos cerrados, parecía disfrutar de un breve y raro momento de descanso.

Paul se acercó a un espejo; se torció el nudo de la pajarita y fingió que le costaba recolocársela. Se examinó la raya del cabello para asegurarse de que no había ningún pelo rebelde.

Los dos hombres parecieron pensar que la charla que estaban manteniendo antes de que J. P. Morgan apareciera debía proseguir en otro lugar y salieron dándose palmaditas en la espalda, como para sellar su conspiración. La puerta se cerró tras ellos. A Paul le había llegado su oportunidad.

Se dirigió rápidamente a la puerta y corrió el pestillo.

Acababa de encerrarse con J. P. Morgan en el baño de caballeros.

Al oír el tintineo metálico del pestillo, Morgan alzó la vista hacia Paul.

Paul tenía apenas unos minutos antes de que la ausencia de Morgan causara extrañeza o de que la puerta cerrada despertara sospechas entre el personal del servicio. Disponía de muy poco tiempo.

—Si su intención es robarme —dijo Morgan sin moverse de su asiento—, debo informarle de que mis bolsillos están vacíos.

La marcada indiferencia con que habló era una prueba de que en esta vida pocas cosas le asustaban. Seguro que entre los temores íntimos que quizá albergara no se incluía a un desconocido con pajarita que se le acercaba con maneras tímidamente amenazadoras en el transcurso de una velada. Con independencia de si la puerta estaba o no cerrada, Paul no parecía preocuparle lo más mínimo.

—Me llamo Paul Cravath.

—Muy bien.

—Soy uno de los socios de Carter, Hughes y Cravath.

—Sus padres deben de sentirse muy orgullosos.

—Soy el abogado principal de George Westinghouse en sus demandas contra Thomas Edison.

—Ay, qué lástima. En ese caso tal vez no se sientan tan orgullosos. —Morgan se levantó—. Su nombre me resultaba familiar. Ahora voy a marcharme.

Dio un paso hacia la puerta. Paul también dio uno al frente, haciendo evidente su intención de interponer su cuerpo entre Morgan y la salida.

—Tengo que hacerle una proposición —dijo Paul.

—Y yo tengo un despacho —repuso Morgan.

—Es confidencial.

—Vaya, vaya.

—Thomas Edison está costándole dinero.

—Usted está costándome dinero. Ahí fuera tengo asuntos que atender.

Morgan dio otro paso hacia la puerta, pero Paul volvió a dejar claro que no pensaba apartarse.

—Solía portar conmigo una pistola, ¿sabe? —dijo Morgan—. Pienso reprender severamente a mi equipo de seguridad por haberme convencido para que no la lleve.

—La guerra entre Thomas Edison y George Westinghouse los arruinará a ambos.

—¿Y?

—Y dado que usted posee el sesenta por ciento de las acciones de la Edison General Electric Company, me parece que su problema es mucho mayor que el mío.

—Déjeme sugerirle que su mayor problema ahora mismo es lo que mis amigos le harán en cuanto salga de aquí.

—Usted y yo tenemos el mismo problema. Le propongo que nos unamos para solucionarlo.

Morgan no dijo nada.

—Edison y Westinghouse están enfrentados en un duelo a

muerte por conseguir sus respectivos pedazos de un pastel que solo tiene este tamaño. —Paul formó un pequeño círculo con los dedos—. Pero si trabajamos juntos podemos repartirnos de forma equitativa los pedazos de un pastel así de grande. —Paul triplicó el tamaño del círculo—. Una alianza entre ambas empresas (un acuerdo de licencias) libraría a los consumidores de la carga de escoger entre nuestros productos en competencia. Corriente alterna, corriente continua…, eso daría igual. Usted podría vender nuestra corriente; nosotros podríamos vender sus bombillas. Todos saldríamos ganando. Dejemos de poner el futuro de estas empresas en manos de los tribunales. O en manos de las caprichosas opiniones de los periódicos y en los cambiantes vientos del libre mercado. Devolvamos las decisiones importantes a las salas de juntas, que es el lugar que les corresponde.

Morgan se metió las manos en los bolsillos y frunció los labios.

—La rivalidad —argumentó Paul—no nos beneficia a ninguno. Un monopolio amistoso, por otra parte…

Morgan sonrió. Paul hablaba su mismo idioma.

—Le van las artimañas.

—Le dijo la sartén al cazo.

—A mí no me van mucho, señor Cravath. No sé qué habrá oído decir sobre mí, pero la realidad es mucho menos espectacular. ¿Sabe a quién se le dan muy bien? A Thomas. O a su amigo, el señor Westinghouse. Yo no soy más que un hombre de negocios.

—El de mayor éxito del planeta.

—Es lo que tenemos los hombres de negocios. En nada confiamos menos que en el libre mercado.

Ahora le tocó sonreír a Paul.

—A bote pronto —dijo Morgan—, se me ocurren media docena de grandes objeciones a su plan. Pero la más insalvable salta a la vista.

—¿Cuál es?

—Thomas Edison —dijo Morgan dándole un sorbo al whisky con expresión pensativa—. No sé qué le habrá contado a Westinghouse, y tampoco de qué sería capaz de convencerlo con ese pico de oro, pero le aseguro que Thomas jamás se sumará a su plan.

—Lo sé —dijo Paul.

—Odia a Westinghouse.

—Lo sé.

—Mientras Thomas Edison siga al frente de la Edison General Electric Company, no se llegará a ningún acuerdo con su cliente.

Paul se acercó a Morgan y osó posar una mano sobre el hombre izquierdo del magnate de la industria.

—¿Y quién ha dicho que Edison deba seguir al frente de su empresa?

60

Yo solo invento algo y luego espero a que el ser humano comprenda que necesita lo que he inventado.

BUCKMINSTER FULLER

—¿Desea conocer la forma más sencilla de amasar mil millones de dólares? —le preguntó J. P. Morgan al día siguiente, cuando se encontraban en el Museo Metropolitano de Arte, rodeados de la colección de antigüedades chipriotas.

—Me encantaría —respondió Paul.

Ambos hombres contemplaban las piezas de cerámica antigua que se extendían en hileras antes ellos.

—Coja un penique. Manténgalo enterrado durante mil años. Luego desentiérrelo.

Morgan señaló las vasijas de un marrón desvaído, los platos con grabados intrincados y las jarras con manchas oscuras que se alineaban en las paredes de la sala. El ala consagrada a Chipre estaba desierta, a excepción de tales reliquias. Se oía el eco de sus voces.

El museo se hallaba en construcción. La fachada que daba a la Quinta Avenida estaba cubierta de andamios.

—¿Le suena el nombre de Luigi di Cesnola? —preguntó Morgan.

—Me temo que no —dijo Paul.

—Es de origen sardo, aunque vino aquí en los años cincuenta. Combatió en la guerra; la nuestra, no la suya. Bueno, creo que en la suya también, pero al principio. Sin embargo, se hizo un nombre en la nuestra. Cuando finalizó, navegó de regreso a Chipre, se afanó en reunir esta colección y volvió aquí para venderla por... A ver, señor Cravath, ¿cuánto cree que desembolsó la junta del museo por ella?

—Me es imposible decirlo.

—Le concedieron el museo. Lo nombraron su director. Y ahora el Museo de Arte Metropolitano cuenta con una colección de antigüedades que empieza a inquietar a Londres.

—Parece un acuerdo inteligente.

—Entierre un solo penique y a su debido tiempo dispondrá de una fortuna. A eso me refiero. La cosa se complica si aceleras el proceso.

Paul miró a su alrededor. Estaban solos. Hasta donde Paul sabía, su reunión secreta se llevaba a cabo sin testigos.

—Aquí puede hablar con libertad, señor Cravath. Esta tarde disponemos del ala del museo para nosotros. Luigi es un buen amigo.

Paul sabía que no debía sorprenderle nada que viniera de Morgan. En Nueva York todo estaba a su alcance. Paul no dudaba de que el viejo no era su aliado, por mucho que se hubiera prestado a discutir lo del acuerdo. No pestañearía a la hora de darle la espalda si así convenía a sus intereses financieros. Quien se acuesta con un león no debe sorprenderse si amanece devorado.

Tras su encuentro en la fiesta de Año Nuevo, Paul sabía que corría el gran riesgo de que a Morgan le hubiera faltado tiempo para ir contarle a Edison los sórdidos pormenores de su propuesta. Sin embargo, recordar la inmensa avaricia de Morgan aliviaba sus temores. Lo que movía a Tesla, Edison y Westinghouse siempre sería un tanto ambiguo, mientras que no era ningún misterio lo que empujaba a Morgan. Ninguna persona amasaba tamaña fortuna por casualidad. Quizá en la historia de la humanidad nadie había alcanzado semejante riqueza.

El dinero era una motivación mucho más predecible que un legado, la fama, el amor o lo que fuera que sacara por las mañanas a un hombre de su cama. Un artista o un inventor eran socios mucho más peligrosos que un hombre de negocios. Podías prepararte para las traiciones de este último, incluso darlas por descontadas.

—Ha estudiado mi propuesta —dijo Paul—. Tiene suficiente autoridad para llevar a cabo un golpe de Estado, por decirlo así, en la Edison General Electric Company. Puede destituir a Edison y colocar a un hombre de confianza. Alguien sensible a nuestra causa.

—Sé bien lo que puedo hacer, señor Cravath. También tengo abogados. Bastante más experimentados que usted.

—En cualquier caso, seguro que le han confirmado que cuanto le dije es correcto.

—Así lo han hecho, ciertamente.

—También estoy convencido de que sus contables han estudiado las ganancias y las pérdidas de la Edison General Electric Company.

—Dos centavos —señaló Morgan—: es la cuota de beneficio por acción de la Edison General Electric Company. No hablamos de pérdidas, pero tampoco es una gran ganancia.

—Lo que demuestra que llevo razón. Si usted maniobra internamente para destituir a Edison, yo me encargaré de lo tocante a Westinghouse.

—Dicho así parece muy sencillo, ¿me equivoco?

—Sí —dijo Paul—. Es muy simple. Lo que no significa que vaya a ser fácil.

—¿Confía en mí?

La pregunta pilló desprevenido a Paul.

—Claro que no —respondió con honestidad. Si su intención era negociar mano a mano con el hombre de negocios más poderoso de su época, lo haría sin insultar a la inteligencia de ambos pretendiendo fingirse amigos.

—Yo tampoco me fío de usted —dijo Morgan—. Por eso le confiaré un secreto. Un secreto muy caro. El modo como responda a este secreto me dará mucha información sobre cuán lejos debe llegar mi desconfianza.

—¿De qué se trata?

—En la Westinghouse Electric Company hay un espía.

Paul se quedó sin habla. No podía ser cierto. Westinghouse se había encargado en persona de escoger a su equipo; a los ingenieros, a los capataces de las fábricas, incluso a sus abogados.

—Edison cuenta con un espía entre los directivos de la empresa, que ha estado informándole de los planes de Westinghouse: estrategia corporativa, informes de laboratorio, hasta los diseños de las fábricas de Pennsylvania… Ocurre desde hace más de un año. Les han llevado la delantera una y otra vez. Y ustedes, pobres idiotas, se han mostrado incapaces de averiguar el motivo. Bien, pues yo se lo he dicho.

A Paul se le revolvió el estómago, pero no podía dar muestras de debilidad.

—¿Cómo puede estar tan seguro de que Edison tiene un espía?

—Porque fui yo quien lo colocó —respondió Morgan.

Paul miró fijamente a Morgan, que se mantuvo imperturbable. Parecía que haber confesado el secreto no le procuraba ni satisfacción ni alivio.

—Su plan será mucho más complicado de lo que imagina, señor Cravath. Si Westinghouse pone a sus directivos al corriente del mismo, nuestro espía se lo contará a Edison.

—¿Quién es? ¿Quién es el espía?

—Si entierras un penique —dijo J. P. Morgan, cuyas palabras resonaban entre la cerámica antigua—, dispondrás de una fortuna mil años después. Pero si deseas obtenerla con mayor celeridad… necesitarás enterrar algo mucho más grande que un penique.

61

¿Responde la súbita transformación de todos los científicos importantes [en tu libro], de personas mezquinas a grandes y desinteresados hombres, al hecho de que juntos ven cómo se les revela un bello ángulo de la naturaleza y dejan de pensar en sí mismos ante la maravilla de que son testigos? ¿O es achacable a que el escritor, de repente, ve a todos sus personajes con una nueva y generosa luz, dado que ha alcanzado el éxito y confía tanto en su trabajo como en sí mismo?

RICHARD FEYNMAN en una carta a
JOHN WATSON, a raíz de la publicación
de las memorias de este, *La doble hélice*

—¿Reginald Fessenden?

La mente de Paul iba a mil por hora intentando comprender lo que Morgan acababa de contarle. Paul no solo había pasado muchas horas junto a Fessenden en el último año, sino que se había encargado en persona de reclutarlo. Lo había convencido para que se uniera a ellos después de que Edison lo despidiera...

—Está mintiendo —dijo Paul.

—Lo hago con frecuencia. Pero resulta que hoy no.

—Demuéstrelo.

Morgan suspiró.

—Fue usted quien lo contrató hace dieciocho meses en el transcurso de una reunión en su despacho de Indiana, convencido de que Edison lo había despedido. Se enteró de la noticia por los periódicos y salió en busca de un ex empleado de Edison al que el resentimiento pudiera convertir en presa fácil. Contactó con Fessenden pensando que le proporcionaría información sobre la solicitud de la patente por parte de Edison, pero... Bien, dígame: ¿acabó dándole algún dato que le permitiera anular dicha patente?

Paul recordó su primer encuentro con Fessenden en Indiana.

—Por supuesto que no —dijo Morgan—. Seguro que ahora me preguntará por qué Fessenden lo puso a usted tras la pista de... ¿cómo se llama? De Tesla. Pues porque Edison creyó que le haría perder el tiempo. Fessenden debía fingir ser útil, pero a la vez contarle cosas que no le servirían de nada. Así que llegamos a la conclusión de que podíamos echar mano de ese serbio chiflado. Mucho antes de que la impartiera, Thomas consiguió una copia de la conferencia que Tesla daría en la facultad de ingeniería; me dijo que era absurda, así que se me ocurrió ponerlo a usted tras sus pasos. Lo que resultó una sorpresa es que acabara siéndole de utilidad. Le aseguro que a Thomas eso no le gustó nada.

Paul se sintió desnudo. Los pensamientos, planes y movimientos en apariencia astutos que había llevado a cabo en los últimos años se revelaron una farsa lamentable. Edison les llevaba ventaja desde el principio.

—Creyeron que contrataban a un renegado y en verdad estaban quedándose con un caballo de Troya. Fessenden aceptó el trabajo que le ofrecía su cliente con el objetivo específico de acceder a los últimos avances tecnológicos de este. No deja de resultar irónico, ya que era Westinghouse quien creía estar teniendo acceso a los de Edison.

—Pero Edison jamás usó la corriente alterna —argumentó Paul—. Si Fessenden había filtrado los proyectos de Westinghouse (y además disponía de la conferencia de Tesla), Edison debió percatarse de que los resultados eran mejores que los que él había obtenido con la corriente continua. Si lo que me cuenta es cierto, ¿cómo se explica que nunca fabricara un dispositivo con la alterna?

—Ay, la cuestión es que Edison no compartía su punto de vista. Estudió los informes. Yo también, ya que estamos, aunque el galimatías técnico me interesa bien poco. Edison creía tener razón. Su defensa de la corriente continua (que puede haberse demostrado equivocada) no respondió a ningún subterfugio. Tras analizar los resultados de ambas investigaciones, tanto la realizada por su equipo como la de ustedes, en ningún momento dudó de que su sistema fuera el mejor.

—¿No fue deshonesto, solo incompetente?

—Con algo más de indulgencia sugeriré que se limitó a llegar a una conclusión distinta a tenor de las pruebas en su haber. ¡Científicos! Si formulas una pregunta sencilla a cien de ellos, obtienes cien respuestas diferentes. Me imagino que son un mal necesario en el mundo de la industria.

—Todo esto fue idea suya —dijo Paul—. Fessenden. Tesla. Un engaño al completo.

—Por supuesto que fue idea mía. Edison no es lo bastante retorcido para que se le ocurra algo así.

—De ese modo el otoño pasado, cuando intentaban sabotear nuestros esfuerzos por encontrar inversores, sabían a quiénes pensábamos acudir antes de que fuéramos. Así pudieron adelantársenos.

—Me preguntaba si habría atado cabos —repuso Morgan, que pareció satisfecho.

Desde el momento en que aceptó el caso de Westinghouse, Paul se había visto superado por las circunstancias. Las aguas en las que se había ahogado eran más profundas de lo que imaginaba.

Paul era astuto. Tesla, Edison y Westinghouse eran genios. ¿Qué era Morgan? Paul estaba delante de alguien completamente diferente.

—¿Ahora es cuando finge ser una persona mucho más noble que yo? —preguntó Morgan—. Si no le importa, mejor que no se moleste.

—No fui yo quien se saltó la ley metiendo a un espía en su empresa, señor Morgan.

El magnate miró a Paul de pies a cabeza.

—¿Sabe lo que le aguarda al final de todo esto, señor Cravath? Tengo la sensación de que conseguirá cuanto desee. Pero ¿se ha parado a pensar lo que quizá deba dar a cambio?

—¿Qué?

—La ilusión de que alguna vez se lo mereció.

Morgan contemplaba con aire pensativo una estatua de bron-

ce que representaba a un guerrero lanza en ristre, que iba a caballo al encuentro de una guerra gloriosa y largamente olvidada.

—Todos los pobres se creen merecedores de riqueza —prosiguió—. Los ricos vivimos a diario con la incómoda certeza de que
no la merecemos.

El magnate hablaba como si ambos pertenecieran a la misma
clase de persona. Como si el magnate fuera el reflejo de Paul en
un espejo oscuro.

—Es probable que en este mismo momento Westinghouse
esté con Fessenden —dijo Paul.

—No lo dudo.

—Debo hablar con él. Si le cuenta a Fessenden nuestro plan…
—Paul se disponía a correr hacia la oficina más cercana de la Western
Union cuando se le ocurrió algo mejor—. Señor Morgan —dijo
volviéndose hacia él—, voy a pedirle otro favor.

—Dígame.

—¿Podría conseguirme un teléfono?

62

Lo bueno de la ciencia es que dice la verdad, lo creas o no.

NEIL DEGRASSE TYSON

Resultó que Luigi di Cesnola disponía de un teléfono en su despacho de la tercera planta del museo. Dado que había sido un obsequio del propio Morgan, Cesnola se mostró encantado de prestárselo al joven amigo del magnate, mientras este y él salían a fumar al pasillo. Paul escuchó con nerviosismo los extraños timbrazos que le llegaban desde el auricular negro que tenía pegado a la oreja.

Por fin un ayudante del laboratorio respondió al otro lado de la línea. Paul le pidió que le pasara de inmediato con George Westinghouse.

—¿Paul? —La voz de George Westinghouse brotó del auricular. Llegaba cargada de estática, pero era del todo reconocible. Paul tuvo la sensación de estar hablando con un fantasma, no con un ser humano. Ahí estaba la voz incorpórea de Westinghouse, presionando contra su oreja derecha. Su persona reducida a una voz en el éter.

—¿Está completamente solo? —preguntó Paul.

—¿Se ha reunido ya con Morgan? ¿Ha aceptado?

—¿Hay alguien con usted en estos momentos, en el laboratorio? ¿A su lado, mientras charlamos? ¿Quizá el asistente con quien acabo de hablar?

—¿A qué se refiere?

—Por favor, ¿está solo?

—Sí.

Aun encontrándose tan lejos, Paul notaba la exasperación de Westinghouse por el cariz que estaba tomando la conversación. Pero era inevitable.

—Entonces, escúcheme atentamente.

Paul le contó con la mayor claridad posible lo que Morgan le había confiado. Westinghouse se quedó conmocionado y luego pareció incrédulo. ¿Que el ingeniero jefe de sus proyectos eléctricos había trabajado en secreto para el enemigo? ¿Acaso sugería Paul que Westinghouse era un idiota?

—Llamaré a la policía para que se presente de inmediato —dijo Westinghouse. Su incredulidad y bochorno dieron paso a una rabia legítima—. Identidad falsa, robo intelectual, ruptura de los acuerdos laborales, fraude. Me aseguraré de que lo metan entre rejas antes de que se ponga el sol.

—Mi primera reacción ha sido idéntica —dijo Paul con calma al auricular—. Pero luego lo he pensado mejor.

—¿Por qué?

—¿Dónde está Fessenden en estos momentos?

—Supongo que en el laboratorio. Robando cada detalle de mi trabajo en…

—¿Puede retenerlo ahí? ¿Y asegurarse de que no participa

en las reuniones en las que se hable sobre Edison de los próximos días?

—¿Por qué iba a hacerlo? Deberían detenerlo.

—Piénselo un poco, señor. ¿Qué ocurre si manda detener a Fessenden?

Se hizo un silencio al otro lado de la línea, mientras Westinghouse llegaba a las mismas conclusiones que Paul unos minutos antes.

—… que Edison sabrá que hemos descubierto a su espía —dijo Westinghouse.

—Sí.

—Dará por sentado que uno de los suyos se ha ido de la lengua.

—Sí.

—Y a continuación buscará la manzana podrida en su cesto.

—Justo lo que no queremos que haga —dijo Paul.

—¿Y qué sugiere entonces?

—¿Puede encomendarle a Fessenden alguna tarea, algún proyecto? Aunque sea una pérdida de tiempo, no importa, solo se trata de mantenerlo ocupado.

—Algo se me ocurrirá.

—Hágalo. Mientras tanto quizá consigamos que Fessenden nos resulte de alguna utilidad.

—¿Cómo?

—Todo lo que digamos se lo filtrará a Edison.

—Sí.

—Sea o no verdad.

Westinghouse no pudo ver la sonrisa que afloró en el rostro de Paul al pronunciar estas últimas palabras. Lo que no fue óbice para que, mientras escuchaba pacientemente los chasquidos y siseos que se propagaban por el cable telefónico, el joven abogado confiara en que muy lejos de allí, en un despacho revestido de roble situado entre los campos que se extendían cerca de Pittsburgh, Westinghouse también sonriera.

63

Por encima de todo, la preparación es la clave
del éxito.

ALEXANDER GRAHAM BELL

George Westinghouse escuchó atentamente el plan de Paul antes
de decirle a su abogado que no participaría en él.

—¿Está pidiéndome que le diga a todos los miembros de mi
equipo de supervisión que ha localizado a Nikola Tesla? —preguntó con incredulidad.

—Sí. Dígales que Tesla ha estado escondido en Chicago.

—¿Qué? ¿Por qué? —balbuceó Westinghouse—. ¿Por qué en
Chicago?

—Porque está muy lejos. —Paul lo oía resoplar al otro lado de
la línea—. Nuestro objetivo es desviar la atención de Edison, ¿no?
—prosiguió—. Muy bien. Edison sabe que lo más probable es
que acabe sacándolo a usted de la circulación a menos que usted
consiga una bombilla eléctrica original. O a menos que Tesla se
la consiga. De modo que si filtramos que Tesla ha trabajado en
ella en un laboratorio de Chicago, desviaremos su atención.

Westinghouse no respondió.

—No hay mejor manera de marear la perdiz —añadió Paul.

—No pienso mentir a todo mi equipo.

—Lo lamento, pero hay que evitar que Fessenden sospeche. Si solo se lo cuenta a él, probablemente se olerá algo raro. Debemos conseguir que se corra la voz entre sus empleados.

—Edison no tardará en descubrir que Tesla no está en Chicago —dijo Westinghouse—. Y que no ha diseñado ninguna bombilla nueva.

—Sí. Pero a esas alturas ya no importará. —Paul oyó un crujido proveniente de la puerta. Al volverse, vio a Morgan enmarcado por el vaporoso humo de su puro. Acabada su conversación con Luigi di Cesnola, el magnate esperaba que Paul también pusiera fin a la suya. Tenían mucho trabajo por delante. Y J. P. Morgan no era la clase de hombre acostumbrado a esperar.

—Nadie se creerá que Tesla dispone de un laboratorio secreto en Chicago —le dijo la voz de Westinghouse por el teléfono—. Ni siquiera creerán que sigue vivo.

Paul temía desde hacía mucho tiempo la conversación que estaba a punto de tener. Solo agradecía ahorrarse el mal trago de ver la expresión de su cliente mientras le confesaba su engaño.

—Nikola Tesla no está en Chicago —dijo Paul—. Pero está bien vivo.

El tenue humo del puro de Morgan se esparció por el despacho del museo mientras Paul continuaba hablando.

La noche siguiente, Paul interceptó a Agnes cuando esta salía por la puerta trasera de la Metropolitan Opera House. La gente que había acudido al teatro se agolpaba en la calle Treinta y nueve. El bullicio les llegaba como un ruido de fondo. Faltaba una hora para la medianoche y Manhattan brillaba con luces antiguas y modernas.

—¡Por fin! —exclamó Agnes, cuya expresión pasó de la sorpresa a la preocupación—. Fui a buscarlo a su despacho.

—Estuve ocupado.

—¿Morgan se ha sumado al plan? ¿Ha funcionado?

—Necesito que usted regrese a Tennessee —dijo Paul.

—¿Cómo dice?

—Lo siento. El tiempo se nos echa encima.

—¿Para qué?

—Necesito que recoja a Nikola y lo traiga aquí.

Agnes miró detenidamente a Paul. Hacía mucho tiempo que esperaban ese momento. Ahora que había llegado, no invitaba a ceremonias ni a celebraciones. La hora, tan avanzada, aportaba cierta gravedad. El cielo nocturno resplandecía.

—¿Por qué ahora?

—Porque creo que Edison quiere matarlo.

—¿Y desea que yo esté a su lado cuando ocurra?

—Por supuesto que no. Esta vez quiero que Edison vaya a buscarlo al lugar equivocado.

Paul la puso al corriente de la confesión que había hecho a su cliente y de su decisión de utilizar a su favor la traición de Fessenden.

—Imagino que la charla con Westinghouse no habrá sido fácil —dijo Agnes.

—No lo fue.

—¿Se encuentra bien?

Paul ya no sabía cómo se sentía. Se concentraba en seguir adelante.

—Le perdonará —dijo Agnes, pero Paul no estaba para consuelos.

—Con el tiempo —se limitó a responder—. Ahora mismo, no es importante.

No era momento para sentimentalismos. Ni siquiera con Agnes.

—¿Dónde quiere que lleve a Tesla? —preguntó ella.

Paul contempló el ajetreo de Manhattan.

—Tráigalo a casa.

—Señor Cravath —dijo Walter Carter cuando Paul entró en su despacho a la mañana siguiente—. ¿Dónde diablos se había metido? Tenemos una bancarrota entre manos.

Paul había enviado un telegrama a sus socios desde Nashville, en el que les insinuaba que quedaba un último cartucho antes de hacer pública la bancarrota de Westinghouse. Desde entonces no habían vuelto a recibir noticias suyas, excepto alguna que otra exhortación a mantenerse a la espera.

—Necesito que me haga un favor —dijo Paul.

—Debemos saber qué ocurre. Le escribí a Westinghouse y me dijo que él estaba al corriente de lo que usted esté tramando. Esto es intolerable, joven.

—Lo siento, pero esta maniobra debe mantenerse en secreto. En breve entenderá los motivos. Hasta entonces, Westinghouse y yo necesitamos que demande a alguien.

Carter miró a Paul largo rato.

—¿De qué demonios me está hablando?

—Llame a Hughes. Debe interponer una demanda y de inmediato. Si lo hace, no tendrá que asistir de la bancarrota de Westinghouse. En cambio, es probable que asista a su victoria.

—¿Ah, sí? ¿Y a quién quiere exactamente que demande?

—De hecho, me trae sin cuidado. A quien sea. Siempre que su abogado sea Lemuel Serrell.

Paul le contó lo que necesitaba saber. Ni una palabra más.

A mediodía, Paul esperaba ansioso en las oficinas de la Western Union en el extremo sur de Broadway. Intentó tranquilizarse caminando arriba y abajo por las vetas que separaban los bloques de mármol blanquinegro del pavimento.

Al fin el chico que se encontraba tras el mostrador dio unos golpecitos a las barras de cobre que lo separaban del público y le hizo señas para que se acercara.

—Tenemos un telegrama para un tal Jonathan Springborn —dijo.

—Gracias —repuso Paul cogiendo el fino papel que le tendía.

El telegrama lo firmaba «Morgan», sin nombre de pila ni iniciales. Y era muy breve:

RECIBIDO MENSAJE URGENTE DE TE STOP TESLA VIVO STOP EN CHICAGO STOP TODOS LOS EFECTIVOS DE LA EGE Y DE PINKERTON ENVIADOS A BUSCARLO STOP POR FAVOR NOTIFIQUE.

El plan de Paul estaba funcionando. Por ahora.

—Me gustaría enviar un telegrama de respuesta —le dijo Paul al chico, quien con diligencia sacó una estilográfica.

TREN A CHICAGO TARDA TREINTA Y SEIS HORAS STOP LUEGO OTRAS TREINTA Y SEIS DE VUELTA STOP TENEMOS TRES DÍAS PARA ACABAR STOP.

—Siete centavos —dijo el chico tras contar rápidamente las palabras.

—Vale mucho más que eso —replicó Paul metiéndose la mano en el bolsillo para sacar las monedas.

Avanzada la tarde, Paul montó en un tren de Saugus con destino a Lynn, Massachusetts. El trayecto hasta el pueblecito —situado cerca de la costa, a solo diez millas al norte de Boston— no era largo. Al bajar del tren, la plaza principal se hallaba cubierta de una gruesa capa nevada. El coche de caballos de Paul fue abriendo surcos en la nieve camino de la mayor de las fábricas de gran tamaño que rodeaban el pueblo.

Ocho estructuras independientes de cuatro plantas se extendían en cada dirección a lo largo de lo que se antojaba casi un acre. De ellas se elevaban penachos de humo que salían de montoncitos de piedras. Paul localizó las oficinas de la dirección en el edificio de mayor tamaño.

Encima de la puerta, grabado en letras grandes, se leía: THOMSON-HOUSTON ELECTRIC COMPANY.

Por los pasillos se cruzó con una serie de secretarias hasta que por fin dio con un despacho trasero.

Dentro estaba Charles Coffin, reclinado sobre su escritorio. Llevaba toda la mañana aguardando la llegada de Paul y no fingió estar atareado.

—Señor Cravath —saludó—. Supuse que jamás volvería a verlo.

—Yo esperaba lo mismo.

Coffin sonrió.

—Me odia con toda su alma, ¿verdad?

—Me traicionó y traicionó a Westinghouse. Y lo hizo yendo

en contra de todos sus principios científicos y tecnológicos. ¿Qué esperaba?

—A nadie le gusta un perdedor amargado.

Hacer negocios con aquel hombre enfurecía a Paul. Sin embargo, la doblez de Coffin era justo lo que necesitaba en ese momento.

—Puesto que ha aceptado recibirme —dijo Paul—, deduzco que ha hablado con el señor Morgan.

—Recibí una carta en la que se me rogaba que le escuchara.

—Me cuesta imaginar al señor Morgan «rogando» nada. Lo que no quita para que agradezca que haya aceptado.

—Me contó que tenía una propuesta de negocios que hacerme. Y que dicha propuesta no debía llegar a oídos de Thomas Edison. Sin duda, en circunstancias normales lo habría enviado al infierno. Pero si ha conseguido involucrar a Morgan, debe tratarse de algo serio.

—He venido a formularle una pregunta muy sencilla: ¿le gustaría ser el nuevo presidente de la Edison General Electric Company?

Coffin intentó disimular su sorpresa y se miró los zapatos lustrados.

—Es una oferta de gran envergadura —dijo.

Paul se encogió de hombros con indiferencia. Se le estaban pegando las maneras de Morgan.

—¿Y qué pasa con Thomas Edison?

—Ha dejado de ser útil.

—¿Para quién?

—Para Morgan, en primer lugar —respondió Paul—. Y quizá también para el mundo. —Se puso a andar por las mullidas alfombras sin dejar de hablar—: Aquí dirige usted un modesto tinglado que no está nada mal, ¿verdad? El índice de beneficios de Thomson-Houston triplica el de la Edison General Electric Company y cuadriplica el de la de Westinghouse. Morgan se ha percatado. Y yo también. Tanto Edison como Westinghouse son científicos. Pero usted, señor Coffin, ha demostrado ser un hombre de negocios. Uno muy astuto.

—¿Y qué papel desempeñaría un hombre de negocios astuto en esa situación?

—Sabría en qué dirección sopla el viento. Y en consecuencia, desplegaría sus velas.

Coffin sonrió. Parecían unidos por la antipatía mutua.

—¿Cómo habría que proceder?

—Usted aprobaría la venta de Thomson-Houston a la Edison General Electric Company.

—¿Quiere que le venda a Edison mi empresa?

—Quiero que se la venda a Morgan, al tiempo que este convence al resto de inversores de la Edison General Electric Company para que despidan a Edison.

—Morgan se queda entonces con ambas empresas.

—Sí. Y llegado el momento, puede fusionarlas y nombrarlo a usted nuevo presidente.

—¿Por qué querría que yo…? —Coffin se interrumpió. Paul aguardó a que atara cabos—. Ay, Dios mío —exclamó—. Si fuera responsable de ese nuevo conglomerado de empresas, ¿tendría las manos libres para, por ejemplo, negociar un acuerdo de licencias entre la Westinghouse Electric Company y la Edison General Electric Company? ¿Un acuerdo que Edison jamás aprobaría?

—Sabía que era el hombre adecuado para este trabajo.

—¿Por qué yo? Podría conseguir a cualquiera como marioneta de Morgan. Conservará la mayoría de las acciones con independencia de quién sea el presidente.

—Cierto —contestó Paul—, pero usted lo hará muy bien.

Paul no necesitaba alabar el talento de Coffin, solo aprovecharlo.

—Lo que Morgan busca por encima de todo —prosiguió— son beneficios. Se acabaron las rencillas y venganzas personales. Cuando usted esté al cargo, cerrará el acuerdo con Westinghouse porque sabe que, desde un punto de vista financiero, tiene todo el sentido. Es un buen negocio. Y usted, señor, es un sucio bastardo en quien no confiaría aunque me fuera la vida. Lo que significa que confío en que siempre hará lo que sea por un buen negocio.

Coffin tamborileó sobre el escritorio. Estaban ofreciéndole presidir la mayor compañía eléctrica de Estados Unidos. Una vez cerrados los acuerdos, él se convertiría en uno de los ejecutivos de la industria más poderosos del mundo. Sus dedos danzaron gráciles sobre la madera.

—¿Y qué ocurrirá con Edison? —preguntó Coffin al fin—. ¿Qué será de él?

—La jubilación —dijo Paul con firmeza.

Coffin asintió. Sin duda era la respuesta que deseaba oír. De nuevo guardó silencio.

—Venga, hombre —dijo Paul—. ¿Cuánto tiempo necesita para pensar si le gustaría presidir la Edison General Electric Company?

—Oh, el cargo no me interesa.

—¿Me está tomando el pelo?

—No me interesa estar al frente de una empresa que lleve el nombre de Edison. Sería una carga de por vida.

—¿Está diciendo que rechaza el cargo más poderoso que existe en el ámbito de la electricidad porque teme que la gente no lo considere un santo como sí lo hizo por error con Edison?

—Yo no he dicho que lo rechazo.

Por su sonrisa, Paul supo a qué se refería.

—Dios santo —dijo Paul—. ¡Nos viene con exigencias!

—Solo una. Si quitaran el nombre de Edison de la placa, no sería lo primero que me encontrara cada mañana al entrar a trabajar.

—No puedo creerme que un hombre en su posición, después de lo que acabo de ofrecerle, esté regateando.

—Permítame que le dé un consejo, señor Cravath.

—Por supuesto.

—El momento en que dejas de regatear es el momento en que dejas de recibir.

—De acuerdo. Se lo comentaré a Morgan. Llámela como quiera. Estoy convencido de que, mientras arroje algún centavo más de beneficios, por Morgan como si quiere bautizarla como la Tienda Eléctrica de la Tía Sally.

—Gracias —dijo Coffin sacando una estilográfica de un cubilete y poniéndose a garabatear en un papel. Estaba probando nombres. Títulos. Legados.

—Si estamos de acuerdo —dijo Paul—, la empresa es suya. Me marcho. —Paul se encaminó hacia la puerta.

Coffin no alzó la vista, concentrado en los nombres que tenía delante.

—Mmm… —murmuró cuando Paul ya sujetaba el pomo de la puerta—. No nos compliquemos la vida. Limitémonos a quitar la primera palabra, la que me desagrada.

—De acuerdo.

—General Electric Company. ¿A que suena bien?

64

La propiedad intelectual tiene la caducidad de un plátano.

BILL GATES

Dos días después, Nikola Tesla descendió de un coche de caballos en el Lower Manhattan. Paul se encontraba allí para recibirle, acompañado por George Westinghouse.

Paul tenía demasiadas cosas en la cabeza para notar el frío.

Westinghouse dio muestras de sentirse incómodo al reencontrarse con el inventor tanto tiempo desaparecido; o quizá solo estuviera abrumado. Paul no podía saber el daño que le había causado al engañarlo, ni las emociones que tal vez le provocara ver a un Tesla vivito y coleando bajando de un cabriolé de dos caballos.

Agnes descendió detrás de Tesla; entregó al cochero unas monedas antes de intercambiar una mirada con Paul. Había conseguido llevar a Tesla de vuelta a Nueva York justo a tiempo, de acuerdo con el plan previsto. Había cumplido con su palabra y su palabra valía más que la de la mayoría de la gente. Quizá más que la de ninguno. Paul pensó que aquella mujer, que vivía con una identidad falsa y una historia inventada, era la persona en quien más podía confiar.

Paul presentó a Agnes a Westinghouse. Era muy extraño que las dos personas más importantes de su vida aún no se hubieran conocido. Ninguno supo bien qué decirse; quizá habría sido diferente si hubiesen sabido lo entrelazados que estaban sus destinos.

Tesla los sorprendió a todos al estrechar la mano de Westinghouse.

—Hola, señor George Westinghouse. Le agradezco la bienvenida.

—Me alegra comprobar que se encuentra bien —dijo este sonriendo.

—¿Qué es esto? —preguntó el inventor serbio señalando el edificio a espaldas de Westinghouse.

—¿Le gustaría verlo? —dijo Paul.

Ubicado en los números 33-35 de la Quinta Avenida sur, justo debajo de Washington Square Park, el edificio era un mastodonte de piedra de cuatro plantas. El arco se divisaba ya a dos manzanas, en dirección norte; se trataba de una de las propiedades más codiciadas de la ciudad.

Westinghouse sacó una llave del bolsillo de su abrigo y abrió la pesada puerta de la entrada. Condujo al grupo por una serpenteante escalera de cobre hasta la cuarta planta, donde abrió otra puerta de acero.

—Bienvenido a su nuevo laboratorio —dijo Westinghouse invitando a Tesla a entrar.

Se trataba de un espacio abierto que medía unos doscientos

pies en cada dirección. Ocupaba la planta por entero y era de obra nueva. La mampostería olía a recién estrenada. En las paredes se alineaban vitrinas de metal sobre las que reposaban todo tipo de componentes eléctricos. Carretes de cable reluciente —de zinc, acero y plata— formaban montones intactos. Grandes cantidades de caucho se apilaban en láminas por cortar. Una vitrina parecía repleta de placas de cristal; la contigua exhibía una abundante provisión de tubos de ensayo rellenos con lo que a Paul se le antojó nitrato de plata. El instrumental fotográfico y el eléctrico compartían espacio.

—Este, señor Tesla, es el laboratorio mejor acondicionado del país —dijo Westinghouse con orgullo. Entregó las llaves al inventor serbio, que las miró como si se tratara de algo que hubiera que disecar.

—¿Me está dando a mí un laboratorio? —preguntó con expresión imperturbable—. No entiendo.

—No estamos dándole nada —respondió Paul—. Lo ha pagado de su propio bolsillo.

Tesla alzó la vista hacia él.

—Cuando desapareció —prosiguió Paul—, su abogado, el señor Serrell, no supo cómo disponer de los 2,5 dólares por unidad que continuó obteniendo por los derechos de sus ventas. Le expliqué que la Westinghouse Electric Company estaba encantada de seguir extendiendo cheques, pero no teníamos claro quién los depositaría. Es más, ¿a nombre de quién debíamos extenderlos?

—Y la verdad es que han sumado una buena cantidad —añadió Westinghouse.

—De modo que acordamos, junto a su abogado, que sus derechos se destinaran a un fideicomiso. En caso de reaparecer, usted podría reclamarlos. En caso de no hacerlo… —Paul se interrumpió. Quedó implícito que, en todo ese año, sabía que Tesla seguía bien vivo.

El inventor parecía inmune a cualquier molestia ocasionada.

Empezó a recorrer el laboratorio. Inspeccionó cada una de las vitrinas, tomando nota del inventario.

—Habría escogido cobre, no zinc —dijo volviéndose hacia Paul—. Pero sí, esto es bien.

—Dimos por sentado que querría un laboratorio en cuanto regresara —dijo Paul.

—He trabajado mucho en Tennessee —respondió el científico retomando la inspección del lugar—. Continuaré desde aquí.

—Ese es nuestro deseo —dijo Westinghouse.

Tesla cogió dos placas de vidrio de una vitrina y las dispuso sobre una mesa.

—¿Tornillos? —preguntó alzando la vista.

Westinghouse señaló hacia una vitrina al fondo del local.

Vieron que Tesla se ponía de inmediato manos a la obra. Junto a los tornillos encontró un destornillador y una sierra circular para recortar las placas de vidrio. Sin el menor comentario que trasluciera emoción alguna, ni consideración hacia los presentes, se puso a construir.

—Bien —dijo Agnes—. Parece que ya está centrado en la labor.

—¿Cree que le gusta? —preguntó Paul.

—Creo que, para él, cualquier momento no dedicado a crear es un momento dedicado a pensar en qué crear.

Westinghouse observaba al inventor serbio en silencio. En

ningún lugar del mundo se sentían ambos hombres más a gusto que en sus respectivos laboratorios. Sin embargo, su actitud era completamente diferente: para Tesla, el colmo de la felicidad era trabajar; para Westinghouse, acabar el trabajo. Para Edison, solo vencer.

A Paul le faltaba poco para asegurarse de que el último de ellos no lo conseguía.

—Señor Tesla —dijo Paul alzando la voz entre el estrépito—. Nos gustaría discutir otro asunto con usted.

Tesla tuvo la consideración de interrumpir su trabajo.

—Tengo mucho que hacer. ¿Qué les sería de utilidad?

Agnes miró a Paul, el cual no le había contado la última parte de su plan. Lo lamentaba mucho, pero no le quedaba opción. A Agnes no le gustaría nada.

—A la Westinghouse Electric Company le quedan pocos días para declararse en bancarrota —dijo Paul sin rodeos.

—Me siento pesaroso de escucharlo —dijo Tesla como esforzándose por dar con la respuesta adecuada.

—Pero estamos camino de cerrar un acuerdo de licencias con la Edison General Electric Company. Si tenemos éxito, Edison dejará de estar al mando.

Tesla enarcó una ceja; entre todos los asuntos que afectaban al género humano, este parecía haber despertado algún interés en él.

—Sin embargo, en caso de declarar la bancarrota —continuó Paul— todo habrá sido en vano. Y el responsable de nuestra bancarrota, el motivo por el cual la empresa del señor Westinghouse se encuentra en una situación financiera tan delicada, soy yo. —Paul se acercó a Tesla extendiendo las manos, gesto que contenía una súplica sutil—. Los 2,5 dólares por unidad en concepto de derechos que negocié personalmente en nombre de la Westinghouse Electric Company, el acuerdo que ha ido engordando su fideicomiso y que ha costeado este laboratorio, no es sostenible.

—¿De qué está hablando, Paul? —preguntó Agnes.

—Lo que estoy pidiéndole, Nikola —continuó Paul, sin hacerle caso—, es eliminar dichos derechos. Renunciar a ellos por el bien común.

—¿El bien común? —exclamó Agnes—. ¿Qué diablos está pasando? Paul, acompáñeme —dijo señalando con un gesto hacia el vestíbulo, donde podrían hablar en privado.

—Déjeme acabar —le pidió Paul—. Nikola —prosiguió—, estos pagos en concepto de derechos terminarán de un modo u otro. O bien nos declaramos en bancarrota y deja de percibirlos, o nos obsequia con esta tecnología. Si se decanta por lo segundo, venceremos a Edison.

—Me pide que escoja este segundo camino —dijo Tesla.

—Si nos entrega sus patentes de la corriente alterna, podremos ganar a Edison. Y conseguir que la corriente alterna se convierta en la estándar en todo el país. Si no lo hace, bueno, entonces...

—Edison ganará —terció Westinghouse.

—No puede ser tan sencillo —dijo Agnes.

Paul le hizo un gesto para que aguardara.

—Si Edison gana, la red eléctrica nacional se instalará por completo con corriente continua. Si permite que Westinghouse se hunda, condenará a Estados Unidos a este tipo de corriente. A Edison. A un siglo de retraso tecnológico.

El rostro de inventor serbio se ensombreció. Aquel era un desenlace grave y terrible que no había contemplado.

—Paul —dijo Agnes—, no permitiré que prive a Tesla de sus derechos.

—No estoy privando a nadie de nada. Me limito a exponer la situación abiertamente. La decisión es suya.

—¿Dónde está el abogado de Tesla? Haré que venga de inmediato.

—Por desgracia, el señor Serrell no se halla disponible en estos momentos. Se encuentra en Washington, atendiendo otros asuntos.

—¿Se ha deshecho del abogado de Nikola para poder engatusarlo solito?

—Yo no estoy «engatusando» a nadie.

—Ninguno de mis dispositivos funcionaría con corriente continua… —dijo Tesla sopesando el futuro lóbrego que la situación planteaba a su trabajo.

—Si no accede a mi petición —dijo Paul—, el entramado eléctrico de Estados Unidos se basará en la corriente continua. Habrá accidentes. Morirá gente. Esta nación se verá arrojada a la Edad Media. Y el futuro que ha contemplado su mente visionaria jamás tomará forma en este país.

El inventor serbio se quedó con la vista fija en un punto indeterminado, como si fuera testigo de cómo se evaporaban todas las máquinas que había proyectado. Sus maravillosas creaciones, alucinaciones hechas de cromo y cable, estaban ahí, delante de sus ojos. Pero se esfumaban.

—No me importa en nada su dinero. Pero no deben permitir que la corriente continua devore el mundo. Solo quiero construir. Ya saben esto de mí mismo.

—Nikola —dijo Agnes—, escúcheme. Entregarle a Westinghouse todo su dinero no es un modo de proteger su trabajo.

—Señorita Agnes Huntington, no puedo inventar lo que debo
inventar en el mundo que el señor Cravath describe.

—Podemos evitar que ese mundo se haga realidad —dijo Paul—.
Si renuncia a las regalías, sobreviviremos. Seguiremos construyendo sistemas de corriente alterna. Arrebataremos a Edison el control de su empresa, llegaremos a un acuerdo con el nuevo director
y seguiremos adelante. Tanto la corriente continua como la alterna pueden expandirse a lo largo y ancho del país. La gama de
aparatos a nuestro alcance se ampliará aún más.

—Entonces debe hacer esto, señor Paul Cravath. Y yo le ayu-
daré. No por su beneficio, ni por el del señor George Westinghouse; tampoco para la visión de la caída del señor Thomas Edison. Más bien por el futuro de estas ciencias. He visto maravillas
dentro de mi cabeza. Los rayos invisibles que ven a través de la
piel. Una máquina capaz de sacar la fotografía de tus pensamientos. Esto también lo fabricaré. Estas maravillas han de hacerse realidad.

George Westinghouse había tenido la prudencia de no inter-
venir y dejó que su abogado hablara por él. Sin embargo, llegado
ese momento se sacó del bolsillo un delgado fajo de documentos,
que depositó con delicadeza en una de las mesas del laboratorio,
y luego extrajo una estilográfica, que colocó con idéntica cautela
al lado.

—Solo tiene que firmar esto —dijo en voz baja, sin mirar a
Tesla a los ojos.

—Nikola —terció Agnes, haciendo una mueca de disgusto—, no acepte el acuerdo. Me consta que ahora le parece que

solo se trata de dinero, pero ¿cuál será su fuente de ingresos si renuncia a sus derechos? Vivirá en la penuria mientras sus iguales se enriquecen.

Tesla le sonrió compasivamente.

—Mis ideas para la corriente alterna son viejas. Si en el futuro quiero hacerme dinero, tendré muchas más ideas con las que cultivar fortuna —dijo acercándose a la mesa donde reposaba el contrato y cogiendo la estilográfica.

Agnes miró a Paul con una acritud que él no le conocía. Paul se lo esperaba. Incluso había pensado que esa rabia sería un alivio. ¿Qué importaba que lo odiara por hacer lo que era necesario? Agnes no se veía en la obligación de amarlo como si fuera su prometido. ¿Acaso no sería lo mejor para ambos? Ella se casaría en breve y, con un poco de suerte, su odio los ayudaría a olvidarse el uno del otro.

Pese a todo, ahora que debía soportar su mirada de desprecio, el dolor era mucho mayor de lo que había imaginado.

Agnes fulminó con la mirada a Westinghouse.

—¿Usted ha conspirado en esta vileza?

Westinghouse se mantuvo en silencio, sin dar muestras de sentirse obligado a justificar sus acciones delante de una cantante.

—¡Malditos sean los dos! —exclamó Agnes y, airada, abandonó el laboratorio dando un portazo.

Paul quiso ir tras ella; le debía una explicación. Estaba seguro de que Agnes acabaría entendiendo que, en circunstancias excepcionales, era necesario un engaño bienintencionado. Pero no podía marcharse hasta haber concluido el trabajo.

Tesla procedió de inmediato a garabatear su nombre al pie de los documentos. Acababa de entregar sus patentes, libremente y a cambio de nada, que ahora pertenecían a George Westinghouse, quien haría con ellas lo que se le antojara.

—Adelante —dijo Tesla soltando la estilográfica—. Creen mi futuro.

Paul respiró hondo. Ya estaba.

Corrió hacia la puerta.

65

En aquellos tiempos en que el descubrimiento de la electricidad relativamente reciente y otros misterios similares de la naturaleza parecían abrir sendas hacia lo milagroso, no era raro que el amor por la ciencia rivalizara con el amor por las mujeres en profundidad y energía absorbente.

NATHANIEL HAWTHORNE

Paul alcanzó a Agnes en la esquina sur de la Quinta Avenida con Houston Street. Había levantado una mano para detener un coche de caballos. Él se había imaginado capaz de soportar su cólera implacable, pero ahora que se había desencadenado estaba abrumado. Necesitaba arreglar las cosas. Explicarse.

—¡Es usted despreciable! —le gritó Agnes al verlo.

—Agnes, vuelva dentro —le rogó Paul—. Hablemos un minuto.

—Pensó que yo era una persona vulgar por escoger a un hombre amable que daba la casualidad de que era rico. Bueno, pues déjeme decirle que Henry Jayne es mejor que usted en todas las facetas posibles. —Pretendía herirlo y lo estaba consiguiendo.

Paul intentó cogerla del brazo, pero ella lo apartó de un manotazo.

—Acaban de robarle unas migajas a un hombre inocente que está demasiado confundido para entender lo que le han hecho. Le han engañado. Es usted un delincuente.

Sus airadas palabras formaban nubecitas de vaho en el aire invernal.

—Déjeme que se lo explique, por favor.

—¿Cómo ha podido? —Agnes escrutó su rostro como si pretendiera leerle el alma y no encontrara nada.

—Fue usted quien me dijo que debía hacer cuanto estuviera en mi mano para ganar. Y la que más creyó en mis posibilidades.

—Pero no me refería a esto, Paul.

—Tesla estará bien. Mire lo que he hecho por él —señaló Paul indicando con un gesto el edificio a sus espaldas.

—Lo ha manipulado.

—¡Le he contado la verdad!

—Lleva planeándolo todo este tiempo, ¿verdad? ¿Desde lo de Bell?

—Sí.

—Y luego me mintió.

—El asunto es más complicado.

—No lo ha hecho por mí, ni por Westinghouse ni por ningún otro. Su necesidad de derrotar a Edison es tan grande, su ego, tan abrasador y canceroso, que ha acabado con lo bueno que había en usted. No es mejor que Edison; es peor.

Compararlo con Edison era pasarse de la raya. Paul no sabía

cómo explicarle que, en cierta manera, su amor por ella lo había empujado a todo aquello. Había querido demostrarle que también era digno de recibir su amor. Dado que no podría mostrarle a diario cuánto la adoraba, al menos Agnes sería testigo del éxito inimaginable que la adoración por ella había inspirado.

—Creía que usted, entre todas las personas, se mostraría más indulgente con la necesidad puntual de maquillar la verdad en aras de un bien mayor.

—¿De modo que ahora me ataca con una confidencia que le hice para disimular su propia inmoralidad? ¿Es que no respeta nada?

—Solo constato que todos hemos hecho cosas de las que no nos enorgullecemos.

Agnes le dio una bofetada. Los transeúntes se volvieron. Paul enrojeció.

Se sintió presa de la indignación. ¿Agnes era incapaz de ponerse en su situación? ¿No se daba cuenta de que había actuado igual que ella? Había buscado lo mejor para todos. No merecía su desprecio.

—Está comportándose como una cría —dijo Paul, y sus palabras sonaron más condescendientes de lo que pretendía—. Me resulta difícil creer que alguien que ha pasado tantas noches bebiendo champán en salones de la alta sociedad muestre semejante ignorancia acerca de cómo funciona el mundo.

Las lágrimas anegaron los ojos de Agnes; dejó que cayeran, sin enjugárselas con la manga del abrigo. No ocultó el rostro a Paul, para que viera el daño que le había causado.

—¿Sabe una cosa? —dijo sin dejar de llorar—. Llegué a considerar la posibilidad de romper mi compromiso matrimonial por usted. Porque creí que me entendía. Creí que quizá fuera la única persona capaz de ello. Casi cometo un error. Pero ya me he cruzado con gente de su calaña; jóvenes arribistas y cínicos que infectan las metrópolis a ambos lados del Atlántico. Los que confunden la astucia con la sabiduría. Y el boato de la alta sociedad con la auténtica clase. Qué orgullosos están de su inteligencia. Pero ¿sabe lo más triste? Que la verdad es que usted, señor Cravath, no es estúpido. Simplemente no es tan inteligente como cree. Buena suerte. La necesitará. Deseo sinceramente que salga victorioso, se lo prometo, porque sé algo que usted desconoce: sé que ganar no lo convertirá en un gran hombre, sino solo revelará lo poco hombre que es.

Y dicho esto, se dio la vuelta y se alejó, dejando a Paul solo en la Quinta Avenida.

66

Estamos llamados a ser los arquitectos del futuro, no sus víctimas.

BUCKMISNTER FULLER

Paul se obligó a no pensar en el enfado de Agnes. Pasó la tarde con sus jóvenes asociados, revisando una y otra vez los documentos que cerrarían el trato inminente. El golpe ya había sido orquestado y el acuerdo de licencias, negociado. Únicamente quedaba el papeleo.

Estaba exhausto. Llevaba casi sin dormir desde Año Nuevo. Sus asociados aún estaban más faltos de sueño. Desde su madriguera de Greenwich Street, estudiaban sin descanso unos contratos que no dejaban de cambiar. Nadie se fiaba de Morgan. Nadie creía que los contratos entregados por sus abogados recogieran lo que habían acordado de manera verbal. Se imponía una vigilancia constante para evitar que les hubieran colado algo en un subpárrafo. Para sorpresa general, no hallaron nada raro. O Morgan se había mostrado extrañamente honesto, o había llegado a la conclusión de que el acuerdo ya era bastante beneficioso en sí mismo. Paul nunca sabría si lo motivaba la honestidad o la moderación.

La tarde del 17 de enero, un Paul agotado entró por la puerta principal del número 3 de Broad Street. Se había fortalecido con tres tazas de café a fin de contrarrestar las dos horas de sueño. El movimiento nervioso de sus dedos delataba el exceso de cafeína cuando se encaminó al despacho de Morgan. Ya no había margen para subterfugios; si Edison descubría lo que se avecinaba, no podría hacer nada para evitarlo

Paul presidiría la firma definitiva de los contratos en el despacho de Morgan. No eran muchos los presentes en aquella sala: solo Westinghouse, Morgan y algunos de sus abogados serían testigos del final de la guerra de la corriente. Pese a que Westinghouse y Morgan habían coincidido en contadas ocasiones, ambos habían amasado suficientes riquezas para sentirse cómodos en mutua compañía. Ninguno consideraba al otro un rival. Ahora eran socios.

La luz de Wall Street penetraba por los altos ventanales. Sobre el amplio escritorio de arce de Morgan había una lámpara eléctrica apagada, perteneciente a la generación anterior. Era la primera para interiores comercializada en Estados Unidos; no ya solo el modelo, sino la lámpara en concreto. Muchos años atrás, cuando Edison tuvo al fin listo su primer mecanismo operativo, se lo había vendido a Morgan a un precio solo al alcance de este. Y ahí estaba ahora, símbolo en desuso de una historia bien conocida por todos.

El despacho de Morgan albergaba muchos otros tesoros, que iban desde el Antiguo Egipto a Mesopotamia. La primera bombilla eléctrica del mundo solo era la última adquisición en una cadena milenaria de riquezas.

Morgan firmó los documentos. La firma de Charles Coffin se había recogido aquella misma madrugada en Massachusetts. La guerra había acabado.

—Felicidades —dijo Morgan a todos los reunidos.

Westinghouse se alejó del escritorio titubeando, como si no acabara de creerse lo que acababa de ocurrir. Había una discrepancia muy confusa entre la magnitud de lo sucedido y la sencillez del momento. Cada uno de los presentes sabía lo importante que era aquello, que de lo que acababan de hacer se hablaría durante generaciones. Sin embargo, allí no había más que unos cuantos hombres de mediana edad —y uno mucho más joven—, de pie en un despacho lleno de humo. Ni rastro de boato.

Westinghouse se volvió hacia Paul con los pulgares metidos en los bolsillos de su chaleco y asintió solemnemente.

—Lo consiguió —se limitó a decir, aunque su mirada traslucía mucho más.

Paul también asintió. Se podían decir muchas cosas, demasiadas. Justo por eso no se expresarían.

—Lo conseguimos juntos, señor.

A Paul lo embargó una sensación extraña; deseó que su padre estuviera a su lado. Erastus jamás entendería lo que su hijo acababa de hacer, pero eso no impedía que Paul deseara que se sintiera orgulloso de él.

La puerta del despacho se abrió con un crujido inesperado.

En el umbral apareció un hombre alto con el cabello gris revuelto. Vestía traje y chaleco, pero no corbata. Llevaba los botones superiores de la camisa blanca de algodón desabrochados y el chaleco, torcido. En su macilenta barbilla asomaba una barba de varios días. Tenía el rostro cetrino.

Era Thomas Edison.

67

Pienso que si alguna vez alcanzamos ese punto en que creemos entender en profundidad
quiénes somos y de dónde venimos, habremos
fracasado.

CARL SAGAN

Los labios de Edison temblaban mientras miraba uno por uno a
los hombres que acababan de quitarle de las manos su empresa.

—Thomas —dijo Morgan haciéndose con la autoridad—.
Confío en que no hayas venido a montar una escena.

Morgan rodeó su escritorio como para formar una barricada
que separara a Edison de los contratos recién firmados. Pero a
Edison no podían importarle menos; toda la atención de aquel
hombre acabado se centraba en los hombres que habían consumado la hazaña.

—De modo que es cierto —dijo.

—Solo son negocios —repuso Morgan—. Lamento ser el que
deba recordarte que siempre ha sido así.

Paul se preparó para afrontar la ferocidad incontenible de Edison. De forma instintiva, miró detrás de Edison, esperando encontrase a Charles Batchelor empuñando un arma. Pero tras la puerta del despacho solo había una oficina en calma.

Para sorpresa mayúscula de Paul, Edison no tuvo ningún ataque de furia. No había rastro de ira en su semblante, ni tensión en su postura. Al contrario, parecía desinflado, como si apenas lo sostuviera una delgada varilla que atravesara el centro de su cuerpo. Había sido vencido y lo sabía.

—Por favor —dijo Edison en voz baja—, solo díganme que lo del nombre no es cierto.

Paul tardó un instante en comprender a qué se refería.

—La culpa es de Coffin —dijo Morgan—. Fue él quien insistió en retirar tu nombre.

—Han quitado mi nombre de la empresa que levanté de la nada.

—Charles Coffin quitó tu nombre de la empresa que ahora me pertenece.

—Es mi nombre. —Edison se acercó a Morgan mientras aumentaba su tono de súplica—. Te dejaré a un buen precio cualquier cosa que siga siendo mía. Pero, por favor, no quites mi nombre.

¿Estaba a punto de perder millones y millones de dólares y lo que más lo torturaba era que la Edison General Electric Company pasaría a llamarse sencillamente General Electric Company?

—Lo siento, Thomas —dijo Morgan—. No tienes nada que me interese.

—George —dijo Edison volviéndose y apelando a su enemigo como a un igual—. Usted lo entenderá. Estos hombres —continuó, señalando a Morgan y los abogados—, no. Jamás han construido nada. Jamás se han agachado para moldear algo con sus propias manos que antes no existía. Algo que antes nadie creyó que pudiera llegar a existir. Dígales que no toquen mi nombre. ¿La guerra? Usted la gana. ¿Me oye? Aceptaré públicamente su victoria. —Edison hizo una leve reverencia, el saludo de un general derrotado al triunfador—. Que el país funcione con corriente alterna. ¿Desea que todo el mudo sepa que sus aparatos son mejores? Adelante. Quizá lo sean. Pero no permita que digan que los míos no existieron.

La expresión de Westinghouse era compasiva.

—No será así, Thomas —dijo—. La General Electric Company no desaparecerá, sino que crecerá. Antes que nada, esto servirá para que su legado relumbre, no para eliminarlo. Todo el mundo sabrá que fue suyo. Se lo prometo.

Paul estaba horrorizado. Edison era merecedor de muchas cosas, pero no de compasión. Aquel hombre les había causado muchísimo sufrimiento.

—Yo confío en que mañana ya se hayan olvidado de usted —terció Paul, que llevaba dos años incubando aquel rencor que ahora podría salir por fin a la luz—. Usted mintió. Engañó. Robó. Espió. Intentó matar a Tesla. Casi me mata a mí. Compró a la policía. Sobornó a la Cámara Legislativa. Untó a un juez. Apoyó un espantoso instrumento de matar con intención de convencer a la opinión pública de algo que no era cierto. Estaba dispuesto a instalar en todas las ciudades de Estados Unidos un sistema eléctrico que sabía que mataría a miles de personas al año. Y estos son solo los delitos de los que tengo conocimiento. Merece un castigo mucho mayor.

Cuando Paul terminó, el despacho quedó sumido en el silencio. Paul lo había dado todo para vencer a Edison; había cometido su parte de pecados para demostrar que los de Edison eran peores. Había apartado de su lado a la mujer a quien amaba. Solo le quedaba ira.

Hacía que se sintiera bien.

—Paul, ya es suficiente —lo reprendió Westinghouse

—Hice cosas que no debía —dijo Edison—. No lo negaré. Pero no todo de lo que me acusa es cierto.

Paul quiso rebatírselo, pero Westinghouse lo interrumpió.

—Lo lamento, Thomas. Pero su nombre no será olvidado. Perdurará. Le doy mi palabra.

Para consternación de Paul, ambos hombres se estrecharon la mano.

—Gracias, George. Y lamento aquello que sí hice.

—Siempre puede volver a empezar. Como en los viejos tiempos; solo usted, hierro candente y un laboratorio polvoriento.

Edison soltó una risita tensa y resignada.

—Dios mío. Ni siquiera lo recuerdo.

—Tampoco es que vaya a pasar estrecheces —terció Morgan—. Puede contratar a un equipo. Poseerá acciones por un valor superior a los dos millones de dólares.

Edison se encogió de hombros. Se volvió hacia Westinghouse y cruzaron las miradas.

—Hombres de negocios —dijo Edison, y esta vez fue Westinghouse quien se rió.

Luego Edison se marchó. No hubo despedidas ni comentario alguno sobre la que bien podría ser la última vez que se veían. Por muy cansado que estuviera Paul, Edison aparentaba estarlo el doble. Se escabulló.

Westinghouse cerró la puerta y la sala se quedó en silencio.

Los vencedores se quedaron solos para saborear sin interrupciones su botín.

Un rato después, fue Paul quien rompió el silencio.

—No lo entiendo. ¿Cómo ha podido decirle que lo sentía? Después de todo lo que ha hecho…

Los pensamientos de Westinghouse parecían más lejos que nunca de los de Paul.

—Sé que no lo entiende —dijo Westinghouse poniéndole una mano en el hombro—. Algún día lo hará.

68

Cuando hayas agotado todas las posibilidades, recuerda esto: no lo has hecho.

THOMAS EDISON

La victoria tenía un sabor extraño.

Tras despedirse de Westinghouse y de los abogados con rapidez y formalidad, Paul abandonó desorientado la oficina de Morgan. Por instinto caminó por Wall Street en dirección a su despacho, hasta que reparó en que Carter y Hughes estarían allí. Estaban a punto de enterarse de los diversos engaños de Paul, lo que los pondría en pie de guerra: la supervivencia de Tesla, los abogados asociados, el golpe para acabar con Edison..., la lista era impresionante. Lo despedirían, o bien sería él quien se marcharía; todo dependería del punto de vista. Carter gritaría como un energúmeno. Hughes lo llamaría un poco al orden. Paul debería aguantar el chaparrón en silencio hasta que le dejaran negociar un acuerdo; las condiciones de la separación. Probablemente se requeriría del concurso de otras partes: abogados que contratarían a abogados que a su vez contratarían a otros abogados, una serpiente que litigaría contra su propia cola. Sería un proceso a ratos colérico y en su mayor parte tedioso.

Paul aminoró el paso. De repente, se sentía confuso. No sabía si quería dormir, comer, celebrar la victoria o sentarse en una habitación a oscuras a mirar fijamente al techo. Por un instante consideró la posibilidad de visitar la sofocante oficina que olía a sudor de sus asociados; los muchachos merecían una copa tras tanta dedicación. Al fin conseguiría averiguar quién de ellos era Bynes. Sin embargo, aquello tendría poco de celebración. Sus asociados no eran sus amigos, sino sus empleados. Sus ambiciones le recordaban tanto a las propias que celebrarlo se le antojó deprimente. Muy pronto todos ellos gozarían de nuevos puestos en su próximo bufete. Por esa noche podían esperar.

Paul repasó mentalmente a los amigos a quien podría llamar. Los rostros queridos de aquellos compañeros de la facultad de derecho cuya compañía apreciaba ya hacía largo tiempo. Pero no los había visto en meses, lo que significaba que una cena se dedicaría a ponerse al día. Sería un resumen de los asuntos que los habían mantenido ocupados: juicios, demandas, fiestas, las últimas mujeres en incorporarse a sus círculos sociales. Por la mente de Paul cruzaron varias horas, dos botellas de champán y una flota de ostras cocidas mientras recitaba una letanía de acontecimientos. Más que una conversación, sería una lección de historia. Lo que Paul quería era un colega y lo que conseguiría sería una congregación.

Pensó en Agnes. Seguía enfadado con ella. Todavía le indignaba que se hubiese negado a comprender sus decisiones. Estaba convencido de que el tiempo le daría la razón. Ella no necesitaría perdonarlo; sería él quien la perdonaría.

Agnes se casaría en breve. Paul no había sido capaz de obtener su mano mientras fue pobre. A fin de convertirse en un hombre rico, tuvo que alejarla de sí. La ironía lo ofendía. También que le hubiera sugerido a la cara que había existido una posibilidad de acabar juntos. Agnes se equivocaba. Los hombres como Henry Jayne siempre partían con ventaja. Jayne se había ahorrado la necesidad de tomar decisiones difíciles. Nunca había tenido que ensuciarse las manos para obtener su fortuna. Estaba bendecido con el privilegio de preservar una inocencia dorada. Agnes le había pedido a Paul que ganara y luego se mostró horrorizada por el precio que tenía que pagar.

Llevado por tan lúgubres pensamientos, Paul llegó a una taberna oscura en el Bowery. No era su intención acabar en lugar tan sórdido, pero se sintió atraído por el bullicio que llegaba hasta la calle. La algarabía del interior hizo que se sintiera a gusto, acunado por las risas contagiosas de los desconocidos.

Paul se bebió tres jarras de la última marca de cerveza rubia salida de Brooklyn, rodeado de los gritos de los hombres que habían ido allí a refrescar el gaznate tras dar descanso a sus callosas manos. Aunque notaban que Paul no era uno de los suyos, lo dejaban en paz, como si percibieran que lo único que pedía era un poco de paz.

«Salud —pensó saboreando la cerveza amarga—. Por un éxito rotundo.»

El alcohol se expandía plácidamente por su cabeza cuando un individuo ocupó el taburete contiguo. Paul no se volvió de inmediato. No hasta que lo oyó pedir un vaso de ginebra. Había oído aquella voz una sola vez, mucho tiempo atrás.

—¿Qué demonios está haciendo aquí? —le preguntó Paul.

Charles Batchelor pagó su ginebra con dos monedas de plata.

—Señor Cravath, me gustaría proponerle algo.

A Paul casi se le derramó la cerveza. Creyó percibir una amenaza implícita de violencia. Sin embargo, al ver sonreír al hombre que era la mano derecha de Edison frente a su ginebra barata, se percató de que Batchelor no tenía ganas de pelea. Ni siquiera de amenazarlo.

—¿Se encuentra bien? —dijo Batchelor—. Está pálido.

—¿Me ha seguido hasta aquí?

—¿Cree que me paso las tardes en sitios como este?

—¿Por qué?

—Porque tiene un problema. Un problema para el que creo que puedo ayudarle. También admitiré, con toda modestia, que yo también tengo uno. Juntos podemos llegar a la conclusión de que la solución a ambos es exactamente la misma.

—Les he ganado. He ganado a Edison. Le aseguro que jamás recibirá ni un ápice de mi ayuda.

Batchelor puso los ojos en blanco, como si considerara inapropiada la profunda rabia que sentía Paul.

—Ya está bien, ¿de acuerdo? Los dos somos profesionales. Así funcionan los negocios. Actuemos en consecuencia. —Dejó el vaso sobre la desgastada barra y recorrió el borde con los dedos—. Charles Coffin, su nuevo presidente de la General Electric Company, es un sinvergüenza de cuidado. Y usted lo sabe bien. Es deshonesto, impredecible y, con el tiempo, le traicionará. Necesita en su empresa a un segundo con experiencia, alguien en quien Morgan pueda confiar para mantener el barco a flote. Alguien que no venda la mercancía a bordo a las primeras de cambio. Llevo años como vicepresidente de la Edison General Electric Company y no existe nadie más capacitado que yo para dirigirla. —Giró de nuevo los dedos, de tal modo que la ginebra del vaso osciló igual que las olas en plena tormenta veraniega—. He llegado demasiado lejos en este negocio como para volver a empezar. No pienso regresar con el rabo entre las piernas a New Jersey, detrás de Edison. Ya he soportado sus neuras demasiado tiempo. Es hora de que pruebe con las de algún otro. ¿Me recomendará? Pídale a Morgan que me nombre vicepresidente y los dos podrán contar con mi ayuda.

Entre el torbellino de ideas que giraban en la mente de Paul, la más insistente era el fervoroso deseo de no haber trasegado ya tres cervezas. La combinación de atontamiento y agotamiento no le dejaban pensar con claridad. ¿Acaso Batchelor pretendía tenderle una trampa? ¿Lo había convencido Edison para llevar a cabo una venganza de última hora?

Sin embargo, a Edison ya no le era de ninguna utilidad hacerle daño. Tampoco a Batchelor le serviría de nada. La guerra había tocado a su fin y las palabras de Batchelor solo adquirían sentido si eran ciertas. Pese a ello, la idea de que la mano derecha de Edison acudiera a él de brazos abiertos se le antojaba demasiado extraña. Paul solo deseaba una noche —un respiro breve y regado por el alcohol— en la cual regodearse en la rabia que tan merecidamente había ido cosechando. Seguro que no tardaría en tener que planear la estrategia de su próxima guerra.

—Váyase a casa —dijo Paul—. Venga a verme dentro de unas semanas y ya veremos qué puedo hacer por usted.

A Batchelor pareció no afectarle la reticencia de Paul.

—Veo que está usted de celebración. Ha sido de mala educación por mi parte interrumpir su... juerga.

Batchelor echó un vistazo a la taberna. El bullicio de los presentes parecía haber aumentado. Paul se concentró en su jarra casi vacía. Su soledad no era asunto de Batchelor.

—Antes de irme, déjeme advertirle algo —prosiguió Batchelor—. Si no nos ayudamos mutuamente, entenderé que desea que nos hagamos daño mutuamente. Yo no lo quiero. Pero que quede claro que puedo causarle mucho más daño que usted a mí.

—¿De qué me habla?

—En esta guerra que hemos mantenido… no han sido pocas las víctimas. Sé dónde están enterrados los cuerpos. De los míos, sí. Pero también de los suyos.

La acusación era seria. No obstante, el allanamiento del despacho de Brown, ocultar información a sus socios, el subterfugio en torno a Tesla y la posterior traición a su excéntrico amigo, todo ello eran nimiedades comparadas con las maniobras del bando opuesto. Paul no ocultaba sus pecados.

—Me he visto forzado a hacer cosas de las que no me enorgullezco. Ahora bien, no fui yo quien electrocutó a William Kemmler, incendió el laboratorio de Tesla, hizo correr falsos rumores por todos los periódicos del país.

Batchelor frunció el ceño, como si quisiera descifrar la expresión de Paul.

—Debo admitir que la curiosidad lleva tiempo reconcomiéndome. De hecho, Thomas y yo lo comentamos en más de una ocasión. Me imagino que ya me ha dado una respuesta —dijo Batchelor mirando con fijeza a Paul—. Por el amor de Dios, entonces es cierto que no lo sabe.

—¿Saber qué?

—Quién incendió el laboratorio de Tesla.

—Fueron ustedes.

—No, no fuimos nosotros —respondió Batchelor con calma—. Fue cosa de George Westinghouse.

69

Siempre que una teoría se te antoje como la única posible, tómatelo como una señal de que no has entendido la teoría o el problema que pretendía resolver.

KARL POPPER

—Miente —dijo Paul.

—La noche del incendio —repuso Batchelor—, Westinghouse le pidió que llevara a Tesla a cenar a Delmonico's. Pero usted no le hizo caso. Se lo sugirió para mantenerlos a ambos lejos del laboratorio. ¿Compartió o no con Westinghouse la dirección que Tesla le había facilitado? Westinghouse no quería matar a Tesla, solo asustarlo un poco, meterlo en cintura. Pero el incendio se les fue de las manos. Usted acabó herido y Tesla desapareció. El hombre enviado por Westinghouse no sabía que usted seguía en el edificio cuando le prendió fuego. Por el amor de Dios, ¿quién cree que lo rescató de las llamas? ¿Quién cree que salvó a Tesla?

—La policía dijo que fue un desconocido que…

Batchelor lo miró como si Paul fuera el mayor idiota sobre la faz de la Tierra.

—¿De verdad cree que un buen samaritano entró en un edificio en llamas y a punto de derrumbarse para salvarle la vida? Esto es Nueva York. Fue uno de mis hombres. Los agentes de la Pinkerton son tipos duros. Al ver el incendio, entró. Usted ya se había desmayado. Consiguió que Tesla le echara una mano para sacarlo. Sin embargo, mientras intentaba que usted recuperara la conciencia, ese lunático salió corriendo. El pavor que acababa de experimentar lo trastornó. El plan de Westinghouse tuvo el resultado opuesto al esperado. Por suerte para nosotros.

Paul se esforzó por que se le ocurriera alguna prueba que demostrara que Batchelor mentía.

—No ponga esa cara —continuó este—. Nunca se le ha dado bien eso de hacerse el corderito. A fin de cuentas, usted llevó a cabo el trabajo sucio de Westinghouse. Fue usted quien convenció a Tesla para que renunciara a sus derechos. Su discurso enternecedor y una firma sobre la línea de puntos han hecho más por llevar al inventor serbio a la perdición que los planes pirómanos de Westinghouse.

Paul tenía la sensación de estar mirando por un calidoscopio y que todos los colores del universo conocido se hubieran dispuesto en una gama diferente.

—Aunque fuera cierto lo que me dice…, ¿cómo podía saberlo usted? Cómo llegó a sus oídos lo que Westinghouse me dijo aquella noche?

—Estoy seguro que a estas alturas ya sabe la respuesta —dijo Batchelor—. Fue Reginald Fessenden quien nos lo contó.

Paul sintió que le faltaba el aire. La amarga ironía del asunto era que Edison había estado más al corriente de las operaciones secretas de Westinghouse que él.

En todo aquel tiempo, Paul había creído saber quién era el villano en aquella historia.

Ahora descubría que había sido Westinghouse.

—Y ya que su nombre ha salido en la conversación —prosiguió Batchelor—, ¿me promete que no será muy duro con el muchacho? ¿Con Fessenden? Es de buena pasta. Lo reclutamos a la fuerza para esta conspiración. Yo mismo me encargué. Pittsburgh ha sido un infierno para él. Es un lugar espantoso. Peor que Indiana.

Paul se quedó sin palabras. Lo que había obtenido era peor que una derrota: había ganado y ahora descubría que no lo merecía. Ya no podía seguir defendiendo a Westinghouse. Ni siquiera a sí mismo.

Que Westinghouse se fuera al diablo. Igual que Edison. Coffin. Morgan. Batchelor. Que se fueran todos al infierno. Paul ya estaba en él. En medio de aquella tragedia sangrienta solo había una persona que mereciera librarse del baño de azufre.

—Le propondré un trato —dijo Paul.

Batchelor asintió.

—Muy agradecido —dijo levantándose y estirando las piernas. Ya tenía lo que había ido a buscar.

—Aún no ha oído lo que yo quiero.

—¿Cómo?

—¿Desea hacer un trato? Adelante. Pero primero deberá oír mi oferta.

—¿Sigue negociando?

—Sí —contestó Paul—. Cuando te detienes es cuando dejas de recibir.

Batchelor volvió a sentarse.

—Mantendremos todo esto en secreto —le propuso Paul—. Lo que han hecho los de mi bando. Y los del suyo. ¿Tiene trapos sucios que arrojar contra Westinghouse? Lo mismo me ocurre con Edison. Estoy al corriente de su conexión con Harold Brown. Supongo que no quieren volver a verlo ni en pintura.

Batchelor negó con la cabeza vehementemente.

—Le dije a Thomas, por lo menos mil veces, que no se mezclara con ese hombre. Me imagino que, desde el principio, ese fue el problema de Edison, que no sabía dirigir el negocio.

—¿Brown se ha escondido después de la chapuza que hizo?

—Sería mejor decir que se ha esfumado. Se encuentra muy lejos de Nueva York y le hemos dejado muy claro que acercarse a menos de mil millas de aquí sería contraproducente para su salud.

—Con mucho gusto les ahorraré el disgusto de salir a buscarlo. ¿Quiere que Fessenden se una a Edison en New Jersey? Me encargaré de ello. Westinghouse quiere verlo entre rejas, pero pensaré cómo evitarlo. ¿Usted desea seguir en la General Electric Company? No hay problema. Eso sí, a cambio deberá hacer algo por mí.

Batchelor aguardó con impaciencia.

Paul estaba en situación de exigir grandes recompensas a cambio de no revelar sus pestilentes secretos. Pero lo único que en verdad deseaba sería una menudencia para Batchelor.

—Todos arderemos en el infierno —dijo Paul— y todos nos lo merecemos. Usted. Yo. Edison. Westinghouse. Brown. Pero todos juntos quizá podamos sacar algo bueno de este desastre.

—¿En serio?

—Hay una persona a quien podemos garantizarle una justicia que tanto nos hemos esforzado por negarnos unos a otros.

—¿Y quién es esa persona, señor Cravath?

70

Salgamos mañana a inventar, sin preocuparnos
por lo que ocurrió ayer.

STEVE JOBS

Agnes no estaba cuando Paul fue a su casa la tarde siguiente. En
vano llamó al timbre una docena de veces. Ni siquiera la criada
acudió a la puerta. En el número 4 de Gramercy se hallaba la casa
más silenciosa de toda la calle.

A continuación se dirigió a la Metropolitan Opera House. El
director se mostró esquivo. La señorita Huntington no se encontraba allí. Paul le preguntó cuándo se la esperaba.

—No va a venir.

Le comentó que la señorita Huntington había informado al
teatro de su marcha con apenas unos días de antelación. Había
aducido que ya no se sentía a gusto en la ciudad. No había dejado
ninguna pista acerca de su destino.

Paul oyó lo mismo de boca de todos aquellos a los que interrogó durante los días siguientes. Nadie la había visto. La casa se había puesto a la venta. Hasta el mismo Stanford White le comuni-

có por carta que se encontraba al corriente de la noticia de la súbita marcha de Agnes, pero no tenía la menor idea de dónde había instalado su nuevo campamento. Si Paul daba con su paradero, ¿sería tan amable de traerla de vuelta?

Después de tres noches en vela, Paul se topó en las páginas de sociedad con una noticia muy sorprendente: el compromiso de la cantante Agnes Huntington con Henry La Barre Jayne se había roto. ¿HA DADO JAYNE CALABAZAS A "PAUL JONES"?, se leía en el llamativo titular del *Washington Post*, refiriéndose a Agnes con el nombre de su más célebre papel protagonista. Paul averiguó que el clan de Jayne al completo había partido con destino a Filadelfia. Aquello había sido un golpe muy duro para el adorado hijo de la familia, pero lo superaría.

Todo indicaba que Agnes había dado a la vez la espalda a la ciudad de sus sueños y a la tranquilidad que le habría procurado formar parte, gracias al matrimonio, de una familia de dinero y estatus. Por lo visto había renunciado a cuanto en su día anhelara. Ahora se hallaba en algún otro lugar, a la búsqueda de otras cosas.

Paul no tardó mucho en deducir dónde se encontraba.

La Chicago Railway no paraba en Kalamazoo, pero la de Michigan Central sí, tras un transbordo en Toledo. Kalamazoo no era un lugar al que ibas para hacerte notar, sino un lugar donde te escondías.

Paul llegó en un radiante día de invierno. El coche de caballos que había alquilado lo condujo hasta una casa de madera de dos plantas, situada en el centro del pueblo nevado. No había sido difícil averiguar la dirección. La actividad inmobiliaria no era tan frecuente, así que le bastó con hablar con unos pocos lugareños para obtener la información que necesitaba.

Fannie estaba en la puerta cuando Paul apareció frente a la casa de listones marrones. No disimuló su disgusto al verlo subir los escalones de su nuevo hogar, pero le concedió un té y los escasos minutos que a él le hicieron falta para darle la noticia que lo había llevado allí. Respecto a la petición que la acompañaba, Fannie admitió que no estaba en su mano concedérsela.

Al bajar y ver a Paul, Agnes no se mostró muy sorprendida.

—¿Qué malas intenciones le traen por aquí?

—Tranquila, tranquila —dijo Fannie—. No es tan tonto como creía. —Y acto seguido, se retiró.

Agnes se apoyó contra los armarios de la cocina, ciñéndose su vestido naranja de algodón.

—Es la primera vez que veo a mi madre tan alegre desde que abandonamos Nueva York.

—Me he enterado por los periódicos de su ruptura con Henry Jayne.

—¿Ha viajado hasta aquí para escribir un artículo de sociedad?

—Señorita Huntington —dijo Paul—. Desde que la conocí he dedicado la mayor parte del tiempo a tomar decisiones terribles y, por una vez, quisiera tomar una correcta. Aquí voy: he venido a decirle que estoy enamorado de usted.

Agnes ni siquiera pestañeó.

—Lamento haberme aprovechado de Tesla. Traicioné su confianza.

—En ese caso, no creo que sea yo quien necesite recibir sus disculpas.

—Pienso compensarla. Escuche. ¿Sabe? Los gigantes a cuyas sombras hemos estado jugando son espantosos. Los grandes hombres con sus grandes obsesiones. No quiero saber nada más de ellos. Solo quiero estar con usted.

Agnes soltó una risa burlona.

—Pensé que con ganar sería suficiente —continuó Paul—. No lo ha sido. Pensé que el éxito…, bueno, pensé que el éxito significaría algo. No es así. Porque el éxito está en la mirada del otro. Y la única mirada bajo la que quiero estar es la suya.

—Siempre se le han dado bien los discursos.

Paul echó un vistazo a la humilde cocina.

—Ha optado por esconderse.

—He optado por la realidad.

—Al final no se ha visto capaz. De abrazar un apellido falso. De abrazar una vida falsa. De pasarse el resto de su vida fingiendo. Estaba convencida de que podría. Pero no merecía la pena.

Agnes miró al suelo. Paul no sabía si en ese momento estaba más enfadada con él o con ella misma.

—En cierta ocasión, Nikola me explicó una cosa; la llamó refracción: el modo como la luz se descompone en los colores que la forman cuando atraviesa un prisma. Yo me sentía como la refracción de una persona. Una enorme gradación de tonos que acumulan capas para generar la ilusión de algo sólido. Solo era lo que reflejaba en los demás. Una princesa recatada para mi madre. Un mimo a pleno pulmón sobre el escenario. Una chica ingeniosa y sonriente para mi prometido. Nada más que papeles que representar. Creí que merecía la pena hasta que vi…

—Hasta que vio lo que había hecho conmigo.

Agnes alzó la vista hacia Paul.

—Si me hubiese quedado, no habría sido mejor que usted.

El comentario hirió a Paul.

—De modo que regresó aquí. Acabará cantando en algún teatro local. Si alguien reconoce a Agnes Gouge, no le dará la menor importancia. Si alguien reconoce a Agnes Huntington, nadie se lo creerá. —El plan de Agnes tenía sentido, pero Paul había hecho lo posible para que fuera innecesario—. ¿Qué le parecería quedarse con Nueva York sin necesidad de fingir?

—¿Con usted como mi nuevo Jayne? —preguntó incrédula—. He leído que ha ganado su guerra. Sin embargo, eso no le concede tanto poder como imagina.

—En absoluto, tiene usted razón. Pero no soy yo quien le entregará Nueva York.

Agnes frunció el ceño.

—Lo hará Thomas Edison.

Por primera vez desde su llegada, Paul consiguió sorprenderla.

—Aquí tengo una carta —dijo Paul rebuscando en el bolsillo de su abrigo—. Es del sargento Kroes de la policía de Boston.

Por la expresión de Agnes, estaba claro que no tenía la menor idea de qué significaba aquello.

—En ella —prosiguió Paul—, el bueno del sargento le informa a mi amigo Charles Batchelor del hecho de que no existe registro alguno sobre un posible robo ocurrido en el domicilio de los Endicott en 1881. La policía no dispone (jamás lo ha hecho) de semejante documento. También pone en su conocimiento que habló con la familia Endicott y que esta le aseguró que tal robo nunca se produjo.

Paul observó cómo Agnes intentaba procesar la información.

Lo que implicaban aquellas palabras era de tal envergadura, que no podía hacerse a la idea de inmediato.

—Pero lo que me cuenta es imposible —dijo Agnes.

Paul sonrió.

—Su madre está a salvo. Y usted también.

—¿Cómo consiguió…?

—Tengo entendido que Charles Batchelor (empleado de confianza de Thomas Edison y J. P. Morgan) dejó muy claro a la familia Endicott, y a la policía de Boston, que sus jefes tenían un interés personal en ese delito. Y que por el bien de todos (por motivos que era mejor no expresar) el incidente jamás se había producido.

—¿La familia estuvo de acuerdo en olvidarse del asunto porque Charles Batchelor se lo pidió?

—De los nombres de «Edison» y «Morgan» emana mucho poder, incluso en Boston.

Pareció que una década de tensiones abandonaban de golpe el cuerpo de Agnes. Paul casi percibió cómo sus hombros comenzaban a relajarse.

—Ahora es una mujer libre. Puede ser Agnes Gouge. Puede ser Agnes Huntington. Incluso puede convertirse en Agnes Jayne si así lo desea, pero no necesitará de la protección de su apellido. Cuenta con uno propio. Y también su madre.

Agnes guardó silencio, inmóvil contra los armarios de la cocina.

—Lo que se me exigió para conseguir todo esto fue un acto deshonesto. Pero fíjese en lo que ha resultado. Las vidas de todos los implicados han salido ganando. Cometí un pecado al servicio de un país mejor. Si regresa conmigo a Nueva York, dedicaremos el resto de nuestras vidas a enmendarlo.

—No todos los implicados han salido ganando.

—Tesla no se halla en una situación tan desesperada como cree. No solo dispone de un nuevo laboratorio, sino también de una nueva empresa.

—¿Cómo va a permitirse fundar una nueva empresa?

—Porque, lo crea o no, ya tiene un primer inversor. Y uno con los bolsillos bien llenos... J. P. Morgan. Yo mismo estoy acabando de negociar el acuerdo.

Agnes se quedó petrificada. No se podía negar que Paul era un excelente abogado.

—Ahora podemos hacer lo que nos plazca —dijo Paul—. Podemos ser quienes queramos. Podemos destinar una fortuna a obras de caridad. Crear fundaciones para la gente que sean nuestro legado. Hacer de Nueva York un lugar donde los chicos de Nashville y las chicas de Kalamazoo del futuro sean recibidos con los brazos abiertos. Cuidar de Tesla y asegurarnos de que nunca le falte de nada. Podemos hacer todo eso y mucho más. Pero si no la tengo a mi lado, no merece la pena. Si considerara la posibilidad de regresar a Nueva York —prosiguió Paul—, me gustaría hacerle una humilde petición. No se case con Henry Jayne. Cásese conmigo. —Dio un paso hacia ella—. ¿Es consciente de que, a raíz de las peripecias que hemos vivido juntos, hemos conocido a tres hombres que, cada uno a su manera, han cambiado el mundo? ¿Y sabe en lo que no puedo dejar de pensar? En por qué lo hicieron. En qué los impulsó a luchar, esforzarse y conspirar con tanto ahínco tanto tiempo.

Agnes enarcó una ceja.

—¿Es eso de lo que quiere hablar, justo ahora?

—Solo présteme atención —le suplicó Paul—. ¿Qué amaban

cada uno de ellos? Edison amaba a la gente. En su caso, se trataba
de ofrecer un buen espectáculo. Atraer a multitudes. Sigue siendo
el inventor más famoso del planeta. Estoy convencido de que
continuará siéndolo durante generaciones. Ansiaba los aplausos.
Luchaba por eso. En el caso de Westinghouse, veamos… Westinghouse era diferente. Le gustaban los productos mismos. Y los fabricaba mejor que nadie. Representa al artesano puro y duro, ¿no?
No quería vender el mayor número de bombillas eléctricas, sino
fabricar las mejores. No le importaba si eran demasiado caras, ni
si su fabricación empezaba demasiado tarde. Debían ser las mejores. Las más útiles y de tecnología más puntera. Y lo consiguió,
¿verdad? Sus productos acabaron ganando la partida. Ansiaba perfeccionar la bombilla eléctrica y se salió con la suya. Luego está
Tesla. La tercera pata de este trípode. A él no le importaba en absoluto la gente ni los productos. No, a él solo le importaban las
ideas mismas. Su promulgación resultaba irrelevante. El público
de Tesla era él mismo y sus ideas eran sus productos, que consu-
miría exclusivamente él. Una vez salía con la idea, ya tenía suficiente. Una vez daba por resuelto un problema, pasaba a concentrarse en otro. Sabía que había conseguido que la corriente alterna
funcionara, que había conseguido que las bombillas funcionaran.
El paso siguiente, construir los aparatos pertinentes, no le interesaba. Ese problema era de otros.

»Y fíjese: todos consiguieron lo que pretendían. Porque eran
cosas muy diferentes. En todo este tiempo me he esforzado mucho por entenderlos y lo que ahora comprendo es que jamás po-
dré. Porque no soy como ellos.

—Usted quería ganar —dijo Agnes.

—Sí. Y lo hice. Fue igual que perder. Edison consiguió su público. Westinghouse, la excelencia. Tesla, las ideas. Pero cuanto yo deseo es a usted.

Agnes sonrió. En los años venideros Paul vería muchas sonrisas como aquella. Acabaría conociendo al detalle sus formas, sus gradaciones, la infinita variedad de encantos que encerraban. Sin embargo, entre los millones de sonrisas que Agnes le acabaría dirigiendo, aquella en particular, esbozada aquella tarde en concreto, sería su favorita.

—Sus discursos son cada vez mejores —dijo Agnes.

71

En principio, el juego de la ciencia es infinito. Aquel que un día se despierta afirmando que los postulados científicos no requieren de más comprobaciones, y que, por tanto, su verificación puede darse por concluida, queda fuera del mismo.

KARL POPPER

Paul contrajo matrimonio con Agnes en el transcurso de una ceremonia celebrada en Saint Thomas Church. Se instalaron en un piso de la calle Cincuenta y ocho, a una sola calle de Central Park. Agnes dejó de cantar profesionalmente, aunque continuó haciéndolo en casa. En ocasiones Paul pensaba que su voz se habría adentrado tanto en los tablones de madera clara del piso que las paredes reverberarían por toda la eternidad al compás de sus arias. Su hija, Vera, vino al mundo en 1895. Era la viva imagen de su madre. Fannie Huntington vivía muy cerca.

Paul y Agnes participaron en la fundación del Consejo para las Relaciones Exteriores, del que Paul fue uno de los directivos.

También ejerció de abogado corporativo de la Metropolitan Opera House y más tarde llegó a ser el presidente de su junta directiva. Con el tiempo, se convertiría en director de la Filarmónica, fideicomisario de la Escuela Juilliard de Música, presidente de la junta directiva de la Universidad de Fisk, presidente de la Sociedad Italoamericana y directivo de la Sociedad Americana de Asuntos Indios. Paul y Agnes fueron dos de los mayores filántropos de Manhattan.

Todo eso no evitó que el nombre de Tesla sobrevolara siempre sobre su matrimonio. Los pecados cometidos por Paul contra aquel hombre aflorarían en cada una de las batallas que ambos emprendieran por hacer el bien, así como en todas sus peleas domésticas.

En los años que siguieron, el sistema auspiciado por la Westinghouse Electric Company se impuso como el de uso estándar nacional a la hora de generar y transmitir energía eléctrica. Gracias a los acuerdos de licencias con la rebautizada como General Electric Company, Westinghouse suministró la energía para alumbrar el país de costa a costa con corriente alterna. Paralelamente, la General Electric Company cambió de modelo y consiguió disparar las ventas de sus bombillas. Bajo la dirección de Charles Coffin, los beneficios se triplicaron. Ambas empresas crecieron hasta convertirse en dos de las mayores del mundo.

Paul continuó por un tiempo como el principal abogado de la Westinghouse Electric Company, hasta que se promocionó a un abogado interno para ocupar su puesto, que él mismo se encargó de escoger. Permaneció ligado a la empresa en calidad de consejero. Había llegado el momento de dedicarse a otros asuntos.

Paul y Westinghouse mantuvieron una relación de negocios

cordial, aunque no estrecha. Paul nunca le preguntó por el incendio; no había nada que pudiera hacer al respecto. Incluso si Westinghouse llegaba a admitirlo, no existía forma de demostrarlo. A nadie le convenía el enfrentamiento. La relación se enfrió sin llegar a ser glacial. Westinghouse no era el padre que Paul necesitaba. Ya contaba con uno. Erastus Cravath fue a visitarlo alguna vez a Nueva York para ver a su nieta.

Por supuesto, aquellos años también tuvieron su parte de intrigas. J. P. Morgan intentó apropiarse mediante una OPA hostil de la compañía de Westinghouse. Fracasó y volvió a intentarlo. El monopolio creado con el acuerdo de las licencias no beneficiaba a sus cuentas de resultados como lo haría un monopolio exclusivo. Pero con la ayuda de Paul, Westinghouse logró anticiparse. Consiguieron mantener a Morgan a raya y la Westinghouse Electric Company se libró de caer en manos ajenas. Gracias a su pericia, Paul se labró una reputación no solo entre los círculos jurídicos de Broadway, sino también en Wall Street.

Paul fundó un nuevo bufete con sus asociados. Sus éxitos como abogado principal de Westinghouse le abrieron muchísimas puertas y enseguida tuvo docenas de clientes, la mayoría de ellos de primera categoría. Con el tiempo, adquirió el antiguo bufete de William Seward, fundado décadas antes de que el socio que le diera nombre negociara con éxito la compra de Alaska. Paul no tardó en contratar a Hoyt Moore, un experto en legislación tributaria, nuevo terreno jurídico de creciente importancia para las grandes empresas que formaban parte de su cartera de clientes. Paul acabaría promocionando como socio a su protegido, Bob Swaine, un joven brillante que se había licenciado en derecho por Harvard hacía pocos años. (Nadie es perfecto.) La pirámide estructural que

Paul creó en la demanda de la bombilla eléctrica se reveló muy útil en otros casos. Firmó diversos artículos dedicados al «sistema Cravath», consistente en que cada demanda la supervisaba un socio del bufete, bajo cuyo mando un equipo de abogados asociados lidiaba con los rigores del papeleo diario. Los asociados ascendían de acuerdo con una jerarquía propia, basada en el tiempo que llevaban en el bufete; los del primer año, los del segundo año, y así en adelante, ascendiendo del rango más bajo hasta que, con un poco de suerte, algún día alcanzaran la condición de socios. La eficacia del sistema rivalizaba con la de las fábricas de Westinghouse.

Paul había hecho que la práctica del derecho pasara de artesanía a industria. De Washington a San Francisco, los abogados adoptaron sus métodos a medida que se familiarizaban con ellos. Pensó en cómo le habrían ido las cosas si se pudiera patentar una metodología jurídica, igual que se patentaban los mecanismos que la ley protegía.

Incluso Nikola Tesla prosperó, si bien con algunos altibajos. Aunque su trabajo en la corriente alterna no le reportó ni un centavo, la empresa que fundó con el dinero de J. P. Morgan no se declaró en bancarrota hasta 1903. Su fortuna personal, si bien a años luz de la de Edison o Westinghouse, le bastó para permitirse una habitación en el Waldorf Astoria. Con un corto paseo se llegaba del hotel al restaurante Delmonico's, donde cenaba todas las noches sin excepción. La dirección le tenía reservada su propia mesa, especialmente dispuesta para él, velada tras velada.

El escritor Robert Underwood Johnson y su esposa, Katherine, se impusieron la misión de encontrarle a Tesla una pareja adecuada. Aunque le presentaron a las candidatas más calificadas de

Nueva York, y a pesar de que algunas se sintieron sinceramente atraídas por aquel genio tan alto e imponente, el inventor jamás correspondió a sus atenciones.

Paul coincidió con él en diversas ocasiones, en las cenas y fiestas que se celebraban en la ciudad. Agnes se aseguró de asistir a cada acto donde Tesla estaría. Al principio adoptó una actitud protectora, pero con el tiempo se distanciaron. Tesla disfrutaba abiertamente de la misma fama que Agnes había acabado rechazando. Por un tiempo, el nombre del inventor resplandeció tanto como el de Edison. Los periodistas hacían cola para entrevistarlo; se convirtió en una de las personalidades más notorias de la ciudad, un sabio misterioso y excéntrico. Un oráculo de Delfos larguirucho. Paul y Agnes lo vieron disfrutar del espectáculo. Sus trajes negros, señaló Agnes, siempre estaban inmaculados. Eternamente encerrado en su propio mundo, Tesla había aprendido a descansar de modo ocasional a fin de saborear las exquisiteces del mundo terrenal.

Paul jamás lo supo, pero Nikola Tesla acabó sobreviviéndolos a todos. Murió casi arruinado en 1943, tras haber tenido que cambiar la habitación en el Waldorf Astoria por otra individual en un hotel sencillo.

Tesla jamás inventó la bombilla eléctrica que no infringiera la patente de Edison, aquella que en su día Paul necesitara de forma tan desesperada; fue el equipo de Westinghouse quien lo hizo. Bajo el liderazgo de este, trabajaron de manera metódica para modificar la vieja patente de Sawyer y Man. En vez de un único pedazo de cristal que rodeaba el filamento, emplearon dos. Llamada «lámpara de doble tapón», fue producida en cadena en la misma fábrica consagrada a los frenos neumáticos de Westinghouse, y llegó justo a tiempo de alumbrar la Exposición Mundial de Chicago de 1893. Los tribunales dictaminaron, de manera inmediata e inequívoca, que aquella bombilla eléctrica reunía características únicas. Podría afirmarse que el invento más lucrativo salido de la guerra de la corriente no apareció gracias a un golpe de genio individual, sino a partir de una modificación sencilla, aunque conseguida con grandes esfuerzos, hecha por un equipo de expertos coordinado tras tres años de trabajo y sobre un diseño británico de una década de antigüedad. Westinghouse obtuvo la patente de la lámpara de doble tapón, si bien su «invención» no era atribuible a una sola persona.

Luego, claro está, se produjo la que quizá fuera la mayor ironía de su tiempo: el extraño e inesperado destino de la patente número 223.898.

Paul y sus asociados pelearon el caso con uñas y dientes. También Morgan y Coffin, a quienes una victoria permitiría acabar con un buen número de modestas empresas eléctricas, bien abocándolas a la bancarrota, bien forzándolas a acuerdos de licencias más sustanciosos. Animado por sus éxitos, Westinghouse aceptó con gusto cubrir los costes legales para defender su buen nombre. Para Paul, se trataba de una cuestión de orgullo; aquel era el caso de infracción de una patente más importante del mundo. El nombre del abogado que saliese victorioso pasaría a la historia.

Y de este modo, Paul acabó esgrimiendo su caso frente al Tribunal Supremo de Estados Unidos. Desplegó sus argumentos de manera brillante, defendiéndose de los feroces ataques de Justice Fuller. Su trabajo fue tan bueno que impresionó a todos. Constituyó la guinda perfecta a su trayectoria profesional.

Unas semanas después, le informaron del veredicto. Había perdido.

Nadie le dio demasiada importancia.

El caso de Edison contra Westinghouse ya era por entonces una demanda muerta. Había transcurrido demasiado tiempo para que a alguno de sus famosos litigantes le preocupara el desenlace. Cuando la patente de Edison recibió la bendición de los tribunales, ya estaba a las puertas de su vencimiento. Las lámparas de doble tapón de Westinghouse ya se comercializaban, por lo que estaba prohibiéndosele fabricar un modelo de bombilla desechado. Las contadas empresas eléctricas de pequeño tamaño que habían continuado recurriendo a diseños similares a los de Edison, con la esperanza de que Westinghouse ganara, quedaron apartadas de la circulación. En alguna habitación silenciosa y cargada de humo, Morgan se apuntó una nueva victoria.

Paul reparó en que el destino de un abogado podía consistir en perder un caso, pero ganar una guerra.

Los caminos de Paul y Thomas Edison volvieron a cruzarse en una sola ocasión.

72

Los Beatles son mi modelo de negocio. Eran cuatro tipos que mantenían a raya las facetas negativas de cada uno de ellos. Se equilibraban mutuamente y el total era mejor que la suma de las partes. Así es como veo los negocios; en ellos las grandes cosas jamás se consiguen de manera individual. Es un equipo de gente el que las consigue.

STEVE JOBS

El día en que Paul vio por última vez a Edison, asistió a la caída de cien millones de galones de aguas turbulentas por la gran lengua de las cataratas del Niágara. Una turbina de veintinueve toneladas empleó la fuerza en bruto de esos galones para activar un generador, que los transformó en corriente alterna suficiente para suministrar energía a docenas de miles de bombillas eléctricas domésticas.

Paul se encontraba allí para asistir a la gala de inauguración del mayor generador de energía eléctrica del mundo. Westinghouse se había encargado de su fabricación a partir de un diseño según las ideas de Tesla, y alimentaría lámparas por toda la Costa Este fabricadas por la antigua empresa de Edison, la General Electric. La ceremonia de presentación fue de una envergadura acorde con la propia planta eléctrica y no faltó ninguna de las figuras más relevantes del sector en Estados Unidos.

Eso significaba, pensó Paul mientras contemplaba las cataratas, que Thomas Edison, George Westinghouse y Nikola Tesla coincidirían por una noche. Para su asombro, sería la primera vez. Y era consciente de que, casi con toda probabilidad, también la última.

Solo cuando acabó la ceremonia, que fue tan aburrida como formal, pudo Paul salir a tomar el aire y beber pequeños sorbos de champán con la mirada fija en las aguas revueltas. Le resultó agradable pensar que de todas las cosas fantásticas que había presenciado a lo largo de la vida, de todos los inventos humanos que había conocido, ninguno alcanzaba el poder de las cataratas del Niágara. O lo que era mejor: que incluso la corriente perfecta de Westinghouse necesitaba de la naturaleza para generar energía. El Dios al que su padre reverenciaba todavía alimentaba los mecanismos que su cliente fabricaba.

Con el rabillo del ojo, Paul vio a Edison inclinado sobre una de las barandillas que daban a las cataratas. Le sorprendió comprobar que iba acompañado por Westinghouse. También por Tesla. Estaban hablando.

Paul no sabía si acercarse al grupo, pero Edison lo vio y le hizo señas para que se les uniera.

—Señor Cravath —dijo Edison—. No estaba seguro de si lo encontraría aquí.

Paul asintió. ¿Qué le diría a aquel hombre que había llegado a dominar tanto su vida?

—El señor Bell le envía saludos —dijo Edison.

—¿Disculpe...?

—El señor Bell me pidió que lo saludara. El mes pasado cené con él en Nueva Escocia. Me contó lo de su visita.

—Me dijo que si se prestaba a ayudarme era por el bien de usted —repuso Paul, perplejo.

Edison asintió.

—Funcionó. Lo arreglaré para que venga a visitarme a mi nuevo laboratorio, señor Cravath. Ahora ando metido en las películas.

Por su expresión, quedó muy claro que Paul no tenía la menor idea de a qué se refería Edison con lo de «las películas».

—Debería verlo, señor Paul Cravath —intervino Tesla—. Muchas fotografías, todas en fila. Crea la apariencia de una cosa real que se mueve.

—¿Cómo es que lo ha visto usted? —preguntó Paul.

—Mi laboratorio en la Quinta Avenida, Nueva York, se ha vuelto concurrido. Rompí algunas cosas —dijo Tesla negando pesaroso con la cabeza—. Soy patoso, es posible, con mis cosas. El señor Thomas Edison me ofreció un espacio para trabajar a mí. Mientras nos deshacíamos de algunas innecesidades.

—De hecho resulta muy agradable contar con la presencia de Nikola —señaló Edison—. Ha sido un placer pedirle opinión sobre algunas ideas, consultarle acerca de las nuevas cámaras. Mis muchachos están muy asombrados. He construido el laboratorio de las cámaras junto al de Tesla, que he bautizado «Black Maria». Un estudio «cinematográfico». Es divertido. En conjunto, estos últimos años han sido… bueno, los más felices de mi vida. De modo que, cualquiera que sea el papel que ha desempeñado usted en ello, señor Cravath, quería decirle que… no lo hizo tan mal.

Paul no reaccionó. Instantes después, se echó a reír. Aquello era lo último que habría imaginado en boca de Edison.

Le tendió la mano y Edison se la estrechó.

Los cuatro hombres centraron su atención en el Niágara. Contemplaron la espuma. De la base de las cataratas ascendía el agua rociada, una bruma que se elevaba hacia el cielo. El efecto resultaba hipnotizador. Paul se dio cuenta de que la mirada Tesla se concentraba en otro punto. En algún lugar invisible para el resto.

—Prodigios —dijo Edison.

Paul se volvió.

—¿A qué se refiere?

—Prodigios —repitió Edison—. Me temo que tienen los días contados.

—Jamás les llegará la hora —dijo Westinghouse.

—¿Prodigios? —preguntó Paul, sin entender de lo que hablaban.

—Nuestra era de los inventos —le aclaró Edison—, los días de los milagros artesanales… no les queda mucho tiempo. ¿A algunos de ustedes les preocupa? Bombillas eléctricas. Electricidad. Todo apunta a que nuestra generación será la última en asombrarse frente a algo realmente novedoso. Nosotros seremos los últimos en no dar crédito al contemplar algo fabricado por el hombre cuya existencia se antoje imposible. Hemos obrado prodigios, muchachos. Solo me pregunto cuántos más esperan su turno.

—El estudio de la ciencia —dijo Tesla— jamás no va a acabar.

—Lleva razón —dijo Edison asintiendo—, pero no será lo mismo. Será más... técnico. Dentro de la caja mágica, no fuera. Una bombilla eléctrica es intuitiva; un rayo X es casi alquimia. Las máquinas están convirtiéndose en algo tan diabólicamente complejo que apenas nadie es capaz de hacerse a la idea de cómo funcionan. Es más, no necesitaremos saber eso para utilizarlas. A partir de este punto solo podemos construir de forma gradual. Mejoras. No revoluciones. Nada de nuevos colores, solo nuevas tonalidades. ¿Recuerdan la primera vez que vieron funcionar una bombilla eléctrica?

—Casi me desmayo —dijo Westinghouse—. No pensé que fuera posible. Ocurrió hace solo quince años.

—Exactamente —dijo Edison—. ¿Y cuándo fue la última vez que vio algo que le hiciera sentir igual?

—Yo siempre lo vi —terció Tesla.

Los hombres se volvieron.

—Las bombillas eléctricas. Las he visto siempre. —Con la yema de los dedos se dio unos golpecitos en la cabeza—. Aquí.

Westinghouse y Edison se rieron.

—Lo sabemos —dijo Westinghouse—. Y se lo agradecemos.

—¿Ha tenido ocasión de conocer a ese joven...? ¿Cómo se llama...? ¿Ford? —preguntó Edison.

—Fui yo quien le dio su primer trabajo —contestó Westinghouse.

—Yo debí ofrecerle el segundo —dijo Edison—. Puede que sea más joven que el señor Cravath, aquí presente. Es deprimente. Me gusta Henry Ford, se lo digo con toda sinceridad. Pero no es..., bueno, está hecho de otra pasta, más nueva, eso es todo. Es tan dichosamente profesional. Todo hecho a la perfección. Su carrera planificada desde el principio. Sabe muy bien adónde se dirige: el tipo de empresa que desea lanzar, cómo dirigirla, en qué trabajarán. ¿Puede creérselo? En nuestros tiempos solo tenías unos pedazos de cable sacados de aquí y allá. Y, con suerte, los peniques necesarios para costearte el sello con que enviar tu diseño por correo a la oficina de patentes. Ford cuenta con un maldito plan de negocio.

—Un inventor profesional —dijo Westinghouse.

—Un científico profesional —replicó Edison—. Darwin jamás cobró un céntimo por lo que hizo. Tampoco Newton. Ni Hooke. Y así todos los miembros de la Real Sociedad; simplemente fueron descubriendo cosas. Las inventaron porque eran capaces, no porque hubiera dinero de por medio. Nosotros nos enriquecimos haciendo lo que ellos hacían por diversión.

—Y ahora una generación entera se dispone a enriquecerse gracias a los trabajos a los que aquellos se dedicaron por puro placer.

—De modo que quedarán pocos trabajos realizados por puro placer.

Paul sonrió ante la ironía del discurso de Edison, pero no comentó nada. Aquel matrimonio moderno entre negocios y ciencia que alumbraría la tecnología era precisamente una creación de Edison. Su mayor invento. Y, como toda descendencia, se disponía a dejar atrás a su creador.

Observó a los tres inventores, que guardaban silencio mientras contemplaban las tempestuosas cataratas.

La guerra de la corriente se antojaba ya una batalla exótica y antigua. Como un sueño extraño cuyo argumento se hubiera evaporado con la salida del sol. Sus maquinaciones no tardarían en olvidarse. Pero el mundo al que había conducido, aquel en el que Paul vivía, había llegado para quedarse.

¿Quién había inventado la bombilla eléctrica?, esa era la pregunta que estaba en el origen de todo.

La habían inventado entre todos. Solo uniendo fuerzas habían dado con el sistema que se había convertido en la columna vertebral de Estados Unidos. Ningún hombre habría sido capaz de conseguirlo solo. Para obtener prodigios así, reflexionó Paul, el mundo necesitaba a hombres como ellos. Visionarios como Tesla. Artesanos como Westinghouse. Vendedores como Edison.

¿Y qué decir de Paul? Quizá el mundo también necesitara de hombres como él. Meros mortales dedicados a arreglar los desperfectos de los gigantes. Hombres astutos que eran testigos y registraban los asuntos de los hombres geniales. Quizá si Tesla había inventado la bombilla eléctrica, igual que lo habían hecho Westinghouse y Edison… bueno, tal vez Paul también pudiera reclamarla un poco para sí. Quizá tenía más de inventor de lo que sospechaba.

Por un instante, la idea le hizo sonreír.

Los hombres se despidieron. Uno a uno, los inventores apuraron sus copas y se alejaron del precipicio neblinoso.

Paul fue el último en marcharse. Observó cómo el sol empezaba a ponerse detrás del agua. Paul se volvió, bajó por una escalera y se adentró en la creciente oscuridad de un país que justo empezaba a convertirse en Estados Unidos.

Nota del autor

Como ficción, esta novela pretende ser una dramatización de la historia y no un documento de la misma. Nada de lo aquí leído debería considerarse un hecho verificable. Sin embargo, la mayor parte de los acontecimientos descritos sí ocurrieron y cada personaje relevante existió. Buena parte de los diálogos surgieron, bien de las propias bocas de los personajes históricos, bien de sus prodigiosas plumas. Con todo, bastantes acontecimientos se presentan de manera diferente y los personajes aparecen en lugares donde quizá no se hallaban. Con frecuencia he inventado situaciones que resulta razonable pensar que pudieron darse, aunque en verdad no existe constancia de ellas. Este libro es un nudo gordiano de verdades comprobables, suposiciones razonables, dramatizaciones y conjeturas absolutas. Mi intención en esta nota es ayudar al lector a desenredar la madeja.

Puede consultarse material adicional, que incluye una cronología de los hechos reales, en mi página web: www.mrgrahammoore.com.

Casi todos los hechos que los historiadores consideran que se produjeron en la «guerra de la corriente» sucedieron entre 1888 y 1896. Mi arco narrativo los ha concentrado en dos años: de 1888 a 1890. Como se comprobará, si bien la mayoría de las escenas principales descritas ocurrieron de un modo u otro, he jugado con la cronología. Lo que con frecuencia sucedía de forma simultánea en la vida real, se presenta de un modo secuencial en la novela. Me he dedicado de manera reiterada a coger diversos hechos y personajes históricos para fundirlos a fin de ayudar al lector a seguir las múltiples líneas argumentales y a moldear de modo narrativo unos hechos históricos confusamente separados.

No me cabe duda de que *Empires of Light: Edison, Tesla, Westinghouse and the Race to Electrify the World*, de Jill Jonnes, es el libro de no ficción más delicioso a la hora de explicar la guerra de la corriente. Contiene agudos retratos de Thomas Edison, George Westinghouse y Nikola Tesla, así como comentarios muy lúcidos acerca de sus rivalidades y antipatías.

Cuando descubrí que un abogado de veintiséis años, apenas dieciocho meses después de licenciarse, se encontraba en el centro de la guerra de la corriente, como paso previo a incorporarse a uno de los bufetes más renombrados de Estados Unidos, quise averiguar de inmediato cuanto pudiera sobre él. Me sorprendió descubrir que no se había escrito ninguna biografía propiamente dicha sobre él. Dicha carencia de un trabajo riguroso me inspiró a escribir este libro. Y la escasez de material disponible hizo que fuera una novela.

La información biográfica básica referente a Paul Cravath y su familia que aparece en estas páginas es cierta. Las descripciones que hago sobre él y su vida provienen de las pocas fuentes con que contamos: *The Cravath Firm and Its Predecessors 1819-1848* (Robert Swaine, autoedición); un perfil publicado por *The New Yorker* tras su nombramiento como presidente del consejo directivo de la Metropolitan Opera en 1932 («Public Man», *The New Yorker,* 2 de enero de 1932); una entrada en *The National Cyclopaedia of American Biography* (volumen II, 1902); el anuncio de su boda con Agnes («Marriage of Agnes Huntington», *Chicago Tribune*, 16 de noviembre de 1892); el periódico estudiantil de Oberlin y, por supuesto, sus demandas judiciales.

Las descripciones de Thomas Edison se han nutrido abundante-
mente de *The Wizard of Menlo Park: How Thomas Alva Edison Invented
the Modern World*, de Randall Stross, una maravillosa y entretenidísima
biografía de Edison que me sirvió para reconstruir buena parte de su
personalidad y vida. La voz de Edison se extrae de sus cartas y diarios,
depositados en la Universidad Rutgers. Edison escribió casi todos los
días de su vida en sus diarios, que constituyen un fascinante acceso a sus
pensamientos más íntimos. La mayoría de los documentos de Edison en
Rutgers pueden consultarse, hasta el momento, por internet.

Queda pendiente la biografía definitiva de George Westinghouse,
un libro que algún día me encantaría leer.

Todas las descripciones personales y biográficas de Nikola Tesla de
la novela son rigurosas. *Tesla: Man Out of Time*, de Margaret Cheney
me fue sumamente útil. Lo mismo cabe decir de la autobiografía del
propio Tesla: *My Inventions: The Autobiography of Nikola Tesla*, cuya lectura supone una experiencia tan singular como cabría esperar.

Muchos documentos históricos sobre Nikola Tesla se hacen eco de
su acento impenetrable y las dificultades a que se enfrentaban quienes
se esforzaban por descifrar su discurso. Sin embargo, en la vida real su
gramática era impecable, si bien un tanto alambicada. La dificultad
de los estadounidenses para entenderlo estribaba solo en su marcado
acento. Esto me planteó un problema: ¿cómo trasladar a las páginas
el acento de Tesla? Cabía la posibilidad de transcribir su acento serbio, pero se me antojó que entorpecería la lectura («Siiiiiñor Crah-
vaht...»).

Al final, leyendo la autobiografía de Tesla, hallé una solución. El
inventor escribía con frases largas, sinuosas y gramaticalmente arriesga-
das. Su inglés era fluido, pero casi arcaico, incluso en la década de 1880.
Parece que cada una de sus frases esté a punto de despeñarse debido a
los circunloquios gramaticales y la inesperada selección de palabras. Lo
que hice fue usar su estilo al escribir como modelo de su estilo oral, al

tiempo que forzar su gramática para dificultar aún más la comprensión. Lo que provoca que sus frases sean tan confusas de leer como lo serían al escucharlas.

Los documentos históricos sobre Agnes Huntington resultan sorprendentemente paupérrimos. Toda la información de que disponemos sobre ella procede de un artículo acerca de su carrera y su matrimonio en *The Illustrated American* (3 de diciembre de 1892); una entrada en *The Dramatic Peerage* de 1892; otra en *Woman's Who's Who of America* (1914-1915); una entrevista centrada en sus problemas legales que concedió a W. H. Foster («Agnes Huntington's Story», *The New York Times*, 14 de diciembre de 1886); una entrada en *Lippincott's Magazine of Literature, Science and Education* (volumen 49, 1892); una reseña sobre su actuación en *Paul Jones* («Paul Jones in New York», *The New York Times*, 21 de septiembre de 1890); el censo de Kalamazoo de 1870 y cotilleos sobre su compromiso con Henry Jayne (*Town Topics*, 3 de noviembre de 1892; «Did He Jilt "Paul Jones"», *The Washington Post*, 30 de octubre de 1892; «Denied by Miss Huntington», *The New York Times*, 30 de octubre de 1892).

A partir de estas fuentes puedo afirmar con certeza que Agnes Huntington nació en Kalamazoo, Michigan, pero no obtuvo renombre social (¡ni siquiera una mención!) hasta su primera actuación como cantante en Londres. Se labró una reputación en Europa, siempre acompañada por su madre, la cual mantuvo un raro silencio sobre los orígenes familiares. Hasta donde sé, pese a que Agnes y Fannie llevan el apellido Huntington, no guardaban parentesco con la célebre familia Huntington, ni con la rama de California ni con la de la Costa Este. Agnes tuvo algún tipo de turbio encontronazo con el director de los Boston Ideals. Contó con un nutrido grupo de admiradores a ambos lados del charco. Por un tiempo estuvo comprometida con Henry Jayne, compromiso que rompió en 1892. Más adelante contrajo matrimonio con Paul Cravath, un prometedor abogado afincado en Nueva York que, en aquel momento de sus vidas, debía de gozar de un estatus social sensiblemente inferior.

El resto de lo que se dice de ella en la novela pertenece al ámbito de la imaginación (el vestido robado, el nombre prestado, etcétera). La manera como conoce a Paul —cuando lo contrata como abogado— es inventada, aunque el asunto que la conduce a ello era real. (lo cierto es que su abogado respondía al nombre de Abram Dittenhoefer). Sin embargo, al comprimir la línea temporal de los hechos, he desplazado el caso de 1886 a 1888. En la vida real habría llegado a resolverse antes de que Paul se hubiera convertido en el abogado de Westinghouse.

Tengo la sospecha —si bien no puedo demostrarlo— de que la Agnes real ocultaba algo en relación con su pasado. Alguna cosa me dice que su verdadera historia resulta más extraordinaria que la que he creado para ella en estas páginas.

Capítulo 1: La escena inicial en la que aparece un trabajador en llamas se basa en dos inmolaciones públicas reales: una ocurrida el 11 de mayo de 1888 («A Wireman's Recklessness», *The New York Times*, 12 de mayo de 1888) y otra el 11 de octubre de 1889 («Met Death in the Wires», *The New York Times*, 12 de octubre de 1889). Lo más probable es que Paul no fuera testigo de ninguna pero, dado que la primera se produjo en una calle cercana a su despacho, situarlo en la escena se antojó razonable.

Capítulo 7: Reginald Fessenden trabajó para Edison antes de hacerlo para Westinghouse, con una parada previa en Purdue, si bien en este libro se ha simplificado la línea temporal. En realidad Fessenden no fue un topo de Edison en la operación de Westinghouse; el verdadero topo era de un estatus inferior: un humilde delineante que fue arrestado en 1893.

Capítulos 15 y 16: En 1888 Tesla trabajó para Westinghouse a las afueras de Pittsburgh en contraprestación por una licencia sobre sus patentes de la corriente alterna. El cambio fundamental en la estrategia de Westinghouse al pasar de un sistema eléctrico basado en el «hogar por hogar» a uno basado en una «red» se halla documentado en el fascinante *Networks of Power: Electrification in Western Society, 1880-1930,* de Thomas P. Hughes. De todas formas, dicho cambio no fue tan repentino como lo planteo. Westinghouse llevaba años interesado en la tecnología de la corriente alterna antes de la demostración de Tesla, que se llevó a cabo sin que Westinghouse estuviera presente. En 1886 este adquirió un conjunto de patentes de corriente alterna con que trabajar, pero por entonces no disponía de la tecnología necesaria.

Capítulo 21: La crisis desatada por el sistema de derechos que enfrentó a Westinghouse con sus abogados, después de la precipitada marcha de Tesla, es real. Sin embargo, la línea temporal se ha comprimido y no sabemos si el error en las negociaciones fue responsabilidad de Paul.

Capítulo 25: Tanto el misterioso incendio en el laboratorio de Tesla como el posterior colapso nervioso y amnesia sufridas por el inventor serbio son ciertos. Simplemente se produjeron en diferentes momentos y en un orden distinto a la secuencia presentada en el libro.

Las largas horas pasadas por Tesla en su laboratorio trabajando en los «teléfonos sin cables» lo llevaron a un colapso nervioso en 1892. Se desmayó y despertó sin recuerdo alguno de su vida, a excepción de contadas imágenes de su infancia. Pasó meses en cama, luchando por recuperar la memoria. Antes de que pudiera dedicarse de nuevo a la invención, transcurrió bastante tiempo.

Este episodio recuerda a otras experiencias de inestabilidad mental en Tesla. Según cuenta en su autobiografía, experimentó alucinaciones con frecuencia, tanto de tipo visual como auditivo. Escribió: «(Estas alucinaciones) normalmente se producían cuando me hallaba en una situación peligrosa o angustiosa, o cuando me entusiasmaba mucho con algo. En ocasiones vi cómo el aire que me rodeaba se llenaba de lenguas de fuego». En cualquier caso, dichas visiones le permitían entrever las máquinas que luego diseñaría. Thomas Hughes y otros han planteado la hipótesis de si hoy en día a Tesla se le diagnosticaría esquizofrenia, lo que a mi entender resulta muy probable. Tesla veía el mundo de manera distinta al resto desde un punto de vista figurado, en parte porque veía literalmente el mundo de un modo único.

Tres años después de su crisis nerviosa y recuperación, el 13 de marzo de 1895, las llamas consumieron su laboratorio. El inventor no se hallaba allí. Se enteró de lo sucedido a la mañana siguiente y reaccionó de forma inconsolable ante la destrucción de sus máquinas.

Capítulo 34: La gran idea de Paul de partir de un sistema industrial que aplicar al mundo de la abogacía —igual que el de Westinghouse para la producción y el de Edison para la invención— es cierta. Creo que es justo afirmar que Paul Cravath fue el inventor del bufete de abogados moderno, de igual manera a como Edison, Westinghouse y Tesla inventaron la bombilla eléctrica.

En todo caso, a Paul suele otorgársele el mérito por el «sistema Cravath» a principios del siglo XX. Yo lo he desplazado a 1888-1890 para que me encajara bien en la secuencia de la historia. Es imposible afirmar si Edison o Westinghouse le inspiraron la idea, pero el hecho de que la pusiera en práctica tras conocer a ambos inventores me lleva a pensar que probablemente fuera así.

Capítulo 36: La entrevista de Agnes con *The New York Times* es real, aunque he unido dos artículos publicados por este periódico: «Agnes Huntington's Story», del 14 de diciembre de 1886, y «Paul Jones in New-York», del 21 de septiembre de 1890.

Capítulo 37: El personaje de Harold Brown y su historia son en gran medida ciertos y se encuentran recogidos en *Empires of Light*, de Jill Jonnes, en *AC/DC: The Savage Tale of the First Standards War*, de Tom McNichol, *Edison and the Electric Chair*, de Mark Essig, y *Executioner's Current*, de Richard Moran.

La línea temporal de la campaña de Brown para promocionar la silla eléctrica ha sido comprimida; describo la vorágine de acontecimientos en torno a la silla eléctrica como si hubiera ocurrido a principios de 1889 cuando en verdad sucedió a finales de 1887. La descripción de las horripilantes muertes de animales por electrocución son ciertas. Los diálogos de Brown durante estas escenas son en su mayoría textuales, si bien he reducido algunas partes y ampliado otras para lograr un tono más coloquial. Si de algo puede culpárseme, probablemente sea de minimizar los castigos físicos que infligió a esos pobres animales. La verdad es que no tardó en pasar de los perros a los caballos y de estos a un elefante (y no es broma).

Capítulos 38 y 39: Es cierto que alguien irrumpió de forma ilegal en el despacho de Harold Brown, en agosto de 1889. Tras el robo, se filtraron al *New York Sun* una serie de cartas que demostraban la relación ente Edison y Brown .

¿Fue Paul? La mayoría de los historiadores opina que lo hizo alguien del bando de Westinghouse. De ser así, lo lógico sería concluir que, cuanto menos, Paul estaba al tanto y que lo mantuvo en secreto. En consecuencia, aunque la escena sea inventada, la responsabilidad moral de Paul en los hechos resulta sin duda plausible.

Capítulo 41: Lo que Paul califica de «mentira» en la solicitud de patente de Edison —esto es, la discrepancia entre el filamento especificado y el filamento que su empresa acabaría empleando— es cierta. De todas formas, he simplificado la evolución de los experimentos de Edison con los filamentos. Si esto constituye o no un engaño, dependerá de la perspectiva de cada cual respecto a la naturaleza de la invención.

Por otro lado, el incuestionable fraude perpetrado por Edison respecto a cuándo había conseguido que funcionara la bombilla eléctrica se ha descrito con fidelidad. La tendencia del inventor a exagerar las cosas ante los periódicos afines —o, como en este caso, a mentir directamente— fue una práctica recurrente a lo largo de su carrera.

Capítulo 48: La escena en la que Paul argumenta frente a los tribunales contra el uso de la corriente alterna en una ejecución a cargo del estado de Nueva York es una dramatización de un caso verdadero. El asesinato es real, pero lo he pasado de marzo de 1889 a mayo del mismo año.

De hecho, Westinghouse fue traicionado por Charles Coffin tal como se explica, una jugada sucia que su equipo legal no previó. Uno de los abogados de Westinghouse viajó a Buffalo para ocuparse del caso en los tribunales, pero no fue Paul, y Harold Brown tampoco estuvo presente.

Capítulo 49: La descripción de la ejecución de William Kemmler es fiel y está extraída de las crónicas de los periódicos de la época, como «Far Worse than Hanging», *The New York Times*, 7 de agosto de 1890.

De nuevo, aunque la electrocución responde a los hechos, ni Paul ni Harold Brown fueron testigos de la misma.

Capítulos 50-52: La crisis financiera desencadenada por el colapso de Baring Brothers es cierta, si bien la he pasado de noviembre de 1890 a septiembre de 1889. Las tácticas a que recurrieron Paul y Westinghouse para capearla se han descrito con fidelidad. El hecho de que Edison y Morgan movilizaran sus ingentes recursos para empujar a Westinghouse todavía más a la bancarrota es verdad, pero es difícil saber con exactitud a qué acuerdos bajo mano se llegó durante la crisis financiera.

Capítulo 55: Todas las descripciones de la Universidad de Fisk son reales, igual que las que detallan la participación de la familia Cravath en la misma. (Para ello me he basado en *The Cravath Firm and Its Predecessors 1819-1948*, de Robert Swaine, y en *Thy Loyal Children Make Their Way: Fisk University since 1866*, de Reavis Mitchell Jr.)

Todas las descripciones de la investigación con rayos X que Tesla lleva a cabo en el centro están basadas en el trabajo real que el inventor serbio realizó en 1895, aunque, claro está, no en la Fisk. Los personajes de los alumnos de la Fisk son inventados.

Capítulos 56 y 57: La escena con Alexander Graham Bell es producto de la imaginación, si bien tanto la historia como la personalidad de Bell se han descrito con el mayor rigor posible. El contexto que en el libro rodea a Bell es real, aunque simplificado, y está basado en *Reluctant Genius: Alexander Graham Bell and the Passion for Invention*, de Charlotte Gray.

En los capítulos finales, Paul idea y ejecuta un plan a varias bandas para ganar la guerra de la corriente. El plan incluye organizar un golpe secreto en el seno de la Edison General Electric Company, respaldado por J. P. Morgan, para destituir a Edison como director de la empresa y sustituirlo por Charle Coffin. Luego se convence a Nikola Tesla para que renuncie a sus derechos sobre los sistemas de corriente alterna de Westinghouse. La guerra de la corriente llega a su fin con un Westinghouse victorioso y un Edison trágicamente desterrado de la empresa que fundó.

Todos estos acontecimientos ocurrieron. En cualquier caso, he comprimido la línea temporal, es decir, unos pocos años han pasado a ser unos pocos meses. Paul se representa como el cerebro de toda la operación, aunque en realidad no sabemos cuál fue su papel.

Resulta improbable que estuviera presente cuando estafaron a Tesla. Jonnes presenta a Westinghouse visitando a solas a Tesla y presentándole los argumentos que en la novela le presenta Paul. En sus escritos, el inventor serbio se muestra orgulloso de su decisión de renunciar a sus derechos. Estaba convencido de la palabra de Westinghouse.

Capítulo 72: Paul, Westinghouse y Tesla asistieron a una velada en la planta eléctrica de las cataratas del Niágara, el 19 de julio de 1896. En cualquier caso, he combinado detalles de este acontecimiento con los de uno postrero al que solo acudió Tesla, que sucedió en enero de 1897.

Edison no estuvo presente en ninguno de ellos. Sin embargo, tras el incendio de su laboratorio, Tesla buscó refugio en el que Edison poseía en West Orange. Se hicieron amigos. De camino a las cataratas del Niágara, Tesla se detuvo a visitar a Westinghouse en su domicilio a las afueras de Pittsburgh. Por aquella época, Tesla pasó muchas horas agradables en compañía tanto de Westinghouse como de Edison. En su calidad de abogado de Westinghouse, Paul fue testigo de algunos de aquellos momentos.

GRAHAM MOORE
Los Ángeles, 5 de febrero de 2016

Agradecimientos

Escribir este libro habría sido directamente imposible, y menos aún aconsejable, sin el cariño y la guía imprescindibles de:

Jennifer Joel, mi agente literaria y socia creativa
Noah Eaker, mi corrector y adversario fiel
Susan Kamil, mi editora y paladín
Keya Vakil, mi asistente en labores de documentación y compañera de fechorías
Tom Drumm, mi representante e inquebrantable llamada a la calma.

Quisiera mostrar mi más profundo agradecimiento a aquellos amigos generosos que leyeron los primeros borradores (ay, cuántos hubo) y me hicieron sugerencias inestimables: Ben Epstein, Susanna Fogel, Alice Boone, Nora Grossman, Ido Ostrowsky y Suzanne Joskow.

La idea original de la novela surgió tras una larga conversación con Helen y Dan Estabrook durante un viaje en coche por Pennsylvania. Debo agradecer a ambos su entusiasmo y su precaución al volante.

Todas mis ideas acerca de la naturaleza de la invención y la innovación tecnológica se generaron, analizaron y pulieron en el transcurso de un millar de almuerzos y charlas a altas horas de la noche con Avinash Karnani, Matt Wallaert, Samantha Cup y mi hermano (pequeño) Evan Moore.

En el momento de pensar en el título de esta obra, tuve la suerte de contar con la ayuda (y conmiseración) de Sam Wasson y Mary Laws.

Muchas gracias a los correctores de estilo que me enseñaron más sobre la gramática inglesa de lo que jamás aprendí en la escuela: Dennis Ambrose, Benjamin Dreyer, Deb Dwyer y Kathy Lord.

Me siento sumamente agradecido a los historiadores del derecho Christopher Beauchamp, de la Facultad de Derecho de Brooklyn, y Adam Mossoff, de la Universidad George Mason, por haber dedicado incontables horas a explicarme por teléfono la historia de la legislación sobre las patentes. No puede haber profesores mejores; envidio a sus muy afortunados alumnos. Cualquier error jurídico que haya en el libro es exclusivamente mío.

Asimismo estoy en deuda con los siguientes expertos, que tuvieron la amabilidad de brindarme su experiencia en sus respectivas áreas de conocimiento para completar los incontables detalles históricos y científicos desplegados en la trama:

Christopher T. Baer, del Museo Hagley y Biblioteca

John Balow y Madeleine Cohen, de la Biblioteca Pública de Nueva York

Kurt Bell, los Archivos del Estado de Pennsylvania, Comisión Histórica y Museo de Pennsylvania

Nathan Brewer y Robert Coburn, de IEEE Centro de Historia Stevens del Instituto de Tecnología

Mike Dowell, de los Archivos de la Sociedad Histórica del Ferrocarril de Louisville y Nashville

C. Allen Parker, Deborah Farone y Diane O'Donnell, de Cravath, Swaine & Moore

Jennifer Fauxsmith, de los Archivos de Massachusetts

Mark Horenstein, profesor de electromagnetismo aplicado en la Universidad de Boston

Paul Israel, director y editor de Thomas A. Edison Papers, de la Universidad Rutgers

Deborah May, de la Biblioteca de Nashville

John Pennino, de la Metropolitan Opera

Henry Scannell, de la Biblioteca Pública de Boston

Nicholas Zmijewski, del Museo del Ferrocarril de Pennsylvania

Y, por último, gracias a mi familia por permitir que dedique mi vida a esto.

Índice